VI KEELAND

The Boss Project
Traduit de l'anglais par Laure Ludovic et Valentin Translation
Mannequin de couverture : Daniel Harris
Photographe : Wander Aguiar
Conception de la couverture : Sommer Stein, Perfect Pear Creative

OBJECTIF BOSS

CHAPITRE 1

— J'ai... euh... mangé des cerises.

Je baissai les yeux sur mon chemisier taché et esquissai un sourire désolé.

— Quand je suis nerveuse, je grignote, et je suis passée devant un stand de fruits qui vendait des cerises Bing. Mon point faible. Mais je me rends compte maintenant que ce n'était pas une bonne idée de faire ça quinze minutes avant mon entretien.

Les rides du front de la femme se creusèrent. Pour être honnête, mon chemisier comptait plus d'une ou deux taches de cerises. Si j'avais la moindre chance de sauver cet entretien, je devais me lancer et essayer de la faire rire en lui disant la vérité.

— J'ai fait tomber une cerise, poursuivis-je. Elle a rebondi et a laissé des marques rouges à trois endroits avant que je puisse la rattraper. J'ai essayé d'enlever la tache dans les toilettes. Mais c'est de la soie, et ce n'est pas parti. Alors, j'ai eu la brillante idée de faire passer la tache pour un motif. Il me restait quelques cerises, je les ai croquées et j'ai essayé de reproduire les marques.

Je secouai la tête.

— De toute évidence, ça n'a pas très bien marché, mais à ce moment-là, je n'avais pas d'autre choix que d'aller acheter un chemisier propre et d'être en retard à notre entretien, ou d'essayer de faire passer ça pour de la mode. Je pensais que ça ne se verrait pas trop...

Je soupirai doucement.

— Je suppose que j'avais tort.

La femme se racla la gorge.

— Oui, eh bien... Pourquoi ne pas commencer l'entretien, si vous le voulez bien ?

Je me forçai à sourire et croisai les mains sur mes genoux, même si j'avais déjà l'impression de ne pas avoir obtenu le poste.

— Ce serait formidable.

Vingt minutes plus tard, j'étais de retour dans la rue. Au moins, elle ne m'avait pas fait perdre trop de temps. Je pouvais acheter d'autres délicieuses cerises et j'avais encore le temps de m'arrêter dans un magasin pour acheter un nouveau chemisier avant mon dernier entretien de la semaine. Cela rendit mon pas vif et léger.

Après m'être arrêtée une nouvelle fois au stand de fruits, je sautai dans le métro. J'achèterais un nouveau chemisier quelque part entre la station et le lieu de mon rendez-vous.

Mais après deux arrêts, le métro s'arrêta brusquement et ne bougea plus pendant près d'une heure. Le type assis en face de moi n'arrêtait pas de regarder dans ma direction. À un moment donné, je fouillai dans mon sac à main pour trouver de quoi m'éventer, car il commençait vraiment à faire chaud. Il baissa les yeux sur son téléphone et les releva vers moi deux ou trois fois. Je tentai de l'ignorer, mais je me doutais de ce qui allait exactement se passer.

Quelques instants plus tard, il se pencha en avant sur son siège.

— Excusez-moi. Mais vous êtes cette mariée, n'est-ce pas ?

Il tourna son téléphone pour me montrer une vidéo dont j'aurais préféré qu'elle n'ait jamais existé.

— Celle qui a fait exploser son mariage ?

Ce n'était pas la première fois qu'on me reconnaissait, même si la dernière rencontre remontait à un mois ou deux, aussi avais-je espéré que cette folie était enfin passée. Apparemment, ce n'était pas le cas. Les personnes assises à notre gauche et notre droite dans la rame avaient maintenant tourné leur attention vers nous, alors je fis ce qu'il fallait pour éviter d'être bombardée de questions une fois que j'aurais admis la vérité : je mentis comme un arracheur de dents.

— Non. Ce n'est pas moi. Mais des gens m'ont dit que je pourrais être sa jumelle.

Je haussai les épaules.

— On dit que tout le monde a un sosie quelque part. Je suppose qu'elle est le mien.

Après une pause, j'ajoutai :

— Mais j'aimerais bien que ce soit moi. C'est une dure à cuire, non ?

Le type jeta un nouveau coup d'œil à son téléphone, puis me regarda. Il n'avait pas l'air de croire un seul mot de ce que j'avais dit, mais au moins, il laissa tomber.

— Oh ! Oui, bien sûr. Désolé de vous avoir dérangée.

Une autre heure plus tard, la rame se remit enfin à rouler. Personne n'avait pris la peine de faire une annonce concernant ce retard. Au moment où je quittai le métro, il ne me restait plus qu'une vingtaine de minutes avant mon prochain entretien, et je portais encore mon haut taché de cerise. Et... j'en avais laissé tomber deux autres en me goinfrant dans la rame brûlante. Je me précipitai donc dans l'escalier du métro, espérant trouver quelque chose de présentable à porter en chemin.

À quelques immeubles du lieu de mon entretien, je trouvai enfin une boutique dont la vitrine présentait des vêtements masculins et féminins. Une vendeuse au fort accent italien me proposa son aide dès que j'entrai dans *Paloma Boutique.*

— Bonjour, auriez-vous un chemisier en soie crème ? Ou blanc ? Ou...

Je secouai la tête et baissai les yeux.

— En gros, n'importe quoi que je puisse mettre avec cette jupe ?

La femme regarda mon haut. Je lui reconnus le mérite de ne pas réagir. Au lieu de cela, elle hocha la tête et je la suivis jusqu'à un présentoir dont elle sortit trois chemisiers en soie différents. N'importe lequel ferait l'affaire. Soulagée, je demandai où se trouvait la cabine d'essayage et elle commença à me guider vers le fond du magasin. Mais lorsque quelqu'un l'appela depuis la caisse, elle m'indiqua une porte et m'aboya quelque chose dans un mélange d'italien et d'anglais. C'était peut-être « Je viens vous voir dans un instant », mais peu importe. Ça n'avait pas l'air très important.

Dans la cabine d'essayage, je me regardai dans le miroir. Mes lèvres étaient d'un rouge éclatant. La livre de cerises que j'avais mangée dans le métro avait dû les tacher.

— Merde ! marmonnai-je en me frottant la bouche.

Mais cela ne partirait pas avant mon entretien. Heureusement, mes dents avaient été épargnées. Ces satanées cerises s'étaient révélées être un désastre.

Cependant, je n'avais pas le temps de m'occuper d'autre chose, alors je secouai la tête, enlevai mon haut fichu et pris l'un des chemisiers sur le cintre. Avant de l'enfiler, il me vint à l'idée que je devrais peut-être me nettoyer un peu. La chaleur du métro ne m'avait pas laissée très fraîche. J'attrapai donc mon sac à main et sortis une vieille lingette récupérée dans un restaurant spécialisé dans les ailes de poulet où j'avais mangé quelques semaines plus tôt. Heureusement, elle était encore humide. Une odeur citronnée flottait dans l'air tandis que je levai mon bras droit pour l'essuyer, et je me demandai si cette odeur se transmettrait à ma peau. Curieuse, je penchai la tête et reniflai. Je me trouvais dans cette position exacte lorsque la porte de la cabine d'essayage s'ouvrit d'un coup sec.

— Qu'est-ce que... ?

L'homme qui se trouvait de l'autre côté commença immédiatement à la refermer. Mais il s'arrêta à mi-chemin, les sourcils froncés.

— Qu'est-ce que vous faites ?

Bien sûr, comme ma journée ne pouvait pas être plus merdique, il fallait que ce type soit magnifique. Ses yeux verts éblouissants me prirent au dépourvu, mais je repris rapidement mes esprits quand je me rendis compte que j'avais toujours le bras en l'air et qu'il venait de me voir *renifler mon aisselle*.

Troublée, je repliai mes deux mains sur mon soutien-gorge en dentelle.

— En quoi c'est important ? Sortez !

Tendant le bras, je claquai la porte, qui frôla l'intrus en se refermant.

— Allez chercher la cabine pour hommes ! criai-je.

Par le bas de la porte, je voyais les chaussures brillantes de l'inconnu. Elles ne bougeaient pas.

— Pour votre gouverne, gronda sa voix rocailleuse, *c'est* la cabine des hommes. Mais je vais vous laisser laver vos aisselles en paix.

Quand les chaussures brillantes disparurent enfin, je poussai deux gros soupirs. Il fallait que cette journée se termine. Mais il me restait encore un entretien, auquel j'allais être en retard si je ne me dépêchais pas. Je ne pris même pas la peine de me rafraîchir l'autre dessous-de-bras avant d'essayer le premier chemisier. Heureusement, il m'allait, aussi remis-je mon joli chemisier initial et me précipitai-je à la caisse tout en le rentrant dans la jupe. Je m'attendais à voir le type qui avait fait irruption dans la cabine d'essayage, mais heureusement, il n'était pas là.

En attendant que la vendeuse m'appelle, je me retournai vers la cabine d'essayage et remarquai que la porte que j'avais cru que l'hôtesse m'indiquait se trouvait en fait juste à côté d'une autre porte, au-dessus de laquelle se trouvait le panneau *Femmes*. Celle que j'avais utilisée portait clairement la mention *Hommes*.

Merde ! *Parfait.*

Le chemisier me coûta cent quarante dollars – soit environ cent vingt dollars de plus que celui qu'il remplaçait et que j'avais trouvé chez *Marshalls*. Puisque cela suffisait presque à épuiser mon triste compte en banque dernièrement, il fallait que je décroche ce dernier emploi – l'entretien pour lequel il ne me restait que quelques minutes pour m'y rendre. Je me précipitai donc vers l'immeuble situé à quelques portes de là, me changeai dans les toilettes pour dames du hall à une vitesse digne de Superman, passai mes doigts dans mes cheveux et appliquai une couche supplémentaire de rouge sur mes lèvres déjà trop rouges afin d'estomper les taches de cerise.

Le trajet en ascenseur jusqu'au trente-cinquième étage fut à peu près aussi rapide que celui en métro. La cabine s'arrêta presque à tous les étages pour laisser monter et descendre les gens, aussi sortis-je mon téléphone et passai-je mes emails en revue pour éviter de stresser à l'idée d'être en retard d'une minute ou deux. Malheureusement, cela s'avéra encore plus épuisant, car j'avais reçu deux nouveaux refus d'emplois pour lesquels j'avais envoyé mon CV – dont un venant de l'endroit où j'avais passé un entretien plus tôt dans la journée. *Génial !* Je me sentais complètement vaincue, d'autant plus que j'allais maintenant postuler pour un poste pour lequel je savais que je n'étais pas qualifiée, même si Kitty avait appuyé ma candidature.

Arrivé à mon étage, l'ascenseur tinta, et je pris une profonde inspiration pour me reprendre avant de sortir de la cabine. Mais à peine avais-je posé un pied dehors que le peu de calme que j'avais réussi à trouver s'envola par la fenêtre. De grandes doubles portes vitrées avec de grosses lettres dorées annonçant *Crawford Investments* m'intimidèrent au plus haut point. À l'intérieur, la réception était encore pire, avec des plafonds très hauts, des murs blancs austères ornés d'œuvres d'art aux couleurs vives et un lustre de cristal géant. La femme derrière le bureau ressemblait plus à un top model qu'à une réceptionniste.

Elle sourit de ses lèvres brillantes.

— Puis-je vous aider ?

— Oui, j'ai un rendez-vous à cinq heures avec Merrick Crawford.

— Votre nom, je vous prie ?

— Evie Vaughn.

— Je vais lui faire savoir que vous êtes ici. Veuillez aller vous asseoir.

— Merci.

Alors que je me dirigeais vers les somptueux canapés blancs, la femme m'interpella.

— Madame Vaughn ?

Je me retournai.

— Oui ?

— Vous avez...

Elle me montra son dos par-dessus son épaule.

— ... une étiquette accrochée à votre chemisier.

Je passai la main derrière moi, tapotai jusqu'à ce que je la trouve, et l'enlevai.

— Merci. Il y avait quelque chose sur le chemisier que j'ai mis ce matin, alors j'ai dû en acheter un nouveau avant d'arriver ici.

Elle sourit.

— Heureusement qu'on est vendredi.

— Absolument.

Quelques minutes plus tard, la réceptionniste m'accompagna dans le sanctuaire des bureaux. Lorsque nous atteignîmes le « bureau du chef », deux hommes à l'intérieur se livraient à un concours de cris. Ils ne semblèrent même pas nous remarquer. Pourtant, toute la pièce était vitrée, alors je pouvais les voir debout, face à face, pendant qu'ils hurlaient. Le plus petit des deux était chauve et parlait avec les mains. Chaque fois qu'il agitait les bras, il affichait des ronds de sueur géants sous les aisselles. Le plus grand des deux était sans aucun doute le patron, si l'on en croyait son allure. Il se tenait debout, les pieds écartés et les bras croisés sur un torse large. Je ne pouvais pas voir la totalité de son visage, mais de profil, il semblait qu'une partie de la confiance qu'il dégageait provenait de son physique extrêmement séduisant.

— Si ça ne vous plaît pas..., finit pas grogner le patron... ne laissez pas la porte vous cogner les fesses en sortant.

— J'ai des chaussettes plus vieilles que ce gamin ! Quelle expérience peut-il bien avoir ?

— L'âge n'est pas un nombre dont je me soucie. C'est l'autre nombre qui mène le jeu, ici – *le profit*. Ses résultats sont à deux chiffres, et les vôtres se cassent la gueule pour le troisième trimestre consécutif. Jusqu'à ce que les choses s'améliorent, vos transactions devront toutes être approuvées par Lark.

— Lark...

Il secoua la tête.

— Même son nom me les brise.

— Eh bien, allez vous les briser ailleurs.

Le petit grommela quelque chose que je ne saisis pas et se retourna pour partir. Il essuya la sueur de son visage rougeâtre tout en marchant vers la porte et l'ouvrit d'un coup sec, nous frôlant comme si nous n'étions même pas là. À l'intérieur, le patron se dirigea vers son bureau. Apparemment, nous étions invisibles.

La réceptionniste me regarda d'un air compatissant avant de frapper à la porte.

— Quoi ?

Elle ouvrit à peine la porte et passa la tête par l'entrebâillement.

— Votre entretien de cinq heures est là. Vous m'avez dit de l'amener.

— Super.

Il fronça les sourcils et secoua la tête.

— Faites-la entrer.

Apparemment, le petit-fils de Kitty n'a pas hérité de son comportement aimable.

La réceptionniste tendit la main avec un sourire hésitant.

— Désolée, murmura-t-elle. Mais bonne chance.

Je fis quelques pas à l'intérieur du bureau palatial. Lorsque la porte en verre se referma derrière moi, alors que le type n'avait toujours pas levé les yeux ni ne m'avait saluée, j'eus envie de faire demi-tour et de repartir en courant. Mais alors que je débattais intérieurement de cette décision, monsieur Grincheux perdit patience.

Le dos toujours tourné à moi, il posa quelque chose sur son étagère.

— Vous allez vous asseoir ou je dois aller chercher une boîte de conserve et de la ficelle pour votre entretien ?

Je plissai les yeux. *Quel con !* Je ne sais pas si c'était la journée que je passais ou l'attitude de ce type qui me fit perdre mon sang-froid, mais soudain, je me moquai de savoir si j'obtiendrais le poste. Arriverait ce qui arriverait ! Ce qui est bien quand on atteint le stade où l'on ne se soucie plus de savoir si on gagne ou si on perd, c'est que cela ôte toute pression.

— Peut-être que je vous accordais une minute dans l'espoir que ça améliorerait votre humeur, dis-je.

Le gars se retourna. La première chose qui attira mon attention fut son sourire en coin. Mais lorsque mes yeux remontèrent pour croiser les siens et que je vis pour la première fois ce vert surprenant, je faillis tomber à la renverse.

Non !

Sérieusement ?

Mais non !

Ce n'est pas possible.

Le petit-fils de Kitty est le type de la cabine d'essayage ?

J'eus envie de me cacher dans un trou quelque part.

Mais alors que je mourais silencieusement d'humiliation, l'homme qui, quinze minutes plus tôt, m'avait surprise en train de me renifler l'aisselle avançait vers moi.

Main tendue, Merrick m'indiqua une chaise qui se trouvait devant son bureau.

— Le temps, c'est de l'argent. Asseyez-vous.

Il ne se souvient pas de moi ? C'est possible ?

Après avoir vu l'échange qu'il venait d'avoir avec son employé, je ne pensais pas qu'il était le genre d'homme à ne pas dire ce qu'il pensait.

Peut-être qu'il n'a pas bien vu mon visage... J'avais refermé la porte assez rapidement. Et là-bas, j'étais en soutien-gorge alors que maintenant, j'étais entièrement vêtue.

Ou peut-être... Est-ce que je me trompais et que ce n'était pas le type du magasin ? Je ne le pensais pas. Alors que j'étais peut-être oubliable pour lui, cet homme avait un visage mémorable – une mâchoire ciselée, des pommettes saillantes, une peau impeccable et bronzée, des lèvres pleines et des cils épais et foncés qui bordaient des yeux verts presque translucides. Ces derniers me fixaient à cet instant même comme si j'étais la dernière personne qu'il voulait voir dans son bureau.

Il mit ses mains sur ses hanches.

— Je n'ai pas toute la journée. Finissons-en.

Waouh ! *Quel garçon adorable !* Il avait l'air aussi enthousiaste que moi à l'idée de travailler pour lui. Néanmoins, j'avais fait pas mal d'efforts pour être là, alors autant finir ma semaine merdique avec un refus de plus et jouer le jeu.

Je m'approchai de son bureau et lui tendis la main.

— Evie Vaughn.

— Merrick Crawford.

Nous nous serrâmes la main sans nous quitter du regard et je ne vis toujours aucun signe indiquant qu'il me reconnaissait – ni de l'incident dans la cabine d'essayage, ni en tant qu'amie de sa grand-mère.

Peu importe. Kitty m'avait fait franchir la porte, le reste dépendait de moi.

Mon curriculum vitae trônait au centre de son imposant bureau de verre. Il le souleva et s'adossa à son siège.

— Parlez-moi de *Boxcar Realty*. C'est quoi ?

— Oh, c'est une entreprise à but non lucratif que j'ai créée il y a quelques années. Il s'agit plutôt d'un projet secondaire, mais j'ai passé une bonne partie des six derniers mois à y travailler à temps plein en attendant de trouver un nouveau poste de thérapeute. Je ne voulais pas l'arrêter et laisser un vide dans mon travail.

— Donc, vous avez quitté votre dernier poste de thérapeute il y a six mois et vous n'avez pas eu d'autre emploi depuis ?

— C'est exact, acquiesçai-je.

— Et *Boxcar* travaille dans l'immobilier d'une manière quelconque ?

— C'est une affaire de location de biens immobiliers. Je possède quelques lieux non traditionnels que je loue par le biais d'Airbnb.

Les sourcils de Merrick se froncèrent.

— Non traditionnels ?

— C'est une longue histoire, mais j'ai hérité d'une propriété dans le sud qui est idéale pour faire de la randonnée et s'échapper de la ville. Elle n'était pas du tout développée et je ne voulais pas gâcher le terrain en construisant des maisons, alors j'ai construit un site de glamping et deux cabanes dans les arbres que je loue.

— Un… site de *glamping* ?

— C'est du camping, mais avec un peu plus de glamour. Ça veut dire…

Merrick m'interrompit.

— J'ai déjà entendu le terme « glamping », madame Vaughn. J'ai juste du mal à comprendre le rapport avec votre travail de thérapeute.

Argh ! Ce n'est pas un bon début. Je me redressai un peu plus.

— Eh bien, ce n'est pas directement lié… sauf si vous considérez que la plupart des gens à qui je loue cherchent à s'évader de leur travail stressant. C'est en quelque sorte mon projet passion. Tous les bénéfices sont reversés à des associations caritatives. Après avoir quitté mon dernier poste, j'ai pris un congé bien mérité pour me concentrer sur le développement de ce projet.

Je me penchai en avant et pointai mon CV du doigt.

— Si vous regardez le poste précédent, vous verrez mon expérience en tant que thérapeute.

Merrick m'étudia un moment avant de regarder à nouveau mon CV.

— Vous travailliez chez *Halpern Pharmaceuticals*. Parlez-moi de ce que vous y faisiez.

— J'ai suivi et traité des patients impliqués dans des essais cliniques pour des antidépresseurs et des médicaments contre l'anxiété.

— Donc, chaque patient était traité avec des médicaments ?

— Eh bien, non. Certains reçoivent des placebos au cours d'un essai clinique.

— S'agissait-il de personnes travaillant dans un environnement très stressant ?

— En partie. Ces personnes venaient de tous horizons. Mais ils souffraient tous de dépression et d'anxiété.

Merrick se frotta la lèvre avec le pouce.

— Je suppose que ces personnes recherchaient des médicaments parce que la thérapie traditionnelle ne fonctionnait pas.

Je hochai la tête.

— C'est ça. Tous les participants devaient avoir suivi une thérapie pendant au moins un an pour pouvoir intégrer l'essai. Les études menées par Halpern visaient à déterminer si les traitements aidaient les patients n'ayant pas répondu à une thérapie.

— Et ils se sont révélés efficaces ?

— Ceux sur lesquels j'ai travaillé l'ont été, oui.

Merrick se redressa sur son siège.

— Votre seule expérience consiste donc à travailler avec des personnes pour lesquelles une thérapie est inefficace et qui ont besoin de médicaments pour aller mieux. Ai-je bien compris ?

Je fronçai les sourcils. *Putain, quel con !*

— Malheureusement, tout le monde ne répond pas à une thérapie. De nombreuses personnes que j'ai traitées ont vu leur état s'améliorer. Cependant, en raison de la nature en double aveugle des essais de médicaments, je ne pourrais pas vous dire combien de patients ont pris des placebos et sont allés mieux uniquement grâce à ma thérapie. Je suis sûre que c'est le cas de certains.

Il jeta mon CV sur son bureau.

— Je dirige une société de courtage. Je me demande si je pourrais cesser de communiquer le taux de rendement que ma société rapporte à ses clients. Ça a dû être agréable de ne pas avoir à vous soucier que quelqu'un évalue le succès de vos efforts.

Je sentis mes joues chauffer.

— Vous insinuez que je n'ai pas fait mon travail parce que personne ne pouvait dire si c'étaient mes conseils ou les médicaments qui amélioraient l'état des gens ?

Ses yeux brillèrent.

— Je n'ai pas dit ça.

— Pas avec autant de mots, mais vous l'avez sous-entendu. Je traite tous les patients de la même manière, au mieux de mes capacités, que quelqu'un contrôle ou non. Dites-moi, monsieur Crawford, si vos clients ne voyaient pas, en fait, leur taux de rendement, vous feriez votre travail différemment ? Peut-être que vous vous relâcheriez ?

Un léger sourire se dessina sur ses lèvres, comme s'il s'amusait à jouer au con. Après quelques secondes à me fixer, il se racla la gorge.

— Nous recherchons vraiment quelqu'un qui a de l'expérience dans le traitement des personnes qui travaillent dans un environnement très stressant, *avant* qu'elles n'aient recours à des médicaments.

À cet instant, je me rendis compte que ce que j'avais dit depuis que j'avais franchi la porte n'avait aucune importance. Et que je n'étais pas d'humeur à me faire ridiculiser davantage, d'autant plus qu'il était évident, d'après son attitude, que je n'obtiendrais pas le poste.

Je me levai donc et tendis la main vers lui.

— Merci pour votre temps, monsieur Crawford. Bonne chance dans vos recherches.

Merrick arqua un sourcil.

— L'entretien est terminé ?

Je haussai les épaules.

— Je ne vois pas de raison de continuer. Vous m'avez clairement fait comprendre que mon expérience ne correspond pas à ce que vous recherchez. Et vous avez dit que le temps, c'est de l'argent, alors je suis sûre que j'ai déjà gâché quoi... mille ou deux mille dollars ?

Le sourire en coin qu'il arborait plus tôt revint à la charge. Son regard parcourut mon visage avant qu'il ne se lève et me saisisse la main.

— Au moins vingt mille. Je suis très bon dans mon travail.

Je tentai de retirer ma main, mais Merrick resserra ses doigts. Il tira de façon inattendue, m'obligeant à me pencher sur son bureau. Puis il se pencha à son tour. Pendant une seconde, je crus qu'il allait essayer de m'embrasser. Mais avant que mon cœur ne se remette à battre, il dévia vers la gauche et son visage se rapprocha de mon cou, où il inspira profondément. Ensuite, il lâcha simplement ma main comme si rien ne s'était passé.

Je clignai des yeux plusieurs fois en me redressant.

— Qu... ?

Merrick haussa les épaules.

— Je me suis dit que puisque vous ne serez pas mon employée, ce ne serait pas du harcèlement si je sniffais un petit coup.

— Sniffer un petit coup ?

Il glissa ses mains dans les poches de son pantalon.

— Je suis curieux depuis la cabine d'essayage.

Mes yeux s'écarquillèrent.

— Oh, mon Dieu ! Je savais que c'était vous ! Pourquoi vous n'avez rien dit plus tôt ?

— Ça m'a semblé plus amusant de ne pas le faire. Je voulais voir comment vous vous débrouilleriez. Vous aviez l'air de vouloir vous enfuir quand vous êtes entrée. Mais vous vous êtes bien reprise.

Je plissai les yeux.

— Pas étonnant que vous ayez besoin d'aide pour gérer le stress de vos employés. Vous jouez souvent avec les gens pour vous divertir ?

— Vous vous cachez souvent dans les cabines d'essayage pour vous renifler les aisselles ?

Je fronçai les sourcils et mon regard s'étrécit encore. Merrick semblait amusé.

— Je vous ferai savoir que j'étais en train de me rafraîchir parce que je suis restée coincée dans le...

Je secouai la tête et grognai :

— Vous savez quoi ? Ça n'a pas d'importance.

Je pris une grande inspiration et me rappelai que j'étais une professionnelle et que, parfois, il valait mieux se montrer magnanime. Je rajustai ma jupe et me redressai de toute ma hauteur.

— Merci pour votre temps, monsieur Crawford. J'espère que nous ne nous croiserons plus jamais.

CHAPITRE 2

— Je suppose que les entretiens d'aujourd'hui ne se sont pas très bien passés ?

Je versai les dernières gouttes de la bouteille de vin désormais vide et la tendis à ma sœur.

— Je ne vois vraiment pas ce qui a pu te donner cette idée ?

Greer prit une autre bouteille dans le casier à vin et s'assit à la table de la cuisine, en face de moi, avec le tire-bouchon.

— Pourquoi nous ne sommes pas nées riches, au lieu d'intelligentes et belles ?

— Parce que nous ne sommes pas des connasses, m'esclaffai-je. Je te jure, tous ceux que j'ai rencontrés et qui avaient le package complet – argent, intelligence et beauté – étaient aussi de gros connards.

Je bus une gorgée de vin.

— Comme le type avec qui j'ai passé cet entretien cet après-midi : il était à tomber par terre. Ses yeux étaient très clairs et ses cils si épais et foncés que c'était difficile de ne pas le fixer. Il possède l'un des fonds spéculatifs les plus prospères de Wall Street, mais c'est un vrai crétin arrogant.

Greer retira le bouchon du vin avec un bruit sec, et Buddy, son chien, arriva en courant. C'était le seul bruit qui le faisait se lever. On pouvait sonner à la porte ou frapper, il ne sortait pas de son panier. Mais si l'on ouvrait une bouteille de vin, il devenait soudain pavlovien. Elle lui tendit le bouchon pour qu'il le lèche, et il s'en donna à cœur joie.

Je secouai la tête en regardant la scène.

— Ton chien est bizarre.

Elle lui gratta le sommet de la tête pendant qu'il lapait le bouchon.

— Il n'aime que le rouge. Tu as remarqué le regard mauvais qu'il me lance quand il arrive en courant et qu'il se rend compte que c'est du blanc et qu'il s'est levé pour rien ?

Je ris et servis à Greer un grand verre de merlot.

— Revenons à l'homme sexy, riche et arrogant que tu as rencontré aujourd'hui, dit-elle. Il a l'air affreux. Il y a une chance qu'il veuille faire un don pour ta sœur ?

Greer et son mari cherchaient activement un donneur de sperme après avoir essayé pendant cinq ans d'avoir un enfant. À trente-neuf ans, elle avait presque dix ans de plus que moi et commençait à sentir la pression de Mère Nature. Ils avaient fait quatre cycles de FIV avec le sperme de Ben, parce que ses nageurs avaient des problèmes de motilité. Mais ils n'avaient toujours pas réussi. Récemment, ils avaient abandonné et décidé de faire appel à un donneur.

— Je suis presque sûre que tu as plus de chances d'avoir son sperme que moi d'avoir son travail.

— Que s'est-il passé ? Encore ton expérience qui ne convient pas ?

Je soupirai et hochai la tête.

— Honnêtement, c'est ma faute. Je n'aurais jamais dû accepter le poste dans l'entreprise pharmaceutique de la famille de Christian. C'est une industrie très spécifique, et les gens se méfient beaucoup des essais cliniques de médicaments, de nos jours, alors ça crée de la gêne que j'aie travaillé dans ce secteur. De plus, c'était idiot de mêler toute ma vie à celle d'un homme.

Ma sœur me tapota la main.

— Garde la tête haute. La semaine prochaine, tu as un entretien dans l'entreprise du petit-fils de Kitty, n'est-ce pas ? Peut-être que ça marchera.

— Euh, le crétin arrogant dont je viens de te parler, *c'est* le petit-fils de Kitty.

Notre grand-mère et Kitty Harrington avaient été les meilleures amies du monde pendant près de trente ans. Elles vivaient dans des maisons voisines en Géorgie, jusqu'à la mort de ma grand-mère, quatre ans auparavant. Lorsque j'avais décidé de faire mon doctorat à Emory, à Atlanta, j'avais emménagé chez Nanna et appris à bien connaître Kitty. Lorsque Nanna était morte après une courte bataille contre le cancer au cours de ma dernière année d'études, Kitty et moi nous étions aidées à surmonter cette épreuve, et nous étions restées proches depuis lors. Peu importe que près de cinquante ans nous séparent. Je la considérais comme une bonne amie. Même après mon retour à New York pour mon stage en entreprise, nous n'avions jamais perdu le contact. Je lui rendais visite au moins une fois par an et nous nous parlions au téléphone presque tous les dimanches.

Les yeux de Greer s'écarquillèrent.

— Oh, waouh ! Je croyais que l'entretien avait lieu la semaine prochaine. Je n'arrive pas à croire que le petit-fils de Kitty se soit montré aussi con avec toi, en sachant à quel point vous êtes proches, elle et toi.

Je bus une gorgée de vin et secouai la tête.

— Tu sais, Kitty n'a jamais été évoquée. Il n'était pas du genre à perdre son temps en bavardages. Mais après avoir quitté son bureau, j'ai réalisé qu'il était possible qu'il ne sache pas qui j'étais. On aurait pu penser qu'il l'aurait au moins mentionnée, non ?

— Pourquoi toi, tu ne l'as pas évoquée ?

Je haussai les épaules.

— C'était une journée de dingue. En fait, je l'ai croisé dans un magasin à deux pas de son immeuble avant l'entretien, et nous avons eu... un petit incident. Cette histoire m'a déstabilisée, puis il m'en a fait baver, doutant que je sois qualifiée. Je comprends que je ne suis pas la *meilleure* candidate, mais pourquoi m'avoir conviée à un entretien s'il ne pensait pas que j'avais les qualifications de base ?

— Je suis vraiment surprise. Kitty est une femme si gentille !

— Oui. Mais elle a aussi un côté espiègle. Je ne savais jamais quand elle plaisantait à cause de son sourire en coin.

Je secouai la tête.

— Je me suis rendu compte qu'ils avaient ça en commun : un sourire en coin indéchiffrable.

— Tu vas lui dire qu'il a été salaud avec toi ?

Je fronçai le nez.

— Je ne veux pas qu'elle se sente mal. En plus, elle s'illumine toujours quand elle parle de lui.

— Eh bien...

Ma sœur me serra la main.

— Tout arrive pour une bonne raison. Je parie que quelque chose de plus grand et de meilleur t'attend. Et même s'il te faut du temps pour le trouver, tu n'es pas obligée de partir. Tu peux rester avec nous aussi longtemps que tu le souhaites.

Je savais qu'elle était sincère, et j'appréciais de passer du temps avec ma sœur et son mari depuis que j'avais emménagé, mais j'avais hâte de m'installer dans mon propre appartement.

— Merci.

Plus tard dans la soirée, alors que j'étais allongée dans mon lit, incapable de m'endormir, je tournais et me retournais comme je le faisais souvent depuis que ma vie avait été chamboulée. En un jour, j'avais perdu un fiancé, une meilleure amie, un travail et mon appartement. Pour couronner le tout, mon discours de mariage – dans lequel j'avais dénoncé la liaison de Christian et Mia – était devenu viral. Tout comme la vidéo que j'avais montrée d'eux en train de s'envoyer en l'air dans la suite nuptiale la nuit précédant mon mariage. Aux dernières nouvelles, la « vidéo porno du marié et de la meilleure amie de la mariée folle » avait été visionnée plus d'un *milliard* de fois. Les médias grand public avaient même repris l'histoire, et il avait fallu plus d'un mois pour que l'intérêt suscité sur Internet meure d'une mort lente et douloureuse. Puis, alors que je pensais pouvoir respirer à nouveau, Christian et sa famille avaient intenté une action en justice contre moi pour fraude et détournement de fonds, affirmant que je leur avais fait payer un mariage chic pour me venger d'une situation dont ils prétendaient que j'étais au courant depuis le début. Comme si le fait de se voir signifier ce truc ridicule n'avait pas était assez grave, lorsque les médias avaient eu vent de l'affaire, la folie avait repris de plus belle. Des paparazzis s'étaient même garés devant l'immeuble de ma sœur pendant quelques jours. Où va ce monde si on ne peut même pas faire exploser son propre mariage sans qu'un *milliard* de personnes s'en mêlent ?

Comme je n'arrivais pas à dormir, je pris mon téléphone sur la table de nuit et me mis à *scroller*. Ne trouvant rien qui retienne mon attention, je commis l'erreur d'ouvrir mon courrier électronique. Deux autres refus étaient arrivés depuis que j'avais vérifié cet après-midi-là. Soupirant, je décidai de me déconnecter. C'est alors que je remarquai un email que j'avais manqué. Il était arrivé deux heures plus tôt et le nom de domaine attira franchement mon attention.

Joan_Davis@CrawfordInvestments.com

C'était probablement un autre refus, mais je l'ouvris quand même.

Chère Madame Vaughn,

Merci d'avoir pris le temps de nous parler du travail de thérapeute du stress. Monsieur Crawford a sélectionné les candidats à recontacter pour un examen plus approfondi, et nous aimerions vous convier à un deuxième entretien dans nos bureaux.

Veuillez me faire part de vos disponibilités la semaine prochaine.

Bien cordialement,
Joan Davis
Directrice des ressources humaines

Je clignai des yeux plusieurs fois, persuadée d'avoir mal compris l'email. Mais non, une deuxième lecture confirma que j'étais bien reconvoquée. J'avais très certainement fait une très bonne première impression quand j'avais reniflé mon aisselle.

CHAPITRE 3

Merrick

— Monsieur Crawford ?

Mon assistante, Andrea, passa la tête par l'entrebâillement de la porte de mon bureau pendant que je déjeunais avec Will.

— Désolée de vous interrompre, mais les RH m'ont demandé si vous auriez le temps de parler avec l'un des candidats au poste de thérapeute interne.

Je secouai la tête.

— Je n'ai pas besoin de parler aux candidats. J'ai déjà donné mon avis à Joan. Les RH organisent les deuxièmes entretiens et me feront savoir ce qu'ils en pensent lorsqu'ils auront terminé.

— Apparemment, l'une des candidates a demandé si elle pouvait vous parler une minute après son rendez-vous avec eux. Mais son entretien commence maintenant, et je sais que vous n'aimez pas être dérangé pendant les heures de trading.

— Quelle candidate ?

— Evie Vaughn.

Je m'adossai à ma chaise avec un petit rire.

— Bien sûr. Pourquoi pas ?

Elle hocha la tête.

— Je le lui ferai savoir.

Will leva le menton après qu'Andrea eut fermé la porte.

— C'était quoi, ce petit sourire ?

— L'une des candidates au poste de thérapeute du stress est *intéressante*, c'est le moins qu'on puisse dire.

— De quelle manière ?

— Son premier entretien n'avait lieu qu'à dix-sept heures la semaine dernière, alors quand le marché a fermé, je suis descendu chez *Paloma* pour récupérer un costume que j'avais acheté et fait retoucher. Après avoir quitté le magasin, j'ai cru avoir oublié mon téléphone portable dans la cabine d'essayage, alors je suis retourné vérifier. Quand j'ai ouvert la porte, je suis tombée sur une femme.

— Je déteste ces endroits qui n'ont que des cabines d'essayage mixtes.

— En fait, il y a des cabines séparées. Mais la femme était dans celle pour hommes. Mais ce n'est pas le meilleur. Quand je suis entré, elle était à moitié déshabillée... et elle reniflait son aisselle.

Les sourcils de Will se relevèrent brusquement.

— Répète !

— Tu m'as bien entendu. Bref, quelques minutes plus tard, mon rendez-vous de dix-sept heures entre, et c'est elle. La femme de la cabine d'essayage.

— La renifleuse d'aisselles ? Tu déconnes ! Tu as fait quoi ?

— Rien. J'ai fait comme si je ne la reconnaissais pas, alors qu'elle, si, sans aucun doute. Je l'ai vue se tortiller.

— Ce genre de truc n'arrive qu'à toi, mon ami. Alors qu'est-ce qui s'est passé ? Comment s'est passé l'entretien ?

— C'était la candidate la moins qualifiée. Je ne sais même pas comment son CV s'est retrouvé dans le groupe convié aux entretiens.

— Pourtant, elle est de retour ici aujourd'hui pour un deuxième entretien ?

— Oui, en effet.

Will secoua la tête.

— Qu'est-ce que je rate ?

— Quand je suis rentré chez moi ce soir-là, j'ai commencé à penser à la façon dont le conseil d'administration m'impose ce poste. Ils m'ont forcé à embaucher quelqu'un, pas à choisir une personne compétente.

Will sourit.

— Du génie.

Je secouai la tête.

— Ça ne suffisait pas que je propose de payer les services d'un psychologue à ceux qui le souhaitent. Ils m'ont obligé à engager une personne à temps plein sur place et à exiger que chaque employé assiste à une séance pendant sa journée de travail, au moins une fois par mois. J'ai besoin que mes employés soient concentrés et impitoyables pendant qu'ils sont ici – pas qu'ils entrent en contact avec leurs émotions.

— Je te comprends.

Alors que nous finissions de déjeuner, Andrea revint frapper à la porte. Evie Vaughn se tenait juste derrière elle. Ses cheveux blonds ondulés étaient relevés, aujourd'hui, et elle portait un simple tailleur noir avec un chemisier rouge en dessous, ce qui lui donnait le look sexy d'une bibliothécaire sur laquelle tous les hommes fantasment au moins une fois dans leur vie. Je tentai d'ignorer l'émoi qu'elle provoquait en moi et me forçai à baisser les yeux.

Andrea passa la tête par la porte.

— Avez-vous besoin de plus de temps ?

Je regardai Will.

— Nous devons discuter d'autre chose ?

Il secoua la tête.

— Pas que je sache. Je passerai l'ordre d'achat d'Endicott dès que l'action atteindra quarante dollars.

— Bien.

Je me tournai vers Andrea.

— Faites entrer madame Vaughn, s'il vous plaît.

Will partit, me lançant un sourire par-dessus son épaule en passant devant Evie.

Lorsque la porte se referma, elle fit quelques pas en avant, puis hésita.

— Merci de me recevoir.

Je hochai la tête et lui indiquai les fauteuils réservés aux visiteurs, de l'autre côté de mon bureau.

— Asseyez-vous.

— Votre assistante a mentionné que vous n'acceptiez pas de rendez-vous quand le marché est ouvert, d'habitude.

— C'est vrai.

Me penchant en arrière, je tendis mes doigts.

— Que puis-je faire pour vous, madame Vaughn ?

— Evie, je vous prie. Eh... eh bien, j'espérais que vous pourriez me donner des éclaircissements.

— À quel sujet ?

— Pourquoi je suis ici ? Pour un deuxième entretien, je veux dire. Lors du premier, vous avez clairement exprimé que vous ne pensiez pas que j'avais l'expérience nécessaire pour le poste, et je n'ai pas vraiment fait une bonne première impression dans cette cabine d'essayage. Alors... pourquoi je suis encore là ?

Je croisai les bras et réfléchis à la réponse à donner. La réponse politiquement correcte et professionnelle aurait été de dire que j'avais changé d'avis après avoir vu sa façon de se comporter pendant l'entretien. Mais on ne m'avait jamais accusé d'être politiquement correct ou professionnel.

— Vous êtes sûre de vouloir la vraie réponse ? Parfois, il vaut mieux ne pas savoir et accepter le résultat.

Elle croisa les bras sur sa poitrine, imitant ma posture.

— Peut-être, mais j'aimerais quand même savoir.

J'aimais bien sa fougue. J'eus du mal à me retenir de sourire.

— Vous avez été reconvoquée parce que vous êtes la moins qualifiée de toutes les personnes que nous avons eues en entretien.

Son visage se décomposa et je ressentis une pointe de culpabilité, même si elle avait dit vouloir la vérité.

— Pourquoi vous avez fait ça ?

— Parce que l'embauche en interne d'un coach spécialisé dans la gestion du stress n'était pas mon idée. Mon conseil d'administration me force la main.

— C'est un problème parce que ce n'était pas votre idée ?

— J'emploie cent vingt-cinq personnes dont le travail consiste à me donner des idées.

Je secouai la tête.

— Non, je n'ai pas de problème d'autorité, madame Vaughn.

Elle se pinça les lèvres.

— Docteur... c'est *docteur* Vaughn. Je préfère qu'on m'appelle Evie, mais si vous insistez pour utiliser l'étiquette formelle, autant utiliser mon titre. Je suis titulaire d'un doctorat en psychologie clinique.

Cette fois, je ne pus me retenir de sourire.

— D'accord, acquiesçai-je. Non, je n'ai pas de problème d'autorité, *docteur* Vaughn.

— Donc vous êtes contre le poste, en général, et vous vouliez embaucher la pire personne pour confirmer votre position ?

Je hochai la tête une fois.

— On peut dire ça.

— Vous êtes contre la psychothérapie ?

— Je pense qu'elle peut être bénéfique à certaines personnes.

— À certaines personnes ? Mais pas à vos employés ? Vous croyez que vos employés n'ont pas de stress sur leur lieu de travail ?

— Nous sommes à Wall Street, madame... *docteur* Vaughn. Si ce n'était pas un travail stressant, mon trader moyen ne gagnerait pas sept chiffres. Je préfère simplement que mes employés soient concentrés lorsqu'ils sont au bureau.

— Vous n'avez jamais envisagé que vous pourriez voir les choses à l'envers ? Ce n'est pas parce qu'elle prend une heure dans la journée pour parler à quelqu'un qu'une personne stressée n'est pas concentrée. Elle n'est déjà pas concentrée en raison de son niveau de stress. La thérapie pourrait l'aider à se recentrer pour mieux se concentrer.

— Je prends note qu'il y a plus d'une façon de voir les choses.

Je l'étudiai un moment.

— Vous vouliez demander autre chose ? Ou nous avons atteint le moment de la discussion où vous me dites que vous espérez ne plus jamais nous revoir ?

Elle sourit timidement.

— Je m'excuse d'avoir dit ça. Ce n'était pas très approprié.

Je haussai les épaules.

— Ce n'est pas grave. Croyez-le ou non, j'ai moi-même été accusé d'avoir des propos inappropriés une fois ou deux.

Elle se leva en riant.

— Mon Dieu ! Je n'aurais jamais deviné ça de la part de l'homme qui m'a reniflée pendant mon entretien.

Evie tendit sa main vers moi.

— Merci de m'avoir accordé votre temps. Et pour votre honnêteté.

Je hochai la tête et lui serrai la main.

— Une dernière chose, ajouta-t-elle. J'espère que vous ne m'en voudrez pas si je tente ma chance en faisant une suggestion.

Je haussai un sourcil.

— J'ai hâte de l'entendre...

Elle sourit.

— Si vous devez engager quelqu'un, pourquoi ne pas engager la meilleure personne possible ? Vos employés le méritent, et on ne sait jamais, le résultat pourrait vous surprendre.

• • •

Ce soir-là, ma responsable des ressources humaines, Joan Davis, me fit un signe de la main en passant devant mon bureau. Apparemment, elle partait pour rentrer chez elle. J'ouvris ma porte et la hélai.

— Joan ?

Elle s'arrêta et se retourna.

— Oui ?

— Je peux vous poser une question ?

— Bien sûr. Laquelle ?

— Pourquoi avons-nous convié le docteur Vaughn à un entretien ?

Son front se plissa.

— Vous m'avez envoyé un email pour me demander de la faire venir.

— Non, je ne parlais pas du deuxième tour. Je voulais dire « la première fois ». Les autres candidats avaient tous plus d'expérience, alors j'étais curieux de savoir ce qui vous avait poussée à la choisir pour le premier entretien.

La ligne entre ses sourcils se creusa.

— Je faisais référence à l'entretien initial. Vous m'avez donné l'ordre de l'inclure dans le processus d'embauche.

— *Je* vous ai donné l'ordre ? Je ne l'avais jamais rencontrée avant l'autre jour, lorsqu'elle est venue.

— Mais vous m'avez dit que votre grand-mère pourrait recommander quelqu'un pour le poste et, quand son CV arriverait, de l'inclure dans la première série d'entretiens.

— Je ne pensais pas que ce CV était arrivé. La femme que ma grand-mère connaît s'appelle...

Je fermai les yeux.

— Merde ! Evie est le diminutif d'Everly, n'est-ce pas ?

Joan hocha la tête.

— J'ai supposé que vous le saviez. Dans sa lettre de motivation, qui était jointe au CV que je vous ai donné, elle avait écrit qu'elle était recommandée par Kitty Harrington.

Je n'avais pas pris la peine de lire les lettres de motivation. En général, c'étaient des conneries, juste un endroit où on lâchait des mots à la mode sans intérêt.

— J'ai dû rater ça.

— Oh ! Eh bien, je m'excuse. J'aurais dû le signaler avant que vous ne commenciez les entretiens.

Je secouai la tête.

— Ce n'est pas grave. C'est ma faute. Passez une bonne soirée, Joan.

• • •

Plus tard dans la soirée, je décidai d'appeler ma grand-mère. Il était presque vingt et une heures quand j'arrivai chez moi, mais elle était une couche-tard. En outre, je n'avais que trop tardé, ce que j'étais certain qu'elle me rappellerait. Je me servis donc deux doigts de whisky et pris mon portable.

— Eh bien, eh bien, eh bien... dit-elle en décrochant. Je commençais à croire que j'allais devoir prendre un avion pour venir te botter les fesses.

Je souris. Ça avait été rapide.

— Désolée, mamie. Ça fait trop longtemps. Le travail est très prenant.

— Ah, c'est n'importe quoi et tu le sais.

Je m'esclaffai.

— Comment tu vas ?

— Probablement comme toi, mais en mieux.

Cette femme me manquait vraiment.

— Je n'en doute pas. Quoi de neuf ? Tu sors toujours avec ce type, Charles ?

— Oh, chéri, ça fait vraiment longtemps ! Charles a été viré il y a au moins deux mois. Je suis passée à Marvin.

— Que s'est-il passé avec Charles ?

— Il dînait à seize heures, portait des pantoufles dehors en guise de chaussures et n'aimait pas voyager. J'ai soixante-dix-huit ans. Je n'ai pas de temps pour ces choses ennuyeuses. Je t'ai dit que nous étions parents avec Ava Gardner ?

— Ava Gardner était une actrice, c'est ça ?

— Une sacrée bonne actrice, aussi. Elle a toujours eu ces grandes lèvres pulpeuses. C'est probablement de là que vient ta bouche boudeuse.

Je plissai le front. Mamie avait déjà parcouru la moitié de la route, et j'étais toujours coincé à l'intersection.

— Quel est le rapport entre Ava Gardner et Charles ?

— Aucun. Ava est l'une de mes nouvelles découvertes sur *Ancestry*.

— Oh...

J'avais presque oublié le hobby de ma grand-mère. Au cours des deux dernières années, elle avait répertorié plus de six mille connexions sur *Ancestry*. Toutes les semaines, elle discutait par Zoom avec les nouveaux parents éloignés qui acceptaient de lui parler. Elle en rencontrait même certains en personne. Cette femme n'était jamais restée tranquille un seul jour de sa vie. Cela faisait seulement cinq ans qu'elle avait pris sa retraite du centre d'accueil pour victimes de violences domestiques qu'elle avait fondé, et elle y retournait encore une fois par semaine pour faire du bénévolat.

— Alors, quel est notre lien de parenté avec Ava ? demandai-je.

— L'arrière-grand-père de mon père – donc mon arrière-arrière-grand-père – était cousin germain de son arrière-grand-mère.

— Cette branche est trop loin dans l'arbre pour que je tienne mes lèvres d'elle.

— Nous avons des gènes forts. Dieu sait que ton entêtement remonte à au moins cinq générations.

J'étais presque sûr que la femme au téléphone en avait assez pour cinq autres lignées.

— Tu as fait quoi dernièrement, à part ne pas appeler pour savoir si j'étais morte ? demanda-t-elle. Toujours à passer d'un mannequin à l'autre au lieu de chercher la mère de mes arrière-petits-enfants ? Je ne rajeunis pas, tu sais. Ce serait bien que tu t'y mettes rapidement.

— Je gère mon entreprise, mamie.

— Ce sont des conneries. La vie t'a donné des citrons. Arrête de les sucer et fais de la limonade. Ensuite, va trouver une fille qui boit de la vodka.

Je souris, mais il était temps de changer de sujet. Et en parlant de citrons...

— Écoute, je voulais te parler d'Evie Vaughn.

— Ah, Everly ! Je n'ai jamais pu m'habituer à l'appeler Evie.

— Apparemment, elle se fait appeler Evie.

— J'ai deviné qu'elle était peut-être la vraie raison de ton appel. Everly m'a dit que vous vous étiez rencontrés la semaine dernière.

Merde !

— Qu'est-ce qu'elle a dit ?

— Comme d'habitude. Que tu étais aussi débonnaire que je l'avais dit et très poli et professionnel.

Poli, hein ? Ma grand-mère n'y allait *jamais* par quatre chemins. Elle m'aurait engueulé si elle avait su que j'avais traité Evie comme je l'avais fait. J'étais reconnaissant au *docteur* Vaughn d'avoir gardé secrète la vérité sur notre rencontre.

— Elle est canon, n'est-ce pas ?

— Evie est une belle femme, oui.

— Elle a une belle poitrine, aussi, dit-elle.

Ça, je le savais depuis la cabine d'essayage. Mais je n'avais pas l'intention de parler des seins d'une femme avec ma grand-mère.

— Je n'en sais rien. Je lui faisais passer un entretien, je ne la reluquais pas.

— Bien. Je t'aime. Tu es mon petit-fils préféré. Mais la dernière chose dont mon Everly ait besoin, c'est d'un bourreau de travail ayant des problèmes d'engagement. Donne-lui juste un emploi, pas un tour sur le Merrick Express.

— Tout d'abord, je suis ton *seul* petit-fils, alors j'ai intérêt à être ton préféré. Et deuxièmement, je n'ai pas de problèmes d'engagement.

— Oui, oui. Alors, tu donnes le boulot à mon amie ou pas ? Elle a eu une année difficile avec sa rupture et cette stupide vidéo et tout.

— Cette stupide vidéo ?

— Tu écoutes ce que je dis ? Je t'en ai parlé. C'était probablement il y a six mois, maintenant. La semaine après mon opération de la vésicule biliaire, pour être exacte. C'est pour ça que je n'ai pas pu aller au mariage.

Maintenant qu'elle le disait, je me souvenais qu'elle était censée venir pour un mariage, mais elle avait eu une crise de vésicule biliaire et, à la place, j'étais allé là-bas pour son opération.

— Je me souviens du mariage... Ils ont rompu, alors ? Evie l'a annulé ?

— Pas tout à fait. La veille du grand jour, Everly a découvert que son fiancé se tapait sa demoiselle d'honneur. Plutôt que de rompre, elle l'a épousé, et lors de la réception, elle a diffusé une vidéo d'eux deux faisant le mambo horizontal, avant de partir. Le monde entier a vu la vidéo à cause de ce fichu Internet. Elle a fait annuler le mariage la semaine suivante.

Putain de merde ! Je me souvenais vaguement que ma grand-mère m'avait raconté cette histoire, et je me souvenais même d'avoir vu un extrait de la vidéo aux informations. Mais je n'avais pas fait le rapprochement.

— Je n'ai pas fait le rapport avec la femme que j'ai eu en entretien.

— Oui, mais j'espère que tu ne la pénaliseras pas pour ça. Il fallait beaucoup de courage pour faire ce qu'elle a fait.

— Bien sûr que non ! lui répondis-je.

Ma grand-mère et moi discutâmes encore pendant dix minutes. Après avoir raccroché, je pris mon ordinateur portable et cherchai sur Google : *Désastre du mariage d'Everly Vaughn.*

Je n'avais pas prêté attention à la vidéo lorsqu'elle avait été diffusée un peu partout en début d'année, mais la toute première qui s'afficha lorsque j'appuyai sur *entrée* fut indéniablement celle d'Evie. Et cette fichue vidéo avait été vue une tonne de fois. L'image fixe montrait son visage alors qu'elle parlait dans un micro, vêtue d'une robe de mariée. J'appuyai sur *play* et regardai l'enregistrement en entier, bouche bée. Je n'arrivais pas à croire qu'il s'agissait de la même femme que j'avais reçue en entretien sans enthousiasme, la même femme que dans la cabine d'essayage. Quand la vidéo prit fin, j'appuyai sur *play* une deuxième fois. Mais lorsque la mariée apparut à l'écran, je fis une pause et la regardai attentivement.

Evie – le *docteur* Everly Vaughn – était magnifique dans une robe près du corps, sans bretelles, en dentelle blanche. Ses cheveux étaient coiffés comme les femmes le faisaient dans les années quarante, avec de douces ondulations blondes encadrant son joli visage. Les lunettes de bibliothécaire sexy qu'elle portait les deux fois où je l'avais rencontrée avaient disparu, rendant ses grands yeux bleus encore plus grands. Putain ! C'était une vraie bombe.

Les yeux rivés sur l'écran, je fis tourner les glaçons dans mon verre presque vide. La première fois que j'avais regardé la vidéo, je m'étais concentré sur le marié, essayant de voir s'il avait eu la moindre idée de ce qui allait se passer. Ce n'était certainement pas le cas, et c'était d'autant plus agréable de voir cet enfoiré encaisser ce qui lui arrivait. Mais cette fois, je me concentrai sur la mariée. Et aussi belle qu'elle soit, je pouvais maintenant voir la douleur dans ses yeux. Cela me rappela l'après-midi même, quand j'avais dit la vérité sur la raison pour laquelle elle avait été conviée à un second entretien – sauf que la douleur était multipliée par mille.

J'appuyai sur *play* et regardai Evie prendre le micro pour réclamer l'attention de tout le monde. En zoomant, je remarquai que ses mains tremblaient. Quelques mois plus tôt, lorsque les infos avaient diffusé l'affaire, j'avais mis cette histoire sur le compte d'une mariée folle. Mais à présent, je voyais les choses différemment. En avalant la dernière goutte de liquide ambré dans mon verre, je lui reconnus le mérite de s'être défendue. Ma grand-mère avait raison. Il fallait des couilles pour faire ce qu'elle avait fait, mettre ses émotions à nu devant une salle pleine de gens et pointer du doigt deux personnes qu'elle aimait. Lorsque le film arriva au moment où son fiancé et sa meilleure amie commençaient à s'envoyer en l'air, je fermai mon ordinateur portable et regardai Manhattan par la fenêtre.

Evie Vaughn. Cette femme avait épousé un homme juste pour faire exploser le mariage lors de la réception. Elle ne paraissait pas savoir très bien gérer son propre stress. Sans compter qu'elle n'avait vraiment pas l'air d'être facile – audacieuse, intelligente, le genre de femme à pointer les gens du doigt quand elle le jugeait nécessaire, qu'il s'agisse de son propre mariage ou d'un entretien avec un employeur potentiel. Elle était sexy à souhait, surtout quand elle ne montrait aucune peur. Oui, le docteur

Vaughn était *exactement* le type d'employée dont je n'avais *pas* besoin, même à un poste que je ne voulais pas. Mon entreprise comptait suffisamment de personnes au caractère bien trempé.

Et pourtant, dernièrement, je n'arrivais pas à me la sortir de la tête.

Ce qui était idiot.

Tout simplement idiot.

Je savais ce que je devais faire pour étouffer ce truc dans l'œuf. Je ressortis donc l'email que les RH avaient envoyé après les entretiens avec les candidats finaux et le relus avant de répondre.

Monsieur Crawford,

J'ai rencontré les deux candidats que vous avez sélectionnés pour une seconde rencontre. Les deux entretiens se sont bien passés ; les deux candidats ont été en mesure de présenter différentes techniques de gestion du stress qu'ils pourraient utiliser et se sont manifestement bien renseignés sur ce secteur. Toutefois, le Dr Wexler a plus d'expérience que le Dr Vaughn en matière de conseils personnalisés sur l'anxiété et le stress. C'est pourquoi je recommande que nous fassions une offre au Dr Wexler.

N'hésitez pas à me faire savoir si vous souhaitez en discuter plus avant ou si vous préférez que nous rouvrions la recherche pour trouver de nouveaux candidats potentiels.

Bien cordialement,
Joan Davis

Je restai là pendant vingt minutes, le regard fixé sur l'écran sans le voir. La liste des raisons de ne pas engager Evie Vaughn était interminable. Même les ressources humaines recommandaient un autre candidat. Et pourtant...

J'étais un homme qui privilégiait souvent l'instinct à la logique. La plupart du temps, cela m'avait bien servi. Et pour une raison inconnue, je n'arrivais pas à me défaire du sentiment que rejeter Evie Vaughn serait une erreur – et pas seulement parce que ma grand-mère ne serait pas contente. Cependant, je ne pouvais pas dire honnêtement que mon penchant pour la candidate la moins qualifiée était dû à des raisons entièrement professionnelles. Quelque chose chez cette femme m'avait touché. Ce qui était précisément la raison pour laquelle j'aurais dû suivre les conseils de ma directrice des ressources humaines. Pourtant, au lieu de répondre à ma DRH, je retournai sur YouTube et relançai la lecture. *Deux fois.*

Finalement, je secouai la tête. *C'est tout simplement stupide.* Pourquoi diable je perdais mon temps à ruminer sur la personne à embaucher pour un poste que je ne voulais même dans mon entreprise ?

Je cliquai donc sur *répondre* et commençai à taper.

Joan,
Je vous prie de faire une offre au Dr...

CHAPITRE 4

Evie

— Putain de merde ! m'exclamai-je en riant avant de boire une gorgée de café. Sérieusement ?

— Quoi ?

Je levai les yeux de mon ordinateur portable pour regarder Greer.

— Je viens d'ouvrir un email de la société d'investissement pour laquelle j'ai passé un entretien il y a quelques jours, celle qui appartient au petit-fils de Kitty. Tu sais, le type qui m'a dit que j'étais incompétente.

— Le mec sexy dont je veux le sperme ?

— Lui-même, confirmai-je avec un hochement de tête.

— Que dit l'email ? Il a besoin que je dépose un flacon stérile pour la collecte ?

— Non, c'est encore plus fou. Ils m'ont proposé le poste.

— Oh, waouh ! C'est génial !

Je me mordillai l'ongle.

— Vraiment ? Tu crois que j'ai vraiment envie de travailler dans un endroit où le grand patron ne croit pas en la nécessité du poste ni en ma capacité à l'occuper correctement ?

— Ça dépend. Quel est le salaire ? Et tu peux négocier plus de vacances et un supplément de sperme ?

Je retournai à mon ordinateur portable. Je n'avais lu que les premières lignes indiquant que j'avais été sélectionnée pour le poste. Un contrat de travail était joint. En parcourant le document de neuf pages, je fus surprise de constater que le salaire était plus élevé que celui de mon dernier emploi – sans commune mesure avec l'expérience que Merrick Crawford estimait que j'avais. De plus, les vacances étaient très généreuses, sans parler de la possibilité d'obtenir une prime importante.

— *Mince !* C'est très bien payé, il y a quatre semaines de vacances pour commencer, et une participation aux bénéfices après un an.

— Et tu dis « mince ! » parce que tu préfères avoir un salaire de merde, pas de congés et aucune part sur les bénéfices ?

Je secouai la tête.

— Ce ne serait pas aussi douloureux de refuser un poste mal payé.

— Pourquoi tu le refuserais ?

— Le patron ne veut m'embaucher que parce qu'il a trouvé que j'étais la candidate la moins compétente. Il l'a admis. Il a dit que son conseil d'administration l'obligeait à créer ce poste.

— Et alors ? On se fiche de ce qu'il pense. Toi, tu penses que tu pourrais faire le travail ?

Je réfléchis un instant.

— Je suis sûre que des personnes plus qualifiées connaissent le secteur et seraient capables de se lancer sans avoir beaucoup à apprendre. Mais je suis douée dans mon métier, et je pense que je m'en sortirais bien si je comprenais mieux ce qui cause le stress dans ce secteur d'activité. Je veux dire, à part le patron, qui a manifestement un style de management unique.

— Quel est le problème, alors ?

— Tu as raté la partie où le grand boss pense que je suis incompétente ?

Elle haussa les épaules.

— Prouve-lui qu'il a tort ! Tu as fait quoi quand maman t'a dit que tu ne pourrais jamais jouer dans l'équipe de volley-ball parce que tu étais trop petite ?

— J'ai intégré l'équipe et je suis devenue capitaine l'année suivante.

— Et quand tout le monde t'a suggéré de postuler dans des « universités de secours » pour ton doctorat, plutôt que de te contenter de tes trois premiers choix, parce qu'elles avaient toutes un taux d'acceptation inférieur à dix pour cent ?

Je souris.

— J'ai été acceptée dans les trois.

— Je dois continuer ? Parce que je t'en veux encore de m'avoir laissée en plan après que je t'ai dit que tu ne pourrais jamais rencontrer Justin Timberlake dans les coulisses quand tu avais seize ans.

Greer secoua la tête.

— Tu veux savoir, à mon avis, quel est le vrai problème ? enchaîna-t-elle.

— Je n'en suis pas sûre. Si ?

— Le patron. Tu penses qu'il représente un plus grand défi que le travail lui-même, et c'est peut-être le cas. Et alors ? Considère-le comme un projet auquel tu vas devoir t'attaquer, indépendamment du poste. *Objectif Boss.* Ça sonne bien, non ?

Je me mordillai la lèvre inférieure.

— Je ne sais pas. Ce type m'a rendue nerveuse. J'avais l'impression qu'il essayait de lire dans mes pensées ou quelque chose comme ça.

— Crois-moi, se moqua Greer, il ne t'aurait pas proposé de travail s'il avait pu voir ce qui se passait là-dedans. C'est une sorte de Cirque du Soleil, sauf que les artistes sont un peu ivres et résolvent des problèmes mathématiques complexes et hallucinants tout en se pliant comme des bretzels.

Je ris.

— Je ne sais pas. J'y réfléchirai peut-être plus tard.

Je finis mon café et me levai pour rincer ma tasse dans l'évier.

— Pour l'instant, il faut que je m'habille et que j'aille voir mon avocat pour le procès. Mais ne t'inquiète pas, je serai au magasin pour prendre la relève à cinq heures, comme je te l'ai promis.

— Merci. Notre rendez-vous n'est pas avant six heures, alors tu peux même venir autour de cinq heures et demie. Mais tu as déjà engagé quelqu'un pour te représenter ? Tu n'en as pas parlé.

— Je ne l'ai pas encore fait. Mais je crois avoir enfin trouvé l'homme idéal pour ce travail.

— Où tu l'as déniché ?

— C'est quelqu'un que je connais depuis des années.

Le nez de ma sœur se fronça. Elle connaissait tous mes amis.

— Qui ?

— Simon.

Ses yeux s'écarquillèrent.

— Tu plaisantes ?

— Non.

— Je suis un peu surprise qu'il ait accepté de prendre l'affaire. C'est un type sympa et tout, mais il a toujours traité Mia comme si elle était une sorte de reine.

— Eh bien, il ne sait pas encore qu'il la prend !

Greer éclata de rire.

— Oh, c'est pas vrai ! Ça devrait être intéressant. Je prendrai une bouteille de vin supplémentaire pour quand tu rentreras ce soir.

— Merci, sœurette.

Elle secoua la tête.

— Je n'arrive toujours pas à croire que Christian te poursuive en justice. Ce type a des couilles énormes.

— Je sais. Quel dommage que son pénis n'ait pas tenu la comparaison.

• • •

— Evie ? Qu'est-ce que tu fais ici ? demanda Simon.

Je regardai la réceptionniste, qui venait de m'accompagner à mon rendez-vous de onze heures du matin. Elle avait l'air confuse.

— Evie est mon diminutif, expliquai-je.

Son nez se fronça.

— Pour Mary ?

Simon fit signe à la réceptionniste.

— C'est bon. Evie ou Mary, entrez.

Il fit le tour de son bureau et m'embrassa sur la joue.

— Donc, tu es mon rendez-vous de onze heures ? C'est quoi, ce faux nom ?

— En fait, je suis surprise que tu n'aies pas déchiffré le code. Tu vieillis, Simon.

— Le code ? Qu'est-ce que tu veux dire ?

— Le nom que j'ai donné.

Simon retourna derrière son bureau et regarda l'agenda imprimé qui s'y trouvait.

— J'ai trouvé le nom de famille inhabituel. Arguet.

— Dis-le avec le prénom complet.

Il regarda à nouveau vers le bas.

— Mary L. Arguet

— Maintenant, colle le tout.

— *Mariée larguée*. Malin. Je suppose que je suis un peu long à la détente sur les blagues de collège. J'aurais pris Alex Cité ou Clint Horris. Mais pourquoi tu as pris rendez-vous ?

— J'ai des problèmes juridiques pour lesquels j'espérais que tu pourrais m'aider.

— Oh, je suis désolé de l'apprendre ! Qu'est-ce qui se passe... *Oh*, attends...

Il secoua la tête.

— Non, absolument pas. Si tu es ici pour ce que je pense, je ne peux pas t'aider.

— *S'il te plaît*, Simon. Je sais que tu étais furieux que je ne t'aie pas prévenu avant mon discours au mariage, mais je pensais qu'on avait dépassé ça.

Simon se passa la main dans les cheveux.

— Je ne t'en veux pas de ne pas m'avoir prévenu. C'est juste que... j'essaie d'oublier ce qui s'est passé.

— Moi aussi. C'est pour ça que j'ai besoin que tu m'aides dans ce procès ridicule.

— Je peux te recommander quelqu'un.

— Allez, Simon ! Il n'y a pas une petite partie de toi qui veut en faire voir de toutes les couleurs à Christian ?

Il prit une grande inspiration.

— Il y a une grande partie de moi qui aimerait le tabasser. Mais j'ai promis à Mia que je m'efforcerais de laisser tomber.

Ma tête se redressa.

— Mia ? Pourquoi lui promettre quoi que ce soit ?

Simon me regarda dans les yeux avec hésitation.

— Tu ne sais pas qu'on s'est remis ensemble, c'est ça ? Mia et moi essayons d'arranger les choses.

Mon visage se tordit.

— Quoi ? Pourquoi tu ferais ça ?

Il enleva ses lunettes et les jeta sur son bureau avant de se frotter les yeux.

— C'est compliqué, Evie.

Mon visage s'échauffa.

— Non, ce n'est pas compliqué. Quand ta copine se fait surprendre en train de coucher avec le fiancé de sa meilleure amie, c'est assez simple. Tu jettes ses affaires par la fenêtre et tu changes les serrures. Comment tu as pu la reprendre ?

Simon soupira et se pinça l'arête du nez.

— Je l'aime. Elle a commis une erreur.

— Elle n'a pas commis *une* erreur. Elle l'a commise des dizaines de fois. Ce n'est pas comme s'ils avaient trop bu un soir, s'étaient retrouvés au lit et l'avaient regretté le lendemain matin. Ils ont eu une liaison pendant des mois – avec le fiancé de sa soi-disant meilleure amie. Nous sortions dîner à quatre tout le temps, Simon ! Elle avait probablement la main sur sa verge sous la table pendant que nous deux étions assis là comme des idiots.

— Je sais que tu es bouleversée, mais... Mia s'en veut beaucoup pour ce qu'elle t'a fait.

— *Ils ont couché ensemble dans la suite nuptiale la nuit précédant le mariage.* Ma robe était suspendue à un mètre cinquante de là où il l'a fait se pencher. Elle regardait la *robe de mariée de sa meilleure amie* pendant que Christian la lui enfonçait dans le cul, Simon ! *Le cul !* Elle m'a dit qu'elle ne te laissait pas lui faire ça !

Il regarda par-dessus mon épaule.

— S'il te plaît. Parle moins fort. Je travaille ici.

— Je suis désolée.

Je secouai la tête.

— Je n'aurais pas dû venir. Je pensais... que nous étions amis, et j'avais besoin d'une aide juridique, et... je ne sais pas. Je suppose que je pensais que nous pourrions nous venger ensemble d'une manière ou d'une autre.

Simon fronça les sourcils.

— Nous sommes amis, Evie.

— Non. On ne peut pas être ami avec quelqu'un qui est passé du côté de l'ennemi. Je ne t'en tiens pas rigueur, mais soyons réalistes. On ne traînera plus jamais ensemble. Peut-être que tu écriras « Joyeux anniversaire » sur mon mur Facebook et que je posterai un LOL sur une photo Instagram de temps en temps, mais ça s'arrêtera là.

La bouche de Simon se pinça d'un air morne. Il ne pouvait rien dire, car il savait que j'avais raison. Et vraiment, j'étais désolée pour lui. Mia avait entubé sa meilleure amie et lui. Ce n'était pas une erreur ; c'était un défaut de caractère. Et elle recommencerait avec le pauvre bougre.

Je me levai et tendis la main.

— Au revoir, Simon. Bonne chance.

Il se leva.

— Tu veux que je te recommande au moins quelqu'un ?

— Non, dis-je en souriant tristement. Ce n'est pas grave. Merci quand même.

Je sortis du bureau de Simon en ayant l'impression qu'une couche de chair neuve avait été arrachée d'une plaie béante. Je savais que venir ici pour parler de ce qu'il s'était passé ne serait pas facile. Mais je ne m'étais pas attendue à ça. Six mois s'étaient écoulés, et il semblait que je sois la seule laissée-pour-compte. L'autre soir, Christian avait posté une photo alors qu'il était de sortie avec quelqu'un, et Mia... elle avait retrouvé son petit ami et son ancienne vie. Pendant ce temps, j'étais au chômage, sans domicile fixe, la risée d'un milliard de personnes, et sur le point d'être et d'être condamnée à subir une saisie sur salaire sur tout ce que je gagnerais au cours des dix prochaines années – *si* je parvenais à trouver un emploi.

. . .

— Ça craint. Je suis désolée.

Greer fronça les sourcils. J'étais arrivée à son magasin de vin un peu plus tôt qu'elle n'en avait besoin pour pouvoir la tenir au courant pour Simon et Mia. Je n'avais pas pu me défaire de la conversation que j'avais eue avec lui, et j'avais fini par aller à Brooklyn pour faire une longue promenade sur une plage où je ramassais souvent du verre poli avant de venir au magasin.

— Je m'attendais à ce qu'il refuse. Simon n'a jamais aimé les drames – c'était le point fort de Mia. Mais je n'avais pas prévu qu'il le ferait parce que Mia et lui s'étaient remis ensemble.

Ma sœur secoua la tête en finissant de déballer un carton de vin, alignant les bouteilles sur une étagère.

— Je n'arrive pas à croire que quelqu'un d'aussi intelligent que Simon est assez stupide pour la reprendre.

— Je sais. J'ai essayé de me mettre à sa place. Mia et lui étaient ensemble en tant que petits amis, pas fiancés comme Christian et moi. Mais honnêtement, je ne pense pas que je ressentirais les choses différemment si Christian et moi n'avions pas été fiancés quand je l'ai surpris. L'infidélité a plusieurs stades, en quelque sorte. Si tu as un coup d'un soir en étant saoul, c'est un trois sur l'échelle de l'infidélité. Si tu as une relation suivie avec quelqu'un d'autre, c'est un six et demi. Si c'est avec l'ami ou la famille de ta moitié, ça fait grimper l'offense à dix. Je pourrais *peut-être* pardonner un trois. Mais au-delà, ce n'est plus une erreur. C'est un choix absolu. Toute cette histoire me rend tellement folle...

Je levai le menton vers les vitrines fermées à clé derrière ma sœur.

— ... que je pourrais ouvrir ta réserve d'alcool de luxe et boire quelques bouteilles.

Elle pointa du doigt l'étagère derrière moi.

— Tu peux te saouler tout autant avec du bon marché, sœurette.

Je passai derrière le comptoir.

— Ne t'inquiète pas. J'aime faire correspondre mon alcool avec mon estime actuelle de moi, donc du bon marché et de la mauvaise qualité, ça me va.

J'ouvris un tiroir pour y glisser mon sac à main.

— Maintenant, file d'ici. Je ne veux pas que tu arrives en retard à ton rendez-vous pour choisir le bienfaiteur génétique de ma future nièce ou mon futur neveu. En fait, attends une seconde...

Je fouillai dans ma poche et en sortis un morceau de verre poli rouge vif. Me penchant par-dessus le comptoir, je le tendis à ma sœur.

— Prends ça.

Greer m'embrassa sur la joue en le saisissant.

— Toi et ton verre poli porte-bonheur ! Je te verrai à la maison plus tard. Si c'est calme, ferme à sept heures et demie. Ce n'est pas la peine d'attendre jusqu'à huit heures.

Elle prit deux bouteilles de vin sur un présentoir.

— On en aura besoin pour continuer notre conversation sur cet idiot de Simon quand je rentrerai.

Ben doit retourner travailler quand nous aurons fini, alors, on sera entre filles.

— J'ai l'impression qu'il n'est jamais à la maison, ces derniers temps.

— Son entreprise a besoin d'une assistance informatique vingt-quatre heures sur vingt-quatre, puisqu'elle est internationale. Les deux gars de l'équipe de nuit ont démissionné la même semaine, alors il travaille quasi non-stop. Heureusement que nous avons de l'aide pour notre fertilité parce que nous ne sommes jamais dans la même pièce assez longtemps pour concevoir un enfant.

Je souris à moitié.

— Je t'aime. Bonne chance.

— Merci. Je t'aime aussi.

Pendant l'heure et demie qui suivit, je servis quelques clients, lavai les vitrines et cherchai sur mon téléphone des boutiques de malbouffe dans un rayon de trois pâtés de maisons. À dix-neuf heures trente, comme personne n'avait appelé ni n'était venu depuis quarante-cinq minutes, je décidai de suivre le conseil de ma sœur et de fermer plus tôt. J'avais besoin de nourrir mon âme pour me sentir mieux – au sens propre, pas au figuré. J'éteignis donc le néon OUVERT, verrouillai la porte et marchai jusqu'au Gray's Papaya pour y trouver les meilleurs hot-dogs de la ville. Cela faisait longtemps que je n'en avais pas mangé. Dieu sait que j'avais surveillé tout ce qui entrait dans mon estomac au début de l'année pour être à mon avantage dans ma robe de mariée. Et je n'avais rien avalé d'autre que du café toute la journée, car j'avais perdu l'appétit après mon rendez-vous du matin. Je salivai réellement en regardant la vendeuse ajouter du chili et du fromage à ma commande. Quand elle eut fini, j'avais tellement hâte de manger que j'attrapai le sac et commençai à m'éloigner.

— *Excusez-moi.* Ce sera neuf soixante-deux, s'il vous plaît.

Je pivotai et secouai la tête.

— Oh, non, je suis désolée ! J'étais tellement impatiente que j'ai oublié de payer.

Je sortis ma carte de crédit, car j'avais utilisé le reste de mon argent liquide plus tôt dans la journée pour acheter un café à un vendeur ambulant.

— Tenez.

La femme passa la carte, puis fronça les sourcils.

— La carte a été refusée.

— Ce n'est pas possible. Mon solde est largement positif.

Je montrai l'appareil à cartes de crédit.

— Vous pouvez réessayer ?

Elle s'exécuta, et la même chose se produisit.

— Mince ! D'accord. Je ne comprends pas quel est le problème.

Je sortis une autre carte de mon portefeuille.

— Utilisez celle-ci.

La caissière l'utilisa, puis soupira.

— Celle-ci ne fonctionne pas non plus.

— Comment ça, elle ne fonctionne pas ?

Elle indiqua l'écran.

— Il y a juste écrit *refusé*.

— Mais c'est impossible ! Votre machine doit être en panne.

Je regardai autour de moi et remarquai que la femme à côté de moi payait. Sa carte semblait passer sans problème.

— Pouvez-vous essayer cette caisse ? demandai-je en la montrant du doigt.

La caissière adolescente se retint à peine de lever les yeux au ciel.

— Bien sûr.

Mais la même chose se produisit à l'autre caisse. Et maintenant, une file d'attente était en train de se former puisque j'empêchais deux rangées de personnes de payer.

— Euh... Je suis désolée. Je ne comprends pas ce qui se passe. Vous pouvez mettre ma commande de côté pendant que j'appelle ma banque ? Il doit y avoir une erreur.

Comme le magasin était bruyant, je sortis sur le trottoir. Après bien trop d'instructions et cinq appuis furieux sur le zéro, j'obtins enfin un humain au téléphone.

— Bonjour, ma carte de crédit vient d'être refusée, mais elle n'aurait pas dû l'être. J'ai un solde largement positif.

— Numéro de compte ?

Après que je lui eus lu le numéro et que j'eus répondu à quelques questions de vérification, la femme me mit en attente un moment. Lorsqu'elle revint, j'étais affamée et frustrée.

— Allô, madame Vaughn ?

— Oui.

— Il semble que votre carte ait été annulée.

— Comment ça, elle a été annulée ? Je ne l'ai pas annulée.

— C'est un compte joint. L'autre titulaire du compte l'a clôturé.

— Quel compte joint ?

Oh, merde ! Je sentis mon visage devenir plus rouge que le délicieux hot-dog que j'aurais dû être en train de manger. *Christian.* J'avais oublié que nous avions demandé cette carte ensemble. Ils nous l'avaient offerte lors de l'ouverture de notre compte commun, même si j'étais la seule à l'utiliser.

Je fermai les yeux. *Le compte joint que j'utilisais maintenant comme compte personnel.* Je supposai que cela expliquait pourquoi ma carte bancaire ne fonctionnait pas non plus. J'allais vraiment tuer cet homme.

Je pris une grande inspiration.

— Je peux le rouvrir à mon seul nom ?

— Bien sûr. Je peux m'occuper de la demande par téléphone, si vous le souhaitez. Et si tout est approuvé, nous pourrons vous envoyer vos nouvelles cartes dans un délai de trois à cinq jours ouvrables.

Pas de Gray's Papaya. Cet appel n'avait donc aucune utilité dans l'immédiat.

— Je rappellerai demain pour le faire.

— D'accord. Y a-t-il autre chose que je puisse faire pour vous ce soir ?

— Pouvez-vous m'acheter un hot-dog ?

— Pardon ?

Je secouai la tête.

— Peu importe.

Je voulais juste rentrer chez moi et me mettre en boule. Sauf que je n'avais *pas* de chez-moi. Je vivais chez ma sœur.

Alors, les épaules affaissées et l'estomac grondant, je commençai à me diriger vers chez elle. Mais cette route me fit repasser devant le magasin de vin, et, tandis que je m'approchais, je me rendis compte que je pouvais au moins emprunter dans sa caisse dix dollars pour acheter quelque chose à manger et lui laisser un mot. C'est donc ce que je fis. Je déverrouillai la porte, enregistrai une vente à un cent pour que le tiroir-caisse s'ouvre et sortis dix dollars que je remplaçai par un mot au cas où j'oublierais le temps de rentrer à la maison.

Lorsque je refermai la caisse, je jetai le billet dans mon sac à main et sortis. Mais pas avant d'avoir pris une autre bouteille de vin sur le présentoir que Greer avait pillé plus tôt.

CHAPITRE 5

Le dimanche, malgré presque quarante-huit heures de réflexion, je n'avais toujours pas décidé d'accepter ou non le travail dans l'entreprise du petit-fils de Kitty. Ma sœur pensait que j'étais folle de refuser la seule offre que j'avais reçue après plusieurs mois de recherche, mais l'idée d'accepter un emploi où l'on ne voulait pas vraiment de moi ne me convenait pas. J'avais demandé à la responsable des ressources humaines si je pouvais prendre quelques jours pour lui répondre, et nous avions convenu que je lui ferais connaître ma décision le lundi matin. Je m'étais dit que, à un moment donné, j'aurais un éclair de lucidité, mais à présent, je commençais à penser qu'il n'y aurait plus jamais aucun genre de lucidité dans ma vie. Curieusement, la personne à qui je parlais souvent lorsque j'avais des doutes était la grand-mère de l'homme qui me faisait douter d'accepter le poste.

Mais c'était aussi le jour où je lui parlais habituellement, et j'avais le sentiment que ce n'était peut-être pas une coïncidence. Aussi pris-je le téléphone et appelai-je mon improbable amie.

— Salut, Kitty.

— Bonjour, ma chérie. Comment te traite le monde, cette semaine ?

Comme ce pauvre homme de quatre-vingt-dix-huit ans qui est mort un jour après avoir gagné à la loterie dans la chanson d'Alanis Morissette.

— Plutôt bien. Et toi ?

— Je n'ai pas à me plaindre. À mon âge, on peut soit considérer ses douleurs comme un fardeau, soit les voir comme un rappel qu'on est encore en vie et qu'il reste beaucoup à faire. Je choisis cette dernière option.

Dix secondes avec elle, et je me sentais déjà mieux que depuis plusieurs jours. Kitty avait une façon si simple de voir les choses, et j'avais besoin de ce rappel. Les choses pouvaient toujours être pires.

— Tu as parlé à de nouveaux parents, cette semaine ? demandai-je.

— En effet... une histoire un peu folle, en fait. Une femme qui s'est révélée être une cousine au second degré a reçu de sa fille le kit de test ADN pour Noël. Les résultats ont révélé que son oncle n'était qu'un demi-oncle. Elle a creusé un peu, et il s'est avéré que sa grand-mère avait eu une liaison et était tombée enceinte. Toute sa vie, elle avait fait passer l'enfant pour celui de son mari. La grand-mère est décédée depuis longtemps, mais le grand-père est toujours en vie. En enquêtant un peu, ils ont découvert que la grand-mère avait eu une liaison avec un homme qui vivait dans la même ville qu'elle. Lorsque le veuf l'a appris, il s'est rendu sur la tombe de sa femme pour lui en parler, mais il s'est rendu compte qu'elle était enterrée juste à côté de l'homme avec qui elle avait eu sa liaison. Elle avait acheté les caveaux et n'avait rien dit. C'est ce qu'on appelle emporter un secret dans sa tombe.

— Oh, waouh ! Tout ce qu'on déterre grâce à la généalogie est plus intéressant qu'un soap opera.

— Et dire que je me plaignais que ces séries soient trop extravagantes ! Il s'avère que la plupart des gens ont un sale petit secret qui pourrait mettre leur monde sens dessus dessous.

Comme si je ne le savais pas !

— Avec Internet, les secrets n'existent plus, de nos jours.

Kitty rit et me parla d'un voyage qu'elle prévoyait de faire avec le nouvel homme qu'elle fréquentait. Ils allaient essayer de faire de la tyrolienne pour la première fois. Je me rendis alors compte que la vie de cette femme de soixante-dix-huit ans était bien plus excitante que la mienne.

— Tu es sûre que c'est moi qui ai vingt-neuf ans ? demandai-je.

— L'âge n'est qu'un chiffre, ma chère. Tu as fait quoi pour t'amuser, ces derniers temps ?

— Eh bien, j'ai traversé au feu rouge, l'autre jour !

Kitty gloussa.

— Mon enfant, il faut que tu rejoignes le monde. Je sais que ton crétin d'ex t'a traumatisée, mais il y a un monde immense qui ne demande qu'à te faire sourire. Prends ce qu'aujourd'hui a à t'offrir. Ne t'attarde pas sur ce qu'hier t'a enlevé.

Je soupirai.

— Je sais, tu as raison. C'est juste que... je ne sais pas comment repartir du bon pied. C'est comme si j'étais tellement lestée de ressentiment que j'ai du mal à garder la tête hors de l'eau.

— Eh bien, c'est un problème. Mais il y a une solution simple.

— Vraiment ?

— Hmm, hmm ! Tu dois prendre la décision d'être heureuse et laisser cette décision guider ton avenir. Puis prendre à gauche au lieu de prendre à droite, zig au lieu de zag. Parfois, c'est la seule façon de trouver un nouveau chemin.

— Comment je fais ça ?

— Tu fais le contraire de ce que tu ferais normalement. Je ne veux pas dire que tu dois accepter un rendez-vous avec un homme qui vient de sortir de prison pour meurtre. Ni que tu dois plonger dans une piscine sans eau. Parce que ce serait tout simplement stupide. Mais si un bel homme de soixante-huit ans te propose de faire de la tyrolienne, fonce. Le cours de ta vie a été modifié et tu ne découvriras jamais quelle est ta prochaine destination en restant chez toi. Crois que ça peut arriver, et ça arrivera. Prends des risques.

L'idée me paraissait bonne, même si je me sentais plus coincée sur place que pour choisir de quel côté tourner. Mais Kitty essayait de m'aider, alors je ne voulais pas la mettre mal à l'aise.

— Merci, Kitty. Tu as raison. Je vais essayer.

— C'est bien ! Maintenant, quoi de neuf sur le plan du travail ? Tu as eu le poste avec mon petit-fils ?

— En fait, oui. Mais je ne l'ai pas encore accepté. Je ne suis pas sûre d'être la bonne personne.

— Tu as d'autres propositions ?

Je fronçai les sourcils.

— Non.

— Eh bien. Tu fais ce que tu veux, mais je pense que ta première occasion de faire un zag au lieu d'un zig se présente à toi.

Elle n'avait pas tort... Mais je n'étais toujours pas sûre.

Après avoir raccroché, je restai dans le salon un petit moment. Greer et son mari étaient sortis dîner avec des amis, alors l'appartement était calme. Je réfléchis à ce que Kitty avait dit – pas tant à sa suggestion de faire des zigs et des zags, mais à ce que je pourrais dire à un patient qui avait du mal à accepter le changement. Je lui dirais de se concentrer sur les opportunités, pas sur la perte. Et n'était-ce pas ce qu'était le travail dans l'entreprise du petit-fils de Kitty ? Une opportunité ? Un poste auquel je pensais pouvoir exceller. Alors, pourquoi avais-je tant de mal à prendre cette décision ? Tout se résumait à une chose... ou à un homme, en l'occurrence : Merrick Crawford. Il représentait un défi. Serais-je capable d'atteindre l'*Objectif Boss* ?

J'ouvris mon ordinateur portable en me mordillant la lèvre. Je devais donner une réponse à Joan Davis d'une manière ou d'une autre, et fixer l'écran n'allait pas m'apporter la lucidité que je recherchais. Pourtant, je passai vingt minutes de plus à le faire. Puis j'ouvris ma boîte mail, respirai profondément et décidai de faire un zag au lieu d'un zig.

CHAPTER 6

Evie

Une semaine plus tard, j'arrivai à mon nouveau bureau le ventre noué par l'appréhension.

L'immeuble était aussi grand lorsque je suis venue pour mes entretiens ?

Je restai devant l'entrée, fixant le gratte-ciel, me sentant aussi petite qu'une fourmi. Il faisait encore nuit, mais comme le disait le vieil adage : « New York ne dort jamais », alors le quartier était presque aussi éclairé qu'à midi. Des gens en costume se hâtaient déjà autour de moi, alors qu'il était un peu moins de six heures du matin.

J'avais voulu être en avance, mais maintenant que j'étais là, je me disais que j'étais peut-être un peu *trop* en avance. J'envisageai de retourner au coffee shop où je m'étais arrêtée prendre ma dose de caféine en sortant du métro ; peut-être pourrais-je m'asseoir à une table et regarder quelques vidéos sur TikTok pour passer le temps jusqu'à sept heures. C'est alors qu'un homme passa devant moi en trottinant. Je n'y prêtai pas attention jusqu'à ce qu'il s'arrête quelques pas plus loin et recule.

— Evie ?

Je clignai des yeux.

— Merrick ?

Il ôta l'écouteur d'une de ses oreilles et me regarda de haut en bas.

— Vous venez travailler si tôt ?

— Euh... Oui, j'ai pensé que ce serait bien de commencer de bonne heure.

Mon nouveau patron regarda sa montre.

— Il est cinq heures cinquante.

— Je suppose que j'ai été un peu trop enthousiaste.

Il sourit. Putain, il était vraiment beau ! J'avais toujours eu un faible pour les hommes qui portaient bien les costumes, mais aujourd'hui, il était vêtu d'une tenue de course – un short noir et un tee-shirt moulant *Under Armour* à manches longues. Son front était humide de sueur et son cou épais scintillait sous les lumières au-dessus de nos têtes.

— Le bureau n'ouvre qu'à sept heures.

— Oh ! Je vais aller me chercher un café ou quelque chose comme ça, alors.

Merrick regarda le grand gobelet que je tenais dans la main.

— Pourquoi je ne vous montrerais pas où se trouve votre bureau pour que vous puissiez vous installer ?

— Oh, non ! Ce n'est pas grave. Je ne veux pas interrompre votre jogging.

— C'était mon dernier tour, de toute façon.

Il inclina la tête vers la porte.

— Allez, venez.

Dans le hall, Merrick s'arrêta au bureau de la sécurité.

— Salut, Joe. Voici Evie Vaughn. *Docteur* Everly Vaughn.

Il se tourna vers moi et me fit un clin d'œil.

— Je suis sûr que les RH vont envoyer les documents nécessaires pour lui fournir des cartes d'accès dans le courant de la journée. Je me suis juste dit que je devais vous présenter et vous dire de ne pas oublier le « docteur » devant son nom.

— Pas de problème, patron.

Merrick tendit la main devant moi pour que j'avance en premier vers l'ascenseur. J'attendis que nous soyons hors de portée de voix pour parler.

— Vous savez, je ne tiens pas absolument à ce qu'on m'appelle docteur. Je me fiche complètement de ce titre. Vous avez juste été difficile ce jour-là et vous avez fait ressortir un certain côté de moi.

Les portes de l'ascenseur s'ouvrirent, Merrick les tint et sourit.

— De quel côté pourrait-il s'agir ? Votre côté garce ?

Je plissai les yeux.

— Vous venez vraiment de me traiter de garce pour mon premier jour de travail ? Je pense avoir déjà compris l'origine de vos problèmes d'employés stressés. Ce travail va être plus facile que je ne le croyais.

Merrick sourit.

— Je n'ai jamais prétendu ne pas faire partie du problème. Votre boulot consiste à faire en sorte que les gens apprennent à y faire face.

— Ou... vous pourriez agir de manière plus professionnelle.

Merrick appuya sur un bouton du panneau de l'ascenseur.

— Où serait le fun ?

Il fit une pause.

— Au fait, votre bureau se trouve à un étage différent de celui où vous avez passé votre entretien. Je ne sais pas si Joan vous l'a dit.

— Oh, si, elle l'a mentionné ! Les traders sont tous au même étage et tous les autres sont un étage en dessous.

Il hocha la tête.

— Nous ne tenons pas tous sur un seul étage, mais c'est mieux ainsi, de toute façon. Les traders crient dans l'open space toute la journée. Ça peut devenir très bruyant, et le langage peut être fleuri quand une action dans laquelle ils ont investi chute.

— Je m'en doute.

Les portes se refermèrent et je sentis la présence de Merrick, même s'il se tenait à bonne distance dans la cabine de l'ascenseur.

— Alors... vous venez au bureau tôt tous les jours pour courir ?

— Je vis dans l'immeuble. Les derniers étages sont résidentiels.

— Oh, waouh ! Je suppose que ça réduit le temps de trajet. Ça explique aussi où se trouvent tous vos papiers et vos photos.

— Papiers et photos ?

— Votre table de travail est si propre ! Je suis venue deux fois dans votre bureau, et les deux fois, je n'ai vu aucun post-it, aucun bloc-notes, aucun dossier, aucune paperasse. Et votre meuble ne contenait aucun objet personnel comme des photos encadrées, des balles de baseball dédicacées ou quoi que ce soit d'autre.

— J'aime que les choses soient organisées. Mes dossiers sont dans des tiroirs et mes Post-its sont électroniques.

J'inspirai.

— Vous n'allez pas aimer mon bureau, alors.

Merrick haussa un sourcil, mais ne dit rien. L'ascenseur indiqua le trente-quatrième étage et mon patron me guida dans une série de couloirs. Je ne réalisai pas que chaque bureau était un bocal en verre jusqu'à ce que nous arrivions à celui qu'il indiqua être le mien. Il était également en verre, mais celui-ci était différent, dépoli pour que l'on ne puisse pas voir à l'intérieur.

Il déverrouilla la porte et me l'ouvrit. Les lumières se mirent en route d'elles-mêmes lorsque nous entrâmes.

Je humai l'air plusieurs fois.

— Vous sentez cette odeur ?

Il me montra les parois vitrées.

— C'est la colle du film que nous avons installé pour rendre le verre occultant. Ça a été fait pendant le week-end. Les RH ont pensé qu'il était nécessaire de protéger des regards indiscrets les personnes qui ont des rendez-vous avec vous.

Je hochai la tête.

— Merci. La confidentialité est importante. Autrement, les patients hésiteront à se confier.

Merrick fit un geste vers la porte.

— La salle de pause se trouve quelques portes plus loin, et les toilettes un peu plus loin encore. Je crois que votre bureau a été approvisionné en fournitures de base. Vous y avez un ordinateur portable, et je vois que les manuels des ressources humaines sont derrière vous, sur l'étagère. Joan vous fera faire une visite complète à son arrivée. Je vais monter prendre une douche, mais si vous avez besoin de quoi que ce soit, vous savez où se trouve mon bureau.

— D'accord, très bien. Je vous remercie. J'ai hâte de commencer. Auriez-vous le temps de discuter plus tard dans la journée ? J'aimerais en savoir plus sur la culture de l'entreprise.

— Je suis sûr que les RH peuvent vous renseigner à ce sujet.

— En fait, je préférerais l'entendre de votre bouche. Les sujets tels que les valeurs et les priorités sont généralement définis au sommet et descendent vers les échelons inférieurs. Mais j'aimerais aussi parler des attentes en matière de communication entre la direction et moi, en même temps que j'apprendrai des choses par les employés.

Merrick fronça les sourcils et regarda sa montre.

— Bien. Je passerai quand j'aurai fini en haut.

— Merci.

Alors qu'il sortait, je jetai un coup d'œil à monsieur Grincheux par-derrière. Son short de course s'étirait sur les muscles de son arrière-train tandis que ses longues enjambées avalaient la distance qui le séparait de la porte. Mon Dieu, même les fesses de cet homme étaient toniques – du genre à me rappeler qu'il fallait que je remette mes propres fesses dans une salle de sport ! Seulement, je n'en avais plus. L'immeuble où se trouvait l'appartement que j'avais partagé avec Christian disposait d'une salle de sport – une autre chose que j'avais perdue dans mon mariage Armageddon.

J'étais perdue dans cette pensée, les yeux toujours rivés sur le derrière du patron, quand il se retourna. Le léger sourire au coin de ses lèvres m'indiqua que je m'étais fait surprendre.

— Vous devriez laisser votre porte ouverte pour faire sortir l'odeur. Je ne voudrais pas que vous soyez défoncée aux vapeurs de colle dès votre premier jour.

J'acquiesçai et enjoignis à mon visage de ne pas montrer mon embarras.

— C'est une bonne idée.

Après son départ, je pris une grande inspiration et regardai ma nouvelle maison loin de chez moi. Ce bureau était plus grand que celui que j'avais eu dans l'entreprise de la famille de Christian, et j'avais aussi une jolie vue sur la ville grâce aux fenêtres du mur du fond. Dans l'ensemble, j'avais l'impression d'avoir pris une bonne décision. Alors peut-être y avait-il du bon dans le conseil de Kitty de provoquer son propre bonheur...

•••

J'avais le nez plongé dans le manuel des employés quand j'entendis des bruits de pas s'approcher. Je levai les yeux pour découvrir l'apparence de Merrick, très différente de celle qu'il avait un peu plus tôt. Ses cheveux étaient lissés en arrière, encore humides après la douche, et ces petites pointes qui, je le savais, boucleraient en séchant frôlaient le col de sa veste de costume bleu marine. Son visage, parsemé de poils un peu plus tôt, était maintenant rasé de près, rendant la ligne ciselée de sa mâchoire encore plus prononcée.

Mon Dieu, il était trop beau !

Jusqu'à ce qu'il parle, en fait...

— Vous savez, l'odeur de colle de cet endroit pourrait être un avantage pour vous. Personne ne pourra savoir si votre déodorant n'est plus efficace.

Je le regardai.

— Charmant.

— C'est ce qui disent de moi toutes les femmes. Mais vous devriez faire attention. Le harcèlement sexuel est une source de stress sur le lieu de travail, vous savez.

Je secouai la tête.

— Comme je l'ai dit, les problèmes commencent généralement au sommet et descendent vers les échelons inférieurs.

Merrick fit un signe de tête en direction de la porte.

— Et si vous me psychanalysiez dans mon bureau pour que je puisse m'installer ?

Je pris l'un des cahiers dans le tiroir et me levai.

— Comme vous voulez.

Dans son bureau, il alluma tous ses appareils électroniques et s'adossa à son fauteuil pendant qu'ils prenaient vie.

— Je n'étais pas sûr que vous acceptiez le poste.

— J'en ai longuement débattu.

— Quel a été le facteur décisif ?

— C'est quelque chose que Kitty a dit, en fait.

— Ah... ma grand-mère ! Cette femme peut être très persuasive.

— C'est vrai.

J'inclinai la tête sur le côté.

— C'est pour ça que vous m'avez engagée ? En raison de ma relation avec Kitty ?

Merrick secoua la tête.

— Pour être honnête, quand vous êtes venue pour vos entretiens, je ne savais pas qui vous étiez, à part quelqu'un ayant postulé. Je l'ai découvert après coup.

— Donc, vous m'avez engagée parce que j'étais la personne la moins compétente ?

Il me fixa un instant, puis se redressa et croisa les mains sur son bureau.

— Je vous ai engagée parce que mon instinct me l'a conseillé. Je me fie beaucoup à mon instinct.

Je laissai passer un moment avant de hocher la tête.

— D'accord. Merci.

— D'autres questions sur les raisons pour lesquelles vous avez été embauchée, ou nous pouvons commencer ?

J'ouvris mon cahier et cliquai sur mon stylo.

— Je suis prête. Vous pouvez commencer par m'expliquer pourquoi votre conseil d'administration a décidé qu'un psychologue interne était nécessaire. Je vous ai posé la question lors de notre premier entretien, mais vous n'avez pas développé. Il me serait utile de connaître les détails.

Merrick soupira.

— Nous avons été poursuivis au civil.

— Pour ?

— Détresse émotionnelle. Je crois que le terme juridique était *détresse émotionnelle infligée par négligence*.

Je pris quelques notes.

— L'affaire est terminée, ou le procès est en cours ?

— *Les* procès.

Je levai un sourcil.

— Combien ?

— Quatre. Nous en avons gagné deux, avons conclu un accord avec le troisième parce que c'était moins cher que d'aller au tribunal, et le dernier en est encore à ses débuts. Mais cette affaire, c'est n'importe quoi. Le gars est juste paresseux, mais il était ami avec le type avec qui nous avons conclu un accord et il pense pouvoir lui aussi profiter de notre générosité.

— Autre chose que je devrais savoir ?

— Je pense que je devrais également mentionner qu'il y a eu une petite bagarre au bureau récemment. Le conseil d'administration l'a décrit comme étant l'un des facteurs déterminants dans la décision d'engager quelqu'un.

— Petite ? Entre deux employés, donc ?

La lèvre de Merrick tressaillit.

— Huit. Mais ça a commencé avec deux. Les autres se sont juste joints à eux, ils ont pris parti.

— Vous savez sur quoi portait la dispute ?

— Les primes… qui avait le taux de profit le plus élevé… si une opération en bourse était un bon investissement ou non.

Il secoua la tête.

— Il y a toujours quelque chose, et c'est toujours dû à leur goût pour la compétition. Les salariés de cet étage gagnent tous bien leur vie. La plupart d'entre eux pourraient prendre leur retraite à trente ans s'ils le voulaient. Ce n'est pas l'argent qui les motive, c'est le plaisir d'être le meilleur.

— Et qu'est-ce qui fait de quelqu'un le meilleur ? Je ne demande pas comment vous déterminez qui a le mieux travaillé – évidemment, c'est une analyse numérique. Mais quelles sont les qualités requises pour devenir le meilleur courtier ?

Merrick hocha la tête.

— C'est une bonne question. L'intelligence, c'est une évidence. La plupart des traders de cet étage sont allés dans des universités de l'Ivy League et ont obtenu leur diplôme parmi les premiers de leur promotion. Qu'est-ce qui distingue les meilleurs ? Je dirais des nerfs d'acier. Ils doivent être capables de faire abstraction du bruit environnant et de maintenir le cap certains jours, et d'autres jours, ils doivent prendre un risque qui pourrait leur faire tout perdre. Vous avez déjà entendu l'adage : « C'est la même eau bouillante qui durcit un œuf et ramollit une pomme de terre » ?

Il tapota son torse avec ses doigts.

— Ce qui compte, c'est ce qu'il y a à l'intérieur, pas les circonstances dans lesquelles on se trouve.

Je souris.

— Je sais que vous n'étiez pas favorable à la création de ce poste, mais en réalité, cette citation plaide en faveur de l'embauche d'une personne chargée d'aider les gens à gérer le stress, car chacun gère les choses différemment.

— Ou je pourrais simplement virer les pommes de terre molles et garder les œufs durs.

Je gloussai.

— À ce propos, quel est votre taux de fidélisation de vos employés ?

— Le secteur des services financiers a l'un des taux de déperdition les plus élevés. Le nôtre a tendance à être un peu supérieur à la moyenne.

— Définissez « un peu supérieur » ?

— Dix à quinze pour cent. Ce n'est pas une coïncidence si nos bénéfices vont de pair avec ce taux de rotation. Nous avons été le cabinet le plus performant trois années de suite parce que je n'emploie que les meilleurs.

— Donc, j'en déduis que ça signifie que vous licenciez beaucoup de monde ?

Merrick haussa les épaules.

— Ils ont tendance à démissionner quand ils ne peuvent pas suivre.

Je pris d'autres notes, puis hochai la tête.

— D'accord. Et vos employés travaillent combien d'heures en moyenne, à votre avis ?

— La plupart sont là à sept heures et partent à dix-neuf ou vingt heures, à moins qu'il n'arrive quelque chose.

— Tous les jours ?

— En semaine, lorsque le marché est ouvert.

— Ils travaillent le week-end ?

— En général. Mais pas comme en semaine. Les analystes ont tendance à travailler plus que les traders le week-end, lorsque c'est calme. Les traders travaillent souvent une demi-journée le samedi et se reposent jusqu'au lendemain soir. Ils reprennent généralement dans la nuit de dimanche à lundi, lorsque les marchés internationaux commencent à ouvrir.

— Donc douze à treize heures par jour, cinq jours par semaine, puis cinq à six heures par jour le week-end ? Ça vous paraît exact ?

Je fis le calcul pendant qu'il réfléchissait et hochait la tête.

— La norme serait donc de soixante-dix à quatre-vingts heures ?

Il haussa les épaules.

— Je suppose.

— Et vous ?

— Moi ?

— Vous travaillez combien d'heures ?

— Je suis toujours le premier arrivé et généralement l'un des derniers à partir.

— Je peux vous poser une question personnelle ?

— Tout dépend laquelle.

— Vous êtes marié ?

— Non.

— Vous l'avez déjà été ?

Merrick secoua la tête.

— Fiancé une fois. Plus maintenant.

— Vous ne trouvez pas difficile d'entretenir une relation en travaillant autant d'heures ?

— Le taux de divorce dans ce pays est de cinquante et un pour cent. Je pense que la plupart des gens trouvent que maintenir une relation est difficile, et la majorité d'entre eux travaillent de neuf heures à dix-sept heures. Mais pour répondre à votre question, non. Il n'est pas impossible d'avoir une relation. Les deux parties doivent juste avoir les bonnes attentes concernant le temps dont elles disposeront.

Il se pencha en avant.

— Voilà ce qu'il faut savoir sur ce travail : tout est question d'attentes. On doit apprendre à les définir et à les satisfaire. Ce métier n'est pas facile. Le temps qu'il faut y consacrer ne convient pas à tout le monde. Mais c'est un choix. Et si vous n'y arrivez pas, partez ! Mais ne me faites pas de procès en partant parce que vous n'avez pas pu faire votre boulot.

Je tapotai le stylo contre le haut du cahier que j'avais fermé dix minutes plus tôt.

— Donc, vous pensez que les seules personnes qui ont besoin d'un peu d'aide pour gérer leur stress sont celles qui n'arrivent pas à faire leur travail ?

— Je pense que c'est le cas la plupart du temps, oui.

Je souris.

— Je pense que nous avons trouvé la racine du problème.

— Et je suppose que vous en déduisez toujours que c'est moi ? Après quoi... ça fait une heure que vous êtes ici ?

— Vous donnez le ton dans ce bureau. Il doit être difficile, voire impossible d'être à la hauteur de vos exigences. Ça se répercute forcément sur les employés à tous les niveaux.

— Je devrais donc revoir mes exigences à la baisse pour rendre ce lieu de travail plus agréable ?

Il me regarda dans les yeux.

— Je ne me plie pas. Les gens doivent m'atteindre.

— Vous avez déjà vu un thérapeute ?

Merrick s'adossa à nouveau à son fauteuil.

— Vous ne m'aurez pas comme patient, madame Vaughn.

— *Docteur* Vaughn. Et je croyais que tous les employés étaient obligés d'avoir des séances mensuelles.

— Je ne suis pas un employé. Je suis un patron. Et si vous lisez les procès-verbaux du conseil d'administration, vous verrez que j'ai veillé à ce que leur ordre de suivre une thérapie spécifie de ne pas m'inclure.

Il tendit la main vers les deux écrans de son bureau et les alluma avant de consulter sa montre.

— Si vous n'avez pas d'autres questions, je dois commencer ma journée.

J'acquiesçai et me levai.

— Merci de m'avoir accordé votre temps.

Mais alors que j'atteignais la porte, Merrick reprit la parole.

— Evie ?

Je me retournai. Enfin, il m'appelait Evie et pas madame Vaughn...

Le coin de sa lèvre tressaillit.

— Je voulais juste dire que même si j'ai un fort caractère, je sais reconnaître quand j'ai tort... Et c'est le cas. Je n'aurais pas dû vous engager.

Mon visage se décomposa.

— Mon but était d'engager quelqu'un d'incompétent pour conforter ma position. Mais je peux déjà dire que vous ne l'êtes pas.

— Je crois qu'il y avait un compliment enfoui quelque part, n'est-ce pas ?

Merrick avait l'air d'essayer de ne pas sourire, mais échoua tandis qu'il secouait la tête et tournait son visage vers ses écrans.

— Essayez de ne pas trop ramollir mes troupes pour votre premier jour.

Merrick

Il était presque vingt heures lorsque je finis à ma journée. En sortant, je pris l'escalier pour descendre à l'étage inférieur afin de déposer un colis dans la salle du courrier. Les lumières des couloirs des deux étages fonctionnaient grâce à des détecteurs de mouvement, aussi la plupart des couloirs étaient-ils déjà sombres, la majorité du personnel étant parti. Mais en tournant à gauche, je remarquai de la lumière dans un couloir sombre à ma droite. Il semblait s'agir du bureau d'Evie, alors je fis un détour pour passer devant.

Elle était en train de parler sur son téléphone portable, mais elle sourit et leva un doigt quand je m'arrêtai.

— Dave, hein ? C'est quoi, l'histoire, derrière ça ? dit-elle au téléphone.

Son sourire s'élargit à mesure qu'elle écoutait. Ses yeux pétillèrent.

— Oh, mon Dieu !

Elle se couvrit la bouche pour rire.

— C'est à mourir de rire. Et tu as raison, c'est une bonne carte à garder dans ma manche.

Au bout d'une minute, elle ajouta :

— Je dois y aller. Mon patron vient d'entrer dans mon bureau. Mais je te remercie d'avoir pris de mes nouvelles.

Elle rit à nouveau avant de prendre congé et de jeter son téléphone portable sur le bureau.

— Ça semblait intéressant, dis-je.

Son sourire s'agrandit.

— Oh, *c'était* intéressant ! C'était Kitty.

Il me fallut quelques secondes pour revenir sur la conversation, mais je finis par comprendre de quoi elles avaient dû parler. *Dave.* Je fermai les yeux et baissai la tête.

— *Et meeeerde !*

Evie rit.

— Je n'avais jamais entendu parler de quelqu'un terrifié par Dave Thomas. Qu'est-ce qu'il a fait, à part être le fondateur de *Wendy's* ?

— Je vais tuer ma fichue de grand-mère !

Elle sourit.

— Sérieusement. Pourquoi vous aviez peur de lui quand vous étiez petit ?

— Je n'en ai aucune idée. Je l'ai juste vu dans une publicité une fois, et il m'a semblé effrayant, je suppose. Je n'avais que trois ans. Ma sœur n'a fait qu'empirer les choses. Elle me menaçait de l'appeler si je ne faisais pas ce qu'elle disait. Pourquoi Kitty s'est sentie obligée de vous raconter ce truc ?

— Elle m'a appelée pour me demander comment s'était passé mon premier jour. Elle m'a dit qu'elle vous connaissait assez bien pour savoir que j'aurais besoin de quelques conseils pour vous garder dans le droit chemin.

— Des conseils ? Au pluriel ? Elle n'a pas parlé que de Dave ?

— Le reste n'était pas négatif.

— Dites-moi quand même.

— Elle m'a dit que si je voulais arriver à mes fins avec vous, je devais cuisiner quoi que ce soit qui contienne du beurre de cacahuètes : cookies, tartes, brownies...

— Si vous êtes capable de faire une tarte au beurre de cacahuètes comme ma grand-mère, vous pourrez peut-être vous en sortir, après tout.

Mon téléphone vibra dans ma poche, alors je le sortis pour voir si c'était important. Je secouai la tête et tournai l'appareil pour lui montrer le nom de cette dernière qui clignotait sur l'écran.

— Je n'ai entendu que la fin de votre conversation. Je suis sur le point de me faire botter les fesses à cause de ce que vous lui avez dit ?

— Non. Je lui ai dit que vous étiez adorable avec moi.

Elle fit un clin d'œil.

— En gros, j'ai menti.

Je fis semblant de me renfrogner et répondis à l'appel sans bouger de l'embrasure de la porte.

— Bonjour, chère grand-mère.

— Tu as eu quoi au dîner ?

— Au dîner ? Rien. Je n'ai pas encore mangé.

— Bien. Mon Everly non plus. Elle est encore au bureau, alors, emmène-la manger un morceau. Et sois gentil. Tu lui donnes du fil à retordre, je le sais. Je le vois bien, même si elle couvre tes arrières.

Je levai la tête et croisai le regard d'Evie.

— Comment tu peux dire qu'elle ment à propos de ma gentillesse ?

— Elle en a trop fait... elle a dit que tu étais charmant. Nous savons tous les deux que ce sont des conneries. Bon, tu vas faire ce que je te dis pour me faire plaisir ou pas ?

— Tu n'as pas un quatorzième cousin à embêter ?

— Si, et il pourrait figurer sur mon testament si tu continues à utiliser ce ton avec moi. Oh, et pendant le dîner, donne à Everly le nom d'un avocat qui soit un bouledogue ! Elle en a besoin.

— Au revoir, mamie.

— À plus tard, branleur.

La ligne se coupa, et j'éloignai mon téléphone de mon oreille en secouant la tête.

— Les vieux ne sont pas censés s'adoucir avec l'âge ?

— Pas Kitty, et elle vous botterait les fesses si elle vous entendait la qualifier de vieille.

Je souris et rangeai mon téléphone dans ma poche.

— Comment s'est passée votre première journée ?

— Elle s'est bien passée. Je pense avoir accompli beaucoup de choses. J'ai rencontré tout le monde, commencé à lire les dossiers des employés et pris mes premiers rendez-vous.

— Bien.

Je hochai la tête et jetai un coup d'œil derrière moi.

— Je devrais y aller. Ne restez pas trop longtemps.

— Ce ne sera pas le cas. J'étais justement en train de ranger avant de partir.

— À demain.

Je me retournai, mais la voix d'Evie m'arrêta après mon premier pas.

— Et puis, je ne manquerai pas de dire à Kitty que vous ne m'avez pas emmenée dîner.

Je plissai les yeux.

— Vous avez entendu ?

Elle haussa les épaules.

— Kitty parle fort au téléphone.

— Vous me faites chanter pour un repas ?

Elle ouvrit un tiroir, sortit son sac à main et éteignit son ordinateur portable.

— Je suis affamée et fauchée. En plus, j'ai des questions sur l'organigramme de l'entreprise et sur la structure des rémunérations. J'aimerais comprendre d'où viennent les différentes pressions.

— Et si je dis qu'il n'est pas approprié que nous dînions ensemble ?

Elle leva les yeux au ciel.

— Vous m'avez vue en soutien-gorge et vous m'avez dit m'avoir engagée parce que j'étais la personne la moins compétente. Et puis c'est un repas d'affaires, pas un repas pour le plaisir. Vous n'êtes pas mon genre.

Je me sentis étrangement offensé.

— Pourquoi ?

— Parce que vous avez un pénis. Du moins, je le suppose. Et je n'ai pas pardonné à votre genre tous les torts qu'il a causés.

Je ne pus m'empêcher de sourire.

— Bien. Vous n'êtes pas non plus mon genre.

Elle battit des cils.

— Pas intéressé par les filles sexy complètement folles ?

Je souris.

— Absolument pas.

— Parfait. Alors, allons-y.

Elle afficha un sourire radieux et se dirigea vers la porte. Je fis un pas de côté pour qu'elle puisse sortir en premier, mais elle s'arrêta devant moi.

— Si vous voulez aller chez *Wendy's*, je vous invite.

— Continuez à avancer, petite maline.

•••

— Alors, qu'est-ce qui t'a amenée à New York après avoir fini tes études dans le sud ? demandai-je après que le serveur eut apporté nos boissons.

Evie haussa les épaules.

— Mon ex-fiancé... enfin, en quelque sorte. Christian et moi nous sommes rencontrés lorsque nous étions tous deux étudiants à Emory. J'ai postulé pour faire mon stage de doctorat à New York parce qu'il avait l'intention de retourner travailler pour la société de sa famille, dont les bureaux se trouvent dans le centre. Ma sœur vit également ici, alors tout se goupillait bien, à l'époque.

— Elle est toujours ici ?

Evie acquiesça.

— Son mari et elle vivent à Morningside Heights. En fait, nous avons vécu à New York quelques années quand nous étions enfants. Ma mère nous faisait beaucoup déménager. J'ai vécu dans onze États différents avant d'avoir treize ans.

— Waouh ! Elle déménageait pour le travail ou quelque chose comme ça ?

Elle secoua la tête.

— Non, en général, on déménageait quand ma mère quittait mon père, ce qui arrivait régulièrement.

Je fronçai les sourcils.

— Ils ne s'entendaient pas ?

— Oh, pardon ! J'ai supposé que tu le savais puisque Kitty et ma grand-mère étaient proches. C'est Kitty qui a finalement convaincu ma mère de quitter mon père pour de bon. Il y a presque trente ans, ma mère a séjourné pour la première fois dans son refuge pour femmes. Mon père était violent. Ma grand-mère ignorait ce qui se passait, à l'époque. Maman l'a caché à tout le monde jusqu'à ce que Kitty l'encourage à en parler à sa famille. Après ça, ma grand-mère est venue chercher ma mère au refuge, et Kitty et elle ont sympathisé. Elles sont devenues amies et, un ou deux ans plus tard, la maison voisine de celle de Kitty s'est retrouvée en vente. Ma grand-mère cherchait une maison de plain-pied, alors elle l'a achetée. Elles sont devenues inséparables par la suite.

Merde ! La mère d'Evie venait du refuge que ma grand-mère avait dirigé pendant une bonne partie de sa vie ?

— Je savais que ta grand-mère était la voisine et l'amie proche de Kitty, mais elle n'a jamais mentionné que ta mère était...

Evie sourit tristement.

— Battue. Tu peux le dire. C'est l'une des choses que Kitty m'a apprises lorsque je vivais chez ma grand-mère pendant mes études. Je n'en ai pas honte. Elle m'a fait comprendre que plus les gens parleront ouvertement de violences intrafamiliales, moins les victimes auront l'impression qu'elles doivent le cacher. Quoi qu'il en soit, il y a eu une période d'environ neuf mois, lorsque j'avais dix ans, où nous avons vécu avec ma grand-mère. Ça faisait des années qu'elle essayait de convaincre ma mère de quitter mon père, mais c'est Kitty qui y est parvenue avant que nous ne partions pour de bon. Cet été-là a été l'une des plus belles années de mon enfance, si bien que lorsque j'ai été acceptée dans plusieurs doctorats, j'ai décidé d'aller à Emory pour pouvoir vivre avec ma grand-mère. Au cours de ma troisième année, on lui a diagnostiqué un cancer métastatique agressif et elle est décédée quelques mois plus tard. Ta grand-mère et moi avons toujours été amies, mais ça nous a rapprochées.

Je hochai la tête.

— Elle m'a beaucoup parlé de toi au fil des ans. Mais bien sûr, elle t'appelle Everly, alors je n'ai pas fait le rapprochement quand j'ai fait passer un entretien à Evie.

Elle but une gorgée de vin en souriant.

— Peut-être que tu aurais été un peu plus gentil pendant mon entretien si tu l'avais su.

— Ou si nous ne nous étions pas rencontrés lorsque tu reniflais ton aisselle dans la cabine pour hommes...

Je m'efforçai de ne pas sourire.

— Je n'ai jamais eu l'occasion de m'expliquer à ce sujet. J'avais fait tomber une cerise sur mon chemisier et l'avais taché, puis je suis restée coincée dans un métro surchauffé pendant deux heures et j'ai dû me dépêcher pour acheter un nouveau chemisier. Pendant que je me changeais, j'ai réalisé qu'il me faudrait me rafraîchir un peu, mais je n'avais qu'une lingette humide. Quand tu as fait irruption, j'essayais de vérifier si l'odeur de citron s'était transférée sur ma peau.

— Premièrement, tu n'avais pas verrouillé la porte. Et deuxièmement, tu étais dans la cabine d'essayage pour hommes.

Elle agita la main avec dédain.

— Ce ne sont que des détails. Tu t'es quand même servi de moi pour t'amuser. Me laissant me tortiller, à me demander si tu me reconnaissais ou non.

— Ce n'était pas l'un de mes moments les plus glorieux. Je pense que c'était une mauvaise journée pour tous les deux. Pour ma défense, j'avais eu une réunion avec le conseil d'administration la veille au soir et j'avais encore essayé de les dissuader de me forcer la main pour créer ce poste, avant qu'ils ne m'informent qu'un autre procès nous avait été intenté le matin même. Toutes les chances que j'avais de faire pencher la balance de mon côté se sont évanouies.

— Et si nous passions un accord ? Tu ne mentionnes plus ce que tu as vu dans la cabine d'essayage et je n'évoquerai plus Dave Thomas.

Elle tendit la main vers moi.

— Ce sera comme un nouveau départ.

Je souris et tendis la main par-dessus la table, aimant un peu trop la sensation de sa petite main dans la mienne.

— Marché conclu.

Evie repoussa une mèche de cheveux derrière son oreille, ce qui m'offrit une vue dégagée sur son cou fin. Mon cerveau détraqué s'imagina immédiatement en train de lécher sa peau lisse. Je dus me forcer à détourner le regard et me raclai la gorge.

— Au fait, ma grand-mère m'a dit de te donner le nom d'un avocat qui soit un vrai bouledogue. Tu en as vraiment besoin ?

Elle soupira.

— En fait, oui.

— Quel genre d'avocat ?

— Pour me représenter dans un procès civil. Mon ex me poursuit.

— Il essaie de récupérer ta bague de fiançailles ?

— Non, je la lui ai rendue. En fait, je la lui ai jetée. Mais ce que j'ai fait, selon lui, a nui à sa réputation.

— Tu parles de la vidéo que tu as montrée à ton mariage ?

Evie fronça les sourcils.

— Tu l'as vue ?

Je n'allais pas admettre que je l'avais regardée plusieurs fois récemment. Je haussai donc les épaules.

— J'en ai vu des passages.

Elle prit une grande inspiration, puis expira.

— D'accord, bon, ça rend les choses plus faciles, de toute façon. Ça en fait moins à expliquer, en tout cas. Mon ex, Christian, et sa famille me poursuivent pour fraude et diffamation. Il prétend que j'étais au courant de sa liaison depuis plus longtemps que je ne le dis, et que j'ai délibérément accumulé des factures inutiles pour le mariage dans une intention frauduleuse. Il prétend également que j'ai porté atteinte à sa réputation lorsque la vidéo est devenue virale.

— Depuis combien de temps tu étais au courant de la liaison ?

— Douze heures, peut-être ? Je l'ai découvert la veille de notre mariage. Nous étions descendus à l'hôtel où se déroulait la réception. Lorsque nous nous étions fiancés, le père de Christian lui avait donné la pince à billets que sa mère lui avait offerte le jour de leur mariage. Elle était gravée d'un petit mot doux et de la date de leur mariage. Je l'avais prise discrètement dans son tiroir et j'avais fait graver la date de notre mariage, ainsi qu'un petit mot sous le nom et le message de ses parents. J'avais pensé que ça ferait un bel héritage familial. Tu sais, peut-être quelque chose qui pourrait continuer à être transmis de génération en génération en y ajoutant des dates. Bref, je voulais une vidéo de sa réaction quand je la lui donnerais, alors j'avais installé une caméra dans la suite nuptiale et j'avais dit à Christian de m'y retrouver. Mais pendant que je l'attendais, ma sœur m'a appelée pour me dire qu'un chauffeur de taxi venait de bondir sur le trottoir et d'écraser le pied de son mari. Je me suis retrouvée à l'hôpital avec elle pendant quelques heures et j'ai oublié la caméra qui enregistrait. À mon retour plus tard dans la soirée, j'ai donné la pince à billets à Christian, puis nous nous sommes dit au revoir pour la nuit, puisque nous dormions dans des chambres séparées... le marié n'est pas censé voir la mariée avant le mariage, tout ça.

Evie leva les yeux au ciel.

— Je n'aurais pas pu avoir plus de malchance ! En tout cas, j'avais totalement oublié la caméra. Je ne m'en suis souvenu qu'après son départ. J'ai supposé qu'elle avait cessé d'enregistrer depuis des heures, mais j'ai quand même vérifié et j'ai eu la surprise de ma vie : Christian couchant avec ma meilleure amie et demoiselle d'honneur, Mia.

— Merde ! m'exclamai-je en secouant la tête. Et tu ne te doutais pas du tout de ce qui se passait entre eux jusqu'à ce moment-là ?

— Non. Enfin, pas à l'époque, mais avec le recul, j'ai compris que j'avais manqué des indices. Par exemple, le nom de Mia est apparu une fois sur le téléphone portable de Christian, et le message parlait de se retrouver. Mais quand j'ai posé la question à mon ex-futur mari, il m'a dit d'arrêter d'être curieuse, parce que j'allais gâcher la surprise de mon enterrement de vie de jeune fille. Une autre fois, j'ai trouvé le téléphone de Mia coincé dans les coussins de notre canapé, alors qu'elle n'était pas venue depuis plusieurs semaines. Elle m'a dit qu'elle avait dû le perdre lors de sa dernière visite et qu'elle l'avait cherché partout. Mais j'ai trouvé étrange qu'elle n'ait jamais dit qu'elle ne le trouvait pas, s'il avait disparu juste après qu'elle était venue chez moi. Nous sommes tous tellement attachés à nos téléphones, et un nouveau portable coûte un millier de dollars.

Elle soupira et fronça les sourcils.

— Mais jamais je n'aurais pensé que ces deux-là feraient ce qu'ils m'ont fait. Même après avoir découvert la vidéo, je n'ai pas voulu y croire tout de suite. J'ai d'abord cru que c'était une blague.

— Ce type a des couilles de te poursuivre après ce qu'il a fait. Même si tu avais été au courant et n'avais pas tout annulé pour faire grimper la facture, il le mérite bien. Et comment il peut te poursuivre pour diffamation ? La défense, dans ce genre de procès, c'est la vérité.

Elle sourit sans enthousiasme.

— Je pense qu'il essaie de se venger parce que je l'ai mis dans l'embarras publiquement. Sa famille dispose en interne d'une équipe d'avocats, donc ça ne lui coûte absolument rien. Mais je suis sûre que ça finira par me coûter une fortune que je n'ai pas. Le plus ironique, c'est que je ne voulais même pas d'un grand mariage onéreux. C'est Christian et sa famille qui l'ont voulu. Ils avaient plus d'associés sur la liste des invités que je n'avais d'amis et de famille.

— Je suis désolé. Ça craint ! Mais j'ai un bon avocat à te recommander, et il me doit une ou deux faveurs. Je l'appellerai demain pour voir ce qu'il peut faire.

— Merci. J'apprécierais.

— Pas de problème.

La serveuse arriva avec nos repas. J'avais commandé le saumon et Evie avait choisi le poulet piccata. Elle se lécha les lèvres en regardant mon assiette.

— Ton plat a l'air bon. Tu partages ?

Je secouai la tête avec un petit rire.

— Bien sûr. Autre chose que tu aimerais ?

Evie tendit le bras et prit mon assiette. Elle sourit en coupant un morceau de mon saumon et en le remplaçant par un morceau de son poulet.

— En fait, oui.

— Pourquoi je ne suis pas surpris ?

— Oh, tais-toi ! Je voulais juste te poser quelques questions sur le bureau.

Je repris mon assiette.

— Tu veux savoir quoi ?

Pendant la demi-heure suivante, elle m'interrogea sur le trading, surtout sur la façon dont les choses fonctionnaient et sur ce que mon personnel était autorisé à faire ou non. Elle semblait maîtriser une bonne partie de la terminologie du secteur.

— Tu n'as aucune expérience dans le domaine du courtage, dis-je. Pourtant, tu sembles comprendre beaucoup de choses sur la façon dont ça fonctionne.

— J'ai lu un tas de livres quand on m'a proposé le poste.

Je hochai la tête.

— Autre chose que tu aimerais savoir ?

— En fait...

Elle tapota la table du bout des doigts.

— En me documentant sur ton entreprise, j'ai trouvé un vieil article datant de l'année où tu as ouvert. Il disait que tu avais une associée. Mais j'ai lu tes derniers prospectus, et le nom a disparu de la rubrique des actionnaires il y a quelques années. Amelia... Evans, je crois ?

Je détournai le regard.

— C'est exact.

— Il s'est passé quoi avec elle ?

Je cherchai la serveuse du regard. L'apercevant, je levai la main pour l'appeler avant de reporter mon attention sur Evie.

— Je ne pense pas que ça ait un rapport avec le travail pour lequel tu as été engagée.

Lorsque la serveuse arriva, je demandai l'addition. Elle tira un étui en cuir de la poche de son tablier et le posa sur la table.

— Je le prendrai quand vous serez prêts.

— Je suis prêt maintenant.

Je sortis mon portefeuille et glissai une carte de crédit dans l'étui avant de le lui rendre.

— D'accord. Je reviens dans une minute.

Evie attendit que la serveuse disparaisse, mais ne manqua pas de reprendre là où elle s'était arrêtée.

— Je pose la question parce que souvent, un changement de direction peut avoir un effet majeur sur les employés.

— Le départ d'Amelia a plutôt permis d'alléger le stress de l'entreprise, et non de l'accroître. Elle dirigeait la division PAPE – qui s'occupait d'introduire les entreprises en bourse pour la première fois. Ce type d'opération implique beaucoup de pression. Nous n'acceptons plus ce genre de travail.

— Oh... d'accord ! Elle a quitté l'entreprise depuis combien de temps ?

— Trois ans.

— Des membres du personnel l'ont suivie quand elle est partie ?

Je secouai la tête.

— Non.

— La séparation s'est faite à l'amiable ? Elle a créé son propre cabinet ?

La serveuse revint avec le reçu de la carte de crédit, alors je griffonnai mon nom. Quand je levai les yeux, Evie attendait toujours une réponse. Je lui en donnai donc une.

— Il n'y a pas eu de séparation. Amelia Evans est morte.

Merrick

Neuf ans plus tôt

— Qui remplace Decker, ce soir ?

J'ouvris l'emballage en carton de Budweiser et me penchai pour remplir le minifrigo – celui que nous gardions dans le salon à côté de la table de jeu parce que nous étions tous trop paresseux pour nous lever et faire les dix pas qui nous séparaient de la cuisine.

— Quelqu'un de mon cours de statistiques, dit Travis. Elle s'appelle Amelia. Elle me laissera pomper sur elle au partiel de mardi si elle peut jouer.

Je relevai la tête.

— Elle ? Tu as invité une fille à jouer aux cartes avec nous ?

Travis haussa les épaules.

— Il faut que je réussisse ce fichu examen. En plus, ce n'est pas comme si on avait établi une règle interdisant aux filles de jouer.

Peut-être que non. Mais nous jouions tous les quatre aux cartes une fois par semaine depuis notre première année. Pendant trois ans et demi, cela avait été une soirée entre mecs. Quand l'un de nous ne pouvait pas venir, nous trouvions quelqu'un pour le remplacer. Jusqu'à aujourd'hui, cela avait toujours été un mec. L'un des membres du quatuor habituel passait un semestre à l'étranger, alors nous avions recruté son remplaçant à tour de rôle chaque semaine.

— Je suppose que nous n'avons jamais eu besoin de règles parce que nous avions tous un accord implicite.

Notre ami Will Silver entra. Il posa une bouteille de Jack au centre de la table de jeu.

— Salut, Will, dis-je. Comment ça se fait que tu n'aies jamais invité une fille à jouer aux cartes avec nous ?

— Je ne sais pas, répondit-il en haussant les épaules. C'est une soirée entre mecs.

Je regardai Trav.

— Tu vois ?

Il me fit taire d'un mouvement de main.

— Arrête de te plaindre. Elle est probablement nulle aux cartes, et tu vas rapporter de l'argent facile chez toi. Tu devrais me remercier.

Will pointa du doigt la bière que j'étais en train de transférer dans le frigo.

— Lance-m'en une.

— Elles sont chaudes. Les froides sont dans la cuisine.

— Tu as fait attention, ces trois dernières années ? J'en ai rien à foutre qu'elles soient froides. Passe-m'en une, c'est tout.

Je lui lançai une bière chaude.

Will retira l'opercule de la cannette avec un grand *tssSSS kr-POP*.

— Elle a de beaux seins, au moins ?

— Oui. Elle a des seins superbes, dit une voix inattendue derrière nous. Dis-moi, ta queue, elle est comment ?

Nous tournâmes tous les trois la tête vers la femme et le silence s'installa dans la pièce. Je portai ma bière à mes lèvres et remarquai qu'elle n'avait pas menti – ses seins étaient vraiment superbes. Mais contrairement à Will, j'étais assez intelligent pour garder mes pensées pour moi.

La femme leva un sourcil.

— Alors ?

Elle attendait une vraie réponse sur la queue de Will. J'inclinai ma bière vers son sexe.

— Je l'ai vue. Elle est plutôt triste.

— Va te faire foutre ! rétorqua Will. Elle triple de taille une fois en érection. Je ne dévoile pas tout d'emblée.

L'inconnue me regarda. Elle n'affichait aucun sourire, mais je le voyais agiter la commissure de ses lèvres et faire pétiller ses yeux. Elle inclina la tête.

— Et la tienne, elle est comment ?

Je haussai les épaules.

— Spectaculaire. Tu veux la voir ?

Son sourire apparut.

— Peut-être plus tard. Je vais d'abord prendre tout ton argent.

J'aurais été prêt à donner mon portefeuille à cette fille tout de suite, si c'était tout ce qu'il fallait. Elle avait des cheveux roux, une peau pâle et quelques taches de rousseur sur son petit nez. Sans parler du débardeur vert qu'elle portait et qu'il était impossible de ne pas regarder.

— Ça m'a l'air d'être un bon plan, dis-je. Sauf que je suis presque sûr que c'est moi qui prendrai l'argent, ce soir.

Son sourire s'élargit.

— Tu veux parier là-dessus ?

— Tu veux parier que tu seras la grande gagnante ce soir alors qu'on n'a même pas encore distribué la première main ?

— Oui.

— Tu ne devrais pas au moins attendre de voir comment jouent les gens que tu affrontes ?

— Non. Si on attend aussi longtemps, tu ne parieras pas...

— Parce que tu es si bonne que ça ?

Elle leva les yeux au ciel.

— On parie ou pas ?

— D'accord. Pourquoi pas ? Combien on parie ?

— Cent dollars ?

Mes potes sifflèrent. Nous ne jouions qu'avec cinquante dollars chacun, parfois moins si quelqu'un était fauché. Mais je travaillais et j'avais beaucoup d'argent. D'ailleurs, je ne comptais qu'une poignée de soirées où j'avais perdu gros. Le plus souvent, c'était moi qui gagnais. J'étais bon aux cartes, parce que les cartes étaient principalement des nombres. Et j'étais encore meilleur avec les nombres. Cependant, je ne voulais pas de son argent.

Je frottai ma lèvre inférieure avec mon pouce.

— Je te donnerai les cent dollars si tu gagnes. Mais si je gagne, je veux un baiser.

Les yeux d'Amelia pétillèrent.

— Marché conclu. Jouons.

• • •

Deux heures plus tard, je me redressai sur ma chaise et passai une main dans mes cheveux. Travis et Will avaient jeté leurs cartes sur la table et étaient sortis fumer un joint.

— Mais comment tu as appris à jouer comme ça ? demandai-je.

Nous avions joué au Texas Hold'Em, au Five-Card Draw, au Crazy Eights et même au Sevens Take All, et Amelia avait gagné presque toutes les mains.

Elle se pencha en avant pour ramasser le reste du pot de son côté de la table.

— Mon père aimait jouer. Il m'a appris à compter les cartes quand j'avais quatre ans, et je sais lire les gens.

— Tu comptes les cartes ? C'est de la triche.

— Non, je ne triche pas. J'utilise mon cerveau pour avoir l'avantage. Tricher, c'est quand tu caches quelques as sous la table et que tu te donnes une main gagnante. Ou quand tu zieutes les cartes d'un autre joueur.

— Mais tu n'as pas dit que tu savais compter les cartes avant qu'on commence.

Elle haussa les épaules.

— Je t'ai dit que j'étais douée aux cartes et que j'allais prendre ton argent. Tu ne m'as pas crue.

Amelia tendit la main, paume vers le haut.

— Au fait, je vais prendre mes cent dollars maintenant.

Je fouillai dans ma poche en secouant la tête.

— Je devrais au moins recevoir le baiser que j'ai parié puisque tu m'as déjà baisé.

— Tu ne l'as pas mérité.

Je comptai cinq billets de vingt et les lui tendis. Mais quand elle essaya de les prendre, je ne les lâchai pas. Son regard quitta les billets pour se poser sur mes yeux.

— Laisse-moi le gagner d'une autre manière, dis-je. Tu sors avec moi ?

Elle m'arracha les billets des mains et les glissa dans la poche avant de son jean.

— Non merci.

— Pourquoi ?

— Ce serait trop facile pour toi.

Elle prit son sac à main et passa la lanière par-dessus sa tête pour qu'il soit en diagonale sur son corps.

— Mais je vais te donner un prix de consolation.

— Lequel ?

— Tu peux me regarder partir.

Elle se tourna et se dirigea vers la porte en criant par-dessus son épaule :

— Mon cul est encore mieux que mes seins.

Elle n'avait pas tort. Mais je n'arrivais toujours pas à comprendre ce qui s'était passé ce soir.

— Attends. Je dois faire quoi pour que tu sortes avec moi ?

Elle s'arrêta, la main sur la porte, mais ne se retourna pas.

— Si je te le disais, *tout* ce que tu ferais – ou *qui* tu te ferais – serait considéré comme facile, n'est-ce pas ? Bonne nuit, Merrick.

CHAPITRE 9

Evie

— Andrea !

Le cri provenait de derrière la porte fermée de Merrick. Je venais de monter à l'étage pour parler à son assistante et programmer un rendez-vous, mais celle-ci n'était pas à son bureau. Je regardai autour de moi, mais ne la vis nulle part. J'avançai donc jusqu'au bureau de Merrick et le saluai pour qu'il me voie avant de passer la tête à l'intérieur.

Deux personnes se disputaient bruyamment dans le haut-parleur de son téléphone fixe. Mais Merrick me fit signe d'entrer et appuya sur un bouton, que je supposai être la commande *muet*.

— Désolée, je vois que tu es au téléphone, dis-je. Je t'ai entendu appeler Andrea, alors je me suis dit que je devais te prévenir qu'elle n'était pas à son bureau. Je viens juste d'arriver pour lui parler.

— Merde !

— Qu'est-ce qu'il y a ?

— L'appel auquel je participe était prévu dans mon agenda pour cet après-midi, pas pour huit heures du matin. Je crois qu'elle a interverti deux clients quand elle a saisi les rendez-vous.

— Oh ! Eh bien, tu as besoin de quelque chose ?

— J'ai besoin qu'elle monte à mon appartement et qu'elle récupère un dossier contenant les rapports pour cet appel.

— Je peux le faire.

Il hésita.

— Tu es sûre qu'elle n'est pas là ?

Je regardai par-dessus mon épaule.

— Je ne la vois nulle part. Mais je peux vérifier dans la salle de repos, et si je ne la trouve pas, je peux aller chercher ton dossier.

— Ça ne te dérange pas ?

— Pas du tout. Je suis ravie de rendre service.

Merrick hocha la tête.

— Si tu ne la trouves pas, le dossier devrait être sur la table du salon. Une partie du contenu est probablement hors du porte-documents, alors prends ce que tu vois.

Il sortit un trousseau de clés.

— Dernier étage, appartement deux.

— D'accord. Je reviens tout de suite.

Je vérifiai rapidement la salle de repos et les toilettes des dames, mais il n'y avait aucun signe de son assistante. Aussi me dirigeai-je vers l'ascenseur et appuyai-je sur le bouton de l'étage le plus élevé du tableau.

En arrivant, je me rendis compte que l'appartement deux était en fait l'appartement-terrasse deux. Je restai bouche bée en entrant. Le logement de Merrick était gigantesque, une pièce ouverte allait de la cuisine gastronomique au salon et à la salle à manger, séparés seulement par quelques marches. Je me dirigeai vers l'endroit où il avait dit que se trouvait son dossier, bavant sur la cuisine en inox et en marbre au fur et à mesure que j'avançais. Puis j'oubliai complètement pourquoi j'étais là une fois que je pus admirer la vue depuis le salon. Des fenêtres allant du sol au plafond occupaient tout un pan de mur, donnant sur le fleuve et le pont, tandis que le mur adjacent dévoilait un horizon de grands immeubles. Je pariais que c'était incroyable, illuminé la nuit.

J'aurais pu rester là toute la journée, à admirer la vue, mais le patron avait besoin de son dossier – et j'avais besoin de trente secondes pour voir le reste de l'appartement. Au fond du salon se trouvait un long couloir qui, je le supposais, menait aux chambres. Je récupérai donc le dossier que j'étais venue chercher et les papiers éparpillés autour, et j'allai voir le reste de l'appartement.

La première pièce était un bureau, avec de superbes bibliothèques encastrées et l'une de ces échelles attachées au sommet que l'on peut faire rouler d'un bout à l'autre. *Wouah ! J'ai toujours voulu avoir une échelle avec mes bibliothèques !*

La pièce suivante était une salle de bains et en face se trouvait une chambre. Au bout du couloir, il y avait une double porte. Lorsque je l'ouvris dans un grincement et vis la pièce maîtresse, j'en restai sans voix. Cet homme disposait d'une *terrasse* depuis sa chambre, avec suffisamment d'espace pour organiser une petite fête. Et le lit ? Il devait bien mesurer un mètre quatre-vingts de large – voire plus ? Faisait-on plus grand ? Les quatre pieds sculptés en bois foncé étaient très masculins et correspondaient parfaitement au patron qui se trouvait quelques étages plus bas.

En parlant de patron... il fallait que je file d'ici. J'aurais adoré avoir un peu plus de temps pour fouiller, peut-être pour jeter un coup d'œil au placard et à la salle de bains de la chambre principale, mais je n'allais pas abuser de ma chance. Alors que je refermais la porte de la chambre, un éclat de couleur attira mon regard sur la table de nuit, de l'autre côté du lit.

Des poissons rouges ?

Je ne savais pas pourquoi, mais je trouvais étrange que deux simples poissons rouge orange soient posés dans un petit bocal sur une table de nuit. S'il avait eu un aquarium de cinq cents litres d'eau de mer rempli de poissons exotiques, cela n'aurait pas semblé bizarre. Mais deux simples poissons qui coûtaient probablement un dollar ? Alors que je restais là à essayer d'emboîter les pièces du puzzle, mon téléphone sonna. Le numéro m'était familier, mais je ne pus le resituer que lorsque je décrochai et entendis la voix.

— Où es-tu ?

Merde ! Merrick.

— J'attends l'ascenseur.

— Ce truc est trop lent. Prends l'escalier, s'il te plaît. J'ai besoin de ce fichu dossier.

— D'accord. J'arrive tout de suite.

J'éteignis mon téléphone et me précipitai hors de son appartement, vérifiant que la porte se verrouillait derrière moi tout en cherchant la cage d'escalier. Mais alors que je m'y dirigeais, l'ascenseur sonna, aussi fis-je demi-tour pour me ruer à l'intérieur dès que les portes s'ouvriraient – et je faillis entrer en collision avec une femme qui en sortait.

— Oh, pardon, je suis vraiment désolée !

L'inconnue devait mesurer plus d'un mètre quatre-vingts avec les talons sculpturaux qu'elle portait. Et un bon mètre cinquante était réservé à ses jambes.

Elle me regarda de haut en bas.

— Pourquoi vous êtes à cet étage ?

— Je, euh...

J'indiquai l'appartement-terrasse numéro deux par-dessus mon épaule.

— J'ai dû récupérer un dossier pour Merrick.

Elle inclina la tête et plissa les yeux.

— Et vous êtes ?

— Je travaille chez *Crawford Investments*.

— Oh !

Elle me jeta un dernier coup d'œil et sembla se désintéresser de moi. Elle me contourna.

— J'aurais dû m'en douter.

Mais qu'est-ce que ça voulait dire ? J'étais presque sûre qu'il s'agissait d'une insulte, mais lorsque les portes de l'ascenseur commencèrent à se refermer, je réalisai que je n'avais pas le temps de m'en préoccuper. Je sautai donc à l'intérieur, jetant un coup d'œil par-dessus mon épaule pour voir où se dirigeait Miss Daddy Long Legs. Apparemment, elle vivait dans l'appartement-terrasse numéro un – ou du moins elle en avait la clé.

Andrea était de retour à son bureau quand je revins, aussi lui expliquai-je ce qui s'était passé, et elle transmit rapidement le dossier au patron.

Le reste de la journée fut assez banal. Je ne revis pas Merrick jusqu'à ce que sa voix me fasse sursauter à dix-neuf heures. J'étais en train de lire et ne l'avais pas entendu s'approcher de ma porte ouverte.

— Tu es encore arrivée à l'aube, ce matin ?

Je souris.

— Peut-être un peu plus tard.

Une lanière de cuir formait une diagonale sur son torse, une mallette pleine à craquer pendant derrière lui. Il regarda sa montre.

— Pourquoi tu ne rentres pas chez toi ? Tu n'es pas obligée de travailler douze heures par jour.

— Merci. J'allais justement ranger mes affaires.

Je levai le menton, faisant signe vers son sac.

— On dirait que tu prévois de travailler bien plus que douze heures avec ce sac.

Il acquiesça.

— J'ai beaucoup de choses à rattraper. Malheureusement, j'ai d'abord un dîner de travail.

Le téléphone de Merrick sonna. Il le sortit de sa poche, regarda l'écran et répondit à l'appel avec un gémissement.

— Je suis en route.

L'interlocuteur dit quelque chose que je ne saisis pas. Merrick leva les yeux au ciel.

— Je l'éviterai. Merci. À tout de suite.

Il raccrocha en secouant la tête.

— Ne deviens pas l'un de ces New-Yorkais agaçants qui se sentent obligés de dire à tout le monde quel chemin prendre pour aller quelque part.

— Je ne pense pas que ce soit un problème. Je sais à peine distinguer ma droite de ma gauche.

Merrick sourit. Je songeai que c'était peut-être le premier vrai sourire, sans fard, auquel j'aie droit. Je pointai son visage du doigt.

— Tu devrais faire ça plus souvent.

— Quoi ?

— Sourire. Ça te fait moins passer pour un ogre.

— Donc, je suis un ogre ?

— Eh bien, je crois qu'il faut mesurer au moins trois mètres pour être un ogre. Alors, peut-être un mini-ogre.

De petites rides se creusèrent autour de ses yeux alors qu'il souriait à nouveau, même s'il essayait de le cacher.

— Au fait, dit-il, ça me rappelle que je ne t'ai jamais remerciée de ne pas avoir lâché le morceau sur moi à ma grand-mère.

— Qu'est-ce que tu veux dire ?

— Elle m'a dit que tu lui avais rapporté que j'étais poli et professionnel lors de notre premier entretien. Avec le recul, j'ai peut-être été un peu brusque.

— Un peu ?

Merrick sourit encore. Son téléphone vibra dans sa main et il y jeta un coup d'œil avant de secouer la tête.

— Maintenant, je suis censé éviter la 144e à Convent Avenue pour je ne sais quelle raison.

Je hochai la tête.

— Oh, c'est à deux pâtés de maisons de l'endroit où je loge ! En fait, ils ont fermé tout le quartier. Ils filment quelque chose. J'ai essayé d'y jeter un coup d'œil quand je suis passée ce matin.

— Tu vis dans les quartiers chics ?

— Ma sœur. Elle m'héberge jusqu'à ce que je trouve quelque chose.

Il fit un signe de tête en direction du couloir.

— Viens. Je te déposerai en chemin.

— Oh non, c'est bon ! Je peux prendre le métro.

— Je vais tout près de chez toi. J'ai une voiture qui attend dehors.

— Tu es sûr ?

Il acquiesça.

— Ce n'est pas un problème du tout.

Nous prîmes l'ascenseur et montâmes dans la berline de luxe qui attendait, où je donnai au chauffeur l'adresse de ma sœur. Alors que nous nous éloignions du trottoir, ce fut mon téléphone qui sonna.

— Tu veux bien m'excuser une minute ? C'est ma sœur.

— Fais ce que tu as à faire.

Merrick se tenait à quelques centimètres de moi, scrollant sur son téléphone pendant que je répondais.

— Salut, dit Greer. Je voulais juste te dire que j'ai promené le chien de madame Aster à ta place. Je sortais Buddy, de toute façon. En plus, tu rentres si tard ! Je me suis dit que je devais te le dire au cas où tu aurais l'intention de t'arrêter à son appartement en chemin.

— Oh, merci beaucoup ! Tu n'étais pas obligée de t'en occuper. Pourquoi tu es rentrée si tôt ?

— J'ai un employé à temps partiel qui ferme les mardis et les jeudis, maintenant, tu te souviens ? Donc, je peux promener son chien jeudi aussi, si tu en as besoin.

— Merci, mais madame Aster sera de retour demain. Elle est partie chez sa sœur.

— Vous et vos histoires de troc ! Elle te donne quoi, en échange, d'ailleurs ?

— Des friandises pour chats faites maison.

— Des friandises pour chats ? Mais tu n'as même pas de chat.

— Oui, mais je les échange avec un gars qui développe des sites web. Il est en train de m'en créer un, pour mes locations. Si je loue directement, je peux économiser les frais d'Airbnb.

Greer soupira.

— Pourquoi tu n'arrives pas à trouver un moyen d'échanger du sperme de premier choix pour moi ?

Du coin de l'œil, je remarquai que Merrick me regardait brièvement. Ses sourcils se froncèrent tandis qu'il baissait les yeux sur son téléphone.

— Tu es toujours au bureau ? demande-t-elle.

— En fait, je suis sur le chemin du retour.

— D'accord, fais attention dans le métro.

— Je suis dans une voiture. Mon patron se rendait dans les beaux quartiers, alors il m'a proposé de me déposer.

— Oooh... C'est ton boss sexy ?

Cette fois, mes yeux se tournèrent vers Merrick. S'il avait entendu, il ne réagit pas.

— Je dois te laisser. Merci de m'avoir rendu ce service. Je te vois tout à l'heure.

— Obtiens-moi un peu de sperme du boss sexy !

À présent, les yeux de Merrick s'écarquillèrent vraiment. *Elle était obligée de crier ça ?* Je fermai les yeux.

— Au revoir, Greer.

Je *sentis* que l'homme à côté de moi me fixait. Je soupirai.

— Tu as entendu, n'est-ce pas ?

— Tu veux que je fasse comme si je n'avais pas entendu ?

Je hochai la tête.

— Ce serait parfait. Merci.

Le coin des lèvres de Merrick tressaillit, mais il retourna à la contemplation de son téléphone. Après quelques minutes de silence gênant, je cédai.

— Ma sœur et son mari ont des problèmes de fertilité. Ils sont à la recherche d'un donneur. Depuis que j'ai passé l'entretien, elle fait une blague récurrente sur sa volonté d'avoir ton sperme.

— Pourquoi ?

— Elle veut quelqu'un qui a de bons gènes – tu sais, intelligent, beau, qui réussit.

— On s'est déjà rencontrés, elle et moi ?

Je secouai la tête.

— Non.

— Elle a vu une photo de moi quelque part ?

— Pas que je sache.

La bouche de Merrick forma un sourire arrogant.

— Donc elle a obtenu ses informations sur mon apparence de...

Merde ! Je levai les yeux au ciel.

— Tu n'as pas à être odieux à ce sujet. Tu es beau. La belle affaire ! Comme beaucoup d'hommes.

Merrick s'esclaffa.

— Et le troc friandises pour chats contre création d'un site web ?

— Oh non ! Tu as tout entendu, hein ?

Il sourit.

— Tu devrais peut-être baisser le volume de ton téléphone.

— Ou... tu peux t'occuper de tes affaires et faire comme si tu n'avais rien entendu.

— Pourquoi je ferais ça alors que tu étais plongée dans une conversation si passionnante ? Ta sœur fait du troc pour du sperme ?

Je ris.

— Non, la partie *troc* de la conversation n'avait rien à voir avec la partie *sperme* – pas vraiment, en tout cas. Je m'occupe du chien de la voisine de ma sœur. Cette voisine fabrique des friandises biologiques pour chats qui contiennent du CBD, alors elle me paie avec ça. Je n'ai pas de chat, mais le gars qui monte le site web pour mes locations en a un qui souffre d'anxiété, alors ça arrange tout le monde.

Merrick secoua la tête.

— Juste par curiosité, je pourrais obtenir quoi pour du sperme dans ton trafic ?

— Malheureusement, je ne peux probablement pas faire mieux que des friandises biologiques pour chats pour l'instant. Je suis encore en train d'établir mon réseau ici, à New York. J'ai arrêté de le faire pendant quelques années parce que Christian, mon ex, détestait que je fasse du troc.

— Pourquoi ?

Je haussai les épaules.

— Je pense que ça le gênait. Il n'aimait pas que les gens croient que je n'avais pas les moyens de m'acheter ce que je voulais. Mais ça m'amusait d'organiser tous les trocs et d'obtenir des choses gratuitement. Je trouve ça un peu exaltant. Avec le recul, j'aurais dû troquer son cul contre du cran et faire ce qui me rend heureuse.

Les yeux de Merrick balayèrent mon visage et il sourit.

— Dis-moi ce que tu as troqué d'autre.

— Tout.

Je haussai les épaules.

— N'importe quoi. J'ai fait du baby-sitting contre des points *grand voyageur*, j'ai fait changer l'huile de ma voiture contre des cours de maths à la fille d'un mécanicien. Une fois, j'ai même préparé une soixantaine de biscuits en échange d'une fresque *Pete the Cat* peinte dans la chambre d'enfant d'une amie.

— C'est quoi, *Pete the cat* ?

— Un dessin animé.

— Qui avait besoin de soixante biscuits ?

— Un couple qui se mariait et qui voulait offrir à chaque invité une petite boîte contenant des biscuits frais en forme de drapeau italien.

— C'est toi qui les fais ?

J'acquiesçai.

— Je pâtisse beaucoup. Ma grand-mère tenait une boulangerie quand j'étais petite.

— Milly ? Je ne le savais pas.

— Oui. Elle l'a vendue un an ou deux après la mort de mon grand-père. Elle disait que ce n'était pas pareil sans lui. Mais elle pâtissait encore beaucoup, et nous le faisions ensemble à chaque fois que je lui rendais visite. Je ne me souviens pas d'être entrée dans sa maison sans que ça sente une nouvelle fournée de biscuits ou de gâteau. Je pâtisse plutôt selon mon humeur, pas de manière régulière. Je n'ai pas l'habitude de faire des gâteaux si c'est calme dans ma vie. Mais si je suis heureuse ou triste, je ressens une certaine énergie et j'ai besoin de m'occuper, alors je finis dans la cuisine. J'ai aussi tendance à grignoter quand je suis nerveuse, alors je suppose que la pâtisserie et le grignotage vont de pair. Et...

Je ris.

— Je n'ai aucune idée de la raison pour laquelle je te raconte tout ça.

Merrick sourit.

— Je ne sais même plus comment cette conversation a commencé.

— Ah... fis-je en levant un doigt. Ma sœur veut ton sperme.

Le téléphone de Merrick sonna.

— Nous avions peut-être besoin de cet appel pour nous interrompre. Qui sait où cette discussion aurait pu nous mener.

Il décrocha et porta le téléphone à son oreille.

— Qu'est-ce qui se passe, Bree ?

Contrairement à la façon dont il avait écouté toute ma conversation, je ne pus pas comprendre plus d'un mot ou deux de ce qu'il disait. Cependant, la voix à l'autre bout du fil était bien celle d'une femme. Au bout d'une minute, il secoua la tête.

— Désolé. Je ne serai pas là la semaine prochaine. J'ai un voyage d'affaires.

Il écouta à nouveau. Cette fois, il leva les yeux vers moi avant de parler.

— C'est gentil de le proposer, mais je ne suis pas chez moi non plus.

Silence.

— Probablement pas. Je rentrerai assez tard. Mais merci quand même.

Il raccrocha et se tut. Je ne pus me retenir.

— Tu sais, ton téléphone est si bas que j'ai seulement pu entendre un côté de la conversation.

— C'est parce que j'ai baissé le volume après que tu as entendu tout ce que disait Kitty l'autre jour.

Je me déplaçai sur mon siège pour lui faire face.

— Alors, tu ne vas pas me dire à qui tu viens de mettre un vent ?

— Comment sais-tu que j'ai mis un vent à quelqu'un si tu n'as pas entendu la personne à l'autre bout du fil ?

— Une femme sait quand elle entend un vent, qu'il soit pour elle ou pour quelqu'un d'autre. C'est l'un de nos talents innés.

La lèvre de Merrick tressaillit.

— Bree est ma voisine.

— Elle est super grande ?

— Oui, pourquoi ?

— Je crois que je l'ai rencontrée quand je suis montée chercher ton dossier ce matin. Je suis persuadée qu'elle m'a insultée, mais je ne peux pas en être sûre.

Merrick sourit.

— Je ne sais même pas ce qu'elle a dit, mais je suis certain que c'était insultant. Bree n'est pas une grande fan des femmes.

— Toutes les femmes ?

Il secoua la tête.

— Elle est mannequin et, apparemment, c'est un milieu très concurrentiel.

— Elle est mannequin... très jolie avec de superbes jambes. Alors, pourquoi ce vent ?

— Je ne chie pas où je mange, docteur Vaughn.

Ses yeux se posèrent sur mes lèvres pendant une fraction de seconde. Si j'avais cligné des yeux, je l'aurais manqué. Il croisa à nouveau mon regard.

— Avoir une relation avec une voisine est presque aussi stupide qu'avec une collègue de travail.

Une étrange déception m'envahit.

— Oh... Oui, c'est logique.

Lorsque nous tournâmes au coin de ma rue, ma sœur franchissait la porte d'entrée de son immeuble avec Buddy en laisse. Je me penchai en avant pour indiquer l'immeuble au chauffeur, et nous nous arrêtâmes juste à côté de l'endroit où Greer et son chien se tenaient. Je la soupçonnai d'être là exprès, attendant que je me gare pour jeter un coup d'œil à l'homme assis à mes côtés, puisqu'elle m'avait dit avoir sorti son chien avec celui de la voisine.

— Merci beaucoup de m'avoir raccompagnée.

Merrick hocha la tête.

— Je t'en prie.

J'attrapai la poignée de la portière, mais il interrompit mon geste.

— Attends. N'ouvre pas ce côté. C'est une route très fréquentée et personne ne fait attention. Je vais te laisser sortir de ce côté.

— Euh... Tu vas peut-être vouloir que je prenne le risque.

Je montrai ma sœur, qui souriait comme une folle.

— C'est ma sœur, Greer, qui veut ton sperme. Je ne suis pas sûre que tu veuilles sortir.

Merrick gloussa.

— Ça devrait être intéressant.

Il sortit de la voiture et me tendit la main. Les yeux de Greer pétillaient tandis qu'elle observait la scène. Je n'eus pas d'autre choix que de faire les présentations.

— Euh, Merrick, voici ma sœur, Greer. Greer, voici mon patron, Merrick Crawford.

Ils se serrèrent la main et Greer regarda Merrick de haut en bas.

— Vous êtes grand.

Il sourit poliment.

— Quoi, un mètre quatre-vingt-dix environ ?

— C'est exact. Très bonne estimation.

Elle hocha la tête.

— C'est un plaisir de vous rencontrer. Je connais votre grand-mère. Elle est très amusante.

— En effet.

Je pouvais voir les rouages tourner dans la tête de ma sœur.

— Quel âge a-t-elle, maintenant ? Notre grand-mère et elle sont nées la même année. Donc elle doit avoir près de quatre-vingts ans ?

— Soixante-dix-huit. Mais si elle avait soixante-dix-neuf ans et trois cent soixante-quatre jours, je ne lui dirais pas en face qu'elle a *près de quatre-vingts ans*.

Greer sourit.

— Longévité familiale. Vous devez avoir de bons gènes. Des antécédents familiaux de maladies graves ?

Oh, putain ! Je poussai ma sœur vers l'immeuble et saluai Merrick derrière moi.

— Il faut absolument qu'on se sauve. Merci encore de m'avoir raccompagnée, boss.

Il gloussa.

Dans le hall, je secouai la tête.

— Je n'arrive pas à croire que tu aies fait ça.

— Quoi ?

— L'interroger comme s'il était un candidat sérieux au don de sperme. C'est *mon patron*, Greer !

— Désolée. Je me suis emportée. Il est encore mieux que tu ne l'as décrit. *Ces cils !* Je paie quatre-vingts dollars par mois, et les miens sont loin d'être aussi fournis et foncés. Si je ne peux pas avoir son sperme, toi, tu devrais en prendre.

— Ça n'arrivera pas.

— Vraiment ? Tu n'as pas remarqué la façon dont il te regarde ?

Des rides se creusèrent entre mes sourcils.

— De quoi tu parles ?

— Je l'ai vu une minute, et je sais qu'il craque sur toi.

— Tu es folle !

Je me retournai et regardai par la porte d'entrée. Merrick se tenait toujours à l'extérieur de la voiture et me regardait.

Mais cela ne voulait rien dire... n'est-ce pas ?

CHAPITRE 10

Evie

Le lundi suivant, j'avais mon premier rendez-vous individuel au bureau. J'étais à la fois impatiente et nerveuse, et les deux se voyaient – en tout cas pour moi. Je m'étais levée à trois heures du matin et j'avais préparé des biscuits, et j'arrivais à présent au bureau avant même qu'il n'ouvre.

J'avais décidé d'apporter quelques gourmandises pour les laisser sur un joli plateau à côté du divan du patient. Joan, des ressources humaines, m'avait prévenue que certains traders avaient fait savoir qu'ils ne voulaient pas être obligés de rencontrer un thérapeute, alors j'avais pensé que cela pourrait adoucir le choc s'ils pouvaient grignoter quelques biscuits.

Durant tout le trajet du métro au bureau, mes mains étaient remplies de trois boîtes de biscuits, d'un gallon[1] de lait, de gobelets jetables et de serviettes en papier, ainsi que d'une demi-douzaine de dossiers que j'avais lus à la maison la veille au soir et de mon sac à main inutilement grand. À la porte du bâtiment, j'essayais de jongler avec

---

1 Unité de mesure valant aux États-Unis 3,8 litres.

tout cela d'une seule main lorsqu'un bras me contourna pour ouvrir le battant.

— Merci beauc...

Je me retournai pour finir ma phrase et réalisai qu'il s'agissait du patron.

— Oh, encore toi !

Il m'offrit son fameux demi-sourire en coin.

— Tu as l'air tellement ravie...

Merrick portait à nouveau une tenue de course noire, sauf qu'aujourd'hui, il avait un tee-shirt à manches courtes. Il retira l'écouteur de son oreille, et les muscles de son biceps musclé se gonflèrent, attirant mon attention. *Ma foi, peut-être un peu ravie.* Heureusement, il ne sembla pas s'apercevoir que je le reluquais.

— Mais tu portes quoi dans tous ces sacs ?

Il tendit le bras et prit tout ce qui se trouvait sur mon côté droit.

— Merci. J'ai fait des biscuits, mais ensuite, je me suis rendu compte que je ne pouvais pas les servir sans lait. Et je n'ai pas encore vérifié les fournitures dans la salle de pause, donc j'ai pris des serviettes en papier, des gobelets et d'autres choses, aussi.

— Tu as fait des gâteaux ?

Je hochai la tête.

— Oh ! C'est à cause de moi ?

— De quoi tu parles ?

— Tu as dit que tu faisais des gâteaux quand tu étais en colère.

Je ris.

— Non, j'ai dit que je pâtissais quand j'étais d'humeur frénétique. C'était de la pâtisserie d'excitation.

Merrick jeta un coup d'œil dans le sac.

— On dirait qu'il y a une tonne de biscuits là-dedans.

— Et j'en ai laissé plus de la moitié à la maison.

Je souris.

— Je suis *vraiment* nerveuse.

Nous arrivâmes devant les ascenseurs et Merrick appuya sur le bouton.

— Qu'est-ce qui te rend nerveuse ?

— Oh, je ne sais pas... L'idée de commencer une thérapie avec une bande de millionnaires super-intelligents issus de l'Ivy League qui ne pensent pas en avoir besoin.

— Tu veux que je te confie un petit secret pour les garder à leur place ?

— C'est vraiment une question ? *Oui.*

Les portes de l'ascenseur s'ouvrirent et Merrick tendit la main devant lui pour que j'entre en premier. Nous étions seuls dans la cabine, mais il baissa la voix.

— D'accord, voici le secret. Quand tu as l'impression qu'ils te défient ou qu'ils remettent en cause ton autorité, tiens-toi comme Superman.

— Comment se tient Superman exactement ?

— Tiens-toi droite et pose tes mains sur tes hanches, pieds écartés. Tu peux aussi gonfler un peu ta poitrine.

— Je pense que ça fonctionne mieux pour toi puisque tu mesures un mètre quatre-vingt-dix et que tu es, en fait, un peu intimidant.

Merrick tapota sa tempe avec son index.

— Ça n'a rien à voir avec la taille. C'est ce qu'il y a là-dedans. Fais-moi confiance. Tu peux y arriver.

Je n'étais pas certaine qu'il ait raison. Mais j'appréciais qu'il essaie. Du moins, je le pensais... À moins que...

— Attends, tu n'es pas en train de me dire ça pour me saboter et me faire prendre une pose de pouvoir qui va les rendre fous, n'est-ce pas ?

Merrick sourit.

— Non, pas du tout.

Je soupirai.

— D'accord. Alors, merci pour le conseil.

Il hocha la tête.

— De rien.

Quand nous arrivâmes à mon étage, je me tournai vers mon patron.

— Tiens, donne-moi ces sacs. Tu vas probablement monter à ton appartement, non ?

Il utilisa sa main libre pour tenir la porte de l'ascenseur ouverte et leva le menton, me faisant signe de sortir en premier.

— C'est bon. De toute façon, je vais aller chercher un dossier chez l'un des analystes de cet étage.

Il me suivit dans mon bureau et posa les sacs sur la table basse de la zone de traitement des patients. Puis il ramassa un éclat de verre que j'avais oublié en partant le vendredi soir. Il jeta un coup d'œil dans la pièce.

— Quelque chose s'est cassé ?

— Non, je l'ai apporté.

Il le fit tourner dans ses doigts.

— C'est du verre poli ?

J'acquiesçai.

— C'est une couleur inhabituelle.

— Le turquoise est la deuxième couleur la plus rare pour le verre poli. L'orange est la première.

Merrick haussa un sourcil.

— Experte en verre poli ?

— Un peu. Je les collectionne.

Je m'approchai et pris le morceau de sa main.

— Je ne devrais pas te donner plus de raisons de penser que je suis un charlatan, mais c'est l'un de mes porte-bonheur. Je voulais le mettre dans le tiroir de mon bureau l'autre soir avant de partir.

Il sourit.

— Du verre poli porte-bonheur, hein ?

J'agitai un doigt sous son nez.

— Sois gentil.

— Qui sont tes premiers patients, aujourd'hui ?

— Hmm… Laisse-moi vérifier l'ordre.

J'allai à mon bureau et sortis mon agenda du tiroir.

— J'ai commencé par les plus anciens, donc j'ai Will Silver à neuf heures, Lark Renquist à onze heures, et puis, cet après-midi, j'ai Colette Archwood et Marcus Lindey.

— Will est un salaud arrogant, mais il a de bonnes raisons de l'être. Il a du talent. Lark a eu une promotion l'année dernière. Il est jeune, et les plus anciens n'aiment pas lui rendre des comptes, parce qu'ils n'ont pas l'impression qu'il a fait ses preuves. Ce qui n'arrange rien, c'est qu'il fait encore plus jeune que son âge et n'a aucun poil au menton, même après un marathon de quarante-huit heures au bureau. Colette me déteste. Et Marcus est en train de passer un entretien avec notre plus grand concurrent et pense que je ne le sais pas.

— Oh, waouh ! Merci pour l'aperçu. Mais pourquoi Colette te déteste ?

— C'est une longue histoire.

Merrick fit un signe de tête vers les sacs qu'il avait posés.

— J'ai gagné un biscuit ?

Je souris.

— Sers-toi. Il y a « pépites de chocolat » et « beurre de cacahuète ».

Il fouilla dans le sac et sortit un biscuit de chacun des deux récipients du haut. Croquant la moitié d'un biscuit au beurre de cacahuètes en une seule bouchée, il l'agita devant mon nez.

— Le beurre de cacahuètes est mon point faible.

Il était possible que je m'en sois souvenu lorsque j'avais cherché quoi préparer. Mais je gardai cette information pour moi.

Il enfourna l'autre moitié d'un seul coup et parla la bouche pleine.

— Tu n'aurais probablement pas dû me dire que tu les préparais quand tu étais nerveuse ou en colère. Ces biscuits sont excellents, et je suis vraiment doué pour faire chier les employés.

Je ris.

— Tu peux aussi simplement en demander.

Merrick hocha la tête et tendit le bras vers le sac une deuxième fois. Il prit quelques biscuits au beurre de cacahuètes supplémentaires et fit un clin d'œil avant de sortir. Lorsqu'il arriva à la porte, je l'interpellai.

— Hé, Superman !

Il se retourna.

— Tu penses qu'une posture à la Wonder Woman ferait aussi l'affaire ?

Ses yeux balayèrent rapidement mon corps avant qu'un sourire coquin ne s'affiche sur son visage.

— J'avais un énorme béguin pour Wonder Woman quand j'étais petit. Celui qui a dessiné sa tenue était un sacré génie.

• • •

— Je dois m'allonger ? demanda Will en désignant le divan.

— Si vous voulez, mais vous n'êtes pas obligé.

Il sauta en l'air et retomba sur le divan. Étendant ses longues jambes, il appuya sa tête sur un coussin, les mains repliées derrière lui.

— Ah... C'est plutôt sympa. Je ne sais pas pourquoi tout le monde se plaint de devoir venir ici. C'est mieux que la maternelle. On a du lait et des gâteaux, et ensuite, c'est l'heure de la sieste.

Je souris.

— Enfin, juste une position de sieste. L'idée n'est pas vraiment que vous vous endormiez.

— Pas de souci. Je ne pourrais pas m'endormir en journée même si quelqu'un posait un pistolet contre ma tempe.

Will fit un geste vers sa tête et fit tourner son doigt.

— Une fois que l'interrupteur est enclenché, ça reste allumé jusqu'à ce qu'il n'y ait plus d'énergie, vers deux heures du matin, en général.

— Deux heures du matin ? Je vous ai vu ici à sept heures l'autre jour.

— Je n'ai pas besoin de beaucoup de sommeil.

— L'un de vos parents était comme ça ?

Will acquiesça.

— Ma mère. Elle pouvait dormir quatre ou cinq heures par nuit et être d'attaque. Mon père disait toujours qu'elle avait juste peur de rater une conversation.

— En fait, chez certaines personnes, c'est génétique, dis-je. Il y a quelques années, on a découvert une mutation génétique capable de se transmettre d'une génération à l'autre. Il s'agit du gène ADRB1. Il provoque un raccourcissement du cycle de sommeil.

— Sans blague ? J'ai toujours su que j'étais un mutant.

Je gloussai.

Will se redressa d'un bond et posa ses pieds sur le sol.

— C'est bizarre de vous parler sans vous regarder. Pourquoi c'est toujours comme ça dans les films ?

— Freud pensait que ne pas regarder les patients dans les yeux leur permettait de se sentir plus libres, que les gens étaient plus détendus et plus enclins à dire ce qui leur venait à l'esprit lorsqu'ils étaient allongés sur le dos et qu'ils oubliaient qu'ils étaient observés.

— Et c'est vrai ?

— Pour certaines personnes. Choisissez ce qui vous met le plus à l'aise.

Will hocha la tête.

— Alors, comment ça marche ? Par où on commence ?

— J'aime bien commencer doucement, apprendre à se connaître un peu.

— D'accord. Allez-y. Vous voulez savoir quoi ?

Je pris le bloc-notes et le stylo que j'avais posés sur la table à mes côtés et feuilletai la première page ouverte.

— Avez-vous déjà suivi une thérapie ?

— La thérapie conjugale compte ?

J'acquiesçai.

— Oui. Vous êtes toujours activement en thérapie ?

— Non.

Il leva la main pour me montrer un doigt sans alliance.

— Divorcé heureux.

— Depuis combien de temps vous êtes divorcé ?

— Ça a été finalisé il y a environ dix-huit mois.

— Et combien de temps vous avez suivi une thérapie ?

— Six séances.

— Oh ! Vous n'avez pas eu l'impression que ça fonctionnait ?

— Ce n'est pas la question. C'est le temps qu'il a fallu à mon ex pour admettre qu'elle couchait avec le voisin.

— Je suis désolée. Ça vous convient qu'on parle de votre mariage ?

Will haussa les épaules.

— Ce n'est pas mon sujet préféré, mais ça va.

— Ça vous dérange si je vous demande si vous aviez des problèmes conjugaux avant qu'elle n'ait une liaison ?

— Je ne pensais pas qu'on en avait. Mais apparemment, si. Je travaille beaucoup. Brooke s'en plaignait, mais elle aimait aussi le style de vie que lui procurait mon travail. Je lui ai suggéré de prendre un hobby. C'est ce qu'elle a fait : elle s'est tapé le voisin.

Je souris tristement.

— Vous travaillez combien d'heures par semaine ?

— Je suis généralement au bureau de sept à dix-neuf heures en semaine. Le samedi, je travaille une demi-journée depuis chez moi.

— Quand vous rentrez chez vous le soir, vous faites quoi ?

— Maintenant que je suis célibataire ? Je fais du racquetball deux fois par semaine. À part ça, je me fais livrer à manger ou je vais chercher quelque chose, et je lis *The Journal* pendant que je mange. Je regarde peut-être un peu la télévision, je réponds à des mails, je fais des recherches en buvant un verre. Je laisse aussi mes chaussettes par terre, la lunette des toilettes relevée et je ronfle sans me faire engueuler.

— Vous travaillez donc environ soixante heures par semaine au bureau, plus cinq ou six heures le samedi. Et vous passez également vos soirées à lire des revues liées au monde des affaires, à faire des recherches et à répondre à des mails, ce qui ajoute probablement quelques heures chaque jour. Serait-il déraisonnable de dire que vous travaillez quatre-vingts heures par semaine ?

Will haussa les épaules.

— J'aime mon travail. Ce n'est pas comme si j'étais malheureux de le faire.

— Qu'en est-il des personnes qui vous rendent des comptes ? Ils travaillent autant ?

— Certains. Les bons, en tout cas.

— Vous pensez qu'il est impossible d'être bon dans votre travail si vous ne travaillez que, disons, cinquante heures par semaine ?

— Je n'ai pas dit ça. Mais c'est une carrière qui exige beaucoup de connaissances – sur le marché, les tendances, les industries individuelles et les gros groupes. Et ces connaissances changent à chaque instant.

— Pouvez-vous sous-traiter l'acquisition de ces connaissances et demander à quelqu'un de vous donner la version résumée ?

Will sourit.

— C'est ce que font les analystes. Il serait impossible pour une seule personne de tout approfondir. Mais le simple fait de passer au crible tous leurs résumés dans les différents secteurs, c'est déjà un travail.

— Vous travaillez chez *Crawford Investments* depuis combien de temps ?

— Depuis le premier jour. Merrick et moi sommes amis depuis notre première année d'université. Nous sommes allés à Princeton ensemble.

— Je ne le savais pas.

Il hocha la tête.

— Nous avons tous les deux travaillé chez *Sterling Capital* à la sortie de l'université. Au bout de trois ans, il était vice-président et j'étais encore analyste. Les gens ne deviennent pas vice-président en trois ans, où que ce soit. Mais Merrick était plus intelligent et travaillait plus dur que les propriétaires de l'entreprise, si bien qu'ils lui ont rapidement offert une promotion pour tenter de le garder. Lorsqu'il a annoncé son départ, ils lui ont offert une partie de l'entreprise. Il n'avait pas encore vingt-cinq ans.

— Mais il n'a pas accepté ?

Will secoua la tête.

— Non. Ça aurait été plus facile pour lui s'il l'avait fait. Mais les propriétaires n'aimaient pas Amelia. Elle travaillait aussi chez Sterling. Alors, ils sont partis tous les deux de leur côté.

— Pourquoi n'aimaient-ils pas Amelia ?

— À l'époque, Merrick disait que c'était parce que Sterling était un club de bons copains et que les femmes n'avaient pas les mêmes opportunités. Si on en discutait aujourd'hui, il aurait peut-être une opinion différente. Amelia était brillante, mais imprudente. C'est un travail pour lequel il faut avoir des couilles – pardonnez-moi l'expression –, mais on peut avoir de trop grosses couilles.

Intéressant.

— Merrick et moi avons un peu parlé d'Amelia, dis-je. Il semblait penser que son départ de *Crawford Investments* n'avait pas eu d'effet sur le personnel. Vous êtes d'accord ?

— Merrick vous a parlé d'Amelia ? Genre, il a prononcé son nom ?

Mes sourcils se froncèrent.

— Oui.

— Waouh ! Vous devez être un bon psy. Il n'a pas prononcé son nom en trois ans, que je sache.

— Vraiment ? Eh bien, nous ne sommes pas entrés dans les détails, seulement qu'elle était associée et qu'elle était décédée. Souvent, un changement de direction peut être source de stress pour les employés.

Je me doutais qu'il y avait peut-être plus entre Merrick et Amelia qu'un simple partenariat d'affaires, mais ce n'était pas à moi de le demander.

— J'en déduis que la séparation ne s'est pas faite à l'amiable, s'il ne parle pas d'elle ?

Will hocha la tête.

— Ça n'a pas affecté le bureau autant que ça l'a affecté lui. Ils étaient fiancés.

— Que s'est-il passé ?

Aussi déplacée que soit cette question, je ne pus l'empêcher de surgir. Après ma demande, le visage de Will changea. Une ride se forma entre ses sourcils, et sa bouche s'affaissa.

— Ce n'est pas à moi d'en parler. Disons simplement qu'elle a anéanti mon meilleur ami.

Ça n'avait pas l'air bon. Bien sûr, cela me rendit aussi plus curieuse, mais je ne voulais pas repousser mes limites professionnelles plus loin lors de sa première visite. Je ramenai donc la conversation sur son travail. Will semblait disposé à discuter de tout ce qui concernait son poste, ce qui était une bonne chose. Et sa coopération contribua largement à apaiser mes nerfs. J'étais heureuse qu'il soit mon premier patient de la journée.

Lorsque l'alarme que j'avais réglée pour signaler la fin de notre séance retentit, il se tapa les cuisses.

— Alors ? J'ai gagné un prix ?

— Bien sûr. Votre première séance est terminée. Vous avez gagné votre liberté pour un mois.

— Sympa. Ce n'était pas si mal.

Étant donné que nous avions passé l'heure à discuter d'éléments de son travail et pas vraiment d'émotions ou de sentiments, j'étais heureuse qu'il ne trouve pas ça trop douloureux. J'avais une courbe d'apprentissage et je devais prendre mon temps avec ces gens pour gagner leur confiance et leur respect. Mais mon instinct me dictait que je pouvais tenter ma chance avec Will, puisqu'il était facile à vivre et amical.

— Je peux vous poser une dernière question, Will ?

— Bien sûr.

— Si on donnait une deuxième chance à votre mariage, vous travailleriez moins pour essayer d'être plus présent chez vous ?

Il me regarda dans les yeux et sourit tristement.

— Oui, probablement.

•••

Je n'arrivais pas à croire qu'il était déjà dix-neuf heures. Entre mes premiers patients, une réunion avec les RH pour revoir l'organigramme de l'entreprise et la rédaction des résumés des sessions, la journée avait filé à toute allure. J'éteignis mon ordinateur portable et pris mon téléphone pour envoyer un message à ma sœur lui demandant si elle voulait que je rapporte quelque chose sur le chemin du retour.

Avant qu'elle puisse répondre, Merrick apparut à ma porte. Ses visites de fin de journée étaient de plus en plus fréquentes, mais comme il travaillait à un autre étage, je me demandais s'il ne descendait pas juste pour me voir. Il portait sur l'épaule son habituel porte-documents en cuir usé, et le sac était de nouveau plein à craquer.

— Alors ? Tu as survécu à tes rencontres avec les premiers employés, aujourd'hui ?

Il me regarda de haut en bas.

— Je ne vois pas de bleus ni bosses.

Je sortis mon sac à main d'un tiroir et le posai sur mon bureau.

— Je pense que je m'en suis sortie indemne.

— Comment ça s'est passé ?

— Plutôt bien, en fait. Une seule patiente a annulé, ou plutôt, elle a repoussé le rendez-vous.

— Elle ? Je suppose que c'est Colette ?

Je confirmai d'un mouvement de tête.

— Elle a dû partir plus tôt parce que son fils était malade à l'école.

— Mais les autres ne t'ont pas fait de difficultés ?

— Non, ils ont été très gentils. Nous avons beaucoup parlé.

— Alors, je peux aller dire à mon conseil d'administration que nous sommes guéris ? Nous ne serons plus poursuivis en justice ?

Je ris.

— Pas tout à fait. Mais en parlant de poursuites judiciaires, j'ai appelé l'avocat que tu m'as recommandé et je le rencontre demain soir.

— Bien. J'espère que ça va marcher. Barnett est un bon gars, mais c'est aussi un vrai bouledogue.

— À tout hasard, tu n'aurais pas aussi un agent immobilier à me recommander ?

Merrick hocha la tête.

— Oui. Nick Zimmerman. Il ne sera probablement pas d'accord avec toi quand tu lui diras où tu veux vivre, mais c'est un excellent agent. Je peux envoyer un email pour te présenter, si tu veux ?

— Ce serait super. Merci beaucoup. Et puisque tu es aussi serviable, on pourrait aussi se voir quelques minutes demain matin ?

— Je ne peux pas. Je prends l'avion à la première heure.

— Oh ! Tu pars combien de temps ?

— Cinq jours. C'est important ?

— Non, pas vraiment. J'essaie juste de comprendre la culture de l'entreprise, et je ne peux pas discuter de mes idées ou de mes opinions avec le personnel ou les employés. Je dois rester neutre et les encourager à parler.

Joan, des ressources humaines, a été formidable, mais elle ne vit pas dans l'action comme toi.

Merrick regarda sa montre.

— Tu veux le faire maintenant ?

Je levai les mains.

— Non. Je suis censée aider les gens à réduire leur stress. Je ne veux pas empiéter sur le peu de temps libre que tu as.

— C'est bon.

Il fit un signe de tête en direction du couloir.

— Je vais monter déposer mon sac et me changer. Tu as mangé ?

— Non.

— De la nourriture de pub, ça te va ?

J'acquiesçai.

— Ça a l'air parfait.

— Je connais un endroit sympa à quelques bâtiments d'ici. Tu pourras à nouveau me passer sur le gril pendant qu'on mangera.

— Ce serait super. Merci.

Je souris.

— Regarde-nous en train de faire ami-ami tout seuls. Je n'ai même pas eu à menacer de le dire à ta grand-mère.

Merrick secoua la tête.

— Je te retrouve près de l'ascenseur dans une dizaine de minutes, petite maline.

— D'accord.

Quinze minutes plus tard, nous étions déjà installés à une table. La serveuse arriva avec des menus et nous demanda si nous voulions commander à boire. J'aurais bien pris un verre de vin, mais Merrick opta pour de l'eau, alors je l'imitai.

— Alors, mes managers ont confirmé que je suis l'ogre que tu imagines ?

Je secouai la tête.

— Non. Évidemment, tout ce qui est dit en séance est confidentiel, donc je ne peux pas donner de détails. Mais je peux te dire que tous tes collaborateurs te respectent beaucoup.

— Ah... Ils pensent donc que tu es une taupe et te disent ce que je veux entendre.

Je ris.

— Je ne pense pas que ce soit le cas.

Merrick se redressa, posant nonchalamment ses bras sur le haut du box.

— Mais les gens te parlent, quand même ? Ils ne te donnent pas du fil à retordre ?

— Ceux d'aujourd'hui l'ont fait. Je veux dire, la thérapie a tendance à commencer lentement, alors je n'insiste pas et je n'approfondis pas les choses personnelles tout de suite. On apprend juste à se connaître un peu.

— Tu as plu à Will.

— Oh ?

— On déjeune ensemble plusieurs fois par semaine. Il m'a dit que tu étais facile à aborder.

— C'est bon à entendre. Je l'ai beaucoup apprécié. Il a un esprit vif et un sens de l'humour pince-sans-rire.

— Tu peux le dire. Will aime parier sur des choses aléatoires. L'année dernière, il est venu le Jour de l'an alors que personne d'autre n'était là. Il a récupéré toutes les photos personnelles sur le bureau de chaque employé, les a scannées dans Photoshop et a superposé son propre visage à celui de chaque enfant, conjoint et chien. Il m'a poussé à parier sur celui qui le remarquerait en dernier.

— C'est pas vrai ! m'esclaffai-je. Et ça a été qui ?

Merrick haussa les épaules.

— Je te le ferai savoir quand on aura enfin un vainqueur. Deux personnes n'ont toujours pas remarqué. Ça fait presque sept mois.

— C'est tordant.

La serveuse s'arrêta pour demander si nous étions prêts à commander, mais nous n'avions même pas encore regardé le menu. Merrick lui dit de revenir quelques minutes plus tard.

— Tu as un plat préféré, ici ? demandai-je en regardant le menu.

— J'ai l'habitude de prendre le burger du pub ou le club-sandwich à la dinde.

— Mmm... Les deux ont l'air bien.

Je posai le menu sur la table.

— Tu veux en commander un de chaque et partager ?

Merrick sourit.

— Bien sûr.

Il but un peu d'eau.

— Alors, comment tu trouves ton travail jusqu'à présent ?

— C'est nettement mieux que je ne le croyais.

— Tu croyais que ça allait mal se passer ?

— Je croyais que ce serait l'enfer. Le type qui m'a embauchée m'a dit qu'il m'offrait le poste uniquement parce que j'étais incompétente, que certains membres de son personnel s'étaient récemment bagarrés et qu'ils ne voulaient pas voir de thérapeute. Ce n'était pas vraiment tout rose.

Merrick inclina la tête.

— Pourtant, tu as accepté le poste.

— Je pensais que je serais capable de faire la différence.

— Ce doit être agréable d'avoir un travail qui t'apporte cette satisfaction.

— Tu veux dire que tu ne trouves pas ton travail satisfaisant ?

— C'est un autre type de satisfaction. J'aime l'adrénaline que procure mon métier. J'aime découvrir une petite entreprise qui promet de faire de grandes choses, investir dedans et la voir décoller. L'indépendance financière est certainement satisfaisante, mais gagner plus d'argent pour un groupe de personnes déjà riches ne te donne pas l'impression d'avoir fait une différence dans la vie de quelqu'un.

— Qu'est-ce qui t'a poussé à faire ce métier ?

— Pour être honnête, c'est l'argent, et j'aime l'excitation du jeu. Et toi ? Qu'est-ce qui t'a poussée à devenir psychologue ?

— J'en ai consulté un quand j'étais petite et il m'a beaucoup aidée. Quand ma mère a quitté mon père pour de bon, elle m'a fait suivre une thérapie.

— Je suis désolé. Je ne voulais pas être indiscret.

— C'est bon. Je n'en ai pas honte... plus maintenant, en tout cas. Quand j'étais petite, oui, parce que je pensais que les gens n'allaient chez le médecin que lorsque quelque chose n'allait pas chez eux. Mais en grandissant, j'ai réalisé que se faire aider ne nous rend pas faible, ça nous rend fort. En fait, c'est une partie de l'état d'esprit qui doit changer concernant les psychothérapies. Les personnes qui ont besoin d'un traitement pour leur santé mentale sont stigmatisées, et ça empêche beaucoup de gens de demander de l'aide. Nous ne regardons pas les gens différemment quand ils vont chez le dentiste ou le cardiologue, mais nous le faisons s'ils vont voir un psychiatre ou un psychologue – comme si seules certaines parties du corps devaient être soignées.

— C'est vrai. Mais je ne t'aurais pas non plus demandé de parler de ton rendez-vous chez le cardiologue. Je m'excusais d'avoir posé une question trop personnelle, pas parce que tu as consulté un psychiatre.

— Oh ! fis-je avec un sourire. J'ai peut-être sauté inutilement sur ma tribune improvisée.

La serveuse revint et prit notre commande. Lorsqu'elle partit, notre conversation se porta à nouveau sur le bureau, et je demandai à Merrick de m'expliquer l'autorité de chacun des traders et les différents niveaux d'approbation en place. Je lui demandai qui avait la possibilité d'embaucher et de licencier qui, et quelles avaient été les promotions récentes. J'essayais de rassembler tous les éléments déclencheurs de stress, afin de m'aider à déterminer comment les gérer.

— Tu veux savoir autre chose ?

— En fait, j'ai une autre question, oui. Mais elle est plus personnelle que la structure organisationnelle.

— D'accord...

— Combien de semaines de vacances tu as prises l'année dernière ?

— Je n'en suis pas sûr. Pourquoi ?

— L'une des choses que j'ai demandées aux premières personnes que j'ai rencontrées aujourd'hui, c'est où elles étaient allées en vacances l'année dernière. Je voulais engager une conversation amicale et faire en sorte que les gens parlent ouvertement. J'ai été surprise d'apprendre qu'aucun d'eux n'était parti nulle part, à l'exception d'un ou deux week-ends. Ton équipe est très bien rémunérée, et les personnes qui gagnent sept chiffres ou plus ont tendance à dépenser de l'argent pour des vacances somptueuses et des résidences secondaires.

Merrick hocha la tête.

— Pour prendre de vraies vacances, il faut se déconnecter du bureau. Ça signifie qu'on doit confier la gestion de son portefeuille à quelqu'un d'autre pendant son absence, ce qui n'est pas facile à faire. Ou alors il faut travailler pendant les vacances, ce qui ne passe pas bien quand on est censé faire un voyage en famille.

— Mais ils ne se coupent jamais du stress, alors. Et on sait que le stress chronique provoque des troubles de la mémoire. Si on ne déconnecte pas, on devient moins productif au travail au fil du temps. J'ai pris la liberté de demander à Joan, des ressources humaines, une liste des jours de vacances pris au cours de l'année écoulée par rapport au nombre de jours auxquels tes salariés ont droit. À ton avis, quel est le pourcentage moyen de jours de congés alloués que prennent les employés ?

Merrick haussa les épaules.

— Je ne sais pas. Cinquante... peut-être soixante pour cent ?

— Dix-neuf.

— Merde ! Je ne savais pas que c'était si bas.

— La personne moyenne a droit à cinq semaines de vacances et en prend moins d'une.

— Je suis censé faire quoi ? Je ne peux pas les forcer à partir en voyage.

— Non, mais tu peux les obliger à prendre leurs congés. Tu peux instaurer une politique selon laquelle tous les employés doivent utiliser la majorité de leurs congés. Tu pourrais même leur couper l'accès au réseau de l'entreprise pendant cette période.

— Couper l'accès, je ne sais pas. Je pense que la plupart d'entre eux deviendraient fous si je le faisais. Mais je dois pouvoir rendre les vacances obligatoires.

— Je pense que ce serait un bon point de départ. Cependant, comme pour la plupart des choses, il faut montrer l'exemple. Tu ne peux pas t'attendre à ce que ton personnel pense qu'il est normal de se déconnecter une semaine ou deux si le patron ne le fait pas.

Merrick hocha la tête.

— J'en prends note.

— Je peux te poser une autre question personnelle ?

Il secoua la tête.

— Non, je ne préférerais pas.

— Oh... d'accord !

— Je te fais marcher. Je voulais voir comment tu réagirais.

Je plissai les yeux.

— Un peu comme quand tu as fait semblant de ne pas savoir que j'étais la femme de la cabine d'essayage pour t'amuser ?

Il sourit.

— Quelle est ta question ?

— Tu fréquentes quelqu'un ?

— Tu poses cette question parce que tu voudrais remplir ce rôle si je réponds non ?

Je sentis mes joues chauffer.

— Oh, non... Je n'essayais pas d'insinuer...

— Détends-toi, je te taquine. Vous êtes en train de rougir, docteur Vaughn.

Je détestais que mon visage me trahisse toujours. Touchant ma joue chaude, je secouai la tête.

— Eh bien, c'est un peu gênant quand ton patron pense que tu le dragues dès ta deuxième semaine de travail.

Merrick avait l'air complètement amusé.

— Tu aimes vraiment me voir mal à l'aise, n'est-ce pas ?

Il sembla prendre un moment de réflexion avant de répondre.

— Bizarrement, oui.

— Tu fais ça avec tous tes employés ?

Merrick secoua lentement la tête.

— Seulement toi.

— Pourquoi ?

Il haussa les épaules.

— Je n'en ai pas la moindre idée. Mais pour répondre à ta question, pas sérieusement, non.

— Et voilà, je ne me souviens même plus de la question, maintenant !

Il sourit.

— Tu m'as demandé si je fréquentais quelqu'un.

— C'est vrai.

Je secouai la tête.

— Ma question était liée au manque de vacances prises. Tu as dit qu'il était difficile de se déconnecter. Mais j'ai l'impression que ça ne devrait pas l'être quand on a quelqu'un qui capte vraiment notre intérêt. Je pense qu'on a tous besoin de quelque chose qui puisse nous distraire de notre travail.

Les yeux de Merrick se portèrent sur mes lèvres, provoquant un frémissement dans mon ventre. Il porta son eau à sa bouche.

— Je m'en souviendrai.

Heureusement, notre repas arriva juste à ce moment-là. J'échangeai la moitié de mon sandwich contre la moitié du sien et saisis rapidement le hamburger, ressentant le besoin de *me* distraire de ce que mon patron provoquait en moi.

— Tu sais, si tu décides de prendre un peu de vacances, je connais un Airbnb génial pour du glamping.

Il me fit un clin d'œil.

— Je crois que je suis plutôt du genre à aimer les cabanes dans les arbres.

— Plus sérieusement, je sais que tu es exempté de la thérapie obligatoire, mais nous avons tous besoin de vacances pour décompresser. Comment tu déstresses si tu ne prends même pas de congés ?

— Il y a plein de façons d'évacuer le stress sans avoir à prendre des semaines de congés. Mais je ne suis pas sûr que les RH voudraient que je te dise mes préférées.

— Ah ! Je suppose que j'ai oublié ces méthodes, depuis tout ce temps.

Un peu plus tard, nous sortîmes ensemble du restaurant. Je devais aller à gauche vers le métro, mais Merrick irait à droite, vers l'immeuble où il vivait et travaillait.

— Merci encore d'avoir pris le temps de répondre à toutes mes questions... et d'avoir dîné avec moi, lui dis-je.

— Pas de problème.

— Eh bien, bon voyage !

Je fis un signe de tête en direction du métro.

— Je vais par là.

— Non, déclara Merrick en levant le menton. Tu vas par là.

Je fronçai le nez, mais suivis sa ligne de mire. La berline de luxe sombre avec laquelle il m'avait déposée l'autre soir attendait devant le trottoir. Le chauffeur sortit et ouvrit la portière arrière.

— Il est plus de vingt heures. Mes employés bénéficient d'un service de voiture pour rentrer chez eux s'ils travaillent aussi tard.

— C'est très généreux de ta part, mais le métro me convient très bien.

— Je n'en doute pas. Prends quand même la voiture.

Je plissai les yeux.

— De nouveau autoritaire, à ce que je vois.

— De nouveau emmerdeuse, à ce que je vois.

Il tenta de garder un visage sévère, mais il ne put cacher l'amusement dans ses yeux.

— Bonne nuit, madame Vaughn.

— *Docteur* Vaughn.

Sa lèvre tressaillit, mais il ne dit rien de plus. Je marchai donc jusqu'à la voiture. Avant d'y grimper, je me retournai pour dire au revoir et surpris les yeux de Merrick rivés sur mes fesses. J'attendis un regard penaud ou une gêne feinte – comme celle que j'avais ressentie lorsque j'avais été surprise en train de le mater l'autre jour.

Mais il n'afficha pas la moindre trace de l'un ou de l'autre.

— Elle est très sexy, dit Will, bien que je ne l'aie pas vraiment entendu.

Mon esprit était ailleurs, comme souvent ces deux dernières semaines.

— Quoi ?

Il leva le menton vers le couloir où Evie se tenait à quelques mètres de ma porte, parlant à Joan des ressources humaines.

— La psy. Elle est canon. D'habitude, je choisis celles qui ont déjà tout affiché. Tu connais mon genre : les blondes artificielles, un décolleté énorme, beaucoup de maquillage, celles qui savent qu'elles ont tout et n'ont pas peur de l'exhiber. Mais la psy, elle a ce côté bibliothécaire sexy. Je lui ferais garder ses grosses lunettes et ses escarpins quand je lui arracherais ses vêtements.

— Ne fais pas le con. Elle travaille ici, pour l'amour de Dieu !

— Sérieusement ? Tu étais en train de la regarder. Je te perds en pleine conversation à chaque fois qu'elle passe. Tu sais ce que ça me rappelle ? Quand mon petit frère avait deux ou trois ans, nous avions un chien – un husky avec des yeux de deux couleurs différentes. Un animal magnifique. Bref, Jared apprenait à être propre, à l'époque, et il était obsédé par le chien. Chaque fois qu'il se tenait devant les toilettes, j'entendais des *ploc ploc ploc*. Puis le chien arrivait, et le bruit de l'urine frappant l'eau s'arrêtait jusqu'à ce que le chien ait dépassé le seuil de la pièce. Puis les *ploc ploc ploc* reprenaient. À chaque fois. Il pissait sur le sol tellement il était distrait.

Will prit l'une de ses frites et l'agita en direction du couloir.

— C'est ton husky. Je suppose que je devrais être content qu'on ne puisse pas la voir depuis les toilettes des hommes, sinon j'aurais de la pisse sur mes chaussures parce que j'aurais utilisé l'urinoir à côté du tien.

Mon visage se plissa.

— Qu'est-ce qui ne va pas chez toi ?

— Je n'ai fait que dire ce que tu pensais.

— Tu ne sais pas de quoi tu parles.

— Ah oui ? Donc, ça ne te dérangerait pas que j'invite Evie à sortir avec moi ?

Le muscle de ma mâchoire se contracta.

— Je n'y verrais pas d'inconvénient. Mais nous avons une politique d'entreprise contre ça.

Will sourit.

— Ah oui ? Attends une seconde.

Joan et Evie avaient terminé leur conversation et commençaient à s'éloigner. Will mit ses mains des deux côtés de sa bouche et cria :

— Hé, Joan !

La responsable des ressources humaines regarda dans mon bureau et Will lui fit signe d'entrer.

Elle entrouvrit la porte.

— Vous avez besoin de quelque chose ?

Will acquiesça.

— Pouvez-vous me rafraîchir la mémoire, s'il vous plaît ? Quelle est notre politique en matière de relations entre collègues ?

— Il est interdit de fréquenter un subordonné.

— Et pourquoi nous avons encore cette règle ?

— Pour éviter de mettre un employé dans une situation inconfortable. Quelqu'un peut se sentir obligé d'accepter par peur des conséquences. Et d'un autre côté, lorsqu'un employé sort avec son supérieur, de quoi ça aura l'air lorsqu'il sera promu ?

— Ce n'est donc pas une règle étendue à toute l'entreprise, n'est-ce pas ? Si quelqu'un travaille dans un autre service, deux employés peuvent sortir ensemble ?

Joan haussa les épaules.

— Je ne vois pas pourquoi ils ne le pourraient pas. L'épouse de John Upton, Allison, travaillait à la comptabilité. Il est trader et elle s'occupait des comptes fournisseurs, il n'y avait donc pas de conflit d'intérêts. Beaucoup de couples se rencontrent au travail, en fait.

Will s'adossa à sa chaise, les mains jointes derrière la tête dans une attitude suffisante.

— Merci, Joan.

— De rien. Autre chose ?

Il secoua la tête.

— Non. Vous avez été d'une grande aide.

Le sourire jubilatoire de Will s'élargit alors qu'elle fermait la porte.

— Donc, comme je le disais... Ça ne te dérange pas si je l'invite à sortir ? On a une collecte de fonds vendredi soir, et je n'ai encore demandé à personne.

— Peu importe, grommelai-je. Arrête de parler et finis de manger. J'ai des trucs à faire.

...

Le vendredi après-midi suivant, j'avais oublié que Will essayait de me déstabiliser. Je m'étais convaincu qu'il plaisantait en disant qu'il inviterait Evie à sortir avec lui, jusqu'à ce qu'elle frappe à la porte de mon bureau.

— Bonjour, tu as une minute ? demanda-t-elle.

— Bien sûr. Le marché vient de fermer.

Elle sourit.

— Je sais. J'attendais.

— Qu'est-ce qu'il y a ?

— Eh bien, j'ai rencontré beaucoup plus d'employés, cette semaine. Et deux thèmes communs semblent ressortir : le manque de confiance et l'inaccessibilité de la direction.

— Qu'est-ce que tu veux dire ?

— Certains employés ont l'impression que leur supérieur ne leur fait pas confiance. Par exemple, ils font une transaction et, quelques minutes plus tard, leur manager s'approche et remet leur décision en question. Ça leur donne l'impression que leur jugement n'est pas respecté.

— C'est le travail du manager de surveiller les transactions et de soulever les problèmes potentiels.

— Mais lorsque tu questionnes quelqu'un sur quelque chose qu'il a déjà fait, la conversation s'engage automatiquement sur un ton négatif.

— Tu proposes quoi, alors ? Ça ne sert à rien d'avoir des managers s'ils ne surveillent pas ce qu'il se passe.

— Ils pourraient renverser la situation et le faire tout en adoptant un ton positif ? Peut-être que les managers et les employés pourraient se rencontrer en début de journée pour discuter des opérations qu'ils envisagent. Ainsi, lorsque le manager verra une transaction douteuse passer, il comprendra déjà pourquoi elle se produit et n'aura pas à remettre en question la décision de son subordonné. Le résultat est le même, mais au lieu d'avoir l'impression d'être surveillé en arrière-plan, l'employé se sent écouté au premier plan.

— Laisse-moi deviner. Les plaintes portent toutes sur un seul manager : Lark Renquist ? Je t'ai dit que les anciens n'aiment pas être sous les ordres d'un type assez jeune pour être leur fils. Ils n'auraient aucun problème à être critiqués par l'un des managers présents depuis plus longtemps.

— Je ne suis pas là pour pointer du doigt, et je ne voudrais pas non plus révéler des détails qui violeraient la confiance des gens. Mais je l'ai entendu suffisamment de fois pour penser que ça peut causer un stress inutile.

— Très bien. Je parlerai aux managers. C'est tout ?

— J'ai aussi l'impression que les gens pensent que la direction n'est pas accessible.

— Tu parles de moi ?

— De ton équipe de direction et de toi.

— Je suis là tous les jours, et mon équipe aussi. Ma porte est en verre, pour l'amour du ciel ! Les gens peuvent voir si je suis occupé et s'arrêter si je ne le suis pas.

— Peut-être qu'*accessible* n'est pas le bon terme.

— C'est quoi, alors ?

— *Facile d'approche ?*

Elle hocha la tête.

— Je crois que c'est une meilleure façon de le présenter. Tu as beau être ici dans ton bureau, je n'ai pas l'impression que les gens se sentent autorisés à vous approcher, les autres et toi.

— Et c'est ma faute ? Je ne suis pas télépathe : je ne peux pas deviner quand on veut me parler, prendre les devants et entamer la conversation.

— En fait, je ne pense pas que ce soit ta faute. Je pense que tu es juste naturellement intimidant.

Je secouai la tête.

— C'est *leur* problème, pas le mien.

Elle gloussa.

— Tu pourrais envisager d'organiser des réunions mensuelles de type conseil municipal ? Peut-être sortir dans l'open space où se trouve la majeure partie du personnel et organiser une discussion d'équipe ? Peut-être leur donner des nouvelles et répondre à leurs questions ? Ça pourrait également être une bonne idée d'organiser un séminaire de renforcement de l'esprit d'équipe organisé à l'extérieur.

— Quand une personne se laisse tomber en arrière et que l'autre est censée la rattraper, tu veux dire ?

— Quelque chose comme ça.

— Tu crois que ça va empêcher les gens de me poursuivre en justice parce qu'ils ne s'en sortent pas ou de se battre parce que la tension monte ?

Evie haussa les épaules.

— Fais-moi plaisir. Je peux travailler avec Joan pour mettre tout ça en place.

Je soupirai.

— Autre chose ? Je devrais aller chercher des bébés à embrasser ou sauver des chatons coincés dans un arbre ?

Evie se leva.

— Merci, patron.

— De rien.

Elle se dirigea vers ma porte.

— On se voit tout à l'heure ?

Quand elle était entrée, je prévoyais de partir, alors je me levai.

— En fait, je pars à l'heure, ce soir. Je dois me préparer pour une soirée de charité.

— Oh, c'est ce que je voulais dire ! Je pars aussi me préparer. Si je ne me dépêche pas, Will sera chez moi avant moi.

Je me figeai. *Cet enfoiré !* Il l'avait invitée à sortir, finalement.

. . .

J'étais en pleine conversation avec Erin Foster, la femme qui dirigeait le programme *Home Start* pour lequel nous récoltions des fonds ce soir-là, quand Evie et Will entrèrent. L'événement avait commencé plus d'une heure plus tôt sans aucun signe d'eux, aussi avais-je commencé à penser que mon ami de toujours l'avait encouragée à me faire croire qu'elle venait pour me faire chier – pas que ce soit logique, mais ce que je ressentais à chaque fois que je les imaginais ensemble ne l'était pas non plus.

Evie et Will se tenaient ensemble au bar, attendant un verre. J'observai de loin mon ami balayer la salle du regard. Lorsqu'il me trouva, un sourire diabolique releva les coins de ses lèvres et sa main se dirigea vers le dos d'Evie. Elle portait une robe rouge décolletée dans le dos, si bien que ses doigts touchèrent sa peau nue. Je regardai la scène avec une telle intensité que n'importe qui aurait pu penser que j'essayais de faire une sorte de tour de passe-passe Jedi sur Will.

— Merrick ? m'interpella Erin.

Elle se retourna pour jeter un coup d'œil par-dessus son épaule dans la direction que je regardais.

— Tout va bien ?

Je clignai des yeux plusieurs fois et secouai la tête.

— Oui, je suis désolé. J'étais juste... Je m'excuse. Vous disiez ?

— Je vous parlais de notre nouvelle initiative. Notre campagne pour ajouter une page de dons au site web de nos entreprises sponsors et partenaires a beaucoup de succès. Nous fournissons tous les textes, graphiques et codes HTML, donc c'est un ajout assez simple pour votre webmaster. Ça montre à vos clients que votre entreprise a une conscience sociale, et ça nous donne l'occasion de dire aux donateurs potentiels qui nous sommes et ce que nous faisons. L'un de nos partenaires en gestion financière a également placé un petit bouton sur la page d'accueil où ses clients se connectent. Ça a été l'un de nos meilleurs mois en matière d'apport de capitaux, même si nous n'avons jamais contacté directement qui que ce soit. Pensez-vous que *Crawford Investments* puisse faire la même chose ?

J'acquiesçai.

— Bien sûr. J'en parlerai à mon service informatique et je vous ferai savoir comment nous pouvons mettre ça en place.

Erin applaudit silencieusement.

— Merci !

Mon regard se porta à nouveau vers le bar. Will et Evie étaient à présent en train de parler à un banquier que j'avais déjà rencontré plusieurs fois. Elle me faisait face, tout en regardant Tom, Tim ou Tucker – peu importe son nom. Je ne parvenais pas à détacher mon regard assez longtemps pour le confirmer. Le devant de sa robe formait un col en V qui épousait ses courbes. Elle dévoilait sans aucun doute plus de peau qu'elle ne le faisait au bureau, mais elle avait toujours l'air classe et élégante. Lorsqu'elle se pencha en avant pour serrer la main de quelqu'un qui s'approchait, un bout de sa cuisse apparut par la fente haute de sa robe. *Putain de merde !* Elle avait des jambes fantastiques.

Je pensais avoir été discret, mais quand je quittai Evie des yeux pour les reporter sur Erin, cette dernière souriait.

— Elle est magnifique. Comment s'appelle-t-elle ?

J'essayai de faire l'imbécile, portant mon verre à mes lèvres.

— Qui ?

— La femme à la robe rouge que vous n'arrivez pas à quitter des yeux.

Je regardai autour de moi comme si je devais trouver de qui elle parlait. J'exagérais peut-être.

— Je ne sais pas de quoi vous parlez.

Elle sourit.

— Hmm, hmm, fit-elle en désignant Will et Evie. Eh bien, je suppose que vous êtes sur le point de le découvrir, vu qu'elle vient par ici.

En effet, tous deux avaient traversé la moitié de la pièce et se dirigeaient tout droit vers nous. Will avait toujours ce sourire carnassier sur les lèvres.

— Quoi de neuf, patron ? demanda-t-il en bondissant sur place.

Je fis un signe de tête à chacun d'entre eux.

— Will. Evie.

— Je ne crois pas que nous nous soyons déjà rencontrées, dit Erin en tendant la main à Evie. Je suis Erin Foster. Je dirige *Home Start*.

La psy lui serra la main.

— Je suis ravie de vous rencontrer. Will m'a parlé de votre programme en venant. Ma mère a été victime de violences conjugales et nous avons eu recours à de nombreux logements temporaires au fil des ans. C'est très important d'aider les survivants à trouver un endroit permanent comme vous le faites, où ils peuvent recréer des racines.

— Absolument. Assurer la sécurité des personnes à court terme est, à juste titre, la priorité de la plupart des associations de lutte contre les violences intrafamiliales. Mais nous nous concentrons sur ce qui vient ensuite. Les victimes d'abus qui sont propriétaires de leur logement ont quatre-vingt-treize pour cent de risques en plus de ne pas faire marche arrière. Notre objectif est donc de faciliter l'accès des femmes à la propriété en leur fournissant de l'aide pour payer l'acompte et trouver des prêts à faible taux d'intérêt accordés par des banques partenaires.

— C'est incroyable ! Je ne sais pas trop en quoi je pourrais vous être utile, mais je suis disponible.

— Vous êtes courtière ?

Evie secoua la tête.

— Non. En fait, je suis psychologue.

— Oh, c'est pas vrai ! Je dois vous présenter à Genie ! Elle dirige un groupe qui aide les gens à faire la transition pour vivre seuls dans leur nouvelle maison. Je suis absolument certaine qu'elle a besoin de vous.

Evie sourit.

— D'accord.

Erin jeta un coup d'œil à Will, puis à moi.

— J'espère que ça ne vous dérange pas si je vous l'emprunte quelques minutes.

Nous haussâmes tous les deux les épaules, mais ce fut Will qui parla.

— Empruntez-la.

Erin passa son bras sous celui d'Evie et elles continuèrent à discuter tout en s'éloignant. Will et moi les regardâmes se diriger vers un groupe de femmes assises à une table.

Will se pencha vers moi.

— *Ploc ploc ploc.*

Je le regardai comme s'il avait deux têtes.

— Quoi ?

— Exactement comme mon frère et sa pisse avec le chien.

Will sirota son verre avec un sourire satisfait. Je levai les yeux au ciel.

— Je ne peux pas t'en vouloir, déclara-t-il. Ma cavalière est incroyablement sexy, ce soir, n'est-ce pas ?

— Ne sois pas con.

— En quoi je suis con ?

Je l'ignorai.

— Pourquoi vous êtes si en retard ? demandai-je.

Son sourire de merdeux s'agrandit tellement qu'on aurait pu croire que son visage énervant allait se fissurer.

— Evie a eu besoin d'un peu d'aide pour mettre sa robe.

Je le regardai d'un air renfrogné. Heureusement, la voix de la maîtresse de cérémonie retentit dans les haut-parleurs, demandant à tout le monde de s'asseoir à sa place. Nous avions réservé une table de douze places pour l'événement, alors je n'avais pas d'autre choix que de m'asseoir avec Will. Quatre autres personnes de *Crawford Investments* et leurs conjoints étaient déjà installés ; je fis donc le tour et saluai tout le monde avant de m'asseoir.

La place entre Will et moi était vide lorsque Evie arriva quelques minutes plus tard. Je me levai et tirai sa chaise, car son cavalier était trop occupé à flirter avec une femme de la table voisine pour s'apercevoir de son retour.

— Merci, dit la psychologue quand je la repoussai derrière elle.

La maîtresse de cérémonie monta sur scène et, pendant la demi-heure suivante, nous écoutâmes des discours sur tout ce que *Home Start* avait pu accomplir au cours de l'année écoulée. Enfin, la plupart d'entre nous écoutèrent. Will était trop occupé à taper sur son téléphone. J'étais à peu près certain, d'après les regards échangés, qu'il communiquait avec la femme assise à la table voisine. Heureusement, sa cavalière n'eut pas l'air de s'en apercevoir. Une fois les discours terminés, ils ouvrirent la piste de danse et annoncèrent que le dîner serait bientôt servi.

Mon ami ne perdit pas de temps et se leva.

— Je vais danser.

Ma mâchoire se serra, supposant qu'il parlait de la femme qu'il avait amenée ce soir. Mais au lieu de cela, il se dirigea vers la table d'à côté et prit la main de celle avec laquelle il flirtait.

Je fronçai les sourcils, mais Evie fit au moins semblant d'être bonne joueuse. Elle sourit pendant que nous regardions Will se donner en spectacle, faisant tournoyer l'inconnue sur la piste de danse. Lorsqu'une deuxième chanson débuta et qu'il rapprocha sa partenaire de lui, cela devint gênant, et je tentai de distraire Evie.

— J'aurais dû te prévenir pour Erin. Si tu ne fais qu'un tant soit peu regarder dans sa direction, tu te retrouves à ouvrir ton portefeuille ou à travailler pour elle.

— Oh, non ! Je me dévoue volontiers. *Home Smart* est une organisation incroyable. J'ai vraiment besoin de quelque chose comme ça dans ma vie.

Evie sourit.

— Merci de m'avoir invitée.

Je trouvai étrange qu'elle me remercie alors que ce n'était pas moi qui l'avais conviée. Mais elle supposait probablement que la société payait toutes les places, ce qui était le cas.

— C'est ma grand-mère qui m'a parlé du programme, dis-je. Certaines des personnes avec lesquelles elle a travaillé ont obtenu un logement grâce à *Home Start*.

— Ah ! J'aurais dû savoir que Kitty avait quelque chose à voir là-dedans.

Elle sourit.

— Je suis désolée de nous avoir mis en retard. Will s'en veut d'avoir déchiré ma robe.

— Il a... déchiré ta robe ?

— Oh, je pensais que tu le savais ! Il a dit qu'il allait t'envoyer un message pour te prévenir que nous serions en retard. J'étais habillée et prête, mais j'avais besoin d'aller aux toilettes avant de partir. Ma fermeture éclair était coincée, alors j'ai demandé à Will de voir s'il pouvait m'aider. Il l'a fait, mais il a arraché la fermeture à partir de la couture. Je n'avais que cette robe chez ma sœur, la plupart de mes vêtements sont encore dans un garde-meuble. J'ai donc dû attendre qu'elle rentre à la maison et qu'elle me la recouse. Je ne sais pas du tout coudre, surtout pas le tissu d'une robe. Et quand elle a enfin réparé les dégâts et que nous étions sur le point de partir, j'ai perdu l'une de mes lentilles de contact.

Elle secoua la tête.

— Donc ça tombait bien que tu aies demandé à Will de venir me chercher. Sinon je t'aurais mis en retard, toi aussi.

— J'ai *demandé* à Will de venir te chercher ?

Entendant la question dans ma question, Evie s'arrêta pour m'étudier. Ses sourcils se froncèrent.

— Il m'a dit que tu devais venir tôt, et qu'on te retrouverait ici.

Quelque chose m'échappait. D'abord, elle avait dit que je l'avais invitée, et maintenant elle pensait que je m'étais arrangé pour que Will aille la chercher. Un truc clochait, mais je traînais avec ce type depuis trop longtemps pour ne pas savoir que la meilleure façon de gérer la situation était de l'accepter.

Je hochai donc la tête.

— Oui ? Certains sponsors viennent tôt pour servir de portier, accueillir les gens avec le personnel de *Home Start*.

À la fin de la deuxième chanson, Evie s'excusa pour aller aux toilettes. Will revint à la table une minute plus tard. Il s'assit sur la chaise de la belle psychologue à côté de moi plutôt que sur la sienne, et se pencha pour parler doucement à mon oreille.

— Je vais m'éclipser plus tôt que prévu.

— Qu'est-ce que tu racontes ?

Il montra par-dessus son épaule la femme avec laquelle il avait dansé. Elle était déjà debout, son sac à la main.

— Carly a proposé qu'on aille dans l'autre pièce, pour qu'on n'ait pas à parler par-dessus la musique. J'ai proposé qu'on aille plutôt dans mon appartement. Elle est partante, donc je m'en vais.

— Et ta cavalière ?

— Quelle cavalière ?

— Tu es venu avec Evie, non ?

Will sourit.

— Les potes avant les meufs, mec ! Tu crois vraiment que je sortirais avec la femme qui te fait craquer ?

— Qu'est-ce que tu racontes ? Elle m'a dit que tu étais allé la chercher, et je vous ai vus entrer ensemble.

— J'ai dit à Evie que *tu* l'avais invitée.

Il haussa les épaules.

— Que tous les cadres étaient présents, et que tu m'as demandé de partager une voiture et de la présenter puisque tu devais venir plus tôt.

— Pourquoi tu as fait ça ?

— Parce que tu n'es qu'un idiot et que tu ne le lui aurais pas demandé toi-même.

— Tu as pensé que c'était parce que je ne voulais *pas* le lui demander ?

— Pas une seconde. Elle te plaît, et nous le savons tous les deux. Tu penses juste que c'est une mauvaise idée parce qu'elle travaille pour ton entreprise.

— Peut-être que c'est parce que *c'est* une mauvaise idée.

— Certains des meilleurs moments de la vie commencent par de mauvaises idées, mon ami.

Will se tapa le genou avant de se lever.

— En parlant du loup.

Il tendit la main à Evie, que je n'avais pas vue arriver.

— Je file d'ici. Merrick te raccompagnera chez toi.

— Oh, d'accord ! Mais c'est bon. Je peux appeler un Uber tout à l'heure.

Will sourit dans ma direction.

— Je suis sûr que le patron insistera. Amusez-vous bien.

Evie sembla troublée par la tournure soudaine des événements, mais pas du tout ennuyée par le départ de Will. Elle rit.

— Toi aussi, Will. Et merci d'avoir déchiré ma robe.

Il lui fit un clin d'œil avant de partir.

— Quand tu veux, ma belle.

CHAPITRE 12

Evie

Je n'avais même pas réalisé que je le dévisageais jusqu'à ce qu'un sourire lent et sexy se dessine sur le visage de Merrick.

Il était au milieu de la pièce, discutant avec deux hommes. Pour ma défense, il était presque directement dans ma ligne de mire, alors comment pouvais-je ne pas le regarder ? Cela n'avait rien à voir avec sa beauté en smoking noir ni avec la façon dont il glissait une main dans la poche de son pantalon, le pouce restant négligemment accroché à l'extérieur. Et cela n'avait certainement rien à voir avec la largeur apparente de ses épaules dans le costume, ou la coupe de sa chemise qui s'affinait jusqu'à une taille étroite. Non, rien à voir. Il se trouvait juste à l'endroit où je regardais. Du moins, c'était le cas avant, car il marchait maintenant dans ma direction.

Il posa une main sur le dossier de la chaise vide de Will.

— Tu n'as pas dansé de la soirée.

— Je ne t'ai pas vu le faire non plus.

Il tendit la main.

— On arrange ça tout de suite ?

J'hésitai, mais réalisai ensuite que j'étais ridicule. Des collègues avaient dansé ensemble toute la soirée. Il s'agissait d'un événement professionnel, pas d'un rendez-vous galant. Je mis donc ma main dans la sienne et souris.

— Bien sûr.

Merrick m'emmena sur la piste de danse et me serra contre lui. Je me rendis soudain compte que c'était le premier homme avec lequel je dansais depuis mon mariage désastreux. Ce soir-là, j'avais dû danser avec Christian à la réception lorsque nous avions été annoncés – dix minutes avant que l'enfer ne se déchaîne.

Merrick dut remarquer mon visage. Il relâcha son étreinte et s'écarta.

— Nous ne sommes pas obligés de danser.

— Non, non, fis-je en secouant la tête. Je veux danser. J'avais juste la tête ailleurs.

Il me regarda dans les yeux.

— Tu es sûre ?

J'acquiesçai.

— Absolument.

Je n'eus pas l'impression qu'il me crut, mais il hocha tout de même la tête et nous reprîmes notre danse. Après une minute de silence gênant, je soupirai.

— La dernière fois que j'ai dansé, c'était à mon mariage.

Je souris tristement.

— J'adore danser. Ça a juste fait remonter un souvenir. C'est tout.

Une expression de compréhension apparut sur le visage de Merrick, et il hocha la tête. Il ouvrit la bouche pour dire quelque chose, mais la referma et détourna le regard.

— Qu'y a-t-il ? demandai-je.

— Rien.

Je supposai qu'il s'apprêtait à faire un commentaire sur mon mariage, alors j'insistai.

— Non, tu allais dire quelque chose et tu t'es arrêté. Je veux savoir ce que c'était.

Merrick fronça les sourcils.

— J'allais dire que tu es magnifique, ce soir.

Pas du tout ce à quoi je m'attendais.

— Alors, pourquoi tu t'es arrêté ?

— Je ne voulais pas faire un commentaire déplacé.

— Je dois encore te rappeler que tu m'as dit vouloir m'engager uniquement parce que je n'étais pas qualifiée ?

— Tu ne me laisseras jamais l'oublier, n'est-ce pas ?

— J'en doute, répondis-je avec un sourire. Mais merci pour le compliment. Tu n'es pas mal, toi non plus.

Les yeux de Merrick pétillèrent.

— C'est pour ça que je t'ai surprise à me reluquer plusieurs fois ?

— Oh, zut !

Je ris.

— Tu es imbu de toi-même ? Tu te tenais juste en face de moi.

— Hmm, hmm.

— Et dire que j'allais aussi te complimenter sur ton eau de Cologne ! Mais tu penserais probablement que je veux t'épouser.

Merrick me fit tourner sur la piste de danse.

— Non, ça veut dire que tu veux m'embrasser, pas encore te marier.

Nous rîmes tous deux.

Sa taquinerie était exactement ce dont j'avais besoin pour oublier la dernière fois que j'avais dansé.

— Au fait, merci de m'avoir présenté ton agent immobilier, Nick. Je vais bientôt aller visiter des appartements avec lui. Il est hilarant, et tu avais raison. Je lui ai dit les quartiers où j'envisageais de vivre, et il les a tous écartés sauf deux.

Merrick hocha la tête.

— Il n'hésite pas à faire connaître son opinion, mais il ne te fera pas perdre ton temps en te montrant des biens dont tu ne voudras pas. Cependant, il peut aussi essayer de te forcer à t'éloigner de critères que *lui* juge sans importance, alors tu dois tenir bon. Il était absolument convaincu que je ne devais pas vivre dans l'immeuble où je travaille, mais ça me va bien.

Je hochai la tête.

— Oui, j'ai insisté pour que l'immeuble accepte les animaux de compagnie, parce que j'aimerais avoir un chien un jour, et il m'a renvoyé un article intitulé « Quatre-vingt-dix-neuf raisons pour lesquelles vous ne devriez pas avoir d'animaux à New York ». Je lui ai dit que c'était un prérequis.

Merrick sourit.

— Lorsque je cherchais mon appartement, je lui ai dit que j'avais déjà un animal de compagnie. Il m'a envoyé une liste de refuges qui acceptaient les animaux de personnes qui devaient déménager dans des immeubles où ils sont interdits.

— Les poissons sont considérés comme des animaux de compagnie ?

Dès que les mots sortirent de ma bouche, je me rendis compte que je venais de commettre une bourde. Merrick inclina la tête et me regarda.

Je fermai les yeux.

— Pourrions-nous... faire comme si je n'avais pas posé cette question ?

— Aucune chance.

Au moins, il y avait de l'amusement dans sa voix et non de la colère. J'ouvris un œil pour voir si son visage correspondait à son ton, et il arqua un sourcil. Le rictus qu'il arborait maintenant était beaucoup plus compréhensible que d'habitude – celui-là indiquait qu'il était un chat qui venait d'attraper une souris et s'apprêtait à jouer avec elle avant de décider s'il allait la laisser partir ou lui arracher la tête.

Je secouai la tête et soupirai.

— Je n'arrive même pas à trouver d'excuse crédible, et j'ai le sentiment d'être beaucoup plus crédule que toi. Donc, je vais juste avouer que j'ai visité ton appartement et prendre mes responsabilités.

Le rictus de Merrick se transforma en véritable sourire.

— Tu es entrée dans ma chambre.

Je sentis mon visage s'échauffer.

— Je suis désolée. En fait, je n'y suis pas entrée, je le jure. J'ai juste... Je ne sais pas. En tout, ça a duré trente secondes ou moins. Ton appartement est magnifique, et je n'ai pas pu m'en empêcher.

Merrick n'allait pas me lâcher comme ça. Il continuait à me regarder sans dire un mot, ce qui me poussa à dire n'importe quoi pour combler le vide.

— C'est quoi, la taille de ce lit ? Il doit être plus grand qu'un lit en cent soixante. Je pensais à un cent quatre-vingts, mais il paraît encore plus grand. On pourrait faire une fête dessus.

Je fermai à nouveau les yeux.

— Dis-moi que je ne viens pas d'insinuer que mon patron reçoit plusieurs personnes dans son lit en même temps.

— Je crois que si.

Je secouai la tête.

— Je vais me taire pour le reste de la chanson. D'ailleurs, elle se termine quand, pour que je puisse aller ramper dans un trou quelque part ?

Merrick sourit et me rapprocha de lui.

— Ce n'est pas grave. Tant que tu n'as pas regardé dans la table de nuit.

Mon nez se fronça.

— Qu'est-ce qu'il y a dans la table de nuit ?

Il rit et je donnai une petite tape sur son torse.

— Tu te moques de moi, c'est ça ?

— Oui, mais tu as vraiment envie d'y jeter un coup d'œil, maintenant, n'est-ce pas ?

Je souris.

— Tout à fait. Mais je vais te dire... Je ne dirai plus jamais que tu m'as engagée parce que j'étais la personne la moins compétente si tu peux oublier cette conversation.

— On n'a pas déjà un accord selon lequel je ne peux pas rappeler l'incident dans la cabine d'essayage et tu ne peux pas évoquer un certain fondateur de *Wendy's* ?

— Si. C'est un deuxième accord.

Merrick m'attira à nouveau contre lui.

— Tout ce qui te rend heureuse.

Quelques secondes plus tard, la chanson se termina et la maîtresse de cérémonie annonça qu'il était temps de passer au dessert. Même si je venais de me ridiculiser et que je voulais me cacher, je ressentis une pointe de déception lorsque Merrick me relâcha.

De retour à la table, nous nous laissâmes tous deux entraîner dans des conversations avec différentes personnes et, un peu plus tard, alors que les autres commençaient à dire au revoir, Merrick se pencha vers moi.

— Je suis prêt à partir d'ici quand tu seras prête, me dit-il.

— Oh, ça va aller ! Je suis tout au nord des quartiers résidentiels et tu es tout en bas dans le centre. Je peux appeler un Uber.

— Ce n'est pas un problème. Je vais te déposer.

Je décidai de ne pas discuter.

Dehors, la berline de luxe noire habituelle de Merrick se gara. Ce dernier salua le chauffeur qui commençait à descendre pour m'ouvrir lui-même la portière arrière. J'étais arrivée avec Will en limousine, mais le grand patron était dans une berline de taille normale.

— La voiture utilisée à l'aller par ton employé était plus tape-à-l'œil, plaisantai-je en me décalant pour faire de la place à Merrick.

Il referma la portière après être monté.

— C'est une surprise, d'après ce que tu sais de Will ?

— Je suppose que non.

— Je pense que les voitures que choisissent la plupart des gens correspondent à leur personnalité. Will est indubitablement une longue limousine. Probablement avec un toit ouvrant et un jacuzzi, aussi.

Je ris.

— Eh bien, il aime recevoir de l'attention et il a une grosse personnalité.

Une drôle d'idée me traversa l'esprit.

— Oh, mon Dieu ! La voiture de ta grand-mère... Kitty conduit cette Dodge Charger rouge décapotable. J'ai toujours trouvé que c'était une voiture bizarre pour une femme âgée, mais maintenant que j'y pense, tu as raison. Elle correspond parfaitement à sa personnalité.

— Quand elle l'a achetée, le modèle standard n'était pas décapotable. Elle a demandé à un carrossier de la transformer juste pour elle. Avant ça, elle conduisait une Ford Mustang. Elle a toujours eu une voiture musclée, et aux couleurs vives.

Merrick haussa les épaules.

— Ça lui va bien.

— Oh, merde !

Je me couvris la bouche en riant.

— La voiture que j'avais avant de la vendre pour déménager à New York était une Prius.

Merrick sourit.

— Économique et pratique. Ça correspond à une femme qui fait du troc, je dirais. N'est-ce pas ?

— Je suppose... Mais une Prius, c'est tellement laid et peu sexy.

Les yeux de Merrick se portèrent sur mes jambes avant de s'attarder sur ma bouche pendant une seconde trop longue. Il déglutit.

— Elle correspond à la personnalité. Pas à l'apparence.

Je sentis ma peau rougir et appréciai l'obscurité.

— Tu as une autre voiture que cette berline de luxe qui semble toujours te véhiculer ?

— Oui.

— Quel genre ?

Je secouai la tête.

— Non, attends, laisse-moi deviner.

— Ça devrait être intéressant...

Je posai mon doigt sur mes lèvres.

— Hmm... Voyons voir... J'ai le sentiment que ce serait quelque chose de cher, mais pas tape-à-l'œil comme une Ferrari ou une Lamborghini. C'est plus le style de Will.

— Quand il a gagné son premier gros bonus, il a acheté une Ferrari rouge cerise.

Je ris.

— Évidemment. Mais ce n'est pas toi. Je suppose qu'une voiture comme celle-ci te correspondrait – une simple Mercedes ou une BMW, ou quelque chose de luxueux. Mais je n'ai pas l'impression que ce soit ça, pour une raison ou pour une autre. Je me trompe ?

Il secoua la tête.

— Tu chauffes...

Je souris.

— Je pense que ta voiture ne servirait pas uniquement à te déplacer en ville. Pour ça, tu as cette berline. Donc ce que tu conduis a probablement une signification.

Je fis une pause.

— Oh, je sais ! C'est une voiture classique.

— Continue...

Je me frottai les mains.

— Je ne m'y connais pas beaucoup en voitures, alors je ne suis pas sûre de pouvoir te dire la marque et le modèle. Mais je te vois bien dans l'une de ces voitures de vieux films, celles que les gens prennent pour aller faire un tour le dimanche en Californie. Tu sais, la femme porte de grosses lunettes de soleil et un joli foulard autour du cou et a l'air d'une célébrité. C'est peut-être une décapotable. Probablement une couleur foncée avec un intérieur en cuir marron.

Merrick se décala sur le côté et sortit son téléphone portable de sa poche. Il tapota quelques touches et tourna l'écran vers moi.

— Quelque chose comme ça ?

Je pointai l'appareil du doigt.

— Exactement comme ça ! C'est quel genre de voiture ?

— Une Jaguar décapotable de 1957.

— D'accord. C'est dans ce genre de voiture que je te vois.

Il secoua la tête.

— En fait, c'est une photo de ma voiture. Je la garde dans un garage pas très loin du bureau.

J'écarquillai les yeux.

— *C'est pas vrai !*

Il alla sur son application photo et parcourut un tas de clichés avant de tourner à nouveau son téléphone vers moi. L'image était en noir et blanc, mais il s'agissait du même type de voiture. Deux hommes se tenaient fièrement devant, les bras croisés.

— C'est mon grand-père et son ami.

Je lui pris le téléphone des mains.

— C'est le Redmond de Kitty ?

— Oui, c'est lui. Je suppose qu'elle t'en a parlé ?

— Seulement dans une phrase sur deux.

— Mon grand-père lui a acheté la voiture comme cadeau de mariage. Elle était d'occasion et un peu abîmée, mais elle l'aimait. Il est décédé assez jeune et elle n'avait pas de garage. À l'époque, on utilisait de l'acier pour les voitures, alors elle a rouillé au fil des ans. Un jour, il y a trente ans, un homme a frappé à sa porte et lui a offert plus que sa valeur, alors elle l'a vendue. Involontairement, c'est comme ça qu'elle a eu l'argent pour investir dans le premier refuge pour femmes qu'elle a ouvert. Elle affirme que, quelques semaines plus tôt, elle avait décidé que c'était ce qu'elle voulait faire pour le prochain chapitre de sa vie, alors elle avait écrit ses projets dans un journal – même si elle n'avait aucune idée de la façon dont elle pourrait le financer.

Merrick secoua la tête.

— Cette femme est la plus terre à terre que je connaisse, mais elle pense qu'elle a « invoqué » ce type venu frapper à sa porte pour que ça se produise.

Je souris.

— J'ai moi-même entendu une fois ou deux ce discours de Kitty sur cette *invocation du destin*.

Merrick s'esclaffa.

— Je n'en doute pas. Quoi qu'il en soit, je ne connaissais la voiture que grâce à la photo que je viens de te montrer et à ma grand-mère qui en parlait. Je ne l'avais jamais vue.

Il fixa la photo un instant.

— Il y a dix ans, lorsque j'ai reçu ma première grosse prime, je suis allé à un échange de voitures. Je ne cherchais rien de particulier, j'envisageais juste de voir si quelque chose attirerait mon attention. Une Jaguar décapotable de 1957 était exposée, et elle était étincelante. Elle semblait flambant neuve. J'ai essayé de l'acheter, trop tard, elle était déjà vendue. Mais le vendeur était sympa et nous avons discuté. Il m'a dit qu'un de ses amis possédait la même voiture, qu'elle n'était pas en aussi bon état et que je devrais la faire restaurer moi-même. Quelques semaines plus tard, je suis allé la voir.

Il secoua la tête.

— La pauvre n'avait pas juste besoin d'un peu de travail, c'était une épave. J'étais sur le point de dire que je n'étais pas intéressé quand le type a raconté qu'il l'avait achetée à une femme d'Atlanta presque vingt ans plus tôt.

Mes yeux s'écarquillèrent.

— *Non !*

Merrick acquiesça.

— Il s'est avéré que c'était exactement la même voiture. C'était une trop grosse coïncidence pour que je la laisse passer, alors je l'ai achetée. Les réparations ont probablement coûté plus cher que d'en acheter une entièrement restaurée, mais j'adore cette fichue voiture. J'ai essayé de l'offrir à ma grand-mère pour son soixante-quinzième anniversaire, il y a quelques années, mais elle a insisté sur sa certitude que mon grand-père aurait préféré que je la garde. Puis elle m'a dit que son refuge aurait bien besoin d'un ravalement de façade, si je voulais me montrer dépensier.

Je ris. Cela ressemblait bien à Kitty.

— Waouh ! C'est une histoire vraiment sympa. Je dirais que cette voiture t'était vraiment destinée.

Il hocha la tête.

— Qu'est-ce qui t'a fait décider qu'elle correspondait à ma personnalité ?

— Je ne sais pas. Je pense que c'est un peu la voiture snob d'un riche, mais elle est discrète et tranquille à la fois.

— Snob, hein ?

Je souris.

— Comment tu crois que je me sens ? Je suis une foutue Prius.

Nous rîmes en chœur, et quelques minutes plus tard, nous nous arrêtâmes devant l'immeuble de ma sœur.

Merrick dit au chauffeur d'attendre et m'accompagna à l'intérieur jusqu'à l'ascenseur.

J'appuyai sur le bouton.

— Merci encore de m'avoir invitée, dis-je. Ça faisait longtemps que je ne m'étais pas habillée pour sortir.

Il regarda ses pieds dans un geste étrangement timide.

— Eh bien, tu es superbe, alors tu devrais !

— Merci. Je te dirais bien la même chose, mais honnêtement, tu es toujours bien habillé.

Les sourcils de Merrick se haussèrent.

Je levai les yeux au ciel.

— Que ça ne te monte pas à la tête. Tu sais que tu es séduisant.

— Tu dis à peu près tout ce qui te passe par la tête, n'est-ce pas ?

Je haussai les épaules et sortis mes clés.

— Je suppose que oui. Tant que je ne blesse personne. Pas toi ?

Les yeux de Merrick se posèrent rapidement sur mes lèvres avant de revenir à la rencontre de mon regard, ce qui provoqua un petit plongeon de mon estomac. *Oh là là !*

— Je pense que je filtre certaines choses pour m'assurer qu'elles sont appropriées, dit-il.

J'inclinai la tête timidement.

— C'est dommage ! Parfois, les choses inappropriées sont les plus intéressantes.

Sur ce, les portes de l'ascenseur s'ouvrirent. J'entrai dans la cabine et me tournai vers Merrick. Je tentai de cacher mon trouble.

— On se voit lundi ?

— En fait, non. Je suis encore en déplacement toute la semaine.

— Oh !

Il fit un clin d'œil.

— Moi aussi, je suis déçu de ne pas te voir.

— Je n'ai pas dit que j'étais déçue.

— Ce n'était pas nécessaire. Ton visage l'a fait.

Je levai les yeux au ciel comme s'il était fou. Heureusement, les portes commencèrent à se refermer quelques secondes plus tard. J'agitai mes doigts.

— Bonne nuit, patron. Faites de beaux rêves.

— Oh, ils le seront, docteur Vaughn !

. . .

Le lendemain matin, je préparais des pâtisseries en pagaille. Ma sœur sortit de la chambre, plissant les yeux face au soleil – qui entrait par la fenêtre de la cuisine – comme s'il s'agissait de son ennemi juré.

— Pourquoi tu ouvres toujours autant les stores ?

— Euh… Pour faire entrer le soleil ? Tu aurais dû être un vampire. Il est presque dix heures.

Greer s'approcha et ferma les stores avant de s'appuyer sur l'autre côté du comptoir de la cuisine. Elle tendit le bras vers le plat de petits gâteaux sans glaçage qui refroidissaient, mais je repoussai sa main.

— Ceux-là sont pour monsieur Duncan.

— Qui est monsieur Duncan ? Et il te laisse dormir chez lui sans payer de loyer ?

— D'accord. Prends-en un. Mais c'est tout. Monsieur Duncan vit au 4B. Il a cette jolie petite fille de quatre ans qui a des tresses et porte toujours une casquette de baseball à l'envers.

Le visage de ma sœur se plissa.

— Je vis dans le même immeuble que toi ?

Je ris.

— Tu ne connais personne ?

— C'est New York. Nous ne devenons pas amis avec nos voisins. Nous mettons nos AirPods et évitons à tout prix le contact visuel lorsque nous croisons d'autres humains dans le couloir.

— Eh bien, pas moi ! Je l'ai rencontré dans l'ascenseur plusieurs fois. C'est un père célibataire. Il est propriétaire de l'atelier de réparation de téléphones portables à quelques immeubles d'ici. Bref, demain, c'est l'anniversaire de sa fille. Elle veut apporter des petits gâteaux à son école maternelle. Il a dit qu'il était un horrible pâtissier, alors je lui ai échangé deux douzaines de cupcakes contre une réparation d'écran.

— Tu as cassé ton téléphone, toi aussi ?

— Non, j'utilise un étui, donc ça n'arrive pas. *Contrairement à toi.* La réparation est pour toi, idiote. Il a dit que ça prendrait environ dix minutes. Passe juste le voir et dis-lui que tu es ma sœur.

— Oh, génial ! Merci.

Elle soupira et s'avachit.

— J'aimerais avoir ton énergie. J'ai commencé une nouvelle série d'hormones pour me préparer à la prochaine série de FIV, et elles me pompent toute vie.

Je fronçai les sourcils.

— Désolée.

Greer balaya mes excuses du revers de la main.

— Ce n'est pas ta faute. Au fait... comment appelle-t-on le fait que les hommes n'ont pas tous le même nombre de spermatozoïdes ?

— Je ne sais pas, comment ?

— L'inégalité *sperm*ariale.

Je ris.

— J'espère que tu n'as pas raconté ça à ton gentil mari.

Elle fourra le reste du cupcake dans sa bouche.

— Bien sûr que si ! Et puisqu'on parle de sperme, comment s'est passé ton rencard d'hier soir ? Ce Will était canon, lui aussi. Tous les gars sont beaux là où tu travailles ?

— Je te l'ai dit, ce n'était pas un rencard.

— Il est venu te chercher et a cassé ta fermeture éclair. Comment j'appelle ça ? Un coup d'un soir ?

Je secouai la tête.

— Ce n'était pas du tout ça. La fermeture éclair était coincée, et je lui ai demandé d'essayer de la faire descendre, mais elle s'est déchirée. Nous sommes juste allés à un événement professionnel ensemble. Je suis nouvelle, alors le patron lui a demandé de m'accompagner afin de me présenter à notre arrivée. Il a disparu une heure plus tard avec une femme qui lui faisait les yeux doux depuis la minute où nous sommes entrés. De plus, il n'est pas mon genre.

— Oh... fit-elle en hochant la tête. Alors il est fidèle et ce n'est pas un con ?

— Ne me rappelle pas Christian. En fait, je n'ai pas beaucoup pensé à lui ces derniers temps.

— Eh bien, tant mieux ! Il est peut-être temps de passer à autre chose. Tu sais, de te jeter à l'eau.

Mon esprit se tourna instantanément vers Merrick la veille. J'avais trouvé ses yeux fixés sur mes lèvres plus d'une fois.

— Je vais te demander quelque chose. Quand les yeux d'un homme s'attardent sur tes lèvres, ça signifie toujours qu'il songe à t'embrasser ?

— Pas du tout.

Je fronçai les sourcils.

— Oh !

— Tu portais du rouge à lèvres ?

— Oui.

— Tu en avais peut-être sur les dents ?

— Non, je ne crois pas. Je me suis regardée dans le miroir après l'avoir appliqué.

Elle montra ses dents du doigt.

— Tu as mangé des épinards ?

Je secouai la tête.

— Il est sourd ?

Je gloussai.

— Non.

Greer haussa les épaules.

— Alors, oui, il songeait à utiliser tes lèvres comme coussin pour érection.

Je ris.

— Et moi qui pensais que ça voulait dire qu'il voulait m'embrasser.

— Non. Les femmes pensent aux baisers. Les hommes pensent aux fellations.

Je soupirai.

Greer se dirigea vers le réfrigérateur et sortit le jus d'orange.

— Qui fantasmait sur ta bouche ?

— Je ne sais pas s'il fantasmait sur quoi que ce soit, mais j'ai surpris les yeux de Merrick qui s'y sont attardés plusieurs fois.

— Merrick, comme ton con de patron sexy ? Celui que j'ai rencontré deux minutes et qui t'observait de cette façon qui est plus qu'un regard ?

Je hochai la tête.

— Oh, arrête ! Je sais que je t'ai taquinée en disant qu'il était canon, mais tu crois que c'est une bonne idée de suivre cette voie-là ?

Je secouai la tête.

— Absolument pas. C'est mon patron. Je suis déjà passée par là, et je me suis brûlé les ailes. Mais je suis indéniablement attirée par lui. Il s'est beaucoup adouci depuis notre première rencontre. Je ne sais pas ce que c'est — à part le fait évident qu'il est très beau —, mais il m'attire. Il est un peu dur et sévère à l'extérieur, mais de temps en temps, il laisse entrevoir une certaine douceur intérieure. Le côtoyer réveille quelque chose en moi. Il m'a fait réaliser à quel point ma relation avec Christian était morte bien avant qu'il ne nous enterre.

— C'est quoi, l'histoire du patron ? Il a une copine ?

— Pas que je sache — il a dit qu'il ne sortait avec personne sérieusement. Bien qu'il soit assez discret sur sa vie privée. Je sais qu'il était fiancé à une femme avec qui il a créé son cabinet. Apparemment, elle est morte, mais Will a dit un jour qu'elle l'avait anéanti — j'ignore ce que ça signifie. Je ne sais pas trop ce qui s'est passé.

— Eh bien, je veux que tu ressortes et que tu t'amuses. Tu mérites d'être heureuse. Mais peut-être que tu devrais y aller doucement avec lui. La seule chose qui pose plus de problèmes que de sortir avec son patron, c'est de sortir avec un type qui se promène avec un fantôme.

Neuf ans plus tôt

— Hé, attends !

Je trottinai pour rattraper Amelia. Cela faisait une semaine que je la cherchais dans tout le campus.

Son pas ne ralentit pas tandis que je suivais son rythme.

— Toi ? dit-elle. Tu reviens pour m'inviter à une autre partie de cartes ou juste pour regarder mes fesses pendant que je marche ?

Je haussai les épaules.

— Les deux ?

Elle ricana.

— Bon, pourquoi voudrais-tu jouer aux cartes avec moi alors que tu sais que je vais te botter les fesses et te prendre encore tout ton argent ?

— Tu sortirais avec moi, à la place ?

Elle secoua la tête.

— Eh bien, pour l'instant, on jouera aux cartes.

— Pour l'instant, hein ?

Elle leva les yeux au ciel, mais il y avait une lueur indéniable dans son regard.

— La partie a lieu quand ?

— Ce soir. Sept heures.

— Où ?

— Chez moi.

Elle s'arrêta net.

— Si je me pointe chez toi, que tu es seul et qu'il n'y a pas vraiment de partie de cartes...

Elle secoua la tête.

— J'ai un Taser dans mon sac à main. Je l'aurai à portée de main.

— Il y aura une partie de cartes.

— D'accord.

Elle se remit à marcher.

— Tu habites où ?

Je lui donnai mon adresse. Quand j'eus fini, elle s'arrêta de nouveau, cette fois en levant la main.

— C'est ici qu'a lieu mon prochain cours. Reste ici et profite de la vue.

Je plissai le front. Mais je compris vite ce qu'elle voulait dire tandis que je regardais ses fesses se balancer d'un côté à l'autre alors qu'elle montait les marches du Lincoln Building. J'attendis qu'elle disparaisse à l'intérieur pour sortir mon portable et envoyer un message à mes potes :

Partie de cartes d'urgence ce soir. Qui est partant ?

• • •

— Je n'arrive pas à croire que tu me fasses faire ça.

Je retirai deux billets de vingt et un de dix de la liasse que j'avais sortie de ma poche et les déposai dans la main de Travis.

Il haussa les épaules.

— Je n'ai pas d'argent à perdre à nouveau aussi tôt. Si tu as tant besoin que je joue aux cartes, c'est toi qui payes !

Il secoua la tête.

— Je n'arrive pas à croire que cette fille te fasse distribuer de l'argent.

— Elle ne veut pas sortir avec moi. La seule façon de la voir était de l'inviter à nouveau à jouer aux cartes.

— Tu n'as jamais pensé que la raison pour laquelle elle ne veut pas sortir avec toi, c'est qu'elle t'a émasculé avec une partie ? Peut-être que recommencer la dégoûtera davantage.

— Alors, je suppose que je vais devoir lui mettre une fessée et lui montrer qui est le patron.

La voix d'Amelia se fit entendre derrière moi.

— Hmm... à qui tu vas mettre une fessée ?

Je regardai la porte, à présent fermée derrière elle. Je n'avais pas entendu frapper.

Elle sourit.

— C'était ouvert, alors je suis entrée. Je me suis dit que si je devais te taser, il valait mieux que je bénéficie de l'effet de surprise.

Amelia regarda Travis et la table de jeu.

— Je suis contente qu'il y ait une vraie partie de poker.

Mon copain remua son pouce dans ma direction.

— Je joue avec son argent. Je n'avais pas de liquide pour miser, alors il m'en a donné pour que je vienne. Il a vraiment envie de passer du temps avec toi.

Amelia me regarda avec un sourire suffisant. Je fermai les yeux.

— Merci, mon pote. J'apprécie tes confidences.

Travis rit.

— Pas de problème. Tu veux une bière, Amelia ?

— Bien sûr. Avec plaisir. Merci.

Quelques minutes plus tard, Will frappa à la porte avant d'entrer. Il était toujours le dernier à arriver, quelle que soit l'occasion. Il prit une bière et nous nous installâmes tous autour de la table de la cuisine. Travis jeta sur la table l'argent que je lui avais donné pour l'échanger contre des jetons, et Will fouilla dans sa poche. Mais Amelia l'arrêta avant qu'il ne puisse me passer la somme.

Elle me montra du doigt.

— C'est Merrick qui paye pour toi, ce soir, Will.

— Euh, non ! rétorquai-je.

— Pourquoi ? Tu as payé ton autre ami pour qu'il joue.

Will nous regarda, Amelia et moi, à tour de rôle.

— Elle est sérieuse ?

— Travis n'avait pas de liquide.

— Jouer aux cartes, c'est le seul moyen qu'il avait pour me faire passer du temps avec lui.

Mon invitée haussa les épaules.

— Si on n'est pas quatre, on ne peut pas jouer, et je m'en vais.

Will remit son argent dans sa poche.

— Merci de m'avoir prévenu.

Il leva le menton vers moi.

— Je prendrai la même somme que ce que tu as donné à Trav. Ou je suppose qu'il n'y a pas de partie, et Amélia suivra son bonhomme de chemin.

Je plissai les yeux pour regarder la jeune femme, qui avait l'air sacrément fière d'elle. Mais je connaissais mon ami. Il avait probablement gagné deux mille dollars grâce à une opération en bourse entre deux cours aujourd'hui, mais il ne sortirait pas d'argent maintenant qu'il savait que j'étais coincé. Gémissant, j'attrapai cinquante dollars de plus et les jetai sur la pile.

— Merci, les gars. J'ai hâte que l'un d'entre vous ait besoin d'un compagnon de drague.

. . .

Quelques heures plus tard, je n'avais pas perdu tout mon argent. J'avais perdu tout le mien *plus* celui que j'avais donné à Travis et Will. Une fois de plus, Amelia nous avait mis la pâtée.

Je m'adossai à mon siège, secouant encore la tête. J'étais un sacré bon joueur. Il était rare que je prenne une raclée. Mais Amelia avait gagné au moins soixante-dix pour cent des mains.

— Je ne comprends pas. Tu as dit que tu comptais les cartes, mais j'ai vérifié. On ne peut pas compter les cartes au poker comme on le fait au blackjack. Il faut mémoriser la probabilité de gagner avec toutes les différentes combinaisons de mains et la comparer à ce qu'on voit sur la table pour chaque autre joueur.

Elle haussa les épaules.

— C'est exact.

— Et tu l'as fait ?

— Ce n'est pas difficile. Je suis douée pour les chiffres.

— Moi aussi, je suis doué pour les chiffres. J'ouvrirai ma propre société de courtage dans quelques années. Peut-être que je t'embaucherai.

Elle sourit.

— Peut-être que *je* t'embaucherai.

Les autres gars rirent et se levèrent. Après quelques au revoir rapides, il ne resta plus qu'Amelia et moi. Elle glissa ses gains dans son sac à main, et on aurait dit qu'elle s'apprêtait à partir elle aussi.

— Tu restes encore un peu ? demandai-je.

— Pourquoi ?

— Parce que je veux passer du temps avec toi.

— Pourquoi ?

— Est-ce que *pourquoi* est ton mot préféré ?

Elle se leva.

— Je ne fais pas facilement confiance.

Je souris.

— Pourquoi ?

Elle essaya de contenir son sourire, mais n'y parvint pas.

Je lui pris la main.

— Parce que tu es manifestement intelligente. Tu aimes jouer aux cartes. Tu peux critiquer mes potes aussi bien qu'ils le font avec toi. Et... tu es sexy.

Amelia me regarda dans les yeux. Elle les fouilla de la même manière qu'elle le faisait quand elle essayait de savoir si l'un des gars bluffait pendant une partie.

— Tu as une copine ?

— Je ne te demanderais pas de sortir avec moi si c'était le cas.

— Alors, c'est un non ?

— Absolument, c'est un non.

Elle croisa les bras sur sa poitrine.

— Je fais difficilement confiance. Si je me mets en tête que tu me mens, je fouillerai probablement ton téléphone quand tu ne feras pas attention. Je vérifie les faits – si tu dis que tu étais quelque part, tu as intérêt à ce que ce soit vrai, parce que je le découvrirai si ce n'est pas le cas. Je cherche la bagarre quand je suis déprimée. Je m'attends au pire de la plupart des gens. Mon père est en prison, et je ne sais même plus dans quel État vit ma mère.

Elle soutint mon regard.

— Tu veux toujours sortir avec moi ?

Je hochai la tête.

— Oui.

Elle secoua la tête, porta son sac à son épaule et se dirigea vers la porte. Je me dis que j'avais échoué au test qu'elle essayait de me faire passer. Mais à mi-chemin de la porte, elle s'arrêta sans se retourner.

— J'aime les films étrangers sous-titrés. Vendredi à dix-neuf heures. Je te retrouve ici, mais dehors.

Je clignai des yeux plusieurs fois, rendu confus par la tournure soudaine des événements, mais je n'allais pas lui laisser la possibilité de changer d'avis.

— J'ai hâte. On se voit à dix-neuf heures.

CHAPITRE 14

Le vendredi après-midi suivant, j'étais en séance avec l'un des traders lorsque la réceptionniste frappa à ma porte.

— Je suis vraiment désolée de vous interrompre, mais vous avez un appel. Le correspondant a dit que c'était urgent, mais votre téléphone affiche « ne pas déranger ».

Je montrai Derek, mon patient, de la main.

— Je l'éteins quand je suis en rendez-vous. Vous savez de qui il s'agit ?

— Marvin Wendall. Il a d'abord demandé Merrick, mais quand j'ai dit qu'il était à l'étranger, il a demandé à vous parler.

Mon front se plissa. Je pensais que Will était le « plus proche parent » en ce qui concernait les affaires. Mais bon...

— Merci, Regina.

Je me tournai vers Derek.

— Désolée, vous voulez bien m'excuser ? J'en ai pour une minute.

Il hocha la tête.

— Pas de problème. Prenez votre temps.

À mon bureau, je décrochai le téléphone.

— Evie Vaughn à l'appareil.

— Bonjour, Evie. C'est Marvin. Je suis un ami de Kitty Harrington.

— Oh ! Bonjour, Marvin. Tout va bien ?

— Pas vraiment. C'est pour ça que j'appelle. Je suis un peu inquiet pour Kitty. J'ai essayé de joindre son petit-fils, mais on m'a dit qu'il était à l'étranger. Elle parle beaucoup de vous et m'a dit que vous étiez médecin et que vous travailliez là-bas, maintenant, alors je me suis dit que je pourrais vous parler puisque je n'arrivais pas à joindre Merrick.

— Merrick est en voyage d'affaires en Chine. Je pense qu'il reviendra dans un jour ou deux. Mais dites-moi ce qui se passe.

— Kitty s'est cassé une cheville et s'est tordu l'autre.

— Oh, c'est terrible ! Comment c'est arrivé ?

— C'est une longue histoire. Mais nous faisions du patin à roulettes et...

— Du patin à roulettes ?

— Nous sommes vieux, mademoiselle. Pas morts. Quoi qu'il en soit, un petit con l'a renversée et elle s'est tordu une cheville. Je l'ai aidée à se relever, mais quand elle a essayé de mettre du poids dessus, elle est retombée et quelqu'un a roulé sur l'autre cheville. J'ai entendu le craquement.

Je grimaçai.

— Oh, merde !

— Mais ce n'est pas le pire.

— Ah bon ?

— Non. Nous sommes allés aux urgences, où ils ont fait des radios et des analyses de sang, des trucs de routine pour la plupart. Mais elle a appris qu'elle était anémique.

Il s'est avéré qu'elle avait aussi des problèmes féminins et qu'elle n'est pas allée se faire examiner – beaucoup de saignements, apparemment. Un spécialiste est donc venu la voir à ce sujet et lui a dit qu'elle avait besoin d'une intervention chirurgicale. Il voulait qu'elle reste à l'hôpital, mais vous connaissez Kitty. Rien n'arrête cette femme. J'ai bien peur qu'elle ne soit sortie contre avis médical. Maintenant, elle est dans un fauteuil roulant avec deux chevilles abîmées et des problèmes féminins, et elle ne veut pas m'en parler. Je ne savais pas quoi faire d'autre. Elle va me botter les fesses quand elle saura que j'ai pris son téléphone et que je vous ai appelée, mais pour l'instant, elle ne peut pas courir pour m'attraper, alors j'ai du temps avant de m'en inquiéter.

Je poussai un gros soupir.

— Non, vous avez vraiment fait ce qu'il fallait, Marvin. Je suis contente que vous m'ayez appelée. Je lui parlerai.

— Cette femme est l'une des personnes les plus fascinantes que j'ai rencontrées dans ma vie. Mais elle est aussi têtue.

Je souris.

— Je vois que vous avez appris à connaître Kitty assez bien.

— Je suis désolé de vous mettre ce poids sur les épaules. Mais je ne me le pardonnerais jamais s'il lui arrivait quelque chose et que je n'avais pas fait tout mon possible.

— Bien sûr. Je suis avec un patient en ce moment, mais j'appellerai Kitty dans une demi-heure.

— Merci, ma chère.

Après avoir terminé ma séance avec Derek, je m'installai à mon bureau pour appeler mon amie. Mais alors que je réfléchissais à la meilleure façon de l'aborder, je réalisai que si je parvenais à la faire retourner à l'hôpital, elle aurait besoin que quelqu'un veille sur elle et l'aide à prendre des décisions. Et si je n'y parvenais pas, personne ne vérifierait ses signes vitaux pour voir si son anémie s'aggravait – sans compter qu'elle avait deux chevilles blessées et qu'elle ne se déplaçait donc pas très bien.

Donc, plutôt que d'appeler, je décidai que je devais m'en occuper en personne. J'envisageai d'en parler à Merrick pour voir ce qu'il voulait faire, mais quand je cherchai sur Google l'heure qu'il était en Chine, je me rendis compte que deux heures de l'après-midi un vendredi ici signifiait qu'il était trois heures du matin là-bas. Je ne savais pas trop quand il devait rentrer, alors j'appelai son assistante.

— Bonjour, Andrea. Pourriez-vous me dire quand Merrick rentre de Chine ? Je dois lui parler de quelque chose d'important.

— Bien sûr. Attendez, je consulte son itinéraire.

Je l'entendis tapoter sur son clavier avant qu'elle ne reprenne la parole.

— Son vol est à neuf heures demain matin, heure de Chine. Mais entre les vingt heures de vol et le décalage horaire, il arrivera à JFK samedi vers quatre heures de l'après-midi.

Zut ! Même s'il prenait un autre vol, avec vingt heures de voyage, il n'arriverait à Atlanta que tard dans la nuit de samedi à dimanche, au mieux. Je n'avais pas l'impression que la situation pouvait attendre, aussi décidai-je d'y aller moi-même. De plus, Kitty trouverait peut-être plus facile de parler de ses problèmes à une autre femme qu'à son petit-fils. Et ma grand-mère aurait voulu que je m'occupe d'elle. Je décidai donc de prendre l'avion et d'attendre que Merrick ait atterri pour lui en parler. De toute façon, il était inutile qu'il s'inquiète pendant vingt heures de vol alors qu'il ne pouvait rien faire avant d'arriver. Si je prenais l'avion le soir même, j'en saurais plus d'ici là.

— Vous voulez que je contacte son hôtel de votre part ? demanda Andrea.

— Non, répondis-je en secouant la tête. Je lui parlerai à son retour. Mais merci.

— Pas de problème. Je vais vous envoyer son itinéraire par email, au cas où vous en auriez besoin après la fin de ma journée.

— Je vous remercie. Passez un bon week-end, Andrea.

— Vous aussi, Evie.

Après avoir raccroché, je cherchai des vols. Celui de dix-huit heures qui me permettrait d'arriver à vingt heures trente. Tant que je n'enregistrais pas de bagage, cela me ferait arriver chez Kitty à vingt et une heures trente. Les vols plus tardifs atterrissaient trop tard pour que je puisse aller frapper à la porte de mon amie. Je ne voulais pas troubler son repos. Je pouvais aussi attendre jusqu'au lendemain, mais je me sentirais mieux en y allant aujourd'hui. Je réservai donc le vol et informai Joan des RH que je devais partir un peu plus tôt. C'était la meilleure chose à faire, même si j'espérais que Merrick ne penserait pas le contraire.

• • •

Le samedi soir, je commençai à m'inquiéter de ne pas avoir de nouvelles de Merrick. J'avais pris l'avion pour rejoindre Kitty la veille et j'avais passé la nuit chez elle. Son état était stable et elle se portait bien. Cet après-midi-là, j'avais envoyé à son petit-fils un long email, lui racontant tout ce qui s'était passé depuis un jour et demi.

J'avais attendu deux heures avant l'arrivée prévue de son vol pour l'envoyer, mais comme il n'avait pas répondu plus de deux heures après avoir eu la confirmation que son avion avait atterri, j'avais essayé de l'appeler. J'étais tombée directement sur la boîte vocale. Une heure plus tard, j'avais réessayé et envoyé un SMS. Toujours pas de réponse.

À vingt et une heures, je vérifiai mon téléphone une dernière fois avant d'aller voir comment allait Kitty. Elle avait pris les analgésiques prescrits par le médecin des urgences, et ils l'avaient assommée. Donc, j'attrapai une serviette et pris une douche chaude, en espérant que cela contribuerait à me détendre suffisamment pour m'endormir. Mais au moment où je sortais de la douche, j'entendis un bruit de verre brisé dans la cuisine. Je supposai que Kitty s'était réveillée et avait voulu boire quelque chose, mais quand je passai devant sa chambre, je vis qu'elle dormait encore profondément.

Oh, merde ! Était-ce une fenêtre brisée et non un verre ? Serait-ce un cambrioleur ? Ou peut-être Marvin avait-il une clé et était-il entré pour voir comment allait Kitty... Cependant, il était passé pour le dîner un peu plus tôt et savait manifestement que j'étais là. Je n'étais pas sûre, mais je n'allais pas non plus le découvrir les mains vides, alors je cherchai autour de moi quelque chose pour me défendre. La seule chose que je trouvai qui ressemblait le plus à une arme fut la balayette des toilettes – un bâton en plastique avec une brosse au bout. Cela devrait faire l'affaire, car quelqu'un était sans aucun doute dans la cuisine – j'entendais du mouvement, à présent, même à travers la porte fermée.

Mon cœur battait la chamade alors que je m'approchais. Si c'était Marvin, j'espérais ne pas provoquer de crise cardiaque au vieil homme. Je voulais utiliser l'effet de surprise à mon avantage, alors je n'avais pas l'intention de m'annoncer. Au lieu de cela, je pris une grande inspiration et ouvris la porte d'un coup sec. Mais elle s'arrêta brusquement lorsqu'elle heurta quelque chose.

Tout ce qui suivit sembla se dérouler en accéléré.

Une personne était à terre, à quatre pattes.

Je m'élançai en avant, la brosse des toilettes en l'air, et l'abattis lourdement sur l'arrière de la tête de l'intrus.

Il cria.

Je perdis l'équilibre, trébuchai sur l'homme et volai dans les airs.

Ce ne fut que lorsque j'atterris sur les fesses que je réalisai ce que j'avais fait.

Oh, mon Dieu ! Merde !

— Merrick ! Je suis vraiment désolée !

Il se frotta la tête.

— Putain ! Avec quoi tu m'as frappé ?

Je brandis la balayette des toilettes, dont la brosse avait disparu.

— Ça. C'est...

Je désignai la brosse sur le sol.

— Je suppose que je l'ai cassée sur toi. C'est tout ce que j'ai pu trouver. J'ai cru que c'était un cambrioleur. Je suis vraiment désolée. Ça va ?

Il secoua la tête.

— Ça va.

— Pourquoi tu étais par terre ?

— J'ai cassé un verre et je nettoyais. Je n'ai pas allumé la lumière parce que j'entendais la douche couler et que je ne voulais pas t'effrayer. Ça a bien marché, hein ?

Il se leva et se pencha vers moi, me tendant la main pour m'aider à me relever.

— Ça va ?

— Oui, je crois.

Mais une fois debout, je sentis quelque chose me pincer les fesses. Je me tordis pour regarder par-dessus mon épaule, puis tapotai mon arrière-train. Touchant un point sur ma fesse gauche, je ressentis à nouveau une douleur.

Les sourcils de Merrick se froncèrent tandis qu'il m'observait.

— Qu'est-ce qu'il y a ?

— Je crois que j'ai atterri sur un morceau de verre.

— Tu te moques de moi.

Je tapotai mes fesses à nouveau, et, cette fois, je sentis un peu d'humidité. Il y avait un peu de sang sur le bout de mes doigts.

— Merde... je saigne.

— Fais-moi voir.

— Ce sont mes fesses !

— Et comment tu vas voir ce qui se passe ?

— Je ne sais pas. Un miroir, je suppose ?

Merrick baissa le regard sur mes pieds nus et soupira.

— Ne bouge pas. Il y a probablement encore des éclats un peu partout. Je n'avais pas fini de nettoyer.

— Eh bien, tu pourrais trou...

Avant que je puisse terminer ma phrase, il me souleva dans les airs et ne me reposa pas avant que nous ne soyons dans le salon.

Je lissai mon haut, qui s'était soulevé.

— Tu aurais pu me prévenir de ce que tu allais faire.

— Je n'avais pas envie de perdre mon temps à me disputer avec toi à ce sujet.

Il leva le menton.

— Va arranger tes fesses.

Vingt minutes plus tard, on frappa discrètement à la porte de la salle de bains.

Je soupirai et ouvris suffisamment la porte pour passer la tête.

— Ça va, là-dedans ? me demanda Merrick.

Je fronçai les sourcils.

— Non, je n'y arrive pas. Je le sens, mais ça ne ressort pas assez pour que je puisse le retirer avec ma pince à épiler. Je crois que c'est assez profond.

— Tu veux que je regarde ?

Je secouai la tête.

— Je vais juste le laisser où il est.

Merrick mit ses mains sur ses hanches.

— Tu préfères laisser un morceau de verre dans tes fesses plutôt que de me laisser voir un peu de peau ? Fais comme si tu portais un maillot de bain. Des inconnus voient la moitié de tes fesses.

— Je préfère que des inconnus voient mon cul tout entier plutôt que tu en voies une partie.

Merrick pointa un doigt derrière lui avec son pouce.

— Il y a un pont routier à quelques kilomètres d'ici où un tas de gens qui vivent dans des tentes. Tu veux que j'aille en chercher un pour qu'il examine ta fesse ?

Je plissai les yeux.

— Ce n'est pas drôle. Tout est ta faute, tu sais.

— Tu te sentirais mieux si je te montrais mon derrière en premier ?

Je tapotai ma lèvre.

— Peut-être.

Il gloussa.

— Laisse-moi entrer.

— D'accord.

Je soupirai et ouvris la porte.

Merrick entra dans la salle de bains et désigna le rideau de douche, qui n'était plus suspendu à la tringle, mais se trouvait au fond de la baignoire... avec la tringle.

— Qu'est-ce qui se passe, ici ?

— Oh ! Pour voir mes fesses, j'ai dû me mettre debout sur les toilettes. À un moment donné, j'ai perdu l'équilibre, alors j'ai attrapé le rideau de douche pour me stabiliser, et tout est tombé.

Le coin de sa lèvre tressaillit.

— Apparemment, tu as la situation bien en main.

Je plissai les yeux.

— Ferme-la et regarde ma fesse !

— Oui, m'dame.

Merrick s'assit sur le rebord de la baignoire pendant que je me retournais. Quand j'avais entendu le bruit, j'étais habillée pour aller me coucher, aussi portais-je un fin short de pyjama. Je soulevai l'arrière pour exposer ma fesse gauche.

— Tu vois quelque chose ?

— Je vois beaucoup de rouge, mais je suppose que c'est à force d'essayer de le faire sortir. Je vais toucher la zone, d'accord ? Je vais voir si je sens quelque chose.

Je hochai la tête.

— Oui, vas-y.

Des doigts chauds parcoururent doucement ma peau. *Oh, putain !* Mon traître de corps aimait ça. Heureusement, je n'étais pas face à lui, donc, au moins, il ne put pas voir la chaleur envahir mon visage.

— Quelque chose ? demandai-je d'une voix tremblante.

— Pas encore. J'ai besoin de pousser un peu plus fort, d'accord ?

Pousser un peu plus fort. Mince ! Il fallait qu'il arrête de parler comme ça, lui aussi. Je laissai échapper une bouffée d'air.

— Fais ce que tu as à faire.

Il passa de nouveau ses doigts sur mes fesses, en appuyant, cette fois-ci.

— Aïe !

— Oui, je le sens juste là. Il est bien entièrement sous la peau. Je vais devoir presser comme si c'était une écharde enfouie pour le faire sortir.

Je pris une grande inspiration et acquiesçai.

— D'accord. Vas-y.

Ses doigts parcoururent la zone pendant quelques secondes avant de s'arrêter.

— Tu peux... t'allonger sur mes genoux ?

— Je ne m'allongerai pas sur tes genoux !

— J'ai besoin d'un levier, et c'est difficile de serrer si tu es debout.

Je soufflai.

— Peut-être qu'on devrait aller chercher cet inconnu sous le pont, après tout.

Merrick rit.

— Allez. Je ferai aussi vite que possible.

— D'accord, dis-je en secouant la tête. Je n'arrive pas à croire que je fais ça.

Pendant les cinq minutes qui suivirent, je restai allongée sur les genoux de mon patron, mes fesses nues en l'air. Et je détestai les pensées qui se bousculaient dans ma tête.

J'aime bien être comme ça.

Je me demande ce qu'il ferait si je lui disais que je veux qu'il me donne une fessée.

Il a de si grandes mains ! Je parie que l'empreinte qu'il laisserait sur ma peau serait énorme.

Mon Dieu... mon clitoris commençait à palpiter. *Sérieusement ?*

Arrête, Evie. Arrête-toi !

Toute pensée s'arrêta brusquement lorsqu'il serra si fort que j'en eus les larmes aux yeux.

— Aïe ! Ça fait mal !

Il lâcha sa prise.

— C'est sorti.

Je tendis la main derrière moi et frottai mon postérieur.

— C'est pas vrai ! Tu m'as coupé un morceau de chair ?

— C'était plus profond que je ne le pensais. J'ai dû serrer fort.

Merrick pointa du doigt le meuble à côté de nous, sous le lavabo.

— Il devrait y avoir une trousse de premiers secours là-dessous. Prends-la, je vais mettre de la bacitracine et un pansement sur la coupure.

Quand il eut fini, il me donna une petite tape sur la fesse droite.

— Terminé.

Je me levai et ajustai mon short.

— Merci.

— Je t'en prie. Je crois que j'ai besoin d'un verre après cet accueil. Tu en veux un ?

J'acceptai d'un hochement de tête.

— Oui, je vais juste me laver, d'abord.

Après que Merrick eut quitté la salle de bains, je pris quelques minutes pour me ressaisir avant de le retrouver dans le salon. Il avait ouvert une bouteille de vin et était assis sur le canapé. Lorsque je m'approchai, il ôta un coussin de derrière son dos et le jeta vers l'autre extrémité.

— Tu en voudras peut-être plus d'un pour t'asseoir.

— Merci.

Je pris le verre de vin dont j'avais bien besoin et m'assis.

— C'est peut-être la première fois que je suis contente d'avoir les fesses rembourrées. Je ne sens plus rien.

— Je n'allais rien dire, mais puisque tu en parles... Tu as un cul bien rempli pour une petite chose.

— Je le tiens de ma mère. Je détestais ça quand j'étais plus jeune. Mais les Kardashian l'ont mis à la mode, alors j'ai appris à l'apprécier.

Merrick porta son vin à ses lèvres.

— Je dirais bien que je l'apprécie aussi, mais j'ai peur d'être à nouveau frappé à la tête.

— J'en suis vraiment désolée. Tu es sûr que ça va ?

— Je vais bien. On ne peut pas faire trop de dégâts avec une brosse de cuvette en plastique. La prochaine fois, essaye quelque chose d'un peu plus solide.

— C'est tout ce que j'ai pu trouver. Et tu devrais t'en réjouir.

Merrick sourit.

— C'est vrai.

Il but une gorgée de vin et tourna le regard vers la table basse. J'y avais oublié un morceau de verre poli orange lorsque j'étais allée prendre ma douche.

— C'est un peu ironique que tu aies un morceau de ton porte-bonheur coincé dans les fesses, tu ne trouves pas ?

Je pris le verre poli sur la table et le frottai entre mes doigts.

— N'accuse pas le verre poli pour des problèmes que tu as causés.

— C'est quoi, leur histoire, d'ailleurs ? Comment ils sont devenus tes porte-bonheur ?

— Environ un an avant que ma mère ne quitte mon père pour de bon, il s'en était pris à elle et nous étions parties une semaine – ma mère, ma sœur et moi. Maman nous a emmenées sur une plage de Virginie où nous n'étions jamais allées. Il faisait beau et soleil, et un jour, j'ai passé des heures sur la plage à ramasser du verre poli. Je me souviens que ma mère m'a dit qu'elle ne retournerait pas auprès de mon père, cette fois-ci.

Je fermai les yeux, éprouvant encore dans ma poitrine le bonheur de ce jour-là, sentant l'odeur de l'air salé.

— Je me souviens de m'être sentie si libre et si heureuse ! Je crois que le verre poli est devenu un rappel que ce bonheur était possible. Ma mère a fini par retourner auprès de mon père, mais je n'ai jamais oublié ce que j'ai vécu lors de ce voyage. Aujourd'hui encore, je vais à la plage lorsque je me sens mal ou que j'ai besoin de me changer les idées.

— Ça doit être difficile, à New York. Je ne suis pas sûr d'avoir déjà vu du verre poli sur la plage. Peut-être quelques bouteilles de bière cassées, mais rien à collectionner.

Je souris.

— Alors, tu n'es pas allé à la *Glass Bottle Beach* de *Dead Horse Bay*, à Brooklyn, n'est-ce pas ?

— *Dead Horse Bay* ? Non. La baie du cheval mort, ce n'est pas un nom des plus attirants...

Je ris.

— Non, en effet. Mais elle est couverte de verre poli. La baie doit son nom au fait qu'on y a trouvé beaucoup d'os de chevaux. C'est près du *Marine Parkway Bridge :* quand ils l'ont construit, ils ont utilisé des déchets pour bâtir le terrain entourant une petite île qu'ils essayaient de protéger. Malheureusement, ils n'ont pas mis assez de sable sur les déchets, et ces derniers ont commencé à remonter à la surface dans les années cinquante. Chaque jour, de plus en plus de débris vieux de soixante-dix ans réapparaissent, et une tonne d'entre eux est devenue du verre poli. Il faut y marcher avec des chaussures à semelles épaisses, mais c'est un paradis pour les collectionneurs. J'y vais souvent pour ratisser la plage. Ça m'aide à me vider la tête.

Les yeux de Merrick firent des allers-retours entre les miens.

— Tu es vraiment une personne unique, Evie.

Je bus une gorgée de vin.

— Tu es difficile à cerner, dis-je. Je ne sais pas si c'est une insulte ou un compliment.

Il sourit.

— C'est un compliment.

— Je dois noter la date ? J'ai l'impression qu'ils sont distribués avec parcimonie.

— Eh bien, tant que je me sens généreux, je dois te remercier d'avoir accouru pour prendre soin de ma grand-mère.

— Oh, je t'en prie ! Mais tu n'as pas à me remercier. Je ferais n'importe quoi pour Kitty. C'est une femme extraordinaire. Têtue, mais étonnante.

— Je suis désolé de ne pas t'avoir répondu pour te dire que je venais. Je me suis endormi pendant le vol, et quand je me suis réveillé, on se préparait à atterrir. J'ai lu ton message, puis j'ai dû éteindre mon téléphone pendant un moment. Une fois au sol, je l'ai rallumé pour te répondre, mais il ne me restait plus qu'un pour cent de batterie. Je l'avais branché pour le recharger pendant mon vol, mais apparemment, le port ne fonctionnait pas sur mon siège. Ensuite, j'ai pu prendre une correspondance pour venir ici, mais j'ai dû me dépêcher pour ne pas la rater et je ne pouvais pas recharger mon téléphone sur ce vol-là.

Je hochai la tête.

— Je me suis effectivement un peu inquiétée quand je n'ai pas eu de nouvelles de toi, mais je me suis doutée que c'était une histoire comme ça.

— Ma grand-mère faisait quoi sur des patins à roulettes, de toute façon ?

— Si tu veux te prendre un autre coup sur la tête, tu devrais le lui demander exactement de cette manière.

Il rit et but son vin.

— C'est vrai.

— Même si c'est une mauvaise chose qu'elle ait une cheville cassée et l'autre tordue, c'est peut-être une bénédiction que ce soit arrivé. Apparemment, elle a des saignements et des douleurs à l'utérus depuis un certain temps, mais elle n'a pas consulté et n'en a parlé à personne. Ils ne l'ont découvert à l'hôpital que parce qu'elle était anémique et que le médecin a posé des questions. Cet après-midi, elle m'a autorisée à aller sur le portail des patients de l'hôpital pour lire le résumé des urgences et les résultats du laboratoire. Le gynécologue pense qu'elle pourrait avoir besoin d'une hystérectomie. Donc on doit vraiment la convaincre de retourner le voir, et je pense qu'elle ne devrait pas rester seule tant que sa numération sanguine n'est pas revenue à la normale. Elle était si basse que je suis surprise qu'elle ne se soit pas évanouie avant l'incident des patins à roulettes.

Merrick secoua la tête et se passa une main dans les cheveux.

— C'est Kitty. Elle prend soin de tout le monde, mais ne se donne pas la priorité.

— Oui. Ma grand-mère était comme ça.

— Elle a un plâtre à chaque jambe ?

— Un plâtre dur et une botte amovible pour l'entorse. Elle n'en est pas ravie. S'il y a une scie quelconque dans le garage, nous devrions certainement la cacher. Ça ne m'étonnerait pas qu'elle essaie de l'enlever elle-même.

— Bonne idée.

Par-dessus l'épaule de Merrick, je remarquai sa mallette posée près de la porte d'entrée, mais quand je jetai un coup d'œil dans la pièce, je ne vis aucune valise.

— Où sont tes bagages ?

— Ils n'ont pas pris le vol pour Atlanta. La correspondance était trop courte. J'espère qu'ils arriveront demain.

— Oh, ça craint ! Bon, ma valise est dans la chambre d'amis, mais je vais la sortir et me coucher sur le canapé après avoir fini ce vin. Tu dois être fatigué de tous ces voyages.

— Tu ne dormiras pas sur le canapé. Je serai très bien ici.

La maison de Kitty était petite, tout comme ses meubles. Je regardai le minuscule canapé.

— Tu ne rentreras même pas sur ce truc.

— Je peux m'endormir n'importe où.

Je jetai un coup d'œil circulaire à la pièce et soupirai.

— C'est tellement étrange d'être ici et de ne pas pouvoir aller à côté ! C'est la première fois que je viens ici depuis que la maison de ma grand-mère a été vendue. Je l'ai mise en location pendant deux ans après avoir déménagé parce que je n'étais pas encore prête à m'en séparer.

— Je suis désolé. Ce doit être dur.

Je souris tristement.

— Au moins, j'ai beaucoup de bons souvenirs. Ta grand-mère venait s'asseoir sous le porche de la mienne tous les soirs après le dîner. Lorsque je préparais mon doctorat, je vivais pratiquement à la bibliothèque. Parfois, je rentrais à la maison à dix ou onze heures, et elles étaient encore là toutes les deux, riant aux éclats et souvent shootées au thé sucré alcoolisé. Elles le buvaient dans des mugs pour que les voisins pensent que c'était du thé normal. Je raccompagnais Kitty chez elle et m'assurais qu'elle était bien rentrée, et elle me tordait le bras pour que je prenne un verre de whisky avec elle avant d'aller dormir. Ensuite, je retournais à côté, et ma grand-mère et moi restions dehors un peu plus longtemps sous le porche.

Merrick sourit.

— J'avais huit ans quand ma grand-mère m'a fait goûter du whisky pour la première fois. Je me souviens que ma mère était furieuse.

— Le nouveau propriétaire a retiré la cabane dans l'arbre, derrière. J'adorais cet endroit.

— Je me souviens de la cabane. J'y suis allé quelquefois.

— Vraiment ?

— Oui, quand j'étais enfant et que je venais rendre visite à ma grand-mère, il m'arrivait parfois d'aller y jeter un coup d'œil quand tout le monde était assis sous le porche. Je me souviens qu'il y avait beaucoup de rose – réfrigérateur en plastique rose, coussins roses, abat-jour rose à froufrous, même s'il n'y avait évidemment pas d'électricité.

Je souris.

— C'était tout à fait moi. Je n'avais pas encore affiné mes compétences en matière de décoration.

— Il n'y avait pas aussi un poster de boys band ?

— Pas un boys band. Burt Reynolds.

— Burt Reynolds ? Le vieil acteur qui est mort il y a quelque temps ?

— Oui. J'avais le béguin pour lui. Il était la voix du berger allemand dans *Charlie, mon héros*. J'adorais ce film et sa voix. Je le regardais sans cesse. Un jour, ma mère et moi étions dans un magasin et j'ai trouvé un poster anniversaire de Burt Reynolds dans *Cours après moi shérif*. Je l'ai obligée à me l'acheter. Je trouvais cet acteur tellement beau.

— Ah... Donc c'est récurrent, chez toi, dit Merrick.

— Qu'est-ce que tu veux dire ?

— De trouver les hommes plus âgés attirants. J'ai trois ans de plus que toi, tu sais.

Il fit un clin d'œil, et je m'esclaffai.

— C'est marrant qu'on ait tous les deux passé autant de temps ici, mais qu'on ne se soit jamais croisés, fis-je remarquer avant de hausser les épaules. Du moins, je ne pense pas. Pour être honnête, je ne me souviens pas de grand-chose d'avant mes dix ans.

— Comment ça se fait ?

— Ça s'appelle de l'amnésie dissociative. Notre cerveau bloque parfois des choses, souvent comme un mécanisme de protection après un événement traumatisant. J'entrais à peine dans l'adolescence lorsqu'on a quitté mon père pour la dernière fois. D'habitude, ses violences arrivaient le soir – quand il rentrait ivre et commençait avec ma mère –, alors j'étais déjà au lit. J'avais un petit radio-réveil rose avec des strass sur ma table de nuit. Si j'entendais des cris, je le prenais sous les couvertures avec moi et mettais la musique près de mon oreille.

Je fis une pause.

— La dernière fois, il était parfaitement sobre et je n'étais pas dans ma chambre. Ça s'est passé ici, chez ma grand-mère. Nous étions venues passer quelques jours chez elle, et il n'en était pas content. Alors, un après-midi, il a attendu que ma grand-mère sorte et s'est glissé à l'intérieur. Je ne me souviens pas de tous les détails, mais apparemment, mon père nous a fait asseoir sur le canapé, ma sœur et moi, et nous a forcées à le regarder battre méchamment maman. C'était une punition supplémentaire pour elle parce qu'elle était partie sans repasser ses chemises.

— Putain !

Je secouai la tête.

— Il pleuvait des cordes, ce soir-là. Après ça, ma sœur s'est enfermée dans la chambre et j'ai couru jusqu'à la cabane. Mais quand j'ai atteint le dernier barreau de l'échelle pour entrer, elle s'est détachée de l'arbre et je me suis retrouvée suspendue au bord du sol de la cabane. Je pleurais beaucoup, la pluie tombait à verse et mes doigts glissaient. Le garçon d'en face, Cooper, m'a sauvée en remettant l'échelle en place. Tu te souviens de lui lors de tes visites ?

Merrick secoua la tête.

— Non, je ne crois pas.

— Du moins je pense que c'est Cooper qui m'a aidée. Je ne me suis pas arrêtée pour regarder une fois que je suis remontée sur l'échelle. Des années plus tard, je lui ai posé la question et il m'a dit qu'il ne s'en souvenait pas. Mais je préfère penser que c'est lui qui m'a sauvée, plutôt que d'imaginer que j'ai accepté sans le savoir l'aide de mon père – qui aurait pu sortir de la maison. Quoi qu'il en soit, je me souviens très bien de cette cabane et de ce petit réveil en strass, mais je ne me souviens pas de beaucoup d'autres choses de mon enfance. Cette cabane me donnait un sentiment de sécurité. Mon grand-père l'a construite pour mon cinquième anniversaire. Il est mort l'été suivant.

Merrick fronça les sourcils.

— Je suis désolé que tu aies vécu tout ça.

Je haussai les épaules.

— Ça m'a rendue plus forte à bien des égards. Ne pas pouvoir me souvenir m'a amenée à m'intéresser au fonctionnement du cerveau, ce qui m'a conduite à étudier la psychologie et à devenir thérapeute. Et c'est dans cette cabane que j'aimais tant que j'ai eu l'idée de mes Airbnb.

Je sais que mes grands-parents seraient ravis de ce que j'ai fait de leur propriété, et tous les bénéfices sont reversés à un refuge pour victimes de violences intrafamiliales d'Atlanta – celui que Kitty a fondé.

— Putain, tu dois penser que je suis un vrai con !

Merrick se frotta la nuque.

— Je me suis essentiellement moqué de tes locations quand tu m'en as parlé pendant l'entretien, et tous les bénéfices sont reversés à l'association caritative de ma grand-mère.

— Non. Je sais que les gens trouvent étrange de louer des cabanes dans les arbres et un site de glamping. Je ne t'ai pas pris pour un con à cause de ça.

Je souris.

— Il y avait tellement *d'autres* raisons de le faire. Tu sais, comme quand tu m'as dit que tu m'embauchais parce que j'étais la candidate la moins compétente.

Je fis une pause et souris.

— Désolée. On s'était mis d'accord pour que je n'en parle plus.

Merrick baissa la tête.

— Je suis vraiment un con.

— Au moins, tu l'admets.

— Tu sais, je me suis moqué de ta personnalité optimiste lors de notre première rencontre parce que nous sommes très différents et que je ne la comprenais pas. Mais peut-être que je peux apprendre quelque chose de toi.

Je mis ma main autour de mon oreille et me penchai vers Merrick.

— Quoi ? Je ne t'ai pas entendu. Je crois que c'était peut-être un autre compliment. Tu peux le répéter ?

Merrick leva son verre de vin.

— Si tu dis à Will que je viens de dire ça, je nierai chaque mot.

— Ton secret est en sécurité avec moi.

— Je ne pense pas m'être jamais excusé pour la façon dont je t'ai traitée au début. Alors, je suis désolé.

Je souris.

— Je te remercie. Mais on ne peut pas apprécier la beauté de quelqu'un sans voir sa laideur. Tu t'es juste débarrassé de ta laideur pour qu'il me soit plus facile d'apprécier les bons côtés.

Ses yeux se posèrent sur moi.

— Je ne suis pas sûr que ce soit toujours vrai. Je n'ai pas vu de côté laid chez toi.

Oh, waouh ! Je me sentis perdre toute contenance. Vous savez ce qui va bien avec la bouillie ? *Du vin*, beaucoup de vin. Je bus donc la moitié du mien.

Quelques minutes plus tard, nous avions tous les deux vidé nos verres et Merrick bâilla.

— Tu es sur quel fuseau horaire en ce moment ? demandai-je.

— Je n'en ai pas la moindre idée.

— Eh bien, sur ce, je pense qu'il est temps pour moi de te laisser dormir un peu. Tu es sûr de ne pas vouloir le lit ? Le canapé ne me dérange pas du tout.

— C'est bon. Mais merci.

J'allai chercher une couverture et un oreiller dans la chambre d'amis et revins les poser sur le canapé. Arrivée au seuil de la pièce, je m'arrêtai et regardai par-dessus mon épaule.

— Merci encore pour, tu sais, m'avoir sauvé les fesses.

Les yeux de Merrick se posèrent sur mon postérieur et ses lèvres formèrent un sourire coquin.

— Chaque fois que tu auras besoin de baisser ta culotte et de t'allonger sur des genoux cul nu, je serai ton homme. Disons juste que ça n'a pas été désagréable pour moi.

Je fis un clin d'œil.

— Il est même possible que j'aie pris un peu de plaisir.

CHAPITRE 15

Evie

Merde alors !

Le lendemain matin, je me figeai en entrant dans le salon. Merrick dormait profondément sur le canapé ; un bras passé sur son front couvrait partiellement ses yeux, mais c'était à peu près la seule partie de son corps que je ne pouvais pas voir. Enfin, ça et un pied couvert par la couverture que je lui avais donnée la veille au soir et qui était maintenant en boule au fond du canapé.

Et je ne pouvais pas m'empêcher de l'observer.

Il ne portait qu'un boxer noir moulant. J'eus chaud en admirant ses abdominaux sculptés, sa taille étroite et le V sexy gravé sur sa belle peau bronzée. Sans parler de l'énorme bosse sous le tissu. Merrick Crawford était déjà très séduisant en costume, mais là... C'était un niveau supérieur. À tout moment, il aurait pu ouvrir les yeux et s'apercevoir que je le fixais, mais j'étais presque sûre que même cela ne m'aurait pas empêchée de le reluquer. Certains plaisirs coupables valent bien les conséquences.

Merde ! Je devrais peut-être retourner dans ma chambre un petit moment, ou peut-être même prendre une douche froide.

Mais alors Merrick bougea sur le canapé et je retins mon souffle pendant qu'il changeait de position. J'attendis qu'il ouvre les yeux et me trouve en train de baver comme une adolescente. Comme il ne le fit pas, je quittai mon fantasme en clignant des yeux et réussis à mettre un pied devant l'autre pour me rendre à la cuisine.

Quinze minutes plus tard, j'étais assise à la table, buvant une tasse de café et fantasmant sur le corps de mon patron, lorsque la porte s'ouvrit. Merrick sembla surpris de me voir.

— Oh, bonjour !

Il passa une main dans ses cheveux, ce qui lui allait à ravir.

— Quelle heure est-il ?

J'appuyai sur un bouton de mon téléphone.

— Sept heures et demie.

Il portait à présent son pantalon de la veille, mais toujours pas de chemise, et le bouton du haut de son pantalon était défait. Une fine ligne de poils partait de son nombril et passait sous la ceinture de son caleçon. Peu importe qu'il soit maintenant bien réveillé et qu'il ne se tienne qu'à quelques mètres de moi, mes yeux avaient leur volonté propre. Ils parcoururent lentement son corps de haut en bas. Il était impossible que Merrick ne le voie pas.

Il haussa les épaules.

— Désolé. Je n'aurai pas de vêtements jusqu'à ce que mes bagages arrivent.

Je détournai le regard et portai ma tasse de café à mes lèvres.

— Ce n'est que justice que tu montres un peu de peau après hier soir.

Je pointai mon doigt par-dessus mon épaule.

— Le café est prêt.

Après s'être servi sa dose de caféine, Merrick s'assit en face de moi.

— Comment tu as dormi ? demandai-je.

— Plutôt bien. Et toi ?

— Pas mal.

Il m'avait fallu une éternité pour m'endormir. Des visions de moi allongée sur les genoux de Merrick, *sans* un morceau de verre dans la fesse, avaient tourné inlassablement dans ma tête.

— Je viens d'aller voir si Kitty allait bien. Elle dort encore profondément.

Je hochai la tête.

— Oui, je suis allée vérifier tout à l'heure, moi aussi. Le médecin lui a prescrit un analgésique assez puissant qui la fait dormir.

— Ah... Ça explique tout. D'habitude, elle se lève tôt.

Je bus une gorgée de café.

— Je regardais des vols sur mon téléphone avant de me lever. Il y en a un direct pour JFK à cinq heures et demie cet après-midi, si tu veux que je reste aujourd'hui pour que nous puissions essayer de la convaincre d'aller chez un gynécologue.

Merrick eut l'air inquiet.

— Tu pars ?

— Eh bien, oui. Je me suis dit que comme tu es ici, maintenant, la situation est sous contrôle.

— Je me targue de maîtriser une bonne partie de ma vie, mais Kitty a toujours été l'exception. Je n'ai aucun contrôle sur cette femme.

Je ris.

— Tu veux que je regarde s'il y a un vol plus tard ?

— Si *plus tard* signifie demain ou encore après, la réponse est oui.

Mes sourcils se froncèrent.

— Tu restes ?

— Oui, mais tu ne peux pas me laisser seul avec elle – pas pour parler de ses problèmes de femme.

— En fait, tu sembles un peu effrayé.

Merrick secoua la tête.

— Pas un peu. Beaucoup. Tu peux rester ? Au moins jusqu'à demain. Peut-être qu'on peut voir au fur et à mesure.

— Je suppose que oui. J'ai des patients prévus, mais je pense que je pourrais reporter les rendez-vous. Mais mon patron est un peu con. J'espère qu'il ne m'en voudra pas de prendre un jour alors que je suis nouvelle.

— Ton patron pourrait te donner une augmentation si tu restes.

Je souris.

— Ce n'est pas nécessaire, mais je resterai un peu plus longtemps si ça peut te rassurer. Je ferais n'importe quoi pour Kitty.

— C'est vrai ? dit-il alors que ses épaules s'affaissaient. Merci.

Nous terminâmes notre café en nous racontant des histoires sur nos grands-mères. Lorsque je me levai pour me servir une deuxième tasse, j'entendis Kitty appeler depuis la chambre.

— Youhou ! Everly, chérie, tu es debout ?

Je souris.

— J'avais presque oublié qu'elle ne sait pas encore que tu es là.

Il leva le menton.

— Vas-y en premier. Je ne veux pas l'effrayer.

Je remontai le couloir jusqu'à la chambre de mon amie. Quand j'ouvris la porte, Merrick resta derrière moi, hors de vue.

— Bonjour.

— Bonjour, ma chérie. Je suis désolée d'être un fardeau. Tu peux m'aider à sortir de ce lit ?

— J'aimerais beaucoup, Kitty, mais il y a quelqu'un d'autre ici qui pourrait être un peu plus fort.

Je fis un pas de côté et Merrick entra.

Le visage de Kitty s'illumina comme un arbre de Noël.

— Merrick ! Tu es là !

— Bien sûr, mamie. Je suis venu dès que j'ai pu.

Il s'approcha du lit, se pencha et lui embrassa la joue.

— Je suis désolé de ne pas avoir été là plus tôt.

Elle le fit taire d'un mouvement de la main.

— Tu es un homme très occupé. Je n'aime pas te déranger.

— Me déranger ? Ce qui me dérange, c'est que tu ne m'aies pas appelé toi-même. Et nous allons en parler. Mais je vais d'abord te laisser te lever et prendre ton café.

Il l'aida avec précaution à s'installer dans le fauteuil roulant que j'avais laissé à son chevet.

— Je dois faire un arrêt aux toilettes.

Merrick me regarda, le visage paniqué. Je souris.

— Je vais t'aider.

Il fit rouler Kitty jusqu'à la salle de bains, la sortit du fauteuil et la posa sur les toilettes, tout habillée, avant de passer précipitamment la porte.

— Je te laisse faire... ce que tu veux.

Il y avait quelque chose de comique à le voir si effrayé, mais je gardai cette réflexion pour moi. Après avoir aidé mon amie à s'installer, je lui dis que j'attendrais dehors et qu'elle n'aurait qu'à crier quand elle aurait fini pour que je puisse la remettre dans son fauteuil roulant. Bien sûr, malgré ça, elle boitilla sur un pied plâtré et une botte pour sortir de la salle de bains.

Je secouai la tête tandis qu'elle se rasseyait sur le fauteuil.

— Kitty, tu n'es pas censée mettre du poids sur tes jambes.

— Oh, les médecins sont de vraies mauviettes, de nos jours !

Elle leva la main.

— Sans vouloir t'offenser.

Je la poussai dans le couloir.

— Je ne le suis pas. Je ne suis pas médecin, de toute façon.

Quelques minutes plus tard, nous étions tous les trois assis dans la cuisine à boire du café. Quand il sembla que le moment était venu d'aborder le sujet des problèmes gynécologiques de notre hôtesse, je fis un signe du regard à Merrick, qui acquiesça.

— Alors, Kitty… dis-je, Merrick et moi voulons te parler du gynécologue.

— Pas besoin, répondit Kitty en levant la main. Je vais y aller.

Oh, waouh !

— C'est super ! J'en suis ravie. Le médecin qu'ils ont recommandé est affilié à l'hôpital où tu es allée, donc je peux me connecter et te prendre un rendez-vous, à moins que tu ne préfères voir ton médecin habituel.

— Ça me va. Ça fait près de vingt-cinq ans que je n'ai pas consulté le médecin du tralala. Je suis sûre que l'ancien est à la retraite, maintenant. Ou pire.

Merrick secoua la tête.

— Ce n'est pas que je me plaigne, mais tu n'as pas refusé de rester à l'hôpital ou de discuter de ton état quand ils ont fini de s'occuper de tes pieds ?

— Si.

Kitty sirota son café.

Merrick plissa les yeux.

— Alors, pourquoi ce changement d'avis ?

Kitty haussa les épaules.

— Marvin a dit qu'il ne coucherait pas avec moi tant que je n'aurais pas vu ce médecin et que je ne me serais pas soignée en bas. Il pense qu'il va me faire mal.

Elle se pencha vers moi et baissa la voix, malheureusement pas assez.

— Il est plutôt bien doté, et les petites pilules bleues font des miracles, mais je suis presque sûre qu'il ne va pas faire de dégâts. Mais peu importe. Les garçons et leur *ego*.

Merrick se racla la gorge et repoussa sa chaise loin de la table. Les pieds crissèrent bruyamment sur le carrelage.

— Il faut que j'aille téléphoner pour vérifier où sont mes bagages.

J'éclatai de rire.

— Oui, c'est une bonne idée.

CHAPITRE 16

— Te voilà enfin ! s'exclama Kitty en montrant le fauteuil en face du canapé sur lequel elle était assise. Viens t'asseoir avec moi, ma chérie.

— J'allais justement te demander si tu voulais que je te fasse du thé.

— Ce serait gentil. Mais assieds-toi d'abord. Je veux te parler et nous n'avons pas beaucoup de temps.

Je m'assis.

— Je ne pars pas avant demain, Kitty.

— Oh, je sais ! Je voulais dire pas beaucoup de temps avant que mon petit-fils ne raccroche le téléphone. Il vient de sortir sous la véranda pour appeler la compagnie aérienne au sujet de ses bagages.

— Oh, d'accord !

— Tu me fais confiance, ma chérie ?

— Bien sûr, Kitty.

— Même s'il est ma chair et mon sang, je ne t'orienterais pas vers quelque chose qui puisse te faire du mal. Je sais qu'il peut passer pour un con, parfois... Avouons-le, souvent, mais c'est un homme bon. Quand il aime, c'est avec son cœur et son âme.

Je secouai la tête.

— Je n'ai jamais douté que ce soit un homme bon. Bon, peut-être qu'il n'a pas été très amical lors de notre première rencontre. Mais depuis que j'ai appris à le connaître, je vois qu'il n'est pas aussi impénétrable qu'il veut le faire croire.

Elle me montra du doigt.

— Tu as tapé dans le mille, ma chérie. Bien sûr que tu l'as fait. Tu es une petite maline. Merrick est un lion rugissant à l'extérieur, mais à l'intérieur, c'est un chaton. Il pense que le moyen de protéger son cœur est de faire comme s'il n'en avait pas.

Je souris tristement.

— Il a traversé beaucoup d'épreuves. Nous avons ça en commun. Les gens réagissent différemment aux traumatismes. J'ai pâtissé et grignoté tout au long des six derniers mois, et Merrick s'est jeté dans son travail plus que jamais.

— Il t'a parlé de l'idiote ?

— Amelia ?

Kitty acquiesça.

— Je ne connais pas toute l'histoire, mais je sais que Merrick a été blessé et qu'elle est morte.

Kitty hocha à nouveau la tête.

— J'ai su que c'était une idiote le jour où je l'ai rencontrée. Je regrette de ne pas m'en être mêlée et de ne pas le lui avoir dit. C'est pour ça que je m'en mêle, maintenant. À mon âge, on voit les choses qui vont, souvent avant de les essayer. C'est un don qu'on reçoit en échange de sa mémoire, de ses dents et de son ouïe.

Elle se pencha et me tapota la main.

— Je peux être franche, ma chérie ?

— Oh là là ! Tu veux dire que pendant toutes ces années, tu t'es retenue ?

Elle sourit.

— Il culpabilise beaucoup pour des choses dont il ne devrait pas se sentir responsable. Vous avez tous les deux beaucoup de bagages, mais vous étiez destinés à vous aider mutuellement à les déballer.

— Je ne pense pas que Merrick me voie de cette façon, Kitty.

— Il est différent quand il est en ta présence – plus calme et plus apaisé.

— C'est peut-être parce qu'il a enfin fait une pause au bureau.

Elle secoua la tête.

— Ce n'est pas ça. Et ce n'est même pas comme ça que je sais qu'il craque pour toi.

— D'accord...

— Il sourit grâce à toi. Qu'il parle de toi ou qu'il te parle, je ne l'ai pas vu sourire comme ça depuis une éternité.

— Je pense que c'est peut-être parce qu'il se moque de moi. Tu m'as entendue raconter l'histoire d'hier soir, non ? La façon dont je l'ai attaqué avec la brosse des toilettes et dont je me suis retrouvée avec un morceau de verre dans la fesse ?

Elle sourit, mais ignora mon commentaire.

— Tu sais ce que je pense d'autre ?

— Quoi ?

— Je pense que tu ressens la même chose. Mais vous êtes tous les deux trop trouillards pour faire quoi que ce soit. Souvent, les choses qui nous font le plus peur sont celles qui ont le potentiel de changer notre vie. Mais si on ouvre notre cœur et qu'on croit que notre bonheur peut arriver, il arrive.

Je n'étais pas convaincue par cette histoire d'invoquer le bonheur, mais elle n'avait pas tort sur le fait que quelque chose me terrifiait chez Merrick, et ce n'était pas la façon dont il voulait garder les gens à distance. Mais je pensais qu'elle était à côté de la plaque sur ses sentiments pour moi – bon, un sentiment de *désir sexuel*, peut-être. Mais c'était tout.

Kitty sourit.

— Tu ne me crois pas, même si une partie de toi en a envie. J'ai eu ma part d'amis hommes au fil des ans, mais je n'ai eu qu'un seul amour dans ma vie. Tu sais comment je savais que mon Redmond ressentait la même chose ?

— Comment ?

— Je ne cessais de le surprendre en train de me regarder quand il pensait que je ne faisais pas attention. J'imagine que tu l'as peut-être déjà remarqué une ou deux fois avec mon petit-fils, mais que tu n'étais pas prête à t'autoriser à réfléchir à la signification de ce phénomène.

J'avais surpris Merrick en train de m'observer une ou deux fois, mais c'était un homme attentif. C'était en grande partie la raison de son succès.

Comme je ne disais rien, Kitty me tapota la main.

— Fais-moi plaisir. La prochaine fois que tu es dans la même pièce que lui, ne fais pas attention à lui. Puis regarde-le quand il ne s'y attend pas. Je parierais ma maison que tu découvriras qu'il te regarde déjà.

Notre conversation fut interrompue par le grognement de Merrick dans l'autre pièce.

— Foutues compagnies aériennes !

Kitty baissa la voix et se pencha de nouveau en avant.

— Encore une chose : j'ai changé ses couches. Tu ne seras pas déçue. Parfois, zigzaguer nous permet non seulement de trouver un nouveau chemin, mais aussi de nous y rendre avec beaucoup de plaisir.

. . .

Merrick éteignit son téléphone portable. C'était son troisième appel à la compagnie aérienne depuis le matin, et il était déjà plus de trois heures de l'après-midi.

— Ils ont enfin mes bagages à Atlanta.

— Oh, bien ! Ils vont les livrer ?

Il secoua la tête.

— Pas si je les veux avant un à trois jours. Ils sont débordés, alors je vais devoir aller les chercher à l'aéroport.

— Oh, ça craint ! Tu veux que je t'accompagne pour que tu n'aies pas à te garer ? Je peux te déposer au terminal et faire le tour le temps que tu les récupères et reviennes.

Je regardai par la baie vitrée qui menait à la véranda. Kitty était assise avec Marvin, ses deux pieds plâtrés et bottés sur ses genoux. Ils riaient de quelque chose.

— Je pense que son bel étalon peut s'occuper d'elle pendant notre absence.

Merrick grogna.

— S'il te plaît, n'utilise pas les mots étalon et *grand-mère* dans la même phrase.

— Oh, oui ! Bien sûr.

Je souris.

— Tu préfères que je l'appelle son sex-toy ou son gigolo ?

— Tu vas finir à nouveau sur mes genoux dans deux secondes.

Il pense que c'est dissuasif ? C'est tout le contraire !

Marvin ouvrit la porte vitrée.

— Je vais nous préparer à dîner pour quatre, ce soir – un repas du sud, qui tient bien au corps.

Il nous regarda à tour de rôle.

— Vous n'êtes pas du genre à ne manger que de la nourriture pour lapin, n'est-ce pas ?

Je souris.

— Non, aucun de nous n'est végétarien.

— Bien.

— Marv, vous comptez rester ici, cet après-midi ? demandai-je. Merrick doit aller chercher ses bagages à l'aéroport et je pensais l'accompagner, mais je ne veux pas laisser Kitty sans surveillance.

— Je serai ici pour prendre soin de ma douce toute la journée. Elle a rendez-vous sur Zoom tout à l'heure avec l'un des nouveaux parents trouvés sur Ancestry, et j'aime lire le journal du dimanche d'un bout à l'autre. Alors, prenez votre temps. C'est une belle journée.

Je hochai la tête en souriant.

— D'accord, merci, Marvin.

Un peu plus tard, Merrick et moi empruntâmes la voiture de Kitty pour nous rendre à l'aéroport. Il conduisit pendant que je regardais par la fenêtre, en proie à de nombreuses émotions. Lorsque nous arrivâmes à la sortie de Buckhead, je pointai mon doigt.

— Je serais en train de vivre quelque part là-bas si les choses n'avaient pas déraillé entre Christian et moi.

Le regard de Merrick se porta sur moi avant de revenir à la route.

— Vous alliez vivre ici ?

J'acquiesçai.

— Christian vient d'Atlanta. Je crois t'avoir dit que nous nous étions rencontrés quand nous étudiions tous les deux ici. Nous avons déménagé à New York afin qu'il puisse travailler quelques années au siège social de l'entreprise familiale, et j'y ai fait mon stage. Mais il voulait revenir après notre mariage. Son entreprise possède un énorme centre de recherche et développement, il suivait une formation pour la diriger.

— C'est ce que tu voulais ? Vivre ici, je veux dire ?

Je secouai la tête.

— Pas vraiment. J'aime bien vivre ici, mais j'adore New York, et je voulais être près de ma sœur. J'ai toujours imaginé que nous aurions des enfants en même temps et qu'ils grandiraient ensemble.

— Pourtant, tu allais déménager ?

Je haussai les épaules.

— Christian détestait New York. Il détestait la vie en appartement et l'absence d'un grand jardin, et il détestait absolument les transports en commun et les trottoirs encombrés. Ses deux parents sont originaires d'Atlanta. Ils ont divorcé quand il avait cinq ans, et il a ensuite principalement vécu avec sa mère. Son père s'est installé à New York pour travailler dans l'entreprise familiale, alors Christian faisait des allers-retours. Je pense que s'il déteste tant la ville, c'est en partie à cause de ce qu'elle représente pour lui – sa famille déchirée. C'est plus facile de blâmer autre chose que ses parents.

— Depuis combien de temps étiez-vous ensemble ?

— Trois ans et demi.

Merrick hocha la tête.

— Et toi ? demandai-je. Tu as toujours vécu en ville ?

— Je passais une semaine chaque été ici avec Kitty et ma mère. Mais oui, je suis né et j'ai grandi à New York. Ma mère y est allée à l'université et n'est jamais revenue. Elle était l'une des rares femmes à travailler comme trader, à son époque. Elle est décédée il y a six ans d'un cancer du sein.

— Je suis désolée.

— Merci.

— Et ton père ?

— Il s'est installé en Floride l'année dernière, pour sa retraite. Il ne s'est jamais remarié après ma mère. Ma sœur vit là-bas et a des enfants, alors, il a emménagé pas très loin d'elle.

— Tu as été... fiancé une fois, aussi, c'est ça ?

Les yeux de Merrick se tournèrent rapidement vers moi avant de revenir à la route. Ses lèvres se pincèrent.

— Tu aimes creuser, n'est-ce pas ?

— C'est une déformation professionnelle. Je pose des questions et j'essaie d'assembler les pièces pour voir le puzzle dans son ensemble.

— Ah oui ? Tu as réussi à assembler quelles pièces à mon sujet ?

Je ne voulais pas mentionner le commentaire que Will avait fait – à savoir que sa fiancée l'avait anéanti –, alors je restai vague.

— J'ai entendu dire que tu étais fiancé à ton associée et que ça ne s'est pas bien terminé.

Merrick regarda la route. Je crus que c'était peut-être la fin de notre discussion, mais il se racla alors la gorge.

— Tu as raconté beaucoup de choses sur ta vie, des épreuves qui n'étaient pas faciles à traverser. Pourtant, tu sembles avoir trouvé le moyen de faire la paix avec ton passé. J'ai plus de mal à parler de ces choses-là.

Je hochai la tête.

— Nous gérons tous les choses différemment. Ce n'est pas grave. Mon intention n'était pas de faire pression pour que tu parles d'un sujet qui te fait souffrir.

Merrick resta silencieux un long moment. Je fus surprise quand il recommença à parler.

— Amelia et moi avons lancé l'entreprise ensemble, même si elle ne voulait pas être un partenaire à parts égales ni que son nom apparaisse sur la porte.

— Pourquoi ?

Il tapota le volant du bout des doigts.

— Elle disait qu'elle n'était pas un béni-oui-oui. Elle ne voulait rien avoir à faire avec le personnel ou avec un conseil d'administration. Elle disait toujours qu'elle voulait jouer au Monopoly pour gagner sa vie, mais qu'elle ne voulait pas posséder Hasbro.

— Pourquoi être associée, alors ?

Merrick fronça les sourcils.

— Je l'ai poussée à le faire. Elle était plus intelligente que moi et comprenait mieux les gens, même si elle ne voulait pas s'investir avec la plupart d'entre eux. De plus, elle a gagné plus que tous les traders du milieu, la première année, alors elle méritait plus.

— Waouh ! Apparemment, elle était une sorte d'enfant prodige.

— Tout à fait.

Il n'en dit pas plus, aussi me demandai-je si je devais insister. Mais j'étais curieuse. Je savais qu'elle était morte, mais je n'avais pas l'impression que c'était son décès qui avait anéanti Merrick.

— Je peux te demander ce qui s'est passé entre vous deux ?

La sortie de l'aéroport approchait, et Merrick mit son clignotant pour s'engager sur la voie de droite. Nos regards se croisèrent brièvement lorsqu'il regarda par-dessus son épaule avant de changer de voie.

— Mon histoire n'est pas si différente de la tienne. J'ai découvert que je n'avais jamais vraiment connu la personne que j'allais épouser.

— Je suis désolée.

Nous quittâmes l'autoroute pour rejoindre la route menant à l'aéroport. Merrick pointa un doigt devant lui.

— Il y a un arrêt-minute juste ici. Le service clientèle a dit de suivre les panneaux indiquant le hall d'arrivée et d'aller dans le bureau de la zone de réception des bagages. Avec un peu de chance, ça ne prendra pas trop de temps, mais pourquoi ne pas faire le tour et attendre dans ce parking. Je t'enverrai un message quand j'aurai mes bagages.

— D'accord.

Je voulais poser plus de questions, mais je pensais que Merrick avait peut-être intentionnellement changé de sujet.

— Comment va ta fesse, aujourd'hui ? demanda-t-il. Le tesson était entré assez profondément.

— C'est douloureux. Mais j'ai jeté un coup d'œil ce matin, et ce n'est pas trop rouge ni rien d'inquiétant.

— Si tu as besoin d'un deuxième avis, fais-le-moi savoir.

Il me fit un clin d'œil qui déclencha des palpitations dans mon ventre.

Mon Dieu, je m'engagerais dans une voie sans issue si je craquais pour cet homme ! Non seulement c'était mon patron, mais nous avions tous les deux eu des relations désastreuses avec des gens avec qui nous travaillions. Et ma sœur avait eu raison de me rappeler que la bataille que menait Merrick était plus difficile. Il devait tourner la page sur un fantôme. Pourtant, plus je passais de temps avec lui, plus je l'appréciais, et pire encore, plus mes fantasmes devenaient fréquents. Pouvait-il y avoir quelque chose dans ce que Kitty m'avait dit ?

Nous nous arrêtâmes devant le terminal. Je fis le tour jusqu'au côté conducteur pour prendre le volant, et Merrick entra. Avant même que je puisse retourner au parking que nous avions dépassé, il m'appela pour me dire qu'il avait ses bagages. Je retournai donc à mon point de départ.

— C'était rapide, fis-je remarquer lorsqu'il ouvrit la portière du côté passager.

— Oui, c'était plutôt facile. Le bureau était vide et mon sac était rangé sur le côté avec quelques autres.

— Tu veux échanger nos places et conduire ?

— Non, sauf si tu préfères.

— Non, ça va.

Merrick attacha sa ceinture de sécurité.

— Je me disais, puisque Marvin est à la maison, pourquoi ne pas faire un petit détour ?

Je haussai les épaules.

— Bien sûr. Pour aller où ?

— Tu as dit que tes Airbnb n'étaient pas très loin d'ici, n'est-ce pas ?

Mes yeux s'écarquillèrent et je souris.

— Ils ne sont qu'à une demi-heure de route. Une partie se trouve sur le chemin du retour chez Kitty, mais je quitte l'autoroute plus tôt et je vais un peu vers l'est.

— Allons les voir. Je n'ai jamais séjourné dans une cabane dans les arbres ou dans un camping.

— C'est du *glamping*.

Merrick sourit.

— Au temps pour moi.

Je passai la première et me mis en route.

— Je suis tellement contente ! Je ne sais pas s'ils sont loués ou non, mais je peux vérifier le site web en arrivant. Si c'est le cas, je te les montrerai de l'extérieur.

— Ça me va.

Pendant tout le trajet, Merrick me laissa parler de toutes les choses que j'avais faites pour rendre toute cette expérience locative parfaite selon mes critères.

— Les deux cabanes sont équipées de velux, ce qui fait qu'il y a beaucoup de lumière naturelle pendant la journée, et c'est absolument incroyable la nuit. La propriété s'étend sur vingt-cinq hectares, donc il n'y a pas trop de pollution lumineuse et, par nuit claire, on peut s'allonger dans le lit et voir les étoiles.

Je sentis les yeux de Merrick sur mon visage, alors je le regardai.

— Quoi ?

— Rien.

Il secoua la tête avec un sourire chaleureux.

— Tu t'illumines quand tu en parles, c'est tout.

— Ah bon ? Alors, je dois ressembler à un sapin de Noël parce que je t'ai rebattu les oreilles pendant tout le trajet.

Merrick s'esclaffa.

— Ce n'est pas grave. J'ai bien aimé. Ça me rappelle beaucoup l'époque où j'ai créé ma société. J'en parlais tout le temps.

Je désignai une route devant nous.

— C'est ici. L'entrée est à un kilomètre environ. Ensuite, des chemins de terre mènent aux différentes locations.

Je mis mon clignotant.

— Je vais m'arrêter un instant une fois que j'aurai tourné pour vérifier sur le site Internet si elles sont vacantes.

— D'accord.

Je ne pensais pas avoir déjà été aussi heureuse de voir que deux des emplacements n'étaient *pas* loués ce jour-là. Le site de glamping *et* l'une des cabanes dans les arbres avaient hébergé des clients, partis le matin même. Je poussai presque un cri en remettant la voiture en marche.

— Une cabane est libre et le site de glamping aussi. Tu veux visiter lequel en premier ?

— Celui que tu veux.

— La cabane, sans hésiter.

Une fois que nous arrivâmes à l'entrée de la propriété, des panneaux en bois en forme de flèches indiquaient le chemin vers les différentes locations. Merrick regarda autour de lui.

— Ce doit être difficile à trouver, la nuit.

— Oui, sans aucun doute. Nous disons toujours aux gens qu'il vaut mieux arriver ici de jour. Sinon, ils doivent aller lentement et utiliser leurs feux de route pour distinguer les panneaux sur les arbres.

Alors que nous approchions du premier site, je pointai le doigt vers le haut.

— C'est la première.

Merrick baissa la tête pour mieux voir par le pare-brise.

— C'est assez impressionnant.

Nous nous garâmes et je lui fis visiter l'endroit. Un ruisseau d'eau claire traversait quelques hectares de terrain, et j'avais choisi les emplacements des cabanes pour qu'elles soient à proximité. Ce jour-là, il coulait vite et fort.

— Il n'y a pas de meilleur son que celui-là pour s'endormir.

— On l'entend de là-haut ? demanda Merrick.

— Oui.

— Sympa !

J'indiquai un chemin de terre qui s'éloignait du ruisseau.

— Si tu le suis, tu feras une belle randonnée circulaire à travers les terres domaniales adjacentes. Tu trouveras un petit lac à environ trois kilomètres du sentier. Nous avons une carte sur notre site web, mais il n'y a pas de sentier net à suivre.

— C'est la clientèle majoritaire pour ce genre de logements ? Les randonneurs et les amoureux de la nature ?

— Ça et les citadins qui ont besoin de s'évader le temps d'un week-end.

Je lui fis signe de me suivre.

— Viens, grimpons jusqu'à la maison.

Une fois à l'intérieur, je portai mon index à mes lèvres pour indiquer à Merrick de ne plus faire de bruit. La fenêtre était restée ouverte et on entendait le bruit du ruisseau. Toutes les dix secondes environ, le vent soufflait, faisant bruisser les feuilles en parfaite harmonie avec l'eau.

Je souris fièrement.

— Qu'est-ce que tu en penses ? C'est magique, non ?

Il regarda autour de lui. La cabane mesurait à peine plus de vingt mètres carrés, mais elle disposait de tous les équipements essentiels : un petit réfrigérateur, une plaque de cuisson, un évier, une salle de bains avec douche et un lit avec une table de chevet. Le sol était stratifié, mais je l'avais choisi pour qu'il soit assorti à l'extérieur de l'arbre et l'intérieur était peint en jaune pâle.

— C'est assez incroyable, dit-il. Les gens paient pour des bandes-son comme celle-là pour s'endormir le soir. Je ne sais pas trop à quoi je m'attendais. À un sol en terre et à un lit de camp ou quelque chose dans ce genre-là, je suppose. Mais ça ressemble à un studio à Manhattan.

Il fronça les sourcils.

— Attends... Comment il peut y avoir l'électricité et l'eau courante ici ?

— Ah, c'est caché ! Tout passe par l'arrière de l'arbre. On ne le voit pas quand on monte à l'échelle, et c'est camouflé avec de la peinture résistante aux intempéries pour le rendre moins visible. Les tuyaux partent de la base de l'arbre, sous le sol, jusqu'à un petit générateur situé à côté de l'abri de jardin, derrière les buissons. En fait, les travaux d'électricité ont été gratuits. Quand j'étais à l'université, j'ai troqué des soins à domicile pour la mère malade d'un électricien contre des travaux d'électricité dont ma grand-mère avait besoin. J'ai donc fait appel au même électricien lorsque j'ai construit ça. J'avais l'intention de le payer, mais il m'a demandé si, en échange, j'acceptais de faire des séances de thérapie avec sa fille, qui avait des TOC.

— Mince ! Et tu pouvais seulement m'offrir des biscuits pour chats en échange de mon sperme ? Je me sens un peu insulté.

Je m'esclaffai et haussai les épaules.

Merrick balaya à nouveau la pièce du regard.

— C'est un peu plus chic que celle qui se trouvait dans le jardin de ta grand-mère. Même si je ne vois pas de téléphone en strass ni de réfrigérateur en plastique rose.

— Je sais. Mais regarde ça...

Je me dirigeai vers le lit, m'allongeai et tapotai la place à côté de moi.

— Viens. Il faut que tu profites pleinement de l'effet.

Merrick sembla amusé, mais il joua le jeu. Il s'allongea sur le lit – nous nous retrouvâmes côte à côte –, et regarda par le velux. Les arbres bougeaient sous le souffle du vent sur les bords, mais la plus grande partie de ce que nous pouvions voir, c'était du ciel bleu.

— Ferme les yeux, dis-je.

Sa voix trahit son sourire.

— D'accord.

— Maintenant, imagine que c'est la nuit. Il n'y a pas de lumière, sauf les étoiles qui scintillent au-dessus de toi.

Je restai silencieuse un moment tandis que je visualisais la scène.

— Maintenant, imagine ces étoiles qui scintillent et écoute les sons qui nous entourent.

Nous nous tûmes pendant plusieurs minutes. Quand j'ouvris enfin les yeux, je regardai vers lui et fus surprise de voir qu'il m'observait.

— Tu es censé regarder la Grande Ourse, dis-je.

Les yeux de Merrick tombèrent sur mes lèvres et s'y attardèrent avant de revenir sur les miens. Mon ventre eut ce petit sursaut qu'il semblait souvent avoir en sa présence.

— Tu es assez incroyable, tu sais ?

— Ça veut dire que tu aimes ma cabane dans les arbres ?

Il gloussa doucement.

— Oui. Mais je parle de l'ensemble. Tu es intelligente et drôle, tu n'as pas hésité à sauter dans un avion pour aider Kitty, et tu sembles te soucier profondément du bien-être de tes patients. Mais surtout, tu es probablement la personne la plus résiliente que je connaisse. Tu as grandi dans la violence et la colère. La plupart des gens porteraient ça comme un bouclier et s'en serviraient pour tenir les autres à distance. Mais toi, tu as construit des sanctuaires où les gens peuvent venir échapper à la vie – tous les bénéfices étant reversés à un centre d'accueil pour victimes de violences conjugales.

Il marqua une pause et détourna le regard.

— Ton ex était un putain de lâche qui ne pouvait pas faire face à la femme que tu es, alors il a agi comme un gamin.

Les mots de Merrick s'infiltrèrent en moi, emplissant mon cœur. Je secouai la tête.

— Personne ne m'a jamais dit quelque chose d'aussi gentil. Je ne sais même pas quoi dire...

Il sourit presque tristement.

— Si c'est la chose la plus gentille que quelqu'un t'ait jamais dite, alors, ton ex était plus qu'un lâche. C'était aussi un putain d'idiot !

Je roulai sur le côté pour lui faire face, mettant mes mains sous ma joue.

— Je peux te poser une question un peu directe ?

Il haussa un sourcil.

— Tu m'intrigues...

Mon cœur battait la chamade et je secouai la tête.

— Tu sais quoi ? Oublions ça.

— Tu ne peux pas remballer une question comme celle-là. Crache le morceau, Vaughn. Ça ne te ressemble pas de tourner autour du pot.

— Eh bien, Kitty pense... Bon, elle pense que je t'attire.

Merrick sourit.

— Ma grand-mère est une femme maline.

Je ne m'attendais pas à ce qu'il l'admette. Je crus avoir mal compris.

— Tu es en train de dire qu'elle a raison ?

— Je pense que tu connais déjà la réponse à cette question.

J'acquiesçai et détournai le regard un instant.

— Alors, comment ça se fait que tu...

Il leva un sourcil.

— Comment ça se fait que je ne t'ai pas sauté dessus ?

Je ris.

— Oui, voilà.

Merrick glissa une phalange sous mon menton et me fit relever la tête pour que nos yeux se rencontrent.

— Parce que même si je pense que l'attirance est réciproque, j'ai l'impression que tu le regretterais, après. J'ai tort ?

Je le regardai dans les yeux.

— Ce n'est pas toi. J'ai de gros problèmes de confiance, de toute évidence. Sans parler de ton statut, tu es mon patron, et j'aime vraiment mon travail. Et toi... tu as perdu quelqu'un que tu aimais.

Je secouai la tête.

— Tout ça étant contre nous, bien sûr que je suis inquiète.

Merrick sourit tristement.

— Si c'est ce qui doit arriver, tu te raviseras quand ce sera le moment.

— Comment on saura que le moment est venu ?

Son regard s'assombrit.

— Je suppose qu'on le saura quand ma langue sera dans ta bouche – ou mieux encore, quelque chose d'autre.

Je ris et donnai un coup sur son torse. Il se leva du lit et me tendit la main.

— Viens. On ferait mieux de sortir d'ici avant qu'il ne soit trop tard.

— Oh, personne n'a réservé pour aujourd'hui !

— Ce n'est pas ce que je voulais dire.

— Pourquoi on doit se dépêcher de partir, alors ?

— Parce que si je reste cinq minutes de plus allongé sur ce lit avec toi, tes vêtements se retrouveront par terre.

CHAPITRE 17

Merrick

Le lendemain matin, je me réveillai tôt. La maison de Kitty était encore sombre et silencieuse, aussi ne pris-je pas la peine d'enfiler une chemise avant de me rendre à la salle de bains. Alors que j'attrapais la poignée de la porte, celle-ci s'ouvrit brusquement.

Evie se tenait devant moi, enveloppée dans une simple serviette. Elle porta sa main à sa poitrine.

— *Merde !* Tu m'as fait une peur bleue.

— Désolé. Je ne pensais pas que quelqu'un était déjà debout.

— Je voulais me doucher avant que Kitty ne se réveille, pour ne pas déranger. Mais j'ai réalisé que j'avais oublié mon après-shampoing dans mon sac.

— Ça t'ennuie si j'utilise les toilettes pendant que tu vas le chercher ?

Elle secoua la tête et resserra le coin de sa serviette.

— Non, bien sûr que non. Vas-y.

Après m'être soulagé, je trouvai Evie dans le couloir, en train d'attendre. Ce fut inconscient, mais mes yeux examinèrent les contours de son corps. La serviette ne lui arrivait qu'en haut des cuisses, et vu la façon dont elle était enroulée autour de sa poitrine, son décolleté avait vraiment envie de déborder. Je restai peut-être coincé dans cette zone pendant plusieurs secondes. Lorsque mes yeux retrouvèrent finalement les siens, elle m'offrit un sourire complice.

— Pervers !

Je haussai les sourcils.

— *Je* suis un pervers ? Tu es à moitié nue et tu m'as déjà montré ton cul. En fait, je t'ai aussi vue en soutien-gorge dans cette cabine d'essayage. Il faut vraiment que tu arrêtes de me faire des avances comme ça !

Elle posa sa main sur mon torse et me poussa vers l'un des côtés de l'encadrement de la porte. Puis elle s'engouffra sur le seuil avec moi. Nos corps ne se touchaient pas, mais ils étaient sacrément proches. Elle se hissa sur la pointe des pieds et me regarda dans les yeux.

— Je parie que si je laissais la porte de la salle de bains ouverte, je pourrais prouver qui est le pervers.

Je déglutis. *Putain !* J'avais très envie de lui montrer exactement à quel point je me sentais pervers à ce moment-là. En fait, elle était à dix secondes de le découvrir, parce que son attitude me faisait bander. Elle allait être surprise quand elle le sentirait contre son ventre. Mais Evie entra ensuite dans la salle de bains et agita ses doigts.

— Tu devrais peut-être t'éloigner pour que je puisse fermer la porte, pervers.

Elle sourit.

— Tu es diabolique, gémis-je.

Il me fallut toute ma volonté pour m'éloigner tandis qu'elle s'isolait. Je restai au bout du couloir quelques minutes, à me poser des questions. Heureusement, mes ruminations furent interrompues par la voix de ma grand-mère. C'était exactement la douche froide dont j'avais besoin.

— Merrick !

Je poussai un soupir de soulagement avant de me diriger vers sa chambre.

— Bonjour, mamie. Comment tu as dormi ?

— Un peu mieux. J'ai enlevé cette fichue botte.

Je secouai la tête.

— Tu es censée la garder pour ne pas causer d'autres dégâts.

Elle balaya mon commentaire d'un revers de main.

— Ce pied va bien. Ils voulaient juste facturer autre chose à mon assurance.

Je jetai un coup d'œil circulaire à la pièce. Trouvant le plâtre souple sur la commode, je m'approchai pour l'attraper.

— Mets-le au moins avant de te lever.

Elle grogna, mais me laissa l'aider à l'installer avant que nous allions à la cuisine.

— Tu prends toujours ton café avec assez de sucre pour provoquer un coma diabétique ? demandai-je.

Kitty se servit de ses mains pour soulever sa jambe plâtrée et la poser sur la chaise à côté d'elle.

— Quand on est aussi douce que moi, il faut bien refaire le plein comme on peut.

Bien que ma grand-mère soit certainement l'une des personnes les plus gentilles que je connaisse, *douce* n'était pas le mot que j'aurais employé pour la décrire.

— Si ta personnalité provient de ce que tu ingères, je suis surpris que tu ne mettes pas de citrons dans ton café, dis-je en plaisantant.

Je préparai deux mugs et m'installai en face d'elle, faisant glisser le sien sur la table.

— Merci, dit-elle. Alors, dis-moi, tu vas faire quoi pour Everly ?

— Pour Evie ?

Mamie porta son mug à ses lèvres.

— Mmm, hmm.

— Je suppose qu'elle rentrera après ton rendez-vous chez le médecin. Je sais qu'elle voulait être là à ce moment-là. Je verrai s'il y a un vol pour elle demain matin.

— Je ne demandais pas son itinéraire, crétin ! Je te demandais quand tu allais enfin passer à l'action.

— Quelle action ?

— Je vois comment tu la regardes quand tu crois que personne ne fait attention. Une femme comme ça ne restera pas longtemps célibataire. Alors, arrête de tergiverser et jette-toi dans l'arène.

Oh, mon Dieu ! Je secouai la tête.

— Nous n'aurons pas cette conversation, mamie.

— Et pourquoi pas ? C'est quand, la dernière fois que tu as eu une petite amie ? Je ne parle pas d'un coup d'un soir, mais d'une gentille fille à fréquenter.

L'expression *coup d'un soir* ne devrait jamais sortir de la bouche d'une grand-mère.

— Je me suis concentré sur mes affaires, ces dernières années. En plus, ce n'est pas ce que veut Evie.

Mamie fronça les sourcils.

— Cette idiote t'a vraiment fait du mal ! Je m'inquiète pour toi, Merrick. Quand tu fermes ton cœur aux opportunités, tu passes à côté de l'amour.

— Ce n'est pas le cas.

— D'accord. Alors, fais-moi plaisir une minute. Tu trouves Everly séduisante ?

Je soupirai, sachant que ma grand-mère ne laisserait jamais tomber si je ne jouais pas le jeu.

— C'est une belle femme, oui.

— Elle a aussi de belles fesses.

Je secouai la tête en riant.

— Oui, Evie a aussi une belle silhouette.

— Tu te demandes souvent ce qui se passe dans sa tête ?

— Oui, mais elle est psychologue. Elle a donc une façon unique de voir les choses.

— Tu vois un avenir avec elle ?

Je ne voulais pas faire d'Evie un bouc émissaire et dire que c'était elle qui empêchait les choses de se passer. Mais cela devenait inévitable.

— Mamie, tu ne parles pas à la bonne personne. Evie sait qu'elle m'attire.

— Bien sûr qu'elle le sait ! Mais elle voit aussi un homme fermé à ses sentiments et en colère contre le monde – un homme qui peut rapidement répondre à des questions sur son attirance pour elle, mais il suffit de prononcer le mot *avenir*, et tu changes de sujet. Vous êtes deux personnes séduisantes. Le désir n'est pas le problème, c'est la peur de l'amour.

— Je vais bien, mamie. Vraiment. Tu n'as pas à t'inquiéter pour moi. Je n'ai pas peur de tomber amoureux.

Le visage de mamie se fit sérieux.

— Oh, je n'ai jamais pensé que c'était le cas, mon chéri ! Je pense que tu as peur de ne pas être aimé en retour.

. . .

— Merci beaucoup d'être venue aujourd'hui.

Les mains sur le volant, je secouai la tête.

— Je n'aurais jamais réussi à lui faire accepter l'opération sans toi. Tu lui as dit quoi quand tu as demandé à passer quelques minutes seule avec elle ?

Mamie, Evie et moi étions tous entrés dans le cabinet du médecin après que ce dernier avait examiné ma grand-mère. Il avait expliqué toutes les raisons pour lesquelles elle avait besoin d'une hystérectomie, mais mamie était convaincue que les choses guériraient d'elles-mêmes. Elle voulait laisser passer le temps. Puis Evie avait demandé si elles pouvaient rester seules quelques minutes. Vingt minutes plus tard, ma grand-mère signait les formulaires de consentement et prenait rendez-vous pour le mercredi suivant.

Evie sourit.

— Tu veux vraiment savoir ?

Je soupirai.

— Laisse tomber. Mais merci.

Mamie nous avait demandé de la déposer chez Marvin, alors nous étions seuls lorsque nous nous garâmes dans son allée.

— Je t'en prie, dit Evie.

J'enclenchai point mort et coupai le contact, mais ne fis aucun geste pour sortir.

— Je crois que je vais travailler d'ici jusqu'à ce qu'elle sorte de l'hôpital et qu'elle revienne chez elle en toute sécurité. Je vais probablement faire venir une infirmière pour la surveiller, ce qui va l'énerver.

Evie sourit.

— C'est certain. Mais je suis contente que tu restes. Je vais voir si je peux trouver un vol pour rentrer ce soir tard ou demain matin. Je n'ai pas encore annulé les patients de demain, et je déteste que les gens pensent qu'ils ne sont pas ma priorité alors que je viens de commencer.

— Je ne pense pas que ce soit le cas, mais je comprends.

— Tu serais d'accord pour que je revienne ? Son opération a lieu mercredi, et le médecin a dit qu'elle ne resterait que deux ou trois jours à l'hôpital, donc elle rentrera probablement chez elle vendredi ou samedi. Je pourrais venir pour le week-end.

— Je suis sûr que ça lui ferait plaisir. Mais je ne peux te faire revenir qu'à une seule condition.

— Oh ?

— Je paie ton vol. Et je te rembourse celui que tu as déjà payé.

— Non, c'est bon. Je l'aurais fait pour Kitty même si tu n'étais pas mon employeur.

— Je sais. Mais je me sentirai mieux.

Elle hocha la tête, mais j'eus le sentiment qu'elle n'avait aucune intention de me transmettre la facture, aussi notai-je mentalement de dire à Joan des RH d'ajouter une prime dans son prochain chèque.

Nous rentrâmes, et comme le marché était ouvert ce jour-là, j'avais du travail à faire et un tas d'appels à passer. Evie alla sur Internet pour réserver un billet pour six heures du matin le lendemain, puis annonça qu'elle allait en vitesse au magasin pour acheter de quoi préparer le dîner.

Il était presque dix-huit heures quand je la rejoignis dans la cuisine.

— Ça sent bon, ici.

— Je fais du poulet piccata, mais je crois que ce que tu sens, ce sont les biscuits que je prépare.

— Oh, oh ! Je dois m'inquiéter de la raison pour laquelle tu pâtisses ?

Elle sourit.

— Non, je suis de bonne humeur. C'était agréable d'être ici, et je suis soulagée que Kitty se sente bien et qu'elle se fasse opérer.

— Oui, moi aussi.

Elle se tourna vers moi et s'appuya contre l'îlot de la cuisine.

— Je peux dire quelque chose sans que tu sois offensé ?

— Ce n'est jamais un bon début de conversation...

Elle rit.

— Ce n'est pas horrible. C'est juste une observation.

Je croisai les bras sur mon torse et m'appuyai contre le comptoir en face d'elle.

— Vas-y. Lâche le morceau.

— Eh bien, en dehors du bureau, tu es une personne très différente. Tu passes pour quelqu'un de froid et de dur, mais en fait, tu es chaleureux et doux.

— *Doux* n'est pas un mot par lequel un homme aime s'entendre décrire, pour de nombreuses raisons.

Evie sourit.

— Si tu montrais ne serait-ce qu'un aperçu de cette facette de toi au bureau, je pense que ça compterait beaucoup.

Je baissai les yeux, restant silencieux pendant un moment.

— Je crois que j'ai peut-être oublié qu'il y avait une autre facette de moi. Peut-être que ce voyage était le rappel dont j'avais besoin.

— Ta grand-mère est une femme particulière. Elle fait ressortir le meilleur des gens.

Je levai les yeux et croisai le regard d'Evie.

— C'est vrai qu'elle est particulière. Mais je ne suis pas sûr que ce soit elle qui ait provoqué le changement.

Les lèvres d'Evie s'écartèrent, et je ne pus m'empêcher de les fixer longuement. Lorsque je parvins enfin à croiser son regard, je me rendis compte qu'elle m'observait avec autant d'attention que je l'avais détaillée. Mais alors...

— Merrick ! Nous sommes de retour ! cria mamie depuis l'autre pièce. Je voulais juste te prévenir au cas où nous arriverions au mauvais moment.

Evie et moi nous regardâmes en souriant. Je ne savais pas si mamie tombait mal ou si elle tombait bien.

CHAPITRE 18

Evie

Toute la semaine, j'avais attendu avec impatience ma patiente du vendredi matin, et ce pour plusieurs raisons. Tout d'abord, il y avait beaucoup plus de traders hommes que femmes, et je n'en avais rencontré qu'une seule autre jusqu'à présent. Mais surtout, Merrick avait dit que Colette Archwood le détestait. J'étais donc curieuse de savoir ce que l'entretien d'aujourd'hui pourrait m'indiquer.

Mes séances duraient quarante-cinq minutes, et pendant les quarante premières de celle de Colette, nous discutâmes de tout et de rien et je recueillis des informations générales. Je n'avais décelé aucune dissension avec son travail ou avec Merrick, du moins pas jusqu'à présent.

— Et comment en êtes-vous venue à travailler chez *Crawford Investments* ? lui demandai-je. J'ai l'impression que toutes les personnes avec qui j'ai parlé jusqu'ici avaient un lien avec Merrick ou l'un des responsables.

Colette fronça les sourcils.

— C'est l'une de mes amies proches qui m'a fait venir... Amelia Evans.

— Oh !

Ma patiente soupira.

— J'en déduis que vous avez entendu parler d'elle.

Je me targuais habituellement de ne montrer aucune réaction ou jugement pendant les séances, mais apparemment, j'avais laissé tomber mon masque. Je secouai la tête.

— Je sais seulement qu'elle était l'une des fondatrices et qu'elle est décédée.

— Décédée ! s'offusqua Colette. C'est une jolie façon de le dire.

Mes sourcils se froncèrent.

— Elle n'est pas morte ?

— Oh, si ! Elle est bien morte. Mais décédée, ça paraît... je ne sais pas, paisible. Comme si elle était malade et que, lorsque son heure est venue, un ange l'a accompagnée jusqu'aux portes du paradis.

— Elle n'était pas malade ?

Colette secoua la tête.

— Amelia est morte dans un accident.

— Je suis désolée.

— En fait, j'aurais préféré qu'elle meure *pendant* l'accident. Elle aurait alors pu avoir la paix. Mais elle a survécu pendant des mois après le crash. C'était horrible ! Et l'homme pour qui vous travaillez, pour qui nous travaillons toutes les deux ne lui a pas laissé une minute de paix.

— Merrick était aussi dans l'accident ?

— Non. Il...

Mon téléphone l'interrompit avec un léger bruit de carillon, indiquant la fin de notre séance. Je le saisis pour l'éteindre.

— Je suis désolée. Continuez...

Mais le moment était passé. Colette se redressa sur son siège.

— C'est bon. J'ai appris au fil des ans que je devais me concentrer sur les bons souvenirs avec Amelia et pas sur sa mort. C'était une très bonne amie, imparfaite comme nous tous, mais une femme que j'admirais et que j'aimais.

Colette se leva.

— J'ai été ravie de vous rencontrer, dit-elle. Je vous souhaite bonne chance chez *Crawford*. Comme notre entretien est confidentiel, il n'y a pas de mal à vous informer que ce sera probablement notre seule séance. Je vais bientôt quitter l'entreprise. Il me reste un peu plus de cinq semaines.

— Oh, je n'étais pas au courant !

Elle sourit.

— C'est parce que vous êtes la seule à le savoir. Je ne donne pas de préavis. Le jour où mon contrat de travail expirera sera mon dernier jour ici. J'ai passé quatre ans à attendre ce jour. Enfin, pas tout à fait. Je n'ai détesté cet endroit que pendant trois ans. Mais je crois vraiment que l'ajout de votre poste est un pas dans la bonne direction pour les employés, dont beaucoup me sont chers. Donc, je suis sincère quand je vous souhaite bonne chance.

Colette tendit la main avant que je puisse ajouter quoi que ce soit.

— Faites attention, doc.

• • •

La première chose que je fis lorsque nous atterrîmes fut d'allumer mon téléphone. J'avais pris un vol tardif pour Atlanta après le travail, et nous avions décollé avec quelques minutes de retard, si bien qu'il était vingt-trois heures maintenant que nous étions au sol. La journée avait été longue, mais il était important pour moi de terminer tous mes rendez-vous avant de me rendre à l'aéroport à dix-sept heures.

Le temps de récupérer mes bagages et de prendre un Uber, il serait probablement minuit lorsque j'arriverais chez Kitty. Mais elle n'était pas encore sortie de l'hôpital, alors je ne risquais pas d'interrompre son sommeil en arrivant aussi tard. Merrick avait proposé de venir me chercher, mais j'avais refusé, ne voulant pas le déranger. Pourtant, lorsque mon téléphone eut fini de redémarrer, la première chose que je vis fut un message de sa part. Je le lus.

Merrick : Je suis à l'aéroport. Écris-moi quand tu sortiras et je ferai le tour.

D'accord... eh bien, au temps pour l'Uber.

Mon sac apparut assez rapidement sur le carrousel, aussi envoyai-je un message à mon patron pour lui dire que je serais dehors une minute plus tard. Quand j'arrivai, il attendait déjà sur le trottoir. Il se tenait à côté de la voiture, appuyé contre le bolide de Kitty, vêtu d'un tee-shirt noir et d'un jean – et waouh, il avait l'air plus sexy que jamais !

Il plissa les yeux quand je m'approchai.

— Qu'est-ce qui se passe dans ta tête ? C'est un sacré sourire espiègle que tu as là.

— Je me disais juste que tu avais l'air bizarre devant la Charger pimpée de Kitty.

— Quoi ? Je ne rends pas bien à côté d'un tel bolide ?

Je souris.

— Absolument pas !

Merrick prit mes bagages et les mit dans le coffre avant d'ouvrir la portière passager.

— Écoute, *Prius*, pas de jugement.

J'attachai ma ceinture de sécurité pendant qu'il montait.

— Je t'ai dit que je prendrais un Uber. Tu n'étais pas obligé de sortir à près de minuit.

Merrick haussa les épaules.

— Ça ne me dérange pas. Tu me rends service en venant. C'est le moins que je puisse faire.

— Ce n'est pas du tout un service. Kitty est mon amie.

Il me regarda et sourit chaleureusement avant de reporter les yeux sur la route.

— Je le sais. C'est l'une des choses que j'aime chez toi. Tu es très loyale.

— L'une des choses, hein ? Ça doit vouloir dire qu'il y en a d'autres ?

Merrick s'esclaffa.

— Comment ça s'est passé, au bureau, cette semaine ?

— Eh bien, il n'y a pas eu de bagarre, donc ton absence doit avoir un impact positif sur le niveau de stress, le taquinai-je.

— C'est arrivé *une* fois.

Je souris.

— C'était plutôt calme. J'ai vu beaucoup de nouvelles personnes, et j'ai déjeuné avec Will un jour.

— Tu as déjeuné avec Will ?

— Oui. Il m'a dit qu'il avait commandé le même plat chinois que d'habitude, mais qu'il était arrivé accompagné de *ton* plat habituel. Donc, il avait un repas en trop. Je suppose qu'ils vous connaissent bien, tous les deux.

— Comment ça s'est passé ?

— Le déjeuner avec Will ? C'était sympa. Il me fait rire.

Depuis que j'avais rejoint la voiture, Merrick souriait, mais à présent, son visage se flétrissait. Ses lèvres étaient pincées et on aurait dit qu'il était jaloux. Je ne pus résister à l'envie de l'embêter.

— Will est célibataire, n'est-ce pas ?

Le muscle de la mâchoire de mon chauffeur du jour se contracta.

— Ça dépend du jour de la semaine. Pourquoi ?

Je haussai les épaules.

— Je suis juste curieuse.

Ses yeux se rétrécirent.

— Je ne prendrais pas cette voie-là.

— Quelle voie ?

— Ce n'est pas une bonne idée de craquer pour Will.

Sa mâchoire serrée par la colère ne trompait pas.

— Oh ? Il y a une politique contre les amours au bureau ? J'ai lu le manuel de l'employé d'un bout à l'autre, et je pensais que seules les relations entre supérieurs et subordonnés étaient interdites – comme nous, par exemple.

La prise de Merrick se resserra de manière visible sur le volant.

— Will ne cherche rien de sérieux.

— Peut-être que je ne cherche rien de sérieux non plus. En fait, ça fait un moment, et une aventure passagère me semble assez attrayante.

À ce stade, j'eus du mal à me retenir de rire. Le visage de Merrick était rouge. Il était tellement en colère ! Ce qui avait commencé comme un voyage léger et joyeux chez Kitty devint soudain lourd et silencieux. Je m'en voulus et craquai, déclarant en riant :

— Je te taquine. Je ne suis pas intéressée par Will de cette façon.

— Alors, pourquoi avoir dit tout ça ?

— J'avais l'impression que ça t'énervait. J'ai trouvé ça drôle. Étais-tu... *jaloux*, Merrick ?

Il se racla la gorge.

— Non.

Je souris.

— Hmm...

— Pourquoi je serais jaloux ?

— Je ne sais pas. Pourquoi tu serais jaloux ?

— Je pense que tu interprètes mal la situation.

— Mmm, hmm.

Merrick leva les yeux au ciel. Mais ses mains n'étaient plus crispées sur le volant.

— Comment va Kitty ? demandai-je.

— L'infirmière m'a dit que juste avant d'être anesthésiée, elle a demandé au médecin s'il pouvait la retaper pour qu'elle redevienne une vierge de quinze ans.

Je me couvris la bouche et ris.

— C'est vraiment un personnage !

— Je pense que ça doit être plus drôle quand elle n'est pas ta grand-mère.

— Je n'en doute pas. Mais elle avait l'air bien quand je lui ai parlé. Même si elle est très impatiente de rentrer chez elle.

Il acquiesça.

— J'aimerais qu'ils la gardent plus longtemps. Elle sortira probablement demain matin.

Il était plus de minuit lorsque nous rentrâmes chez Kitty. La maison était sombre, à l'exception de la lumière provenant du couloir, mais c'était suffisant pour éclairer le salon.

Merrick jeta les clés dans le bol sur la table près de la porte et mit ses mains sur ses hanches.

— Tu vas te coucher ? Je vais prendre un verre de vin d'abord, si tu veux te joindre à moi.

Je posai mon sac à main.

— Avec grand plaisir.

Aucun de nous n'alluma d'autres lampes, si bien que lorsque nous nous assîmes ensemble avec notre vin sur le petit canapé dans la pièce sombre, l'ambiance était intime. Je fis glisser mon doigt sur le haut de mon verre, repensant au temps qui s'était écoulé depuis la dernière fois que j'avais ressenti ça.

— Merci encore d'être venu me chercher, dis-je.

Merrick sourit.

— Tout le plaisir est pour moi.

J'inclinai la tête.

— Nous avons parcouru un sacré chemin depuis notre première rencontre, si tu dis que c'est un plaisir d'être en ma compagnie.

Il sourit à nouveau.

— Je suppose que oui.

Je bus une gorgée de vin et regardai dans le verre.

— Tu veux savoir un secret ?

— Je dois en partager un aussi ?

Je ris.

— Non.

— Alors, volontiers.

— Tu me rendais nerveuse, avant, déclarai-je avec un haussement d'épaules. Pas seulement durant mon entretien, quand je n'étais pas sûre que tu m'aies reconnue. Mais même après.

— Comment ça se fait ?

— Je suppose que c'est parce que je voulais te prouver que tu avais tort, que je n'étais pas incompétente. Et une partie de moi n'était pas sûre d'y parvenir.

— Tu es douée dans ton job. Tu m'as déjà indiqué des choses à faire pour améliorer l'environnement de travail, et tout le monde semble t'aimer.

— Merci. J'ai à nouveau le sentiment d'être bonne dans mon travail. Je pense que je n'avais pas réalisé à quel point les événements des six derniers mois avaient ébranlé ma confiance. Il est logique de douter des relations amoureuses et du sexe opposé en apprenant que ton fiancé te trompe, mais c'était bien plus que ça. Ça m'a fait douter de choses dont j'étais très sûre, comme mes compétences professionnelles et ma capacité à prendre des décisions simples. Je pense qu'inconsciemment, je me suis dit : « si j'étais si sûre de ma relation au point d'épouser quelqu'un, sur quoi d'autre je me trompais ? » Ça a du sens ?

— Oui.

Merrick resta silencieux une minute.

— Donc, je ne te rends plus nerveuse ?

Je secouai la tête.

— Pas vraiment.

Il me fit un clin d'œil.

— Je vais devoir faire plus d'efforts.

Je souris.

— Fais de ton mieux, boss.

Merrick ricana. Il se pencha pour enlever ses chaussures avant de poser ses pieds sur la table basse.

— Alors, tu as vu qui, cette semaine ?

J'énumérai mes rendez-vous dans l'ordre tout en parcourant mentalement mon emploi du temps. Je savais que j'avais rencontré seize personnes, aussi comptai-je sur mes doigts. À quatorze, je tapotai mon index sur ma lèvre, essayant de savoir qui j'avais raté.

— Oh, je sais ! J'ai oublié John McGrath. C'était mon premier rendez-vous à mon retour. Et Colette Archwood. C'était ma dernière séance avant mon départ aujourd'hui.

Merrick fronça les sourcils.

— Comment ça s'est passé avec Colette ?

La confidentialité m'empêchait de lui dire que son temps chez *Crawford Investments* était compté, et elle m'empêchait aussi de mentionner ce qu'elle avait dit sur Amelia et lui. Je donnai donc une réponse vague.

— En fait, elle était assez ouverte et communicative.

Merrick baissa la tête.

— La vache ! Je te suis reconnaissant d'être revenue ce soir, si elle a été ouverte avec toi.

Je souris et bus une gorgée de vin.

— Tu as dit que tu pensais qu'elle te détestait.

— Pas « pensais », « savais ». Principalement parce qu'elle me l'a dit. Si je me souviens bien, c'était juste avant de me cracher au visage.

Mes yeux s'écarquillèrent.

— Elle t'a *craché* au visage ? Ou tu veux dire qu'elle était tellement énervée quand elle te criait dessus qu'elle t'a postillonné dessus ?

Merrick secoua la tête.

— *Craché*. Du genre mollard. Elle l'a fait remonter de sa gorge et tout.

— Et elle travaille toujours pour toi ? C'est parce qu'elle a un contrat ?

— Tous mes contrats de travail contiennent une clause d'insubordination qui me permet de licencier quelqu'un qui n'est pas professionnel ou qui manque de respect.

— Alors, pourquoi tu ne l'as pas licenciée ?

— C'est compliqué. À l'époque, les émotions étaient vives. Elle était proche de mon ex et ne savait pas tout ce qui se passait. Crois-moi, je voulais la renvoyer. Mais son geste n'avait rien à voir avec le travail. Ça ne s'est même pas passé au bureau, alors, j'ai attendu de voir comment elle se comporterait quand je la verrais au travail la fois suivante. Je n'étais pas sûr qu'elle se pointerait le lendemain. Mais elle est venue. Elle était glaciale, mais elle a fait son travail, et elle le fait bien. Et pendant des mois, j'ai été trop pris par d'autres choses pour que ça me dérange beaucoup. Le temps que je reprenne tous mes esprits, Colette et moi étions tombés dans une relation où on ne se parlait que pour répondre à une question et où on s'ignorait la plupart du temps. Il y a toujours eu un intermédiaire hiérarchique entre nous au travail, donc nous n'avons pas besoin d'interagir en tête à tête de toute façon.

Merrick se tut et baissa les yeux un long moment.

— Mon ex, Amelia, a eu un accident. Elle est restée longtemps à l'hôpital. Colette n'a pas accepté certaines des décisions que j'ai prises au fil du temps.

Je hochai la tête.

— Je suis désolée. J'ai entendu dire qu'elle avait eu un accident. Mais je n'ai pas su les détails. Ça a dû être dur.

Merrick acquiesça et avala le reste du vin dans son verre.

— Tu en veux encore ?

— Non, merci. En fait, j'en ai bu deux pendant le vol. Je vais finir par avoir mal à la tête demain matin si j'en reprends.

— Petite nature !

Il sourit et se leva pour remplir son verre.

Lorsqu'il se rassit, il semblait avoir l'esprit ailleurs. Il ne regardait rien en particulier, le front plissé. Il finit par boire la moitié de son nouveau verre de vin et se tourna vers moi.

— Tu veux savoir un secret, maintenant ?

Je frottai mes mains l'une contre l'autre.

— Absolument. J'adore les secrets. Ma mère me taquine toujours en disant que c'est la raison pour laquelle je suis devenue thérapeute.

Merrick sourit.

— Bon, ne te réjouis pas trop vite. Mon secret n'est pas si excitant que ça.

— Je l'accepterai quand même.

— Mon *a priori* négatif sur l'embauche d'un thérapeute au bureau était peut-être lié à plus de raisons que je ne l'ai indiqué au départ.

— Oh ?

— Amelia et moi avions quelques problèmes avant son accident. Nous sommes allés voir un thérapeute plusieurs fois. Ça ne s'est pas bien passé, donc j'ai pu avoir des préjugés à ce sujet.

— Waouh ! D'accord, c'est logique. Si ça ne vous a pas réussi, ce n'est pas étonnant que tu penses que c'était une perte de temps.

Merrick acquiesça.

— Merci de m'avoir raconté ça.

— Remercie Kitty, dit-il avec un sourire triste.

— C'est elle qui t'a encouragé à me dire que tu avais suivi une thérapie ?

Il regarda son verre.

— Quelque chose comme ça.

Il y avait tellement de questions qui tournaient dans ma tête ! Comme : pourquoi avaient-ils consulté un psychologue ? Quelles décisions Colette n'avait-elle pas acceptées après l'accident d'Amelia ? Mais je ne savais pas trop combien de temps la transparence de Merrick allait durer, alors je choisis de poser celle qui éveillait le plus ma curiosité, juste au cas où ce serait la seule à laquelle il répondrait.

— J'espère que tu ne m'en voudras pas d'être curieuse, mais je peux te demander comment Amelia est morte ? C'était quel genre d'accident ?

Merrick se frotta la nuque.

— Elle est morte après un accident d'avion. Elle prenait des leçons pour obtenir sa licence de pilote de petit avion.

— Oh, mon Dieu ! C'est affreux. Tu n'étais pas avec elle, n'est-ce pas ?

Il termina son deuxième verre de vin et resta silencieux un long moment avant de le poser sur la table et de secouer la tête.

— Non, je n'étais pas avec elle. L'autre type avec qui elle couchait, si.

CHAPITRE 19

Merrick

Trois ans plus tôt

— Quand je vais voir ma petite Amelia Earhart en action ?

Je passai mes mains autour de la taille d'Amelia. Elle s'habillait pour aller au cours de pilotage hebdomadaire du dimanche qu'elle avait commencé quelques mois plus tôt.

— Tu me rendrais trop nerveuse.

Je fronçai les sourcils.

— Ce sont des conneries, ça ! Tu ne possèdes pas le gène de la nervosité.

Amelia se dégagea de mes bras et attrapa une casquette de baseball avant de se diriger vers le miroir pour la positionner sur sa tête et passer sa queue-de-cheval à l'arrière.

— Tu serais une distraction et j'ai besoin de me concentrer.

J'aurais pu argumenter, puisque nous savions tous les deux qu'elle racontait des conneries. Depuis que nous avions emménagé ensemble l'année précédente, j'avais l'impression qu'Amelia avait adopté une demi-douzaine de passe-temps, dont aucun ne m'incluait. Avant les leçons de pilotage, c'était le saut en parachute et l'escalade, et avant cela, elle s'envolait partout le week-end pour participer à des tournois de poker. Elle avait toujours été casse-cou et accro à l'adrénaline, mais rien de tel.

— Ne fais pas la tête.

Elle revint vers moi et saisit ma chemise de ses deux poings.

— Pourquoi tu ne suis pas le conseil du thérapeute de couple et tu ne trouves pas ton propre loisir ?

— Pourquoi tu ne suis pas le conseil du thérapeute et tu ne passes pas un peu de temps avec moi ?

Elle leva les yeux au ciel.

— Nous passons quatre-vingts heures par semaine au bureau et nous vivons ensemble.

— Ce n'est pas passer du temps ensemble. C'est travailler et avoir une colocataire.

Elle se hissa sur la pointe des pieds et pressa ses lèvres contre les miennes.

— Une colocataire qui t'a laissé la réveiller ce matin en enfonçant ta verge en elle.

J'étais sur le point de lui rappeler que c'était la *seule* fois où nous avions fait l'amour en deux semaines, et qu'interrompre son sommeil était le seul moyen pour moi d'obtenir du temps d'elle dernièrement, en dehors de nos discussions au bureau. Mais le thérapeute nous avait dit d'essayer d'éviter les confrontations inutiles, alors je me tus et gardai l'ambiance positive.

— Que dirais-tu d'un dîner, ce soir ?

— Je ne serai probablement pas de retour avant sept heures.

— Ce n'est pas grave. J'ai une montagne de travail à faire au bureau. Je réserverai pour huit heures dans ce petit restaurant italien chez qui nous avons commandé et que tu as aimé.

Elle hocha la tête.

— D'accord. Pourquoi je ne te rejoindrais pas là-bas au cas où je serais en retard ?

Je l'embrassai sur le front.

— Parfait. Reste prudente. Ne la joue pas solo avec ton instructeur comme tu le fais avec ton associé la plupart du temps.

Elle esquissa enfin un sourire.

— Je vais essayer. Je ne promets rien.

· · ·

— Voulez-vous un autre cocktail, monsieur ?

Je fis tourner le glaçon dans mon verre vide.

— Bien sûr, pourquoi pas ? Apparemment, j'ai besoin d'occuper mon temps.

Le serveur sourit et hocha la tête. Après qu'il se fut éloigné, je jetai un coup d'œil à mon téléphone pour la dixième fois : huit heures trente-cinq et aucun appel en absence. Amelia m'avait envoyé un message vers cinq heures et demie, juste avant d'aller prendre son cours. Elle m'avait dit qu'ils commenceraient en retard et m'avait confirmé qu'elle me rejoindrait au restaurant. Mais même si elle ne décollait pas avant six heures, sa leçon de quarante-cinq minutes en vol aurait été terminée à temps pour arriver ici à huit heures.

Quinze minutes plus tard, j'avais avalé mon deuxième verre, je n'avais toujours aucunes nouvelles d'elle et mes appels tombaient systématiquement sur sa boîte vocale. Je levai donc la main pour appeler le serveur.

— Je suis désolé. Apparemment, la personne que j'attendais ne viendra pas dîner.

— Pas de problème. Voulez-vous commander pour vous-même ?

Je secouai la tête.

— Juste l'addition, s'il vous plaît.

— Bien sûr.

Après avoir signé la facture, je sortis de l'argent de mon portefeuille et en jetai suffisamment sur la table pour couvrir l'heure que j'avais perdue. Alors que je me levais, mon téléphone sonna.

— Il était temps ! grommelai-je.

Mais quand je sortis mon portable, ce n'était pas le numéro d'Amelia qui s'affichait à l'écran. Cependant, c'était un numéro local, aussi répondis-je quand même.

— Allô ?

— Allô, vous êtes bien monsieur Crawford ?

— Oui. Qui est à l'appareil ?

— Je m'appelle Lucy Cooper. Je suis infirmière aux urgences du *Memorial Hospital.*

Je me figeai.

— Le *Memorial Hospital* ? Il est arrivé quelque chose à Amelia ?

— Je suis navrée de vous l'apprendre, mais elle a eu un accident.

— Quel genre d'accident ? Elle va bien ?

— Madame Evans a eu un accident d'avion. Elle est dans un état très grave, monsieur Crawford.

Une énorme boule se forma dans ma gorge et m'empêcha de parler.

— J'arrive.

. . .

— Pouvez-vous me dire où se trouve Amelia Evans ?

J'avais payé le chauffeur d'Uber cinq cents dollars de plus pour qu'il grille tous les feux qu'il pouvait pour arriver plus vite à l'hôpital.

La femme derrière la vitre fronça les sourcils.

— Et vous êtes qui pour madame Evans ?

— Je suis son fiancé.

Elle hocha la tête.

— J'étais là quand elle est arrivée. Je crois qu'ils l'ont emmenée à l'étage. Mais je vais vérifier.

Elle disparut et revint quelques minutes plus tard.

— Je peux voir une pièce d'identité, s'il vous plaît ?

Je sortis mon portefeuille et glissai mon permis de conduire par l'ouverture au bas de la vitre. La femme l'examina et me le rendit.

— Merci. Madame Evans est à l'étage. Ils la préparent pour le bloc opératoire. Mais l'homme qui était avec elle a déclaré être son mari. Ils sont tous les deux arrivés en ambulance et sont allés directement à l'arrière, alors je n'ai pas posé de questions ni vu de pièces d'identité.

Je fronçai les sourcils.

— Amelia n'a pas de mari.

La femme offrit un sourire penaud.

— Parfois, les gens mentent sur leur identité pour que nous ne les mettions pas à la porte puisqu'ils ne sont pas de la famille. Mais votre nom est dans notre système en tant que parent le plus proche de madame Evans. C'est sur le dossier d'une précédente admission pour une opération chirurgicale.

Je confirmai d'un hochement de tête.

— Quand son appendice s'est rompu l'année dernière.

— Quoi qu'il en soit, vous pouvez passer cette porte, dit-elle en me montrant la gauche. Je vous rappellerai. Ensuite, vous irez tout droit dans le couloir jusqu'à l'ascenseur et vous monterez au cinquième étage. Les infirmières du bureau d'accueil de l'étage de chirurgie devraient pouvoir vous donner de ses nouvelles.

— Merci.

Dès que je posai le pied à l'étage, je vis un grand bureau, alors je m'y rendis et attendis que la femme en blouse bleue raccroche le téléphone. Quand ce fut le cas, je ne lui laissai même pas le temps de prendre conscience de ma présence.

— Je suis là pour Amelia Evans. L'infirmière des urgences a dit qu'elle était au bloc opératoire. Quelqu'un peut me dire ce qui se passe ?

— Et vous êtes...

— Son fiancé, Merrick Crawford.

L'infirmière jeta un œil en direction de la salle d'attente. Un homme y était assis tout seul. Il avait la tête entre les mains et se tirait les cheveux.

— Alors c'est qui ?

Je regardai à nouveau. Cette fois, le type leva les yeux. Nos regards se croisèrent et son expression changea, indiquant qu'il m'avait reconnu. Il était donc le seul à comprendre quelque chose ici. Je me tournai à nouveau vers l'infirmière.

— Je ne sais du tout qui c'est.

Le type se leva et s'approcha. Il semblait hésitant.

— Je suis l'instructeur de vol d'Amelia, Aaron.

Il se tourna vers l'infirmière.

— C'est le fiancé d'Amelia.

L'infirmière fronça les sourcils et secoua la tête.

— Je peux voir vos pièces d'identité à tous les deux, s'il vous plaît ?

Je sortis à nouveau mon permis de conduire de ma poche, tandis que le type qui se tenait à mes côtés secouait la tête.

— Je n'ai rien sur moi. Je laisse mon portefeuille et mon téléphone dans un casier quand je donne mes cours.

L'infirmière l'ignora. Elle tapa sur son ordinateur, puis ses yeux firent des allers-retours entre l'écran et ma carte d'identité.

— Je suis désolée, monsieur Crawford. Il semble qu'il y ait eu une certaine confusion.

— Peu importe. Je m'en fiche. Vous pouvez juste me dire comment va Amelia ?

— Bien sûr.

Elle commença à parler, mais s'arrêta et regarda l'instructeur de pilotage.

— Vous pouvez nous laisser, s'il vous plaît ?

— Oh... Oui, bien sûr.

Aaron retourna dans la salle d'attente. L'infirmière baissa la voix.

— Vous savez quoi jusqu'à présent ?

Je secouai la tête.

— Rien du tout.

— D'accord. Eh bien, madame Evans a été amenée à la suite d'un accident de petit avion. Elle souffrait de graves blessures à la tête et à la colonne vertébrale. La blessure à la tête est parfois appelée fracture transversale, mais il s'agit essentiellement d'une fracture du crâne. L'équipe qui l'a amenée nous a dit que le toit de l'avion s'était effondré sous l'impact, ce qui pourrait être à l'origine de la blessure.

Je me passai une main dans les cheveux.

— Merde ! Elle va s'en sortir ?

Le visage de l'infirmière était solennel.

— L'impact a provoqué un gonflement de son cerveau et les médecins s'efforcent d'y remédier. Les prochaines heures seront cruciales. Elle a également subi quelques fractures de vertèbres, que les chirurgiens traiteront s'ils parviennent à stopper le gonflement.

— Si... ils parviennent à stopper le gonflement ? Il se passera quoi s'ils n'y parviennent pas ?

L'infirmière secoua la tête.

— Il est impératif qu'ils y parviennent, monsieur Crawford.

Après cela, j'eus l'impression d'être dans un rêve. L'infirmière continua à parler, mais ses mots flottaient dans l'air autour de moi, incapables de s'imprégner en moi. Quand elle eut fini, ses yeux étudièrent mon visage.

— Vous allez bien ?

Je secouai la tête.

— Elle va rester combien de temps en chirurgie ?

— C'est difficile à dire. Mais une équipe de médecins extraordinaires s'occupe d'elle. Elle est entrée il y a seulement un quart d'heure. J'y retournerai dans un petit moment pour voir s'ils peuvent me donner des nouvelles, d'accord ?

J'acquiesçai.

— D'accord. Merci.

Elle m'indiqua la salle d'attente.

— Pourquoi ne pas aller vous asseoir ? Madame Evans avait des bijoux et des objets personnels sur elle quand elle est arrivée. Nous les avons enlevés en cas de gonflement. Je vais aller les chercher dans le coffre, et vous pourrez signer pour les récupérer. J'ai aussi quelques papiers que vous pouvez remplir pour elle.

— D'accord.

Bien qu'elle m'ait dit d'aller m'asseoir, je restai debout devant le bureau après sa disparition, essayant de comprendre tout ce qui se passait. Au bout d'un moment, je me souvins que l'instructeur de vol d'Amelia était là. Peut-être pourrait-il m'en dire plus. J'allai donc le voir. Mais au moment où je m'apprêtais à l'interroger, l'infirmière arriva avec un sac en plastique refermable, ainsi que des papiers accrochés à un bloc-notes. Regardant vers le bas, elle souleva la première page.

— Bien, je lis ici que nous avons ôté deux colliers et une bague de fiançailles.

Elle me tendit le sac.

— J'ai juste besoin que vous vérifiiez ce que nous vous remettons et que vous signiez au bas de cette page.

— D'accord.

Elle me passa le bloc-notes et un stylo, ainsi que le sac. Je griffonnai mon nom et lui rendis les papiers avant de baisser les yeux vers le sac.

— Merci, dis-je.

Elle hocha la tête.

Mais alors qu'elle s'éloignait, je soulevai le sac pour voir ce qu'il contenait. Je reconnus tout de suite les deux colliers. Mais la bague de fiançailles... n'était absolument pas celle d'Amélia.

L'infirmière était déjà à moitié arrivée à son bureau, aussi l'interpellai-je.

— Attendez une seconde.

Elle se retourna.

— Quelque chose ne va pas ?

— Ce n'est pas la bague de fiançailles d'Amelia, répondis-je en secouant la tête.

Son front se plissa.

— J'ai ôté moi-même les bijoux de madame Evans.

— Eh bien, ce n'est pas sa bague de fiançailles.

L'instructeur de vol se leva.

— C'est la bague d'Amelia, déclara-t-il, les sourcils froncés. Mais pas celle qui vient de vous. C'est celle que je lui ai offerte.

CHAPITRE 20

Evie

Le samedi matin, je dormis plus tard que je ne le voulais. Merrick était déjà douché et habillé, buvant du café dans la cuisine quand j'entrai. Il leva sa tasse et sourit.

— Bonjour, la dormeuse.

— Je n'arrive pas à croire qu'il soit si tard – presque sept heures et demie. Pourquoi tu ne m'as pas réveillée ? Kitty peut sortir dès huit heures.

— Elle a appelé ce matin. Elle a eu de la fièvre, hier soir, alors ils font des analyses de sang pour s'assurer qu'il ne s'agit pas d'une infection.

Il secoua la tête.

— Si elle sort aujourd'hui, ce ne sera certainement pas de bonne heure. Alors, j'ai décidé de ne pas te réveiller.

— Oh, non ! Ce n'est pas bon signe. Une infection après une opération peut être grave.

Il hocha la tête.

— Elle a une fièvre légère, juste 37,8. L'infirmière a commis l'erreur de dire à ma grand-mère que certaines personnes peuvent rentrer chez elles si la fièvre est très basse. Mais les personnes de son âge, ils les gardent généralement sous surveillance.

Je couvris mon rire avec ma main.

— Oh merde ! Et cette infirmière a maintenant un plâtre identique à celui de Kitty.

— Ça ne m'étonnerait pas.

Je m'assis à la table, en face de Merrick. Son regard se posa sur ma poitrine et s'y attarda, ce qui me fit baisser les yeux. *Merde !* J'avais oublié de mettre un soutien-gorge. Il faisait chaud dans ma chambre, mais la fenêtre de la cuisine était grande ouverte, et le changement de température faisait ressortir mes tétons contre mon mince tee-shirt.

Merrick se racla la gorge et détourna le regard.

— Quoi qu'il en soit, elle m'a missionné pour te demander si tu pouvais lui apporter un *monkey bread*. Je ne sais pas ce que c'est, mais elle m'a dit que tu le saurais.

Je souris.

— C'était la spécialité de ma grand-mère. C'est un peu comme un roulé à la cannelle, mais sous forme de gâteau. Ma grand-mère le faisait à base de *southern-style biscuits* et une tonne de glaçage collant à la cannelle et au sucre. Ce n'est pas très sain, mais tout le monde adorait, surtout Kitty.

— On peut en trouver où ?

— Je le fais.

Je me levai et me dirigeai vers le réfrigérateur.

— Ça ne prend pas beaucoup de temps. Si elle a tous les ingrédients, je peux faire les roulés et sauter sous la douche pendant qu'ils cuisent.

Je commençai à sortir les produits dont j'avais besoin.

— Apparemment, elle n'a qu'une plaquette de beurre, il va m'en falloir plus.

— Fais-moi une liste. Je vais courir au magasin.

— Ça ne te dérange pas ?

— Pas du tout.

— D'accord.

Je finis de fouiller les placards et notai trois ingrédients qui me manquaient.

— Je vais prendre ma douche pendant ton absence pour gagner du temps.

Il acquiesça.

— Ça me convient.

Un peu plus tard, nous étions de retour dans la cuisine. Je mis les ingrédients pour les *biscuits* dans un bol et commençai à fouetter.

— Je peux te demander quelque chose ?

— Non.

Je me tournai vers Merrick.

— J'ai appris qu'à chaque fois que tu dis « Je peux te demander quelque chose ? », ça signifie que tu veux entrer dans ma tête, dit-il avec un sourire.

— Je crois que tu exagères.

Il sirota sa deuxième tasse de café.

— Non, je n'exagère pas. Mais je te taquinais. Qu'est-ce que tu veux savoir ?

— Hier soir, tu as dit avoir eu une mauvaise expérience avec la psychothérapie. Pourquoi tu as le sentiment que ça n'a pas fonctionné ? Je ne cherche pas à m'immiscer dans tes problèmes, mais à comprendre ton expérience d'un point de vue clinique.

Merrick frotta un instant le bord de sa tasse de café.

— Je ne suis pas sûr qu'on puisse réparer des choses que le patient ne perçoit pas comme étant cassées.

— Tu parles d'Amelia ou de toi-même ?

Il haussa les épaules.

— Je ne sais même plus. Pour être vraiment honnête, c'est moi qui ai eu l'idée de suivre une thérapie de couple, mais je n'avais pas l'impression que *nous* avions besoin d'une thérapie. Je l'ai surtout fait parce que j'espérais que quelqu'un pourrait réparer Amelia. Elle était le genre de personne de qui on ne peut pas devenir proche ou qu'on ne peut pas connaître à fond. Elle avait érigé un mur qu'elle consolidait sans cesse. J'ai pensé que le thérapeute pourrait l'aider à le briser, peut-être.

— Elle était réceptive à la thérapie ?

Merrick secoua la tête.

— Avec le recul, je pense qu'elle faisait la même chose que moi – elle allait chez le thérapeute pour qu'il me répare.

— Elle pensait que tu étais brisé ?

— Tout comme je ne comprenais pas pourquoi je n'arrivais pas à me rapprocher d'elle, elle ne comprenait pas pourquoi je voulais le faire.

Je hochai la tête.

— Si tu entames une thérapie de couple dans l'espoir que ça change ton partenaire, ce n'est généralement pas un bon signe. Le bon état d'esprit, c'est de penser que ça t'aidera.

Merrick inclina son mug vers moi.

— C'est pour cette raison que j'ai eu du mal à accepter que mes employés soient obligés de suivre une thérapie. Il faut qu'ils y croient et qu'ils le veuillent pour que ça fonctionne.

— C'est vrai. Mais ce que nous essayons d'accomplir au bureau n'est pas si différent que ça d'une thérapie de couple. Si on considère le manager comme la deuxième personne d'une relation avec son employé, l'objectif est d'amener les deux parties à assumer la responsabilité des choses qui se produisent et à apporter des changements pour éviter qu'elles se répètent à l'avenir. Comme dans une thérapie de couple : si l'un des deux pense que tout est la faute de l'autre et qu'il attend simplement qu'il change, ça ne marchera pas.

Merrick acquiesça.

— D'accord, j'ai compris. Je vais essayer d'être plus ouvert. Je peux te poser une question, maintenant ?

— Oh, oh ! Ça signifie que tu vas essayer d'entrer dans ma tête ?

Merrick sourit.

— Je suppose que j'ai appris de la meilleure.

Je terminai la pâte pour les *biscuits* et commençai à en verser des cuillerées dans un moule à muffins.

— Quelle est ta question ?

— Tu sembles avoir très rapidement une bonne compréhension de l'état mental des gens. Pourtant, tu n'as pas vu ce qui se passait avec ton fiancé ?

Je secouai la tête.

— Tu n'as jamais entendu dire que le cordonnier est le plus mal chaussé ?

Merrick rit.

— Je suppose.

— En fin de compte, les thérapeutes sont humains. Nous sommes formés pour aider les autres et rechercher certaines choses, mais parfois, nous n'examinons pas suffisamment nos propres relations.

— Comment tu réapprends à faire confiance après avoir vécu ce qui t'est arrivé ?

— Tu demandes pour moi ou pour toi ?

Merrick haussa les épaules.

— Je ne suis plus sûr, doc.

Je souris.

— Je pense qu'il y a toujours un risque en amour. Mais quand la bonne personne se présentera, nous sentirons que ça vaut la peine de prendre ce risque.

Merrick me regarda dans les yeux. Mon cœur s'emballa et mon ventre se sentit tout mou en même temps. Mais son téléphone portable se mit à sonner. Il baissa le regard.

— C'est ma grand-mère. Elle veut probablement s'assurer que je t'ai bien parlé du *monkey bread*.

Il décrocha et porta le téléphone à son oreille, tout en me regardant.

— Salut, mamie, quoi de neuf ?

Il sourit.

— Oui, Evie est en train de le préparer.

Je me retournai pour mettre la plaque dans le four et régler la minuterie. Le moment était gâché, mais c'était aussi bien. Merrick ne sembla pas non plus impatient de poursuivre notre conversation après avoir raccroché.

— Je vais me préparer pendant que c'est au four, dis-je.

Il acquiesça.

— Je dois passer quelques coups de fil avant d'aller à l'hôpital. Je vais le faire ici et surveiller la minuterie.

— Merci.

Quand je revins, Merrick était au téléphone avec Will, le nez plongé dans un tableau sur l'écran de son ordinateur portable.

— D'accord, ça me semble être un bon plan, dit-il. Commence doucement lundi, pour ne pas alerter les gens qui nous observent et qui pourraient se lancer sans savoir pourquoi nous achetons.

Il resta silencieux.

— Je ne suis pas sûr. Si elle sort aujourd'hui, j'aurai une meilleure idée. Je veux voir comment elle se sent une fois qu'elle sera rentrée chez elle. Hier, j'ai parlé d'une infirmière à domicile quand je serai parti, et elle m'a dit de ne pas laisser la porte me claquer les fesses ou celles de l'infirmière en sortant. On verra bien...

J'entendis Will parler à nouveau, puis les yeux de Merrick se tournèrent vers moi.

— Ne sois pas con ! Au revoir, Will.

Je gloussai pendant qu'il éteignait son téléphone.

— Cette conversation semble avoir rapidement changé.

Merrick secoua la tête.

— C'est l'un des dangers quand on travaille avec un ami. Il ne sait pas s'en tenir aux affaires quand il le faut.

J'ouvris le four et sortis le *monkey bread*, le posant sur la cuisinière pour qu'il refroidisse.

— Putain de merde ! Ça sent incroyablement bon, s'exclama Merrick.

— Tu en veux un morceau ?

— Carrément !

Je coupai une part pour chacun et les apportai à table.

— C'est meilleur qu'un orgasme, quand c'est chaud.

Les yeux de Merrick brillèrent d'une lueur malicieuse avant qu'il ne morde dedans.

— Ça ressemble à un défi, docteur Vaughn.

• • •

— Oh, doc ! dit Kitty. C'est la jeune femme dont je vous ai parlé ce matin.

Je me retournai pour sourire au médecin présent dans la pièce. Waouh ! Tout simplement *waouh !* Les médecins ne ressemblaient pas à ça quand j'étais à l'hôpital, c'est sûr.

Il sourit et afficha des dents parfaites en me tendant la main.

— Psychologue, c'est ça ?

— Oui, répondis-je en lui serrant la main.

— Madame Harrington m'a dit que vous étiez allée à Emory.

— En effet.

Kitty posa sa main sur le bras du médecin.

— Je vous ai dit de m'appeler Kitty.

Il sourit et hocha la tête avant de reporter son attention sur moi.

— Madame... Je veux dire Kitty et moi avons déduit que vous avez dû commencer votre semestre après ma remise de diplôme.

Oui, je m'en serais souvenue si j'avais vu cet homme sur le campus.

— Le docteur Martin est célibataire, ma chérie, dit Kitty. Il a failli devenir psychiatre. Et il aime faire de la randonnée. Je lui ai parlé de ton terrain et de tes Airbnb. Vous devriez prendre un café tous les deux quand il fera sa pause. Je parie que vous avez beaucoup de choses en commun.

— Et le docteur a consacré un peu de temps à t'examiner ? demanda une voix sévère derrière moi. Ou il était trop occupé à bénéficier des services d'entremetteuse de sa patiente ?

La vache ! L'expression de Merrick ne pouvait être décrite que comme meurtrière. Ses yeux étaient plissés, sa mâchoire était crispée et il se tenait debout, les mains croisées devant son torse.

Je lui lançai un regard mauvais qu'il ignora promptement, aussi secouai-je la tête avant de m'adresser au médecin.

— Je suis désolée.

Le docteur Martin nous regarda, Merrick et moi, et fit un signe de tête.

— Pourquoi ne pas passer à l'état de santé de madame Harrington, si vous le voulez bien ?

Pendant les quinze minutes suivantes, le docteur Martin passa en revue les statistiques post-opératoires de

Kitty, ses constantes et ce qu'ils avaient fait jusqu'à présent pour écarter les causes moins courantes pouvant expliquer sa fièvre.

— Il n'est pas rare d'avoir une légère fièvre après une grosse opération comme celle qu'a subie madame Harrington. Il s'agit très probablement d'une réaction inflammatoire aux lésions tissulaires et à l'exposition à des substances étrangères pendant l'opération. La fièvre disparaît presque toujours d'elle-même en quelques jours. Mais comme elle s'est également cassé la cheville, qu'elle est plâtrée et qu'elle ne bouge pas beaucoup, elle présente un risque plus élevé de thrombose. Ce type de caillots sanguins peut également provoquer une légère fièvre. Nous avons fait une échographie pour écarter cette possibilité, mais nous allons la surveiller encore un jour ou deux et refaire une échographie pour être sûrs, avant de la laisser sortir.

J'acquiesçai.

— C'est très logique.

Le médecin sourit à Kitty.

— Pour être clair, ça n'a rien à voir avec l'âge. Je recommanderais la même chose à une personne de trente ans.

Je ris, sachant que Kitty lui avait déjà passé un savon.

— C'est bon à savoir.

Le docteur Martin nous regarda tous les trois.

— Des questions ?

Je me tournai vers Kitty et Merrick. Celui-ci avait toujours l'air contrarié, mais il secoua la tête.

— C'est bon pour moi. Merci.

Le médecin fit un signe de tête à Kitty.

— Je reviendrai plus tard, avant la fin de mon service, pour prendre de vos nouvelles.

La septuagénaire battit des cils.

— Merci, doc.

Après son départ, elle s'éventa.

— Si seulement j'avais vingt ans de moins !

Merrick haussa un sourcil.

— Vingt ?

Elle plissa les yeux.

— Ça fera beaucoup plus mal que d'habitude quand je te botterai le cul avec ce plâtre.

Je gloussai.

— Je suis désolée que tu ne puisses pas rentrer chez toi aujourd'hui comme tu l'espérais. Mais ils sont minutieux et s'occupent bien de toi.

— Oh, celui-là a été très minutieux ! grommela Merrick.

Les yeux de sa grand-mère pétillèrent.

— Quelque chose ne va pas, mon petit-fils chéri ?

— Il fait chaud, ici, marmonna-t-il. Je vais descendre à la cafétéria pour prendre quelque chose à boire. L'une de vous veut quelque chose ?

— Non merci, répondis-je.

Kitty attendit à peine que Merrick soit sorti. Son sourire était à la limite de la méchanceté.

— Il en pince vraiment pour toi !

CHAPITRE 21

— Vous devriez partir, tous les deux, dit Kitty. Vous êtes restés ici toute la journée.

Merrick leva les yeux du journal qu'il lisait.

— Les visites se terminent dans quinze minutes.

Kitty pointa du doigt son iPad sur le plateau de l'hôpital à côté de son lit.

— Oh, ça me laisse plein de temps pour vous montrer l'arbre généalogique mis à jour...

Merrick ferma le journal et se leva.

— En y réfléchissant bien, on ferait certainement mieux de ne pas attendre qu'ils nous mettent dehors.

Je gloussai face au sourire en coin de Kitty. Elle savait parfaitement comment faire réagir son petit-fils.

Je me levai.

— Je pars demain après-midi, mais je passerai dans la matinée. Mon vol n'est pas avant seize heures.

— Ne reviens pas d'aussi bonne heure, ma chérie. Dors un peu. J'apprécie que tu sois venue.

Je me penchai et la serrai dans mes bras, puis m'écartai pour que Merrick puisse lui souhaiter bonne nuit.

Dehors, la soirée était belle. L'air était chaud et inhabituellement sec pour une fin d'été à Atlanta. Lorsque nous nous approchâmes du bolide de Kitty, j'eus une idée.

— On peut baisser la capote de la voiture ? Je ne suis jamais montée dans une décapotable.

— Vraiment ? s'étonna Merrick.

— Non, jamais.

Il haussa les épaules.

— Bien sûr.

Je fus surprise de constater qu'il était aussi facile de la replier que d'appuyer sur un bouton. Avant même que nous ayons quitté le parking, j'étais amoureuse de la sensation du vent soufflant dans mes cheveux. Je levai les mains en l'air.

— C'est géniaaal !

Merrick me regarda.

— Tu n'es pas très difficile à satisfaire.

Il tourna à gauche et à droite, puis nous nous retrouvâmes sur l'autoroute, roulant à vive allure. Je fis tomber ma tête en arrière et regardai le ciel noir tandis que mes cheveux s'agitaient autour de moi.

— Tu as faim ? cria Merrick par-dessus le vent.

— Je suis affamée ! On peut avoir de la malbouffe ?

Il sourit.

— Tout ce que tu veux. Tu as quelque chose de particulier en tête ?

— Pourquoi pas *Wendy's* ?

Il plissa les yeux.

— Petite maline.

Je ris.

— Tu connais le *Mix'D Up Burgers* ? Ce n'est pas exactement sur le chemin de la maison. C'est plutôt en direction de mes Airbnb. Je suis tombée dessus un soir en essayant de trouver de l'essence.

— Je ne connais pas, mais je suis sûr que je peux le rentrer dans le GPS.

— Je serais ta meilleure amie si tu le faisais.

Il me tendit son téléphone.

— Tiens, rentre-le dans Waze et vois s'il apparaît.

Ce fut le cas, et je passai le reste du trajet à profiter de la brise chaude tout en salivant à l'idée de ce que j'allais commander. Lorsque nous arrivâmes, Merrick se gara sur le parking.

— Tu veux manger sur place ou emporter le repas à la maison ?

— On peut commander un repas et manger les frites pendant le trajet du retour ?

Il sourit.

— Ça me va. Tu sais ce que tu veux ?

— Oui. Je veux le *Pile*. C'est un hamburger rempli des frites au fromage. Mais tu as aussi des frites à côté.

Il rit.

— Tu es en train de me tuer. Entre le *monkey bread* de ce matin et maintenant ça, je vais devoir faire un peu plus de sport la semaine prochaine.

— Oh, mon Dieu ! Ne m'en parle pas. Je ne veux même pas penser au poids. Je me venge sur la malbouffe depuis la débâcle de mon mariage.

Les yeux de Merrick descendirent le long de mon torse et s'arrêtèrent sur mes seins.

— Crois-moi, la malbouffe, ça te va bien.

* * *

— Ça ne te dérange pas d'attendre ici une seconde ? demanda Merrick, déverrouillant la porte d'entrée de Kitty pour l'entrouvrir.

— Euh… non ?

Il me tendit le sac du fast-food.

— J'en ai pour une minute.

— D'accord, mais je vais manger ton dîner si tu traînes trop.

— Tu as déjà mangé la plupart des frites qu'on devait partager.

Deux minutes plus tard, il ressortit, tenant deux mugs familiers. Mes yeux s'illuminèrent.

— Oh, mon Dieu ! Les mugs de *Waffle House* qu'elles utilisaient pour boire leur thé trafiqué. Tu sais qu'elles les ont volées au restaurant ?

Merrick sourit.

— Ça ne me surprend pas.

Je soupirai.

— Ça me rappelle de si bons souvenirs !

Je pointai du doigt ce qui avait été la maison de ma grand-mère.

— Elles restaient assises sous ce porche pendant des heures tous les soirs pour s'enivrer, et tout ce que les voisins voyaient, c'était deux petites vieilles qui buvaient du thé chaud.

Il sourit.

— Je sais. Devine ce qu'il y a là-dedans ?

— Ne me dis pas que c'est du thé sucré alcoolisé !

— Si.

Il fit un signe de tête vers la maison voisine.

— Les voisins qui ont acheté la maison de ta grand-mère sont absents. Je les ai rencontrés cette semaine. Quand ils ont dit qu'ils ne seraient pas en ville, je leur ai demandé s'ils accepteraient que la petite-fille de l'ancienne propriétaire s'assoie sous leur porche. Tu as dit que tu donnerais n'importe quoi pour revenir à l'époque du thé sucré. Je sais que ce n'est pas la même chose, mais je me suis dit qu'on pourrait manger sur les chaises à bascule et boire ce truc alcoolisé.

Mon cœur se gonfla.

— Je n'arrive pas à croire que tu aies fait ça pour moi.

Il fit un signe de tête vers le porche.

— Viens. Allons-y.

Au début, ce fut étrange de s'asseoir sous le porche de ma grand-mère sans qu'elle soit là. Mais lorsque nous eûmes fini de manger et que nous profitâmes des fauteuils à bascule, sans rien faire d'autre que siroter le contenu de nos mugs *Waffle House*, je sentis une chaleur dans ma poitrine.

— Comment tu as su qu'elles buvaient dans ces tasses-là ? Je ne pense pas l'avoir mentionné, l'autre jour.

— Tu ne l'as pas fait. C'est ma grand-mère.

— Oh !

— Elle a parlé de toi ou de ta grand-mère presque toute la semaine. Je pense que ta présence ici lui a rappelé beaucoup de souvenirs, elle aussi.

Il brandit son mug.

— Elle doit vraiment t'aimer, parce qu'elle m'a donné sa recette du thé sucré alcoolisé quand j'ai dit que je voulais te le préparer. Tu sais que pour les femmes du sud, leurs recettes de thé sont ce qu'elles considèrent comme le plus sacré, juste après la Bible.

Je souris.

— Eh bien, le sentiment est réciproque !

Nous restâmes assis côte à côte, nous balançant et sirotant tranquillement pendant quelques minutes. Finalement, j'indiquai une maison située quelques portes plus loin, de l'autre côté de la rue.

— Tu te souviens de l'histoire que je t'ai racontée, quand j'ai failli tomber de ma cabane sous la pluie ? Je pensais qu'un garçon nommé Cooper m'avait sauvée ?

Merrick hocha la tête.

— Je m'en souviens.

— C'était sa maison. Il avait un chien à trois pattes qui s'appelait Woody.

Les yeux plissés, Merrick regarda la rue sombre.

— Je me souviens du chien. Il marchait sur ses deux pattes arrière comme un humain, non ?

— Celui-là même.

— Oui, je me souviens du chien. Mais je ne me souviens pas du garçon.

— Moi, si. Il a aussi été mon premier baiser.

— Vraiment ?

— Oui. Je suis sûre qu'il se souvient aussi de moi. Parce qu'en plus d'être son premier baiser, j'ai aussi provoqué sa première intervention dentaire.

— Il est allé trop vite et vos dents se sont entrechoquées ou quelque chose comme ça ?

— Pire encore. Mais je vais arrêter là mon histoire et te raconter un peu le contexte. Quand j'avais quinze ans, nous vivions à Chicago. Toutes mes amies avaient déjà embrassé des garçons, mais je n'étais pas pressée de m'engager dans cette voie, parce que j'avais déjà des problèmes de confiance à cause de mon père. Bref, un beau garçon de mon école m'a invitée à sortir et nous sommes allés au cinéma. Il avait la pire haleine qui soit. Je veux dire, j'étais assise dans la salle de cinéma et je la sentais à côté de moi, même quand il n'était pas tourné dans ma direction.

Je secouai la tête.

— Je ne sais pas si c'était l'appareil dentaire ou quoi, mais c'était horrible, et il me tardait que le film se termine. Pour faire court, il a essayé de m'embrasser à la fin de la soirée, et je l'en ai empêché. Il m'a accusée d'être prude. Alors, pour me défendre, je lui ai dit la vérité – que son haleine sentait le cul.

Merrick éclata de rire.

— Alors tu n'as pas beaucoup changé depuis tes quinze ans, hein ?

— *Bref*, le lendemain, il a menti et a dit à toute l'école qu'il m'avait embrassée, et que ça avait été pire que tout.

Je secouai la tête.

— Évidemment, je savais ce qui s'était réellement passé, mais j'ai développé la peur de ne jamais savoir embrasser. C'est idiot, je sais. Mais peu importe. Le temps passe, et l'été suivant, j'avais seize ans et je n'avais toujours pas eu mon premier baiser. Nous sommes venus rendre visite à ma grand-mère pendant une semaine, et Cooper et moi avions l'habitude de faire du vélo ensemble. Je savais que je lui plaisais, et il avait l'air d'être un gentil garçon, alors je me suis dit que ça allait peut-être enfin arriver. Un soir, l'un des pneus de son vélo était crevé et nous étions dans son garage. Je tenais la clé polygonale pendant qu'il démontait le pneu, et lorsqu'il s'est levé pour me la prendre, il m'a dit que j'étais belle et s'est penché pour m'embrasser. À la dernière seconde, je me suis souvenue que j'avais mangé du poisson au dîner et que je ne m'étais pas encore brossé les dents, alors j'ai porté ma main à ma bouche. Sauf que j'avais encore la clé dans la main. Il s'est cassé la dent de devant dessus.

— Merde ! Le pauvre !

— Je sais. Je me sentais tellement mal que je suis revenue le lendemain matin et je l'ai embrassé.

— Je parie que tu t'étais lavé les dents d'abord.

— Absolument ! Je crois que je les ai brossées pendant dix minutes entières.

Nous rîmes tous les deux. C'était si bon d'être à nouveau assise là !

— Alors, écoutons ton histoire, dis-je.

— Quelle histoire ?

— Ton premier baiser.

Il sourit.

— Ah... Daniella Dixon. Ses parents savaient ce qu'ils faisaient quand ils lui ont donné un prénom commençant par un D.

Je lui donnai un coup taquin sur l'épaule.

— Donc, cette obsession a commencé très tôt, hein ? J'ai vu tes yeux s'attarder sur mes seins plus d'une fois.

Les yeux de Merrick brillèrent alors qu'ils s'abaissaient à nouveau, s'adressant directement à ma poitrine.

— C'est toi qui as commencé, en me les montrant dans la cabine d'essayage.

Je ris et pointai le doigt vers le haut.

— Mes yeux sont là. Maintenant, continue ton histoire avec Daniella.

Merrick haussa les épaules.

— Il n'y a pas grand-chose à dire. Elle était un peu plus âgée, et nous nous sommes embrassés dans son sous-sol.

— Plus âgée de combien ?

— Deux ans, je crois. J'avais quatorze ans, et elle seize. Pour autant que je m'en souvienne, son haleine était correcte et je ne l'ai pas blessée.

Je souris.

— C'est d'un ennui !

— Je préfère l'ennui à la mauvaise haleine.

Je le montrai du doigt.

— C'est vrai.

Il avala le reste de son verre.

— Tu en veux un autre ? demanda-t-il.

— Volontiers.

Quand je voulus me lever, il m'arrêta.

— Je m'en occupe. Profite du porche.

Plutôt que de penser aux nombreuses fois que j'avais passées à cet endroit précis avec ma grand-mère, je ne pus m'empêcher de penser à l'homme qui avait organisé cela. C'était un geste très simple – demander au voisin si nous pouvions nous asseoir ici et préparer les boissons qui me rappelaient de bons souvenirs –, mais cette initiative signifiait bien plus que cela.

Merrick m'écoutait. Il me prêtait attention. Nous étions certainement partis du mauvais pied, mais cette semaine, il avait même mis en œuvre ma suggestion d'obliger les employés à utiliser la majorité de leurs congés. C'était amusant – normalement, on a l'impression que notre patron se tient devant nous, mais avec Merrick, j'avais l'impression qu'il se tenait à mes côtés. Il était également intelligent, tenait profondément de sa grand-mère, et il m'attirait follement. Sans compter qu'il m'avait clairement fait comprendre qu'il en pinçait pour moi.

Alors, pourquoi avais-je peur de nous donner une chance ?

Pendant que je réfléchissais, Merrick revint avec nos boissons. Il me passa la mienne avant de se rasseoir.

— À quelle heure est ton vol, demain ?

— Seize heures.

Il hocha la tête.

— Si elle sort lundi, je rentrerai probablement à New York à la fin de la semaine. J'ai contacté une société de soins infirmiers spécialisés. J'espère juste qu'elle les laissera entrer quand je prendrai les dispositions nécessaires.

— Oh, ça me rappelle quelque chose ! Quand je suis sortie de la chambre d'hôpital de Kitty pour aller aux toilettes, l'un des médecins m'a parlé d'un équipement qui pourrait l'aider à la maison, au moins jusqu'à ce qu'on lui enlève son plâtre. Je n'en ai pas parlé devant elle parce que je me suis dit que tu préférerais peut-être lui demander pardon plutôt que sa permission. J'ai la brochure dans mon sac à main.

— Lequel ? demanda Merrick.

— Eh bien, ça ressemble à un fauteuil inclinable, mais ça bascule vers l'avant pour aider la personne à se mettre debout. Et ils font aussi une base motorisée à mettre sous son matelas pour qu'elle puisse se lever avec moins de difficulté.

— Non, je ne voulais pas dire quel équipement. Je voulais dire quel médecin t'a approchée ?

— Son médecin, le docteur Martin.

Merrick fronça les sourcils.

— Il a écrit son numéro au dos de la brochure ?

— Jaloux ?

— Ma grand-mère essayait de me provoquer en vous mettant tous les deux en relation.

— Et... ça a marché ?

Je n'avais pas réalisé que je m'étais mordu la lèvre inférieure jusqu'à ce que Merrick baisse les yeux. Il gémit et secoua la tête.

— Bien sûr que ça a marché ! Je suis jaloux de tes foutues dents maintenant – et de ce petit con à qui tu as cassé la dent, aussi.

J'éclatai de rire, grouinant comme un cochon. L'alcool commençait vraiment à me monter à la tête, mais j'aimais que Merrick et moi puissions parler de cette façon.

Après cela, nous restâmes sous le porche pendant des heures, à nous balancer et à rire, tout en sirotant du thé alcoolisé dans des tasses de *Waffle House*. À minuit, je n'étais toujours pas prête à envisager la fin de cette soirée, mais il se mit à bruiner et la brise tiède souffla sur nos visages.

J'enlevai mes lunettes mouillées et les essuyai avec ma chemise.

— Tu es prête à rentrer ? demanda Merrick.

La vérité était que plus je passais de temps avec lui, plus je tombais amoureuse. Alors, même si j'aurais été parfaitement heureuse de rester sous la pluie un peu plus longtemps, j'acquiesçai.

— Oui, je n'ai pas d'essuie-glace pour mes lunettes.

Il prit ma tasse vide et la sienne, et nous marchâmes côte à côté jusque chez Kitty. La maison était sombre et silencieuse, seule la lumière du porche éclairait la pièce. Comme nous avions marché sur l'herbe, nos chaussures étaient mouillées et nous les ôtâmes tous les deux devant la porte d'entrée.

— Tu vas te coucher ? demanda Merrick.

Je hochai la tête.

— Oui, ce serait une bonne idée.

Il enfonça ses mains dans ses poches.

— À demain, alors.

Dans la chambre d'amis, j'appuyai ma tête contre la porte. J'entendis mon patron se déplacer dans la maison pendant quelques minutes, puis le bruit de ses pas s'intensifia lorsqu'il entra dans le petit couloir juste devant ma porte. Les deux chambres dans lesquelles nous dormions n'étaient séparées que par la salle de bains, aussi m'attendais-je à entendre une porte s'ouvrir et se fermer, mais seul le silence régnait. Était-il parti très discrètement ou se tenait-il dans le couloir juste devant la porte, luttant comme moi ?

Je ne me souvenais pas de la dernière fois que j'avais désiré un homme autant que je le désirais. Cela me donnait l'impression que Christian m'avait rendu service. Lui et moi avions été parfaits sur le papier – compatibles et ayant le même le but. Nous nous entendions assez bien avant que tout n'explose. Mais jusqu'à présent, je n'avais jamais réalisé ce qui manquait : la passion. Je sentais mon ventre chauffer lorsque j'étais près de Merrick – que ce soit en débattant de nos points de vue ou en suivant du regard la largeur de ses épaules lorsqu'il ne faisait pas attention. Au fond de moi, je savais quel était le problème. Bien sûr, il était mon patron et j'avais déjà commis cette erreur auparavant, donc il aurait été stupide de ma part de suivre cette voie-là, mais ce n'était pas pour cette raison que je l'avais gardé à distance. La vraie raison était que les sentiments qu'il faisait naître en moi m'effrayaient. Pendant toute ma vie d'adulte, je m'étais tenue à l'écart de tout ce qui provoquait des hauts et des bas, préférant naviguer en douceur sur une voie confortable. Compte tenu de mon passé, il n'était pas nécessaire d'être un psychologue pour comprendre pourquoi j'avais choisi cette voie.

J'avais peur de la passion. Mes parents en avaient eu. Ils avaient oscillé entre amour fou et violence conjugale. C'était comme un pendule qui ne s'arrêtait jamais. J'avais donc cherché le métronome des relations, un rythme régulier qui ne se désynchronisait pas.

Dehors, dans le couloir, tout était encore calme. Je commençais à me dire que je n'avais simplement pas entendu Merrick entrer dans sa chambre, jusqu'à ce que je distingue du mouvement devant ma porte. Je retins ma respiration et mon cœur s'emballa, je m'attendais à ce qu'il frappe. Mais les pas s'éloignèrent. Lorsque la porte de l'autre chambre s'ouvrit enfin et se referma, je laissai échapper un soupir déçu.

C'est mieux comme ça.

Du moins ce fut ce que je me dis en me préparant à aller me coucher et en me glissant sous les couvertures. Mais dès que je fermai les yeux, mes pensées allèrent dans la direction opposée. Je désirais Merrick de la pire façon qui soit. Je voulais qu'il me morde la lèvre et qu'il soit jaloux. Je voulais que le feu que je voyais dans ses yeux prenne vie dans son toucher. Adieu la romance – sa façon de remettre mes cheveux derrière mon oreille, les choses douces qu'il me disait –, je voulais que cet homme me soulève sur son épaule et me traîne dans son lit comme un putain d'homme des cavernes.

Cette vision dans ma tête provoqua une fine couche de sueur sur mon front. Je ne m'endormirais jamais si tous les muscles de mon corps étaient noués en une boule de désir. Frustrée, j'observai le plafond pendant un long moment.

Je savais ce que je devais faire pour m'endormir. Mais la chambre de Merrick n'était qu'à deux mètres au bout du couloir.

Et s'il m'entendait ?

Mais je pouvais être silencieuse, n'est-ce pas ?

Oh, mon Dieu ! Et s'il faisait exactement la même chose à cet instant ?

Ce fut la goutte d'eau. La pensée de sa grande main enroulée autour de son sexe était trop difficile à supporter. Alors, je fermai les yeux, glissai une main sous les couvertures et fis glisser mes doigts sur la peau lisse de mon ventre jusqu'à la dentelle de ma culotte. Mon clitoris était déjà gonflé rien qu'à la pensée de ce qui allait suivre, aussi écartai-je les jambes et plongeai-je ma main à l'intérieur. J'allais établir un record de rapidité pour me faire jouir... *ou du moins c'était ce que je croyais.*

Mais étrangement, je n'y arrivai pas. Deux doigts massèrent mon clitoris en décrivant de petits cercles. Je sentais la tension monter, mais ce n'était pas suffisant pour me faire basculer. J'essayai d'imaginer qu'il s'agissait des doigts de Merrick et les glissai en moi. C'était si bon ! Ma respiration s'accéléra tandis que je trouvais mon rythme, les doigts entrant et sortant de mon antre mouillé.

Des pensées de Merrick traversèrent mon l'esprit.

Lui, allongé sur le canapé, son sexe érigé et son ventre plat.

Cette ligne de poils sexy qui partait de son nombril et descendait sous son caleçon.

Le V – ce fichu V. J'imaginai ma langue lécher de haut en bas le pli profond de ce V.

Lui debout dans son bureau, en costume, les pieds écartés et les bras croisés sur sa poitrine en position de force. Putain, il était presque aussi sexy habillé !

Oh !

Oui. C'est ça.

Si près du but.

Haletante, je courais vers la ligne d'arrivée. Quand je crus être sur le point d'y arriver, je tendis mon pouce vers le haut pour toucher mon clitoris, sachant que cela déclenchait presque toujours l'explosion imminente.

Je me sentais bien, très bien même, mais que je frotte doucement ou fermement, que mes va-et-vient soient rapides ou lents en moi, je n'arrivais pas à conclure. J'essayai même d'utiliser mon autre main pour masser mes seins et pincer mes mamelons, mais c'était impossible. Au bout d'un moment, bien plus long que nécessaire pour me donner habituellement du plaisir, je finis par abandonner.

Merde, je n'arrive même pas à faire ça correctement !

Frustrée et à bout de nerfs, j'en voulus à Merrick.

Cet homme m'avait volé mon fichu orgasme.

Une autre demi-heure s'écoula, mais je n'arrivais toujours pas à me détendre suffisamment pour m'endormir. J'envisageai d'aller me préparer une tisane à la camomille – peut-être que la boisson chaude m'apaiserait un peu. Je sortis donc du lit et ouvris doucement ma porte. Je ne voulais surtout pas faire face à Merrick après ce que je venais de faire en pensant à lui. Heureusement, sa porte était fermée et je n'entendais aucun signe de mouvement. Je me glissai donc hors de ma chambre et marchai sur la pointe des pieds jusqu'à la cuisine. Mais quand je l'ouvris, je me figeai.

Putain !

Il était dans la cuisine, appuyé contre le comptoir, et il ne portait qu'un pantalon de survêtement gris, sans tee-shirt ni chaussures.

— Salut !

Sa voix était râpeuse.

Je ne pouvais pas le regarder, aussi m'adressai-je à ses pieds.

— Qu'est-ce que tu fais debout ?

Je gardai les yeux baissés, mais je vis dans mon champ de vision qu'il avait levé un verre.

— Je n'arrivais pas à dormir. Je suis venu prendre de l'eau.

Je hochai la tête et m'approchai du placard proche de l'endroit où il se tenait, toujours incapable de le regarder. Cependant, je sentais bien que ses yeux me suivaient.

— Tout va bien ?

— Bien sûr. J'ai juste soif, moi aussi.

Merrick se fit silencieux. Il ne dit pas un mot pendant que je prenais un verre, me dirigeais vers l'évier et faisais couler l'eau avant de le remplir.

— Tu te sens bien ?

Je bus presque tout le verre avant de répondre.

— Oui, pourquoi ?

Il tendit la main et toucha mon front.

— Tu as le visage rouge.

Il passa le dos de sa main sur ma joue.

— Et tu es moite.

Je tentai de cacher mon embarras, mais je sentis mon visage s'échauffer encore plus.

— J'étais sous les couvertures. Cette pièce est chaude.

Encore une fois, il se tut et je continuai à regarder ses pieds.

Sérieusement ? Même ses stupides pieds étaient sexy !

La tension montait dans la pièce à chaque seconde qui passait. Merrick finit par poser son verre sur le comptoir. Il me prit le mien des mains et le posa à côté du sien. Mes yeux se relevèrent immédiatement, mais je détournai rapidement le regard.

— Regarde-moi, Evie.

Putain !

Ce moment était déjà gênant, et tout ce que je voulais, c'était retourner en courant dans ma chambre et me cacher sous les couvertures. Mais cela ne ferait qu'empirer les choses. Je pris plutôt mon courage de grande fille à deux mains et inspirai profondément avant de lever les yeux.

Nos regards se croisèrent et je dévisageai Merrick tandis qu'il m'étudiait. De longues secondes s'écoulèrent pendant que mon cœur ricochait contre ma cage thoracique. J'observai avec fascination ses pupilles s'assombrir et s'agrandir, et l'ombre d'un sourire diabolique animer la commissure de ses lèvres. Il se glissa devant moi, posant une main de chaque côté du comptoir.

— Tu as envie de moi autant que j'ai envie de toi, Evie. Je le vois.

Je me sentais comme un cerf pris dans les phares d'une voiture fonçant sur la route. Pourtant, je n'arrivais pas à faire bouger mes pieds. Peut-être qu'ils ne le voulaient pas.

Les yeux de Merrick étaient remplis d'une telle chaleur que je commençai sérieusement à transpirer.

— Dis-moi que j'ai tort, dit-il.

— Tu es...

J'avais l'impression qu'il pouvait lire en moi, alors plutôt que de mentir, je lui dis quelque chose de vrai.

— Tu es mon patron, Merrick.

Il baissa les yeux pendant une minute avant de me regarder à nouveau.

— C'est la seule raison ?

— Ce n'est pas suffisant ?

Un sourire malicieux étira ses lèvres. Il leva un doigt, puis fit quelques pas pour attraper son téléphone portable sur la table de la cuisine. Il me regarda et tapota le clavier avant de porter son téléphone à son oreille.

— Tu appelles qui ? Il est plus d'une heure du matin.

Il soutint mon regard tout en parlant au téléphone.

— Bonsoir, Joan.

Mes yeux s'écarquillèrent. Il n'était *pas* en train d'appeler la responsable des ressources humaines au milieu de la nuit, n'est-ce pas ?

Merrick écouta pendant une minute, puis hocha la tête.

— Oui, tout va bien. Je suis désolé de vous avoir réveillée. Mais quelque chose me chiffonne et je voulais vous en parler.

Je n'entendais pas ce qu'elle disait, mais j'étais certaine que nous pensions toutes les deux la même chose : notre boss était un sacré cinglé.

Il poursuivit.

— Je pense qu'il est préférable que nous construisions un mur entre Evie Vaughn et moi. Si les employés sont censés avoir la possibilité de se confier à elle, ils doivent savoir qu'il est exclu que son patron fasse pression sur elle pour qu'elle lui révèle quoi que ce soit. Le meilleur moyen d'y parvenir est qu'elle n'ait pas à me rendre pas de comptes.

Ma mâchoire s'en décrocha.

Merrick se retourna et couvrit le téléphone. De la main, il me fit signe de fermer la bouche et murmura :

— Repose ta mâchoire. J'aurai besoin qu'elle soit ouverte plus tard.

Oh !

Mon !

Dieu !

Il reprit sa conversation au téléphone sans perdre une seconde.

— Je pense qu'il est préférable qu'elle *vous* rende compte des problèmes quotidiens. Et puisque c'est le conseil d'administration qui l'a engagée, c'est lui qui devrait avoir le pouvoir d'embauche et de licenciement.

Les yeux de Merrick pétillaient tandis qu'il me fixait, toujours au téléphone. Au bout d'une minute, il sourit.

— C'est parfait. Sauf que ça ne peut pas attendre la semaine prochaine. J'aimerais que ce soit effectif immédiatement. Merci, Joan. Encore désolé de vous avoir réveillée.

Il raccrocha et jeta son téléphone sur la table, l'air sacrément fier de lui.

— Problème résolu. Autre chose dont on doit s'occuper ?

Il me regarda avec tant de détermination que j'eus l'impression que je pouvais lui dire que la maison devait être soulevée et déplacée, il trouverait un moyen de le faire sur son dos.

Une chose que Kitty m'avait dite quelque temps plus tôt me revint soudain à l'esprit. « Si tu veux être heureuse, tu dois le voir dans ton avenir et y croire. Trouve un nouveau chemin, tu ne dois pas avoir peur d'essayer de nouveaux virages. Prends à gauche au lieu de prendre à droite. Zig au lieu de zag. »

Mais encore une fois, n'avais-je pas déjà suivi ce chemin – un homme avec qui je travaillais ? Je savais où cela m'avait menée.

Mes yeux se portèrent sur le ventre sculpté de Merrick. *Je n'avais vraiment jamais exploré un tel chemin* – rempli de pics et de vallées de muscles fermes. Je salivais à l'idée de passer ma langue sur chacun d'eux.

J'en ai envie.

Non, j'en ai besoin.

— Et merde ! gémis-je.

Je me jetai dans ses bras. Mister Confiance ne s'y attendait apparemment pas, parce que, alors que j'enroulais mes bras autour de son cou et lui grimpais dessus comme à un arbre, il recula de quelques pas en vacillant. Une fois qu'il eut repris son équilibre, il écrasa ses lèvres sur les miennes. Nos bouches s'ouvrirent dans un enchevêtrement désespéré, nos dents s'entrechoquant et nos langues cherchant frénétiquement à se rencontrer. L'une de ses mains glissa jusqu'à mes fesses, tandis que l'autre saisissait ma nuque et me rapprochait encore plus. Je n'en pouvais plus. Il me submergeait tous les sens à la fois.

Me portant toujours dans ses bras, Merrick avança jusqu'à ce que mon dos heurte un mur. Puis il pressa ses hanches contre moi, me clouant sur place tandis qu'il passait la main derrière sa nuque, attrapait les miennes et les tendait vers le haut et au-dessus de ma tête. Je l'embrassai fort, ayant envie de planter mes ongles dans son dos tellement j'étais excitée, mais je ne pouvais pas le faire parce qu'il retenait mes mains.

Il se pencha légèrement, utilisa une main pour remonter ma cuisse et, soudain, je sentis son érection s'écraser contre mon clitoris. Je gémis, me sentant un peu essoufflée, et cela sembla exciter encore plus Merrick. Il grogna, frottant entre mes jambes son sexe dur comme la pierre, et je faillis presque jouir sur place. Nous ne faisions que nous embrasser, et il allait m'amener au bout plus vite que j'en avais été capable.

Il déplaça sa tête vers mon cou et me suça le long de ma veine.

— Tu avais tes doigts dans ton sexe, tout à l'heure, n'est-ce pas ? chuchota-t-il.

Je ne parvins pas à formuler de mots, mais hochai la tête.

— Tu pensais à moi ?

Je hochai à nouveau la tête.

Merrick grogna, et je ressentis ce grondement jusque dans mon ventre.

— Tu as joui ?

Je secouai la tête.

— Bien. Je veux que tu sois à bout.

Oh, je l'étais déjà ! S'il continuait à parler comme ça, il n'aurait pas besoin d'en faire beaucoup plus pour que je bascule.

— Ma chambre ou la tienne ? marmonna-t-il.

— La mienne. Je ne pourrais pas... dans celle de Kitty.

Merrick lâcha mes mains et me prit de nouveau dans ses bras. Il se dirigea vers la porte de la cuisine, mais je criai.

— Attends !

Il se figea. L'expression de son visage était en fait assez comique.

Je me mordis la lèvre.

— Tu crois que tu pourrais... me mettre sur ton épaule ?

Il arqua un sourcil.

— C'est une sorte de fantasme que j'avais, dis-je en haussant les épaules.

Sans crier gare, il me souleva dans les airs et obtempéra.

— Ce n'est que le premier que je vais réaliser, mon cœur.

Merrick me transporta dans la chambre d'amis et s'assit sur le bord du lit avant de me reposer entre ses jambes.

— Je veux te goûter, mais je dois d'abord te voir en entier.

Il attrapa l'ourlet de mon tee-shirt et le souleva lentement pour me l'enlever. Comme je m'étais déjà couchée, je n'avais pas de soutien-gorge.

Merrick secoua la tête.

— Tu es magnifique !

Sa tête était parfaitement alignée avec mes seins, et mes mamelons se tenaient au garde-à-vous, implorant son contact. Se penchant en avant, il en aspira un dans sa bouche et leva les yeux vers moi. Lorsque nos regards se croisèrent, il suça plus fort avant de mordre et de tirer avec ses dents.

Je fermai les yeux. *Putain ! J'ai besoin qu'il me touche*. Cela faisait des *heures* que j'avais envie de lui et je me sentais tellement en manque !

Lorsqu'il passa à mon autre sein, il fit glisser mon short de nuit le long de mes jambes, me laissant complètement nue.

Il se pencha en arrière pour mieux me regarder.

— Tu as dit que tu fantasmais sur moi. Je ne pense pas que je pourrais rêver d'une femme aussi parfaite.

Mon corps était déjà en feu, mais ses mots firent fondre mon cœur. Il se leva et me guida pour que je change de place avec lui.

Une fois au bord du lit, il poussa mes genoux de part et d'autre.

— Plus.

J'écartai légèrement les jambes, mais ce n'était apparemment pas suffisant.

— Plus... plus grand.

Toute gêne que j'aurais pu avoir fut rapidement oubliée quand Merrick se lécha les lèvres en regardant fixement mon sexe.

— Si rose et si parfait ! dit-il. Je veux que tu me regardes te dévorer.

Oh, putain !

Il se pencha en avant et me lécha, sa langue s'aplatissant pour se glisser entre mes lèvres écartées alors qu'elle voyageait d'un bout à l'autre. Atteignant mon clitoris, elle voltigea inlassablement avant qu'il l'aspire dans sa bouche.

Mes yeux se fermèrent et j'enfonçai mes ongles dans son cuir chevelu.

— *Merrick...*

Sans crier gare, il glissa un doigt en moi, faisant quelques va-et-vient avant d'en ajouter un autre. Je surfais au bord de cette vague depuis si longtemps qu'il ne fallut pas insister beaucoup pour qu'elle commence à monter. Mon corps trembla et se resserra autour de ses doigts. Merrick suça une fois de plus mon clitoris, et la chute libre commença.

Je chutai.

Chutai.

Chutai.

Je n'étais pas sûre de pouvoir sentir quoi que ce soit d'autre dans la moitié inférieure de mon corps. C'était comme si toutes les terminaisons nerveuses à partir de la taille s'étaient éteintes pour amplifier l'intensité de ce qui se passait entre mes jambes. Lorsque ce fut terminé, je m'effondrai sur le lit, un bras passé sur mon visage.

Merrick grimpa et se pencha sur moi.

— Pas mal, hein ?

Je bougeai suffisamment mon bras pour le regarder d'un œil et je lui adressai un sourire étourdi.

— Putain ! Tu vas faire ça... *souvent.*

Merrick me lança un regard triomphant.

— Avec plaisir.

Il retira mon bras et m'embrassa doucement.

— Je reviens tout de suite.

Il réapparut avec un visage triste et brandit deux préservatifs.

— Je n'en ai que deux.

Je souris.

— Je pense que ça nous suffira.

— Je suis presque sûr d'en remplir deux la première fois.

Je ris et tendis la main.

— Viens ici.

Merrick grimpa sur moi et pressa ses lèvres contre les miennes. Le baiser débuta lent et doux, mais il ne fallut pas longtemps pour qu'il devienne enflammé et désespéré. Quelques minutes plus tôt, j'étais rassasiée et satisfaite, et pourtant j'étais déjà en manque. J'attrapai la ceinture de son pantalon et commençai à le faire descendre, mais il prit le relais pour terminer.

J'avais vu le renflement entre ses jambes cette fois-là sur le canapé, mais cela ne m'avait pas préparée à ce que je trouvai lorsque je glissai ma main entre nous et que j'essayai de l'enrouler autour de son sexe. Il était sacrément gros – non pas que j'en aie connu un grand nombre, mais il faisait vraiment honte à Christian. Cela me donna un étrange sentiment de satisfaction. Non seulement j'étais passée à autre chose, mais j'étais montée en grade.

Merrick rompit notre baiser et s'assit sur ses talons, attrapant l'un des préservatifs qu'il avait laissés tomber sur le lit. Son sexe rebondissait contre son ventre tandis qu'il saisissait l'emballage entre ses dents et le déchirait. Faisant une pause pendant qu'il se protégeait, il croisa mon regard.

Je le pointai du doigt.

— Ce truc est plus gros que mon vibromasseur.

Il me fit un clin d'œil.

— Ne t'inquiète pas. Je prendrai mon temps quand je t'en nourrirai plus tard.

Merrick se plaça au-dessus de moi et m'embrassa langoureusement pendant qu'il s'enfonçait en moi. Il fit de doux allers-retours, prenant soin de laisser à mon corps le temps de s'adapter à chaque poussée. Lorsqu'il fut complètement entré, je sentis ses bras trembler, mais il s'arrêta pour s'assurer de mon état.

— Ça va ?

Je hochai la tête et souris.

— Très bien.

Il serra la mâchoire tout en continuant, me regardant dans les yeux d'une manière qui me fit me sentir nue – et cela n'avait rien à voir avec le fait que je l'étais réellement.

— Putain, c'est trop bon ! marmonna-t-il.

Mes yeux se fermèrent au moment où je sentis la vague familière prendre forme une fois de plus.

— Ouvre les yeux, Evie. Je veux...

Il s'enfonça plus profondément.

— *Putain !* Je veux... te regarder jouir.

Lorsque nos yeux se rencontrèrent à nouveau, je sentis l'intensité de notre connexion au plus profond de ma poitrine. Nous donnions l'un à l'autre bien plus que nos corps – ce que je ressentais venait de l'âme.

Les va-et-vient de Merrick s'accélérèrent. Il souleva l'une de mes cuisses, ce qui lui permit de s'enfoncer encore plus profondément dans mon corps – touchant juste le bon endroit.

— Merrick...

— C'est ça, mon cœur. Enroule tes jambes dans mon dos.

Il resserra sa prise et me prit avec force et rapidité. Son bassin poussait vers moi, me clouant au matelas, et il me fallait toute ma force pour suivre ses mouvements.

— Je suis si profondément en toi... Tu es si serrée, putain...

Je me sentais alanguie, mes ongles s'enfonçant dans ses fesses mouvantes, tandis que mon orgasme montait à nouveau. Nous étions en sueur, nos corps se heurtant l'un à l'autre, jouant l'air le plus érotique que j'aie jamais entendu.

Mon orgasme arriva plus vite que jamais, et avec une telle intensité que j'eus l'impression qu'il allait me faire exploser en mille morceaux. Je criai le nom de Merrick tandis que ses yeux brûlaient tellement que le vert de ses iris devint gris foncé.

Quand je commençai enfin à relâcher ma prise sur ses fesses, ce fut son tour. Merrick rua une fois, deux fois, et la troisième fois, il se planta jusqu'à la garde en poussant un rugissement. Les veines de son cou gonflèrent et chaque muscle de son corps se crispa alors qu'il se libérait en moi. Même à travers le préservatif, je sentais des giclées de sperme chaud.

Au lieu de rouler sur le côté ou de s'effondrer au-dessus de moi comme le font la plupart des hommes, Merrick continua. Sa bouche glissa sur mes épaules et mon cou, me léchant et m'embrassant pendant que nous reprenions notre souffle.

— Waouh ! réussis-je finalement à dire. Maintenant, je comprends pourquoi tu pensais que nous aurions besoin de plus de deux préservatifs.

Je souris d'un air goguenard.

— Tu es doué.

Merrick s'esclaffa.

— Mon *ego* aimerait s'attribuer tout le mérite, mais c'était nous, mon cœur. C'était là depuis le début.

Je savais qu'il avait raison. Il y avait eu une étincelle depuis la première fois que j'étais entrée dans son bureau. Ce jour-là, j'aurais parié que ce *quelque chose* était dû à la friction provenant du choc de nos personnalités. Pour être honnête, il en restait peut-être un peu, mais notre connexion était allée là où je n'aurais jamais imaginé qu'elle irait.

Je pris sa joue dans ma main.

— Tu étais très inattendu.

Il tourna la tête et embrassa ma paume.

— Parfois, les meilleures choses arrivent de cette façon-là.

CHAPITRE 22

Evie

— Tu as déjà utilisé ton système de troc pour des faveurs sexuelles ?

Merrick était appuyé sur un coude, traçant le contour de mon aréole.

Je ris.

— Ça ne m'est pas arrivé, non.

— Bonne réponse. J'ai hâte d'être le premier.

— Comment tu sais que tu as quelque chose que je veux ? le taquinai-je. Je ne fais pas de troc avec n'importe qui, tu sais !

Il se pencha vers moi et effleura mes lèvres, restant là pendant qu'il parlait.

— Change ton vol. Je passerai la journée entière à te montrer que j'ai quelque chose qui t'intéresse.

Je fis une moue.

— J'aimerais bien, mais j'ai des rendez-vous très tôt, demain.

Il imita le bruit d'un buzzer quand on donne une mauvaise réponse. *Bzzzzt*. Puis il pinça mon téton.

— Aïïïïie ! Ce n'est pas un jouet, dis-je en riant.

— Je ne suis pas d'accord. Mais ce ne serait pas un problème si tu donnais la bonne réponse, n'est-ce pas ?

Je passai mes doigts dans les cheveux de Merrick.

— J'aimerais pouvoir rester. Mais il est important pour moi que les gens apprennent à me faire confiance, et respecter les rendez-vous est le premier pas.

Il fronça les sourcils.

Je pris sa joue dans ma main.

— Tu es adorable quand tu boudes. Mais je pense qu'il est encore plus important pour moi de respecter mon emploi du temps maintenant qu'on a... tu sais.

— Baisé ?

— J'aurais probablement utilisé un mot plus sympa, mais oui.

Il recommença à tracer mon aréole.

— Il n'y a pas de mot plus sympa que *baiser*. En anglais, on peut l'utiliser quand on est énervé, heureux, ou pour décrire mon nouveau passe-temps favori. Donne-moi un autre mot qui soit aussi varié que *fuck*.

— D'accord, mais... ça complique les choses. Tu vois, si ça devient plus qu'une histoire d'un soir.

Le doigt de Merrick se figea.

— Qu'est-ce que tu veux dire ?

— Eh bien, hier soir, c'est arrivé comme ça. Nous n'en avons pas parlé, alors...

Je haussai les épaules.

— Je ne sais pas. Ça n'a pas à être plus que ce que c'était.

— Tu es en train de dire que c'est ce que tu veux ?

Je secouai la tête.

— Non, c'est juste que... je ne voulais pas te donner l'impression que j'avais des attentes ou quoi que ce soit d'autre.

Sa bouche s'affina en une ligne sinistre.

— Je m'attends à ce que ce ne soit pas qu'un coup d'un soir. Ce n'est pas moi qui fuis, Evie.

Je détournai le regard.

— Je crois que j'essaie juste de dire que je n'attends rien de toi.

Merrick resta silencieux un long moment.

— Evie, regarde-moi.

Je m'exécutai.

— Tu me plais. Beaucoup. Est-ce que je vois des écueils potentiels parce que tu travailles dans ma société et que nous avons tous les deux assez de bagages pour remplir JFK ? Bien sûr, dit-il, ponctuant ses dires par un mouvement de tête. Je ne sais même pas si je suis encore capable d'avoir une relation normale, ça fait si longtemps ! Mais ce dont je suis sûr, c'est qu'hier soir, ce n'était pas un coup d'un soir, pour moi.

Mon cœur se mit à espérer, ce qui me fit plutôt peur. Mais je pris une grande inspiration et hochai la tête.

— D'accord. Mais pourrions-nous parler du bureau ?

— Je préférerais fêter notre nouvel accord concluant que la nuit dernière n'était pas un coup d'un soir en ayant la tête entre tes jambes.

Il haussa les épaules.

— Mais bien sûr, parlons du bureau.

Je ris.

— Je suis sérieuse.

— Moi aussi, mon cœur.

— Eh bien, garde ça pour plus tard.

Je me tournai sur le côté pour lui faire face.

— C'est risqué d'avoir une relation avec le patron dans des circonstances normales, mais les nôtres rendent les choses encore plus compliquées. Pour que je puisse faire mon travail, les gens doivent se confier à moi et être sûrs que rien de ce qu'ils me disent ne remontera jusqu'au boss.

— Eh bien, tu ne travailles plus pour moi.

— Même si je pense que m'avoir mise sous les ordres de Joan est une bonne idée – bien que je considère que ça aurait dû être mis en œuvre à une heure plus raisonnable de la journée, évidemment –, ça ne change rien à ton statut : *tu* es la société. C'est déjà difficile pour les gens d'accepter que le type qui signe nos chèques de paie ne soit pas mon patron. Ça devient pire si je couche aussi avec ce patron.

— Alors tu proposes quoi ?

Je secouai la tête.

— Personne ne doit savoir pour nous. Du moins, pas au bureau.

Merrick fronça les sourcils.

— Comment je suis censé te prendre dans mon bureau si les gens ne peuvent le pas savoir ?

Mes yeux s'écarquillèrent.

Merrick se fendit d'un sourire.

— Je plaisante.

— Oh, Dieu merci !

Il haussa les épaules.

— Je vais devoir me débarrasser des murs en verre avant de pouvoir le faire.

Quand il vit mon expression, il se mit à rire.

— J'ai compris. Tu n'as pas à t'inquiéter. Après Amélia, j'ai retenu la leçon : mes collaborateurs ne doivent plus être au courant de mes histoires personnelles. Je n'emmène même plus de cavalières aux soirées professionnelles. Ma vie privée n'a pas besoin d'être exposée.

En l'entendant dire cela, je me sentis un peu moins anxieuse. J'acquiesçai.

— D'accord, très bien.

— Une exception, cependant.

— Laquelle ?

— Will. C'était mon ami le plus proche bien avant que je ne lance *Crawford Investments*. En plus, il adore m'emmerder. Alors s'il n'est pas au courant, il continuera à flirter avec toi sans relâche pour m'énerver.

Je souris.

— D'accord. J'espère que Will saura rester discret.

— Merci.

Il tendit la main et frotta ma lèvre inférieure avec son pouce.

— Comment se fait-il que tu n'aies jamais remis ce rouge à lèvres que tu portais lors de ton premier entretien ?

Mon nez se fronça.

— Je portais quel rouge à lèvres ?

— C'était un rouge vif.

Je me couvris la bouche et éclatai de rire.

— Il n'y avait pas que du rouge à lèvres. Ma bouche s'est teintée en rouge vif parce que j'ai mangé des cerises en me rendant à l'entretien. J'ai fait du mieux que j'ai pu pour l'égaliser, mais ce maquillage était surtout constitué de taches de cerises.

— J'ai aimé cette couleur. Il m'est arrivé plus d'une fois de fantasmer sur toi avec tes lèvres peintes en rouge et rien d'autre qu'une paire de talons hauts.

Je ris.

— Je savais que tu étais un pervers. Si tu es sage, peut-être qu'un jour, je réaliserai ce fantasme.

— Promis ?

Je pressai mes lèvres contre les siennes.

— Bien sûr, patron.

Il passa une mèche de cheveux derrière mon oreille.

— Tu veux parler d'autre chose ?

Je secouai la tête.

— Je ne pense pas.

— Bien.

Merrick nous fit brusquement rouler pour que je me retrouve sur le dos, ce qui me fit couiner. Il se pencha et embrassa doucement mes lèvres.

— Pile ou face ?

— Tu n'as même pas de pièce dans ta main.

— Fais comme si j'en avais une. Tu choisirais quoi ?

Je haussai les épaules.

— Pile, je suppose.

— Bon choix. Je n'arrivais pas à me décider.

— Décider quoi ?

— Entre te faire un cunni ou te prendre par-derrière alors que tu es à quatre pattes.

Il glissa le long de mon corps.

— Ce sera donc un cunni.

CHAPITRE 23

Une semaine et demie s'écoula avant que Merrick ne revienne le jeudi matin. J'étais à la fois anxieuse et excitée. Je savais qu'il serait gênant de prétendre que rien n'avait changé entre nous, mais le voir tous les jours me manquait.

Kitty avait dû rester à l'hôpital quelques jours de plus que prévu. Sa légère fièvre s'était transformée en un taux de globules blancs assez élevé, et on l'avait mise sous antibiotiques par voie intraveineuse. Elle était finalement rentrée chez elle le mercredi matin, aussi Merrick avait-il demandé à l'infirmière qu'il avait engagée de commencer ce jour-là. Tard dans l'après-midi, il s'était rendu à l'épicerie et, à son retour, la soignante avait disparu. Kitty l'avait renvoyée à la première occasion qu'elle avait eue de se retrouver seule avec elle. Merrick était donc resté une semaine de plus, jusqu'à ce qu'il estime que sa grand-mère était suffisamment remise de son opération pour qu'il la laisse seule avec l'aide unique de Marvin. Il avait pris un vol le matin même.

Je parlais à Joan dans la salle de repos quand il entra. Le voir me stoppa dans mon élan.

— Salut ! lançai-je.

Un sourire illumina mon visage, mais je me rendis compte qu'il était un peu exagéré et le maîtrisai.

— Tu es de retour.

Il se dirigea vers la cafetière et m'accorda un sourire qui réveilla les papillons dans mon ventre. Mes yeux se tournèrent vers Joan pour voir si elle avait remarqué quelque chose, mais elle ne sembla pas gênée du tout.

— Bon retour parmi nous, dit-elle. Je ne veux pas vous bombarder tout de suite, mais je voudrais vous parler de quelques petites choses quand vous aurez le temps.

Il remplit une tasse de café et acquiesça.

— Ça peut attendre demain ?

— Pas de problème.

Les yeux de Merrick pétillaient tandis qu'il portait son mug à ses lèvres. Je remarquai quelque chose de malicieux dans leur profondeur. Après avoir bu, il posa le mug sur le comptoir.

— J'allais oublier. J'ai trouvé quelque chose qui, je crois, est à toi, Evie.

Il fouilla dans sa poche et en sortit un rouge à lèvres.

— Tu l'as fait tomber ? Il était par terre, juste à côté de ton bureau.

Je secouai la tête.

— Non, je ne crois pas.

Il regarda le dessous de l'étui du rouge à lèvres.

— Tu es sûre ? Il s'appelle Tache de Cerise.

Ses yeux se posèrent sur mes lèvres avant de regarder mes chaussures avec un sourire coquin.

— Il est encore scellé, je crois.

Oh, mon Dieu ! Je sentis mon visage s'échauffer. Il était revenu depuis cinq minutes et me rappelait ma promesse de porter pour lui du rouge à lèvres rouge et rien d'autre que des talons alors qu'il était en présence de la directrice des ressources humaines. Si c'était une indication sur sa discrétion, j'étais dans le pétrin. Lorsque Joan tourna le dos, je lui lançai un regard d'avertissement. Mais cela ne fit qu'accentuer la lueur dans ses yeux. Cet idiot tendait toujours le rouge à lèvres, alors je le pris.

— Tu sais quoi ? Il est peut-être à moi. Je ne le porte qu'avec une seule tenue *en particulier*, alors j'avais oublié que je l'avais.

Je regardai mon téléphone, je ne lus même pas l'heure.

— Ohhh... Regardez ça ! J'ai un rendez-vous. Je dois y aller. Bon retour parmi nous, Merrick !

Puis je souris à mon nouveau patron.

— On se parle plus tard, Joan.

Le reste de l'après-midi, mes rendez-vous s'enchaînèrent, aussi n'eus-je pas le temps de consulter mon téléphone. Un peu avant seize heures, je fis une pause avant de rédiger les notes de séance de mon dernier patient. J'avais quelques messages en attente... Un de ma sœur, un de l'agent immobilier qui allait me montrer des appartements dans la soirée, et une activité intense dans un groupe de discussion que je partageais avec mes amis de l'université. Mais j'allai vers celui qui me fit sourire rien qu'en voyant l'aperçu.

Merrick : J'envisage de poser des stores sur les murs en verre de mon bureau...

J'ouvris le message, vis qu'il avait été envoyé près d'une heure et demie plus tôt et répondis.

Evie : Désolée, j'avais une séance. Des stores ? Peut-être que je veux que les gens nous voient...

Je regardai les points commencer à sauter, puis s'arrêter, et mon téléphone sonna. Le nom de Merrick apparut sur l'écran.

J'étais contente que la vitre de mon bureau soit polie, sinon les passants auraient vu le grand sourire que j'avais quand je répondis.

— Oui ?

— Ce scénario est à la fois mon paradis et mon enfer, mon cœur.

Mon cœur. Le mien poussa un gros soupir.

— Ah oui ? Pourquoi ça ?

— Parce que l'idée de te prendre devant les gens, de leur montrer que tu es à moi, c'est le paradis. Mais que quelqu'un d'autre te voie nue, c'est mon enfer personnel.

— On dirait une énigme.

— Tu fais quoi, en ce moment ?

— Je suis dans mon bureau, je fais une petite pause avant de rédiger mes notes, et j'ai encore un patient dans quarante minutes. Et toi ?

— J'ai un appel à l'étranger dans vingt minutes. Retrouve-moi en haut dans cinq.

— En haut ?

— Dans mon appartement. Je t'ai promis d'être sage au bureau. Ça ne veut pas dire dans tout l'immeuble. Regarde dans ton tiroir du haut. Avant d'entrer dans la salle de pause, j'y ai glissé une clé pendant que tu discutais avec Joan.

J'ouvris ledit tiroir. Bien sûr, il y avait un porte-clés avec une seule clé. Il l'avait placé juste à côté de mon verre poli turquoise. Je le sortis et le fis pendre entre mes doigts.

— C'était très présomptueux de ta part.

— Je préfère appeler ça de la confiance.

Aussi tentant que cela puisse être, je ne pensais pas qu'il soit intelligent de commencer à s'éclipser en pleine journée de travail.

— Je ne suis pas sûre que ce soit une bonne idée, Merrick.

— Ce n'en est probablement pas une, mais...

Il resta silencieux pendant une dizaine de secondes avant de parler doucement.

— Tu me manques, putain !

Sa voix était si tendre et vulnérable qu'elle anéantit ma volonté sur-le-champ.

— Ne quitte pas ton bureau avant cinq minutes. Je ne veux pas que quelqu'un nous voie ensemble.

— Oui, madame, répondit-il, sa voix trahissant son sourire.

Une poussée d'adrénaline me frappa avant même que j'éteigne le téléphone. J'enfouis la clé dans la paume de ma main et décidai de ne pas prendre mon sac à main ou quoi que ce soit d'autre afin d'avoir l'air le plus décontractée possible. À mi-chemin, j'eus une idée brillante ; je fis demi-tour et attrapai quelque chose sur le coin de mon bureau en souriant.

Autant que ce soit mémorable.

...

Merrick fit quelques pas dans son appartement et se figea.

— Putain de merde !

Les deux dernières minutes passées debout dans son salon, vêtue uniquement de rouge à lèvres Tache de Cerise et de mes talons hauts, avaient commencé à me faire me demander si je n'avais pas perdu la tête. Mais la réponse fut évidente dès que je vis le visage de Merrick. C'était *lui* qui perdait la tête à cet instant. Il se lécha les lèvres et me dévisagea tout en enlevant sa veste de costume pour la jeter par terre.

— Quinze minutes ne suffiront pas.

Il secoua la tête et tira sur le nœud de sa cravate tandis que ses yeux parcouraient mon corps de haut en bas.

— Je pourrais avoir besoin de quinze *jours*.

J'inclinai la tête d'un air coquin.

— Eh bien, quinze minutes, c'est tout ce que nous avons, alors, nous allons devoir le faire à ma façon.

Le lent sourire qui étira les lèvres de Merrick me donna la chair de poule, même à trois mètres de distance.

— Comme tu veux, mon cœur.

D'un mouvement de doigt, je lui fis signe d'approcher.

— Viens ici. Ne touche pas.

— Impossible de te promettre de ne pas te toucher...

— Vous perdez du temps, patron.

Ses yeux étincelaient tandis qu'il s'approchait et se plaçait face à moi. Merrick avait toujours eu une silhouette imposante, mais cette posture était une manifestation de puissance. Il était complètement habillé et regardait vers le bas, alors que j'étais nue et devais pencher la tête en arrière pour le voir. Mais j'avais mon propre tour de force dans ma manche inexistante.

Je me mis à genoux.

Merrick rejeta la tête en arrière et marmonna une série de jurons pendant que je dégrafais son pantalon. Le bruit de sa boucle qui s'ouvrait et des dents de la fermeture éclair qui s'écartaient me fit saliver. Le temps de tirer son pantalon jusqu'au sol, je ne pus attendre plus longtemps. Il était dur et prêt.

Je léchai mes lèvres rouges et les ouvris, aspirant la large couronne de son sexe lisse.

— *Putain...* grogna Merrick. Prends-le. Prends tout, Evie.

Il enfonça ses mains dans mes cheveux et saisit des mèches dans ses poings, tirant fortement dessus quand je passai ma langue sur le dessous de son sexe. Le léger pincement de douleur me rendit sauvage.

Levant les yeux, je penchai la tête en arrière pour lui donner une meilleure vue d'en haut. Puis je la bougeai de haut en bas, l'emmenant de plus en plus loin à chaque poussée vers l'avant.

— Putain, continue ! grogna-t-il. Suce plus fort. Prends-en plus.

Le puissant désir dans sa voix m'excitait énormément. Je pouvais le sentir essayer de se retenir, dans son contact et dans ses paroles tremblotantes. Cela me donna envie de briser le dernier reste de self-control qu'il essayait de garder. Je regardai à nouveau vers le haut, et l'image d'un homme aussi puissant, toujours vêtu de sa chemise et de sa cravate faites sur mesure, semblant si fou de désir charnel me fit perdre la tête.

Il gonfla dans ma bouche, devenant incroyablement plus épais tandis que je passais ma langue sur les veines saillantes et que je détendais davantage ma mâchoire. Je commençai à le masturber d'une main tout en dépassant l'endroit de ma gorge qui n'était pas toujours facile. Lorsqu'il s'enfonça plus profondément, sa prise sur ma tête se raffermit, et je sentis son corps trembler au moment où le commutateur passa de *fellation* à *irrumation*. Merrick se mit à pénétrer ma bouche.

Il maintint ma tête en place pendant qu'il prenait le relais, entrant et sortant, grommelant des jurons à chaque poussée.

— Je vais jouir... Evie.

Sa prise sur mes cheveux se relâcha, me donnant la possibilité de me retirer si je le voulais, mais j'en avais envie autant que lui. Je répondis donc en le prenant aussi profondément que possible.

— *Putain ! Putain ! Putain* ! gémit-il.

Mes yeux commencèrent à pleurer alors qu'il se vidait longuement en moi. Je ne savais même pas comment je faisais pour ne pas m'étouffer avec le flot ininterrompu qu'il déversait dans ma gorge.

Quand je me levai, il haletait encore comme s'il avait couru un marathon. Je m'essuyai la bouche et souris.

— Merci pour le rouge à lèvres.

Merrick gloussa et secoua la tête.

— Je t'achèterai toute la boutique de cosmétiques si un simple rouge à lèvres te rend si heureuse.

Je souris.

— Ce n'est pas le rouge à lèvres. C'est... Eh bien, tu l'as trouvé où ?

— Je me suis arrêté à la boutique l'autre jour quand je faisais des courses pour ma grand-mère.

— Comment tu as su quelle couleur demander ?

— Je ne savais pas. Je suis allé au comptoir et j'ai dit à la vendeuse que je cherchais une couleur qui ressemblait aux taches que feraient des cerises. Je ne savais absolument pas qu'il en existait une qui s'appelait Tache de Cerise.

— Moi non plus. Mais c'est là où je veux en venir. Ce n'est pas le rouge à lèvres. C'est que tu as pensé à moi et que tu es allé dans une boutique exprès.

Merrick remonta son pantalon.

— Eh bien, je suis heureux que mes pensées perverses te rendent heureuse, parce que j'en ai beaucoup.

Je me hissai sur la pointe des pieds et embrassai chastement ses lèvres.

— Je dois m'habiller.

— Quoi ? Non. Tu ne peux pas faire ça sans me laisser m'occuper de toi.

— C'est gentil. Mais…

Je regardai ma montre.

— Tu as un rendez-vous dans cinq minutes, et j'ai une séance dans un petit moment, et j'ai encore des choses à faire avant.

La lèvre inférieure de Merrick s'affaissa comme s'il faisait la moue.

— Je n'aime pas ça.

Je pris ma culotte et mon soutien-gorge et commençai à m'habiller.

— Oh ? Tu n'aimes pas entrer dans ton appartement, y trouver une femme nue et qu'elle te taille une pipe à la va-vite ? Il faudra que je m'en souvienne.

— C'est malin !

Il passa une main autour de ma taille et m'attira vers lui.

— Je peux te voir, ce soir ?

— Je peux te le dire plus tard ? J'ai peut-être des projets.

Il fronça les sourcils.

Je souris.

— Détends-toi. C'est avec ton ami l'agent immobilier. Je cherche des appartements.

— Oh ! À quelle heure ?

Je boutonnai mon chemisier.

— À quelle heure j'aurai fini ?

— Non, à quelle heure tu pars ? J'essaierai de quitter le bureau plus tôt.

J'arrêtai mon geste.

— Tu veux venir avec moi visiter les appartements ?

Il haussa les épaules.

— Je peux te convaincre de sauter ce rendez-vous, de venir ici et de me laisser te prendre toute la nuit à la place ?

Je secouai la tête.

— Je tiens à quitter l'appartement de ma sœur.

Merrick haussa de nouveau les épaules.

— Alors, j'ai quel autre choix ?

— On pourrait se voir demain soir après le travail ?

— Ce n'est pas une option.

Je souris et finis de m'habiller en vitesse.

— Je t'enverrai un message quand je connaîtrai mon programme. Tu devrais prendre l'ascenseur d'abord puisque tu as un appel.

— Ils ne commenceront pas sans moi. Vas-y. J'ai besoin d'une minute après ce qui vient de se passer ici.

J'embrassai sa joue.

— J'espère que le reste de ton après-midi sera aussi agréable.

. . .

— Vous avez quelque chose de disponible à un étage supérieur ? demanda Merrick à Nick, l'agent immobilier qu'il m'avait présenté.

— Pas dans ce quartier.

Nous venions de visiter notre troisième appartement. Il s'agissait d'un immeuble typique en grès rouge qui n'était pas très loin de chez ma sœur. Il était déjà vide et prêt pour un emménagement, et il était très ensoleillé. Je l'adorais.

— J'aime sa situation au rez-de-chaussée, d'autant plus qu'il n'y a pas d'ascenseur.

Merrick fronça les sourcils et montra les grandes fenêtres.

— On peut voir à l'intérieur depuis la rue. Sans compter qu'il est facile d'entrer par effraction.

Je haussai les épaules.

— Je peux acheter des stores, et je veux prendre un chien, de toute façon.

Je me tournai vers l'agent immobilier.

— Ils acceptent les animaux, c'est ça ?

Il hocha la tête.

— Jusqu'à quinze kilos, avec un dépôt de garantie supplémentaire pour les dégâts.

Je souris à Merrick.

— Problème résolu.

— En quoi ça résout ton problème ? Qu'est-ce qu'un chien de moins de quinze kilos va faire si quelqu'un essaie d'entrer par effraction ?

Je mis les mains sur mes hanches.

— Tu insinues que la taille fait une différence dans la vigueur ?

— Non, mais elle fait une différence dans le son d'un aboiement. Et ce n'est pas le grognement d'un petit chien qui va faire fuir un intrus. Et puis, tu feras quoi avec un chien alors que tu travailles toute la journée ?

Mon visage se crispa.

— Quel est le rapport ?

— Il va faire quoi ? Rester assis toute la journée ?

— Que font tes *poissons* toute la journée ?

— La même chose que quand je suis là, ils nagent. Parce que c'est tout ce qu'un poisson sait faire. Les chiens, c'est beaucoup de travail.

— Les relations amoureuses aussi...

Nick observait nos chamailleries comme un match de tennis. Lorsque mon dernier commentaire déconcerta Merrick, l'agent immobilier me regarda.

— Alors… vous le prenez ? Je vote pour cet endroit. Je l'aime aussi.

— Merci d'être de mon côté, mon pote, grommela Merrick.

Je me mordis la lèvre inférieure.

— Je peux emménager quand au plus tôt ?

Après avoir signé tous les papiers, nous nous retrouvâmes dehors. Merrick leva les yeux vers la fenêtre, secouant à nouveau la tête.

— Pourquoi pas une alarme ?

— Je ne pense pas que ce soit nécessaire.

— Ça me soulagera.

Je cognai mon épaule contre la sienne.

— Je croyais t'avoir déjà soulagé, aujourd'hui. Petit gourmand.

Il sourit.

— Je veux bien être gourmand si ça te permet d'être en sécurité la nuit.

— D'accord. Je vais penser à une alarme.

— Bien. Je demanderai à ma société de sécurité de venir une fois que tu auras les clés.

Je secouai la tête.

— Tu es autoritaire.

— Je vais te dire, tu peux choisir où on va manger, pour te montrer à quel point je peux être conciliant.

Je levai un sourcil.

— N'importe quel endroit ?

Il haussa les épaules.

— Oui.

Vingt minutes plus tard, nous étions assis au *Gray's Papaya*. Merrick m'avait laissé commander pour lui, aussi avions-nous tous les deux des hot-dogs.

Il saisit le sien.

— Je suis incapable de te dire la dernière fois que j'en ai mangé un.

— Tu es trop occupé à aller dans des restaurants chics parce que tu es tout...

Je fis un geste de la main.

— Chic...

Il sourit et sirota son soda.

— Alors, tu veux quel genre de chien ?

— N'importe lequel. Du moment qu'il aime se blottir contre moi. Dès que j'aurai emménagé, j'irai au refuge choisir le plus moche dont personne ne veut.

— Je pensais que tu avais un certain type de race en tête.

Je mordis dans mon délicieux hot-dog et parlai la bouche pleine.

— Non, pas du tout. Juste un chien qui a besoin d'un foyer.

— Tu en as déjà eu un ?

J'acquiesçai.

— Une fois. Pendant une semaine. Arnold était le meilleur des chiens.

— Pourquoi tu ne l'as eu qu'une semaine ?

— Il a mordu mon père quand il... tu sais.

Je souris.

— C'est pour ça que c'était le meilleur des chiens.

Merrick fronça les sourcils.

— J'en déduis que c'est pour ça que tu ne l'as gardé qu'une semaine ?

— Oui, confirmai-je en essuyant le coin de ma bouche. Et toi, tu as déjà eu un chien ?

— Une fois. Quand j'étais jeune, nous avions un labrador noir. Il est tombé malade à l'âge de cinq ou six ans et il est mort jeune.

— Je suis désolée. C'est pour ça que tu as des poissons rouges, maintenant ?

Il secoua la tête.

— J'en ai hérité. Ils appartenaient à Amelia.

— Oh !

— Elle a toujours eu des poissons de compagnie. Elle avait beaucoup de mal à dormir, alors elle les gardait sur sa table de nuit et les regardait nager quand elle se couchait le soir. Le plus drôle, c'est qu'ils n'ont jamais vécu plus d'un an, jusqu'à ce qu'ils deviennent mon problème. J'ai ceux-là depuis des années, maintenant.

Je restai silencieuse une minute. Puis Merrick attira mon attention.

— Quoi ? Ça te dérange que je les aie encore ?

— Non, bien sûr que non. Ça m'ennuierait si tu les jetais dans les toilettes.

— Alors, pourquoi on dirait que quelque chose te dérange ?

— Je ne sais pas. Je suppose que...

Je secouai la tête.

— J'ai remarqué qu'ils étaient toujours sur la table de nuit. Donc tu ne les as pas déplacés ou quoi que ce soit d'autre au cours des trois dernières années ?

Merrick me regarda dans les yeux.

— Où je suis censé les mettre ?

— Pardon. Tu as raison. J'ai été stupide et y ai lu quelque chose. Déformation professionnelle.

Merrick hocha la tête, puis se tut. Du moins, c'était ce que je pensais, mais peut-être qu'il était juste en train de mâcher et que je recommençais. Alors que nous avions presque terminé, mon téléphone sonna.

— C'est ma sœur. Excuse-moi une seconde. Je vais répondre au cas où elle voudrait que je prenne quelque chose en rentrant.

— Bien sûr.

Je décrochai et portai mon téléphone à mon oreille, même si j'aurais pu le laisser sur la table et l'entendre quand même, vu comme elle criait.

— Pourquoi tu ne réponds pas à mes textos ?

— Je visitais des appartements, puis j'ai mangé. Tout va bien ?

— Non !

— Qu'est-ce qu'il y a ?

— Je suis enceinte !

— Quoi ? Oh, mon Dieu ! Tu es sérieuse ? C'était si rapide ! L'implantation n'a eu lieu qu'il y a un peu plus d'une semaine.

— Je sais ! Apparemment, le numéro 09376230, gourou de la technologie et amoureux du football européen, a de super nageurs !

Je ris et mis la main sur mon cœur.

— C'est tellement excitant ! Je vais être tatie !

— Maintenant, il faut que tu te dépêches de tomber enceinte, toi aussi. Quel est le taux de spermatozoïdes du patron ?

Je regardai Merrick pour voir s'il avait entendu. Ses sourcils arqués m'indiquèrent que oui. Je secouai la tête.

— Je serai bientôt à la maison. Je suppose que je vais devoir boire du vin pour deux pour fêter ça !

— Argh ! Ne m'en parle pas. Pas de vin pendant *siiiii* longtemps.

J'entendis quelqu'un frapper à une porte à l'autre bout du fil.

— Greer ? Tu es là ?

— Oui, j'arrive tout de suite ! Je suis au téléphone.

Elle revint en ligne et chuchota.

— Merde ! Je pensais qu'il ne rentrerait pas avant une heure. Ne lui dis pas que je te l'ai dit en premier ou il sera contrarié.

Mes yeux s'écarquillèrent.

— Tu ne l'as pas encore dit à Ben ?

— Il travaillait tard et n'était pas censé rentrer avant vingt-deux heures. Je voulais le lui dire en personne. Mais il fallait que j'en parle à quelqu'un !

— Oh, mon Dieu ! Va le dire à ce pauvre homme !

— D'accord. Mais dépêche-toi de rentrer. Je veux commencer une liste de prénoms !

Je ris.

— On se voit tout à l'heure. Et félicitations, Greer.

Dès que je raccrochai, Merrick sourit.

— Je suppose que ta sœur n'a pas besoin de moi, après tout ?

— Je n'arrive pas à croire que l'insémination artificielle a fonctionné du premier coup.

— C'est génial ! Félicitations.

— Oui. Ça fait cinq ans qu'ils essaient. Je suis si heureuse pour eux ! Elle sera une maman formidable. Greer a été comme une deuxième mère pour moi à bien des égards, parce qu'elle a dix ans de plus que moi. C'est une gardienne née. Ce qui me rappelle que je lui ai parlé de nous en rentrant de chez Kitty, et qu'elle me harcèle déjà pour que je t'invite à dîner un soir.

— Je dois apporter un compte rendu d'analyses avec mon taux de spermatozoïdes quand je viens ?

— Tu as entendu, hein ?

— C'était impossible de l'éviter.

Je sirotai mon soda.

— Tu veux avoir des enfants un jour ?

Merrick détourna le regard.

— Si tu me l'avais demandé il y a quelques mois, j'aurais dit non.

— Et maintenant ?

Il tendit le bras par-dessus la table pour prendre ma main.

— Je ne sais pas. Les choses peuvent changer, je suppose. Je ne réalise qu'aujourd'hui à quel point j'ai laissé mon passé contrôler mon avenir. Je ne veux plus le faire.

— Ton passé avec Amelia, tu veux dire ?

Il acquiesça.

Un employé s'approcha et indiqua les plateaux devant nous. Nos assiettes étaient toutes deux vides.

— Je peux les prendre ?

— Oh, ce serait parfait ! Merci.

Merrick sortit son téléphone.

— J'avais prévu de te kidnapper et de te ramener à la maison. Mais on dirait que tu doives rentrer chez ta sœur.

Je hochai la tête.

— Oui.

— Demain soir ? Emporte au bureau ce dont tu auras besoin pour rester. Je te préparerai le dîner.

— Tu vas cuisiner ?

— Tu n'as pas l'air trop difficile à satisfaire, vu qu'on a mangé des hot-dogs ce soir. Je peux faire mieux.

— D'accord, acceptai-je en souriant. Ça marche.

Quand nous nous levâmes, il prit son téléphone portable.

— Je vais t'appeler un Uber.

— C'est bon. Je peux prendre le métro. Il y a une station au coin de la rue.

Merrick m'ignora et tapota sur son téléphone avant de lever les yeux.

— Il sera là dans trois minutes.

— Tu as quelque chose contre le métro ?

— J'ai quelque chose contre l'éventualité que tu ne sois pas en sécurité – la même raison pour laquelle je pense que tu devrais avoir une alarme dans un appartement situé au rez-de-chaussée.

Dès que nous sortîmes, l'Uber s'arrêta. J'embrassai Merrick pour lui souhaiter bonne nuit.

— Merci d'être venu visiter des appartements avec moi. Oh, zut... je n'ai même pas dit à Greer que j'avais trouvé un appartement.

Il se pencha pour ouvrir la porte de l'Uber.

— Tu as eu beaucoup d'émotions, ce soir. Je vais devoir être à la hauteur pour que la soirée de demain soit aussi bonne.

Je montai à l'arrière de la voiture en agitant mes sourcils.

— J'ai hâte.

Evie

— Entrez !

La porte de mon bureau s'ouvrit et Merrick passa la tête à l'intérieur. Ne trouvant que moi, il entra.

— Salut, fis-je en fermant le carnet sur lequel j'écrivais. Bon timing. J'ai fini ma journée.

— J'aimerais pouvoir dire la même chose. Je suis en retard. Le marché s'est un peu affolé aujourd'hui à cause d'une nouvelle inattendue. Les analystes viennent juste de finir de travailler sur sa signification pour qu'on puisse en parler et décider de nos positions. Désolé, mais j'en ai encore pour une heure ou deux.

— Oh…

Je haussai les épaules.

— Ce n'est pas grave. Je peux trouver quelque chose à faire.

Merrick regarda sa montre.

— Il est déjà six heures et demie. Pourquoi tu ne monterais pas te mettre à l'aise ? Commande un dîner, car il sera trop tard pour commencer à cuisiner quand j'aurai fini.

— Je vais juste travailler un peu plus.

Merrick fronça les sourcils et tendit une clé.

— J'ai remarqué que tu l'avais laissée derrière toi, hier, quand tu as quitté mon appartement.

— J'ai cru que tu me la prêtais juste pour que je puisse entrer. Je ne pensais pas que tu veuilles que je la garde.

— Ça va te faire peur si je te dis de la garder ? C'est un double.

— Tu veux que je te réponde honnêtement ?

Il sourit.

— Pourquoi ne pas la prendre et monter maintenant, et on en parle plus tard ? dit-il.

— D'accord.

Merrick me donna la clé.

— Va te changer et installe-toi. Je ne veux pas que tu restes au bureau uniquement parce que je suis coincé pour un moment.

J'inclinai la tête.

— Tu espères juste que je t'accueille comme je l'ai fait hier, n'est-ce pas ?

Il gloussa.

— Va ! Tu pourras fouiner un peu plus.

— Je ne pense pas que tu réalises le danger de faire cette déclaration à quelqu'un comme moi.

Il referma ma paume sur la clé.

— Fais-toi plaisir. Je n'ai rien à cacher.

Il ne m'échappa pas que mon ex ne me laissait même pas regarder une photo sur son téléphone sans rester à côté de moi pour me le reprendre. Mais là encore, il n'y avait aucune comparaison possible entre Christian et Merrick.

— Tu veux que je commande quoi ?

Il haussa les épaules et sortit son portefeuille de sa poche.

— Ce que tu veux. Je ne suis pas difficile. Mais utilise ma carte pour la commande.

— Je peux payer le dîner moi-même. Même si, techniquement, c'est toi qui finis par payer le dîner de toute façon, puisque tu signes le chèque grâce auquel j'ai l'argent que j'utilise pour manger.

Sa lèvre tressaillit.

— Utilise ma carte, s'il te plaît. Je dois y aller. J'ai six personnes qui attendent dans mon bureau.

— À tout à l'heure.

Un peu plus tard, je me dirigeai vers l'ascenseur. Je venais d'entrer et d'appuyer sur le bouton du dernier étage quand Joan ouvrit la double porte vitrée principale et avança vers la cabine.

Merde !

Le bouton de l'étage de Merrick était éclairé. Mais je ne pouvais pas vraiment fermer les portes de l'ascenseur maintenant que nous nous étions regardées dans les yeux. Alors je paniquai et fis la seule chose qui me vint à l'esprit : j'appuyai sur tous les boutons du panneau.

La directrice des RH le remarqua dès qu'elle entra dans l'ascenseur.

— Oh, mince !

— Oui, quelqu'un a dû se trouver drôle.

— On ferait mieux d'attendre l'autre cabine. Celle-là semble monter avant même de commencer à descendre.

— Bonne idée !

Nous retournâmes dans le couloir. Une fois la cabine partie, nous appuyâmes sur le bouton pour appeler l'autre.

— Tout va bien entre Merrick et vous ? demanda Joan.

J'étais déjà nerveuse, aussi cette question me fit-elle complètement paniquer. Je tentai de maîtriser mes traits.

— Pourquoi ça n'irait pas ?

— Il n'y a pas de raison. Je l'ai juste vu sortir de votre bureau tout à l'heure et je voulais m'assurer qu'il ne vous forçait pas à donner des informations sur l'un ou l'autre de vos patients. Ça ne veut pas dire que vous ne pouvez pas lui parler, bien sûr, mais je voulais vérifier. Il peut être très persuasif quand il le veut.

J'en sais quelque chose. Je m'obligeai à sourire en dépit de ma nervosité.

— Non, ça n'a rien à voir.

Je ne savais pas si je me sentais coupable de cacher la vérité ou si Joan attendait plus, mais je sentis le besoin de développer. Une fois de plus, je me contentai de ce qui me vint à l'esprit en premier.

— Il me parlait de suivre une thérapie.

Les yeux de ma supérieure hiérarchique s'écarquillèrent.

— Vraiment ?

J'acquiesçai.

— Oui, c'était une surprise pour moi aussi.

Oh, merde ! Je ne fais qu'empirer les choses.

Le temps que nous arrivions à l'étage du hall, j'avais l'impression que j'allais suffoquer dans ce fichu ascenseur. Je fus soulagée lorsque les portes s'ouvrirent. Joan et moi avançâmes côte à côte vers la sortie. Mon métro était à gauche, aussi pointai-je la direction du doigt comme si je rentrais chez moi.

— Je vais par là.

Elle sourit et indiqua l'autre direction.

— Mon bus est par ici.

Il me tardait de partir de là au plus vite.

— À lundi, dis-je en descendant déjà du trottoir.

Arrivée à la station de métro, j'attendis quelques minutes au cas où Joan aurait oublié quelque chose. On aurait pu croire que je venais de voler le diamant Hope tant mon cœur battait fort dans ma poitrine. Quand je retournai dans l'immeuble, je retins mon souffle jusqu'à ce que j'arrive sans encombre à l'étage de Merrick.

À l'intérieur de l'appartement, je me sentais toujours aussi tendue. Mais j'entrai alors dans le salon et vis quelque chose sur la table basse.

Est-ce que c'était… ?

Je m'approchai pour regarder de plus près. En effet, deux poissons rouge-orange nageaient dans un bocal. Et ce n'était pas le même bocal que celui qui se trouvait sur la table de nuit de sa chambre.

Il avait pris d'autres poissons ? Ou bien…

Je déposai mon sac à main sur le canapé et me dirigeai vers la chambre à coucher pour enquêter. Lorsque j'ouvris la porte, le trac que j'avais depuis ma rencontre avec Joan fut finalement chassé par une douce chaleur dans ma poitrine.

Le bocal sur la table de nuit n'était plus là. Merrick l'avait déplacé dans un nouveau foyer, dans une nouvelle pièce. C'était tellement infime et stupide, mais il avait pris le temps de réfléchir au commentaire que j'avais fait la veille, et il avait trouvé une solution pour atténuer mon inquiétude non exprimée.

Peut-être que je n'avais pas à m'inquiéter de combattre l'ombre d'une autre femme, après tout. Il semblait que Merrick veuille laisser entrer le soleil lui-même.

• • •

— Oh, mon Dieu ! Ça semble être un projet énorme.

— Non, dit Kitty. Ça me donnera quelque chose à faire pendant que je suis coincée ici dans la maison. Ça ne fait que deux semaines. Huit de plus avec ce plâtre, ça va me rendre folle si je n'ai rien pour occuper mon temps.

— Cette rencontre aurait lieu quand ? demandai-je.

— Je pensais au printemps de l'année prochaine ou l'année suivante, en fonction de la disponibilité du gars du ranch.

La porte de l'appartement s'ouvrit et Merrick entra. Je montrai le téléphone et levai un doigt.

— Le gars du ranch ?

— Quel meilleur endroit que celui-là ? Beaucoup de terrain, des feux de camp, de l'équitation et des cow-boys. Qui n'aime pas les cow-boys ?

— Je ne peux pas te contredire sur ce point. Que peut-on ne pas aimer chez un cow-boy ?

Le visage de Merrick se crispa.

— Mais tu te sens déjà prête pour ça, Kitty ?

Le jeune homme se tapa le front et secoua la tête en marchant vers moi.

— Je vais bien... j'allais bien la semaine dernière quand mon crétin de petit-fils a pensé que j'avais aussi besoin d'une infirmière.

J'étais presque sûre que Merrick avait entendu la dernière partie. Quand je levai les yeux, il tendait la main pour prendre le téléphone, mais je secouai la tête. Il me le prit quand même des mains et le porta à son oreille.

— Salut, mamie.

Il parlait en me regardant.

— Non, je ne travaille pas. Et Evie non plus. Nous sommes sur le point de dîner... seuls dans mon appartement.

J'entendis sa grand-mère dire quelque chose d'autre.

Merrick hocha la tête.

— Oui, tu avais raison. Alors, ça te dérange si elle

t'appelle demain ? Parce que si Evie est trop polie pour mettre un terme rapide à cet appel, ce n'est pas mon cas.

Ses yeux se posèrent sur moi et s'attardèrent sur mes lèvres.

— Merci, je le ferai. Bonne nuit, mamie.

L'air très fier de lui, il jeta le téléphone sur le canapé et passa un bras autour de ma taille.

— Maintenant, embrasse-moi.

— Et si je n'en ai pas envie ? C'était un peu grossi...

Mes paroles furent englouties dans un baiser. Et pas n'importe lequel, un baiser où je dus m'accrocher à sa chemise pour m'assurer de rester debout parce que cet homme pouvait sérieusement me faire fléchir les genoux avec sa bouche. Faute d'une meilleure description, il m'embrassa à mort. J'étais à bout de souffle lorsque nous nous séparâmes.

Merrick s'écarta pour me regarder dans les yeux. Les siens étaient lourds et remplis de suffisamment de chaleur pour que mes jambes commencent à palpiter.

— Désolé de t'avoir fait attendre.

Je souris.

— J'aime tes excuses.

Ses yeux pétillèrent.

— Ah oui ? Je vais devoir t'énerver encore plus.

— Tu viens juste de parler de « nous » à ta grand-mère ?

Il acquiesça.

— Je dois encore m'excuser ?

Je ris.

— Je pense que oui.

Merrick recommença à m'embrasser, cette fois lentement et délicatement. Il s'écarta et frotta son nez contre le mien.

— Tu viens de me faire un baiser d'ange !

— Je ne pense pas que ça porte ce nom-là.

— C'est celui que donnait ma grand-mère. Chaque fois que nous quittions mon père pour aller chez elle, j'avais du mal à dormir à notre arrivée. Alors, quand elle me mettait au lit, elle me donnait un baiser d'ange, ce qui signifiait que les anges veillaient sur moi pendant que je dormais. Personne d'autre ne m'a jamais fait ça.

Merrick m'embrassa sur le front.

— Peut-être que ça signifie que je suis censé prendre en charge le travail des anges, maintenant.

Je clignai des yeux.

— C'est incroyablement mignon.

Il jeta un coup d'œil circulaire à la pièce.

— Tu as déjà mangé ?

— Non, je t'ai attendu. J'ai commandé du chinois. C'est dans la cuisine.

— Allez, mangeons pour que je puisse te mettre nue. On va garder de la sauce aigre-douce, je la lécherai sur tes seins tout à l'heure.

— Eeeeeeet on passe de mignon à salace en trois phrases.

Il me fit un clin d'œil.

— C'est un talent.

Nous nous installâmes sur l'îlot pour manger du poulet kung pao et des crevettes szechwan pendant que Merrick m'expliquait le problème qui les avait retenus, son équipe et lui, aussi tard.

Je secouai la tête.

— En fait, tu gagnes ta vie en jouant à des jeux d'argent. Ça signifie que tu aimes aussi les casinos ?

— Ça dépend du jeu. Je n'aime jouer que lorsqu'il n'est pas seulement question de probabilités. Si tu t'installes à une table de blackjack, le croupier ne fait que poser des cartes sur la table et les retourner, et tu devines en te basant sur des statistiques. Si tu joues au poker contre d'autres personnes, ça implique de lire les gens et d'étudier leurs habitudes. C'est en gros ce que je fais au travail, sauf qu'il s'agit de sociétés.

Je tendis une crevette avec mes baguettes et il la prit dans sa bouche.

— Je n'y avais jamais réfléchi, mais nos métiers se ressemblent à certains égards, dis-je. Nous étudions tous les deux les gens pour mieux les connaître. Nous cherchons ce qu'ils ne nous disent pas pour assembler les pièces d'un puzzle.

Merrick tendit un morceau de poulet.

— Dis-moi ce que tu as appris sur moi que je ne t'ai pas dit.

Je réfléchis un instant.

— J'ai appris que tu es un protecteur par la façon dont tu traites ta grand-mère, mais aussi par les petites choses que tu fais. Par exemple, si nous marchons dans la rue, tu te mets toujours du côté extérieur. Tu ne veux jamais que je prenne le métro le soir, et la première chose que tu as remarquée dans mon nouvel appartement, c'est qu'il avait besoin d'une alarme.

Il acquiesça.

— Autre chose, docteur ?

Je regardai le bocal à poissons sur la table basse et le désignai avec ma baguette.

— Tu réfléchis aussi aux choses que les gens disent longtemps après qu'elles ont été dites.

Merrick suivit mon regard, puis se retourna vers moi.

— Je ne pensais pas être capable de passer à autre chose, mais il s'est avéré que je n'avais jamais vraiment essayé.

Je posai mes baguettes.

— Alors, tu as appris quoi en m'étudiant ?

Il s'approcha de moi, prit un morceau de brocoli dans mon assiette et l'enfourna dans sa bouche.

— Tu aimes qu'on te tire les cheveux et que je te dise des choses cochonnes.

Je lui donnai une tape sur le bras.

— Évidemment que tu amènerais cette conversation-là !

Il finit de mâcher et avala.

— Tu te méfies des hommes parce que ceux que tu as aimés t'ont fait beaucoup de mal.

Je soupirai et acquiesçai.

— Je ne pense pas que ce soit trop difficile à comprendre.

— Peut-être pas. Mais tu es aussi la personne la plus résiliente que je connaisse. La plupart des gens ayant traversé ce que tu as traversé, que ce soit avec ton père ou avec ton connard d'ex, se considéreraient comme des victimes. Mais pas toi. Tu ne sais pas comment être la victime dans ton histoire. Tu sais seulement comment être l'héroïne, et l'héroïne se reprend toujours et continue.

— Merci de dire ça. Mais il y a eu des jours où je me suis vraiment apitoyée sur moi-même et où je me suis sentie victime.

— Eh bien, tu n'en as pas l'air.

— Tu ne diras probablement pas ça la semaine prochaine. J'ai ma première convocation au tribunal avec Christian le vendredi.

Merrick fronça les sourcils.

— Je n'arrive toujours pas à croire que ce type te poursuive en justice. Pourquoi je ne viendrais pas te tenir compagnie ?

— C'est gentil à toi de me le proposer. Mais je pense que je dois gérer ça seule.

Il hocha la tête.

— L'offre n'était pas complètement désintéressée. Je suis un peu possessif quand il s'agit de toi. Mais je comprends.

Après avoir fini de manger, j'emballai les restes de nourriture pendant que Merrick se changeait. Puis nous nous installâmes dans le salon et regardâmes la télévision un moment. Le maître des lieux avait les pieds posés sur la table basse, et j'étais allongée, la tête sur ses genoux.

— Oh, j'ai oublié de te dire…

Je me tournai sur le côté pour le regarder.

— … j'ai failli me faire surprendre en venant ici. Quand je suis montée dans l'ascenseur, j'ai appuyé sur ton étage, mais Joan est sortie du bureau et m'a rejointe dans la cabine.

— Elle l'a remarqué ?

— Non. Parce que j'ai paniqué et appuyé sur tous les boutons du panneau avant qu'elle n'entre, ce qui fait qu'elle n'a pas pu voir où je devais aller.

Merrick s'esclaffa.

— C'est une façon de faire.

— C'était le mieux que j'aie trouvé sur le moment. Mais je pense que ça a fonctionné. Oh, et elle t'a vu sortir de mon bureau tout à l'heure, alors je lui ai dit que tu étais passé pour me faire savoir que tu voulais commencer une thérapie.

— *Je* commence une thérapie ?

— J'ai eu l'impression qu'elle cherchait une raison à ta présence dans mon bureau, maintenant que tu n'es plus mon patron. J'ai improvisé. Ensuite, j'ai dû marcher jusqu'au métro et attendre que la voie soit libre avant de remonter. Laisse-moi te dire que j'étais une boule de nerfs jusqu'à ce que j'arrive ici en toute sécurité.

Merrick me caressa les cheveux.

— Tu sais que je ne veux pas te cacher pour toujours.

Ces satanés papillons dans mon ventre s'emballèrent à nouveau. Ce n'était pas un homme qui parlait d'abord et réfléchissait à ses mots ensuite. Son emploi de *pour toujours* me frappa donc de plein fouet. Tout indiquait que je comptais pour lui, mais que je ne m'étais pas encore laissé aller à le croire.

— Peut-être qu'on pourrait le dire bientôt à Joan, proposai-je. Comme ça, je ne mentirai pas à mon patron. Mais je pense qu'on devrait garder notre relation discrète en ce qui concerne les employés, au moins le temps pour moi d'établir la confiance et qu'ils apprennent à me connaître.

Merrick se pencha et effleura mes lèvres des siennes.

— C'est un bon compromis.

Je reposai ma tête sur ses genoux et fixai les poissons rouges sur la table, les regardant nager avant de rouler sur le dos pour regarder à nouveau Merrick.

— Merci d'avoir déplacé les poissons.

Il sourit.

— Mon appartement est peut-être grand, mais j'ai pensé qu'il était important de te montrer qu'il y avait de la place pour toi.

•••

Le lendemain matin, j'entraînai Merrick dans une virée shopping du samedi pour acheter des choses pour mon nouvel appartement. J'allais recevoir les clés le lundi et j'avais besoin d'un lit avant d'emménager, alors c'était la première chose de ma liste.

— Qu'est-ce que tu penses de celui-ci ?

Je m'allongeai sur un matelas rembourré et demandai à Merrick de faire de même.

— Je ne suis pas sûr. Et si tu te mettais à quatre pattes pour que je puisse voir si ça me plaira.

Je tirai l'oreiller de derrière ma tête et le frappai au visage en riant.

— Je suis sérieuse. Une bonne nuit de sommeil est aussi importante pour ta santé qu'une alimentation saine et une activité sportive. C'est quoi, ton lit ? Le tien est vraiment confortable !

Merrick haussa les épaules.

— Je n'en ai aucune idée.

Je fronçai le nez.

— Oh !

Merrick regarda dans ma direction et plissa le front avant qu'une expression de compréhension ne traverse son visage.

— Ce n'est pas parce qu'une autre femme l'a choisi, si c'est ce que tu penses. Enfin... si, c'était une femme. Mais c'était une architecte d'intérieur. J'ai engagé quelqu'un pour choisir tout ce dont j'avais besoin quand j'ai emménagé.

— Elle a aussi choisi ton matelas ? Et si tu ne l'aimais pas ?

Il haussa les épaules.

— J'en aurais pris un autre, je suppose. Elle a tout choisi. En gros, je suis arrivé un jour et je me suis installé.

— Tu lui avais donné des directives, comme des couleurs et des objets ?

Merrick secoua la tête.

— Non.

Il regarda la salle d'exposition des matelas. Il y avait deux vendeurs, tous deux en train d'aider d'autres clients.

Puis il roula au-dessus de moi et commença à sauter, faisant monter et descendre le lit.

— Oh, mon Dieu ! dis-je en riant. Arrête ça.

Il sauta encore plusieurs fois avant de déposer un chaste baiser sur mes lèvres.

— Celui-là sera parfait. Allons le chercher.

Après le magasin de matelas, je le traînai chez *HomeGoods*. Pour un homme qui ne voulait même pas choisir des articles pour son propre appartement, il se montrait incroyablement patient. Mon chariot se remplit rapidement de linge de lit, de bougies, d'articles ménagers et même d'un cochon en peluche, je n'avais pas pu m'empêcher de l'acheter pour ma future nièce ou mon futur neveu. La file d'attente à la caisse comptait vingt personnes lorsque nous arrivâmes. Une petite fille était assise sur le siège du chariot devant nous. Elle portait des appareils orthopédiques aux jambes et elle désignait le cochon qui se trouvait dans mon chariot.

Je souris.

— Que tu es adorable !

Merrick était en train de lire des messages sur son portable, mais il porta son regard sur la petite fille. Il sembla plisser les yeux comme si elle lui était familière, mais je n'en pensai rien et il recommença à scroller sur son téléphone.

— *Peuh ! Peuh ! Peuh !* s'écria-t-elle en montrant à nouveau le cochon.

Son père se retourna pour voir ce qui excitait sa fille. Il lui sourit et parla tout en s'exprimant en langue des signes.

— C'est vrai. Peuh pour Pinky, ton cochon.

L'homme me regarda.

— Elle est sourde et vient de commencer à travailler avec un thérapeute spécialisé dans la stimulation faciale pour apprendre les sons. Elle a un cochon d'Inde qui s'appelle Pinky, et tous les animaux en peluche lui ressemblent, ces derniers temps.

Il fouilla dans son chariot et en sortit une petite grenouille en peluche. La petite fille l'attrapa en faisant à nouveau le bruit *Peuh*.

— Je me suis déjà fait avoir en en achetant une aujourd'hui.

La file d'attente avança, et le type poussa son chariot vers l'avant. Je suivis, mais pas Merrick. Quand je levai les yeux, je le trouvai en train de fixer la petite fille.

Mes sourcils se froncèrent.

— Merrick ?

C'était comme s'il ne m'avait pas entendue. Il continuait à fixer la fillette. Je posai finalement ma main sur son bras.

— Merrick ? Tu vas bien ?

Du coin de l'œil, je vis l'homme devant moi se retourner. Les yeux de mon patron se posèrent sur lui et se rétrécirent au point de devenir des poignards. Ma tête oscilla de l'un à l'autre. L'inconnu fixait lui aussi mon compagnon.

Un peu paniquée, je fis un pas devant ce dernier et lui donnai un petit coup de coude.

— Merrick. Qu'est-ce qui se passe ? Parle-moi.

Il secoua la tête.

— Rien. Je te retrouve dehors, d'accord ?

— Oui, bien sûr. Si tu vas bien !

Ses yeux passèrent une fois de plus de l'homme à la petite fille et restèrent fixes un moment. Puis il se dirigea précipitamment vers la porte d'entrée.

Je le suivis en clignant des yeux, ne sachant pas trop ce qui venait de se passer, avant de me retourner vers l'homme et la petite fille.

— Vous vous connaissez, tous les deux, ou quoi ?

Il souleva sa fille du chariot et la serra contre lui.

— Je suis Aaron Jensen.

Ce nom ne me disait rien. Je secouai la tête.

— Je suis confuse. Je devrais vous connaître ?

L'homme regarda sa fille.

— La mère d'Éloïse était Amelia Evans.

— Amelia, l'ex de Merrick ?

Il confirma d'un mouvement de tête. J'observai la petite fille.

— Quel âge a-t-elle ?

— Elle aura trois ans dans deux mois.

Trois ans plus tôt

— Qu'est-ce que vous venez de dire ?

Je devais avoir mal entendu ce type.

L'instructeur de vol regarda l'infirmière. Il avait des coupures et des salissures sur le visage, ainsi que des marques de brûlures sur les bras.

— C'est sa bague... celle d'Amelia, confirma-t-il.

La pauvre infirmière avait l'air paniquée.

— Euh... D'accord.

Elle nous regarda à tour de rôle et parla avec douceur.

— Je vous ferai savoir quand j'aurai des nouvelles, monsieur Crawford.

— Mais qu'est-ce que vous racontez ? La bague à la main d'Amelia est *votre* bague ?

Il secoua la tête et baissa les yeux.

— Elle ne m'aurait jamais épousé. Elle avait été claire à ce sujet depuis le début.

— Le début de quoi ?

Je haussai le ton.

— Putain, mais de quoi vous parlez ?

— Amelia et moi sortions ensemble. Ça a commencé juste après le début de ses cours de pilotage. J'ai toujours été au courant pour vous. Elle n'a jamais caché votre existence.

Eh bien, elle m'a manifestement caché la vôtre.

— Et vous êtes... fiancés ?

Il fronça les sourcils.

— Je lui ai acheté une bague il y a un mois. Je pensais que si elle savait que je m'investissais dans notre histoire, elle prendrait peut-être les choses plus au sérieux entre nous. Pour elle, ce n'était qu'une aventure. J'étais le seul à vouloir plus. Mais elle a refusé... Elle a dit qu'elle allait vous épouser. Je voulais qu'elle garde la bague, mais elle la portait à la main droite. Elle n'a jamais prévu que nous soyons plus que ce que nous étions.

— Qui était quoi exactement ?

Ma tête tournait. Je n'avais même pas encore compris qu'Amelia était au bloc opératoire, et maintenant ça ? Je me passai une main dans les cheveux.

— Vous couchiez avec elle ?

Aaron fronça les sourcils.

— Je devrais partir...

— Partir ? Vous n'auriez pas dû être *ici*, pour commencer.

Il continua à regarder vers le bas.

— Je suis désolé que vous ayez dû l'apprendre de cette façon. Et je suis désolé de ce qui est arrivé.

— Vous étiez dans l'avion avec elle ?

Aaron hocha la tête.

— Apparemment, le train d'atterrissage n'est sorti que d'un seul côté. Je ne l'ai appris qu'une fois qu'ils nous ont sortis de l'épave. Si j'avais su, je ne l'aurais jamais laissé poser l'avion. Elle n'avait pas assez d'expérience.

Je restai silencieux un long moment, le temps de digérer les informations.

— Pourquoi n'êtes-vous pas plus blessé ?

— Nous avons atterri du côté pilote, et le toit s'est effondré. Le côté passager a tenu.

Mon cœur voulait que je frappe ce type au visage. Mais ma tête n'autorisait pas mes bras ou mes jambes à bouger. Je restai juste planté là, en état de choc.

Finalement, Aaron prit sa veste sur la chaise derrière lui.

— Je vais y aller. J'espère qu'elle va bien. Et je suis vraiment désolé, Merrick. Elle vous aime.

. . .

Peut-être serais-je déjà parti si Amelia avait eu quelqu'un d'autre. Mais à part moi, elle était essentiellement seule. Elle l'était depuis le lycée. Bon, apparemment, elle avait aussi ce putain d'Aaron. J'avais passé les huit heures qu'elle était restée au bloc opératoire à essayer de comprendre. En fait, pour être honnête, j'essayais de comprendre Amelia Evans depuis le soir où nous nous étions rencontrés des années plus tôt à l'université. J'avais fini par accepter l'idée qu'elle ne me laisserait jamais voir certaines parties d'elle. J'avais toujours eu l'impression qu'elle les cachait dans une sorte de mécanisme d'autoprotection, étant donné qu'elle avait passé sa vie ballottée d'une famille d'accueil à une autre et qu'elle n'avait jamais fait pleinement confiance à personne. Mais je n'étais pas sûr de pouvoir accepter que certains de ces morceaux manquants d'elle soient avec un autre homme.

L'infirmière était venue me donner des nouvelles toutes les deux ou trois heures. La dernière fois, elle m'avait dit qu'ils n'en avaient probablement plus que pour une heure. Comme cela faisait presque deux heures, je commençais à m'impatienter. Juste à ce moment-là, un médecin vêtu d'une blouse bleue, d'un masque et d'un bonnet chirurgicaux bleus assortis se dirigea vers le poste des infirmières. Lorsque la soignante me désigna, je me levai.

Retirant son masque, le médecin me tendit la main.

— Monsieur Crawford ?

— Oui.

— Je suis le docteur Rosen. Je suis le neurochirurgien qui a opéré madame Evans.

— Comment va-t-elle ?

Le médecin posa ses mains sur ses hanches et soupira.

— J'aimerais pouvoir répondre à cette question. Comme vous le savez, madame Evans a subi un grave traumatisme crânien. Elle a été amenée avec une fracture du crâne, plusieurs vertèbres fêlées, un œdème et une hémorragie crânienne assez importants. Tout bien considéré, l'opération s'est déroulée aussi bien que possible. Nous avons pu pratiquer une craniectomie pour stopper l'hémorragie et faire de la place pour l'œdème afin d'éviter des dégâts encore plus importants à cause de la compression. Elle est en vie, et ses signes vitaux sont étonnamment stables après un tel traumatisme et une opération aussi difficile. Mais lorsque nous avons essayé de la sortir de l'anesthésie, elle ne s'est pas réveillée. Ça ne veut pas dire qu'elle ne reprendra pas conscience à un moment donné, mais ce n'est évidemment pas bon signe. À ce stade, tout ce que nous pouvons dire, c'est qu'elle semble tenir le coup. Il faudra du temps pour connaître l'étendue des dégâts.

Il fit une pause et me regarda dans les yeux.

— Mais je pense que vous devez vous préparer à l'éventualité qu'elle ne puisse pas survivre aux prochains jours. Ou, si elle y parvient, qu'elle puisse se retrouver avec des déficiences assez importantes.

Je retombai sur la chaise derrière moi.

— Je peux la voir ?

Le docteur Rosen acquiesça.

— Ils finissent de la nettoyer, puis elle sera transférée en soins intensifs. Son visage est très enflé, ce qui est fréquent après un traumatisme crânien, et nous n'allons pas remettre le sommet de son crâne en place pendant un certain temps – son cerveau a besoin d'espace. Mais oui, vous pourrez la voir quand nous aurons terminé. Faites juste très attention en la bougeant ou en la touchant.

— Sa tête restera ouverte combien de temps ?

— C'est difficile à dire. Nous allons congeler le lambeau osseux que nous avons retiré pour qu'il puisse être rattaché le moment venu.

J'avais du mal à respirer, alors je déglutis.

— D'accord.

— Madame Evans a rempli une procuration en matière de soins de santé quand elle était ici pour une autre intervention.

Je hochai la tête.

— Elle s'est fait enlever l'appendice l'année dernière.

— Ce formulaire vous désigne comme son mandataire – la personne qui prend les décisions de santé pour elle si elle est incapable de le faire elle-même.

Je me frottai la nuque.

— Elle n'a aucun contact avec sa famille.

Il hocha la tête.

— Je suis sûr qu'une fois que vous aurez tout assimilé, vous aurez beaucoup de questions. Je repasserai aux soins intensifs une fois qu'elle sera installée, je l'examinerai et nous pourrons en reparler.

— Merci.

Il commença à s'éloigner, puis se retourna.

— Je suis désolé. J'ai été tellement absorbé par sa situation neurologique que je n'ai même pas mentionné que le bébé semble aller bien. Nous avons demandé à un obstétricien de venir l'examiner pendant qu'elle est aux soins intensifs, mais la grossesse semble suivre son cours normalement à ce stade. C'est assez incroyable.

— La grossesse ?

Les yeux du médecin se rétrécirent.

— Amelia est enceinte de plusieurs mois.

. . .

— Voulez-vous entendre les battements du cœur ?

L'obstétricienne me sourit.

— Ils sont très forts. Je ne peux pas imaginer ce que vous vivez en ce moment, mais je trouve que les battements de cœur d'un bébé donnent souvent de l'espoir aux parents.

Je regardai l'écran, la vie qui grandissait à l'intérieur d'Amelia.

— D'accord.

Le médecin tripota un cadran et un son résonna dans la petite salle vitrée de l'unité de soins intensifs. *Ba-boum, ba-boum, ba-boum.*

— C'est rapide. Cent quarante-sept battements par minute. Exactement comme ça devrait être.

Elle appuya sur plusieurs touches du clavier et déplaça la baguette autour du ventre d'Amelia.

Comment avais-je pu ne pas remarquer la petite bosse ? Je me sentais coupable, du moins jusqu'à ce que le côté gauche de mon cerveau réponde aux questions posées par le côté droit.

Parce qu'elle te laissait rarement la voir nue dernièrement.

Parce qu'elle couchait avec un autre homme.

Putain !

De.

Merde !

Était-ce même le mien ? Comment se faisait-il que je n'aie pas pensé à ça au cours de la dernière heure, depuis que le premier médecin m'avait dit qu'Amelia était enceinte ?

C'est pour ça qu'elle ne me l'a pas dit ?

Juste au moment où je pensais être capable de commencer à digérer tout ça...

Le médecin interrompit mes pensées.

— Les mesures du bébé indiquent qu'il a environ dix-sept semaines, nous sommes donc dans le deuxième trimestre. Nous faisons généralement une échographie entre dix-huit et vingt semaines et nous pouvons alors voir le sexe. Mais l'anatomie de votre bébé est assez claire. Voulez-vous savoir s'il s'agit d'un garçon ou d'une fille ?

Ce que je voulais savoir, c'était si c'était *le mien*. Mais elle attendait une réponse et je n'avais que des questions. Je haussai les épaules.

— D'accord.

Le médecin sourit.

— Vous allez avoir une fille. Félicitations, papa.

CHAPITRE 26

— Tu veux parler de ce qui s'est passé à l'intérieur ?

J'avais fini de ranger mes achats dans le coffre et bouclai ma ceinture de sécurité sur le siège passager.

Merrick ferma les yeux un instant et soupira.

— Pas vraiment.

Je pensais qu'il avait probablement besoin d'un peu de temps et d'espace, alors j'acquiesçai.

— Le propriétaire fait repeindre mon nouvel appartement aujourd'hui. Il m'a dit que je pouvais déposer des affaires pendant les travaux. Ça te dérangerait de t'y arrêter pour que je puisse y laisser tous les trucs que j'ai achetés ?

— Pas de souci.

Il resta silencieux pendant tout le trajet. Lorsque nous nous arrêtâmes, Merrick se gara en double file devant l'immeuble et m'aida à tout mettre à l'intérieur.

— Tu ne restes pas ici jusqu'à ce que le lit soit livré, n'est-ce pas ?

— Non. Je dois encore finir d'emballer toutes mes affaires chez ma sœur, de toute façon.

Il acquiesça et secoua les clés dans sa main.

— Tu veux que je te dépose chez ta sœur ?

— Oh... oui, bien sûr. Ce serait super.

Je ne m'attendais pas à ce qu'il passe tout le week-end avec moi, mais la fin de ce moment ensemble me sembla un peu abrupte. Je n'avais même pas emporté mes affaires lorsque nous étions partis faire les magasins.

— Mon sac est chez toi, mais je n'en ai pas besoin. Je pourrai le récupérer avant de quitter le bureau lundi.

Il hocha la tête.

Le trajet jusqu'à l'appartement de ma sœur fut rapide, et j'en fus ravie car le silence devenait assez pesant dans la voiture. J'essayai de ne pas le prendre personnellement. De toute évidence, avoir vu la fille d'Amelia l'avait contrarié. À moins d'avoir mal compté, ce que je ne croyais pas, elle avait eu un bébé avec un autre homme pendant qu'ils étaient ensemble. J'aurais juré que Merrick avait dit qu'Amelia était décédée un peu moins de trois ans plus tôt, et il semblait qu'ils aient été ensemble jusqu'à la fin. Mais peut-être m'étais-je trompée. Ce n'était pas le moment de poser la question.

Lorsque nous arrivâmes à l'immeuble de ma sœur, Merrick s'arrêta devant le trottoir. Il laissa le moteur de la voiture tourner et fit le tour pour ouvrir ma portière.

Je me forçai à sourire.

— Merci d'être venu faire du shopping avec moi.

— Pas de problème.

— Je suppose que je te verrai lundi ?

Il acquiesça, puis se pencha pour m'embrasser sur le front.

— Prends soin de toi.

Merrick attendit que je rentre dans l'immeuble pour remonter dans la voiture. Je voulais croire que ce qui s'était passé se dissiperait, mais alors que je regardais sa voiture s'éloigner, je ne pus m'empêcher d'avoir un mauvais pressentiment. Appelez ça de l'intuition féminine ou ce que vous voulez, mais quelque chose me disait que mon cœur était sur le point d'être brisé... encore une fois.

. . .

— Salut ! Qu'est-ce que tu fais ?

Ma sœur jeta ses clés sur le comptoir de la cuisine et entra dans le salon, où j'étais assise depuis longtemps. Il devait être déjà plus de vingt heures puisque c'était elle que fermait le magasin ce soir-là.

— Pas grand-chose. Je regarde juste la télé.

Greer regarda l'écran de l'appareil, avant de se retourner vers moi.

— Euh... Elle n'est pas allumée.

Je clignai des yeux plusieurs fois.

— Oh... Je voulais dire que je m'apprêtais à regarder la télévision.

Elle m'observa avec méfiance.

— D'accord, ça te dérange si je me joins à toi ?

Je secouai la tête.

— Bien sûr que non.

— Je vais juste me changer. J'ai commandé du vin sans alcool. Je vais le mettre dans un verre à vin et faire semblant que c'est du vrai.

— Du vin sans alcool ? Donc du jus de raisin ?

— En gros. C'est un cabernet.

Elle revint quelques minutes plus tard, vêtue d'un pantalon de jogging et d'un sweat-shirt *Emory* que je lui avais acheté au moins sept ou huit ans auparavant. Elle tenait deux verres et me passa celui qui se trouvait dans sa main droite.

— Le tien, c'est du vrai. Tu avais l'air plongée dans tes pensées, alors je me suis dit que tu en avais peut-être besoin.

— Merci, dis-je en soupirant. C'est le cas.

Elle s'assit à l'autre bout du canapé et replia ses jambes sous elle.

— Alors, qu'est-ce qui se passe pour que tu fixes la télé sans même savoir qu'elle n'est pas allumée ?

Je souris. Ma sœur me connaissait si bien !

— Ce n'est rien, vraiment. Je réfléchis trop, c'est tout.

Elle but une gorgée de son faux vin et fronça le nez.

— Ce n'est pas bon ? demandai-je.

— Tu sais, quand tu laisses une bouteille de vin ouverte pendant plusieurs mois, et qu'ensuite tu as envie d'un verre et que c'est la seule chose qu'il te reste ?

— Malheureusement, oui, m'esclaffai-je.

— Ça a le même goût.

— Ça va être neuf longs mois.

— Sans blague !

Elle but quand même une gorgée.

— Mais raconte-moi. Qu'est-ce qui te fait trop réfléchir ?

Je soupirai.

— Eh bien, aujourd'hui, Merrick et moi sommes allés faire des courses pour mon nouvel appartement. Pendant qu'on faisait la queue chez *HomeGoods*, il y avait une petite fille dans le chariot devant nous. Merrick n'arrêtait pas de la regarder. On aurait dit qu'il la reconnaissait ou quelque chose comme ça, et puis il a dit brusquement qu'il allait attendre dans la voiture.

— D'accord...

— La petite fille était avec son père, et il avait l'air un peu effrayé, lui aussi, alors après le départ de Merrick, je lui ai demandé s'ils se connaissaient. Il s'avère que la gamine est la fille de son ex. Merrick m'a dit qu'Amelia l'avait trompé et qu'il l'a découvert quand elle a eu son accident. Mais la gamine n'a même pas trois ans, et j'aurais juré que Merrick avait dit qu'Amelia était morte il y a environ trois ans.

— Hmm... Tu aurais pu te tromper dans la chronologie ?

— Peut-être. Mais ce qui me gêne, c'est la façon dont Merrick a agi par la suite.

— Il a agi comment ?

— Il a à peine parlé et m'a simplement déposée ici. Je n'avais même pas mon sac.

— Donc voir la petite fille l'a bouleversé ?

— C'est ce qu'il semble. Peut-être que j'exagère, mais j'ai eu l'impression que l'échange de trente secondes qu'ils ont eu a fait reculer l'horloge de notre relation.

— Je pense qu'effectivement, tu interprètes des choses. Ce n'était probablement qu'un rappel émotionnel d'une période difficile. Ce genre de choses peut faire mal si elles arrivent au moment où l'on s'y attend le moins.

— Oui, je suppose...

— Tu connais le nom de famille d'Amelia ?

Je hochai la tête.

— Evans. Pourquoi ?

Greer prit son téléphone.

— Tu as dit qu'elle était morte dans un accident d'avion, non ?

— Oui.

— La presse a dû en parler.

Elle haussa les épaules.

— Cherchons sur Google.

Avant que je puisse lui faire comprendre pourquoi il n'était pas bon de chercher une ex décédée sur Google, ma sœur tourna son téléphone vers moi pour me montrer un gros titre.

— Une femme survit à un crash lors d'un stage de pilotage. Elle n'est pas morte sur le coup ?

— Je ne connais pas tous les détails, mais non.

Ma sœur parcourut l'article.

— Il a été écrit en juillet, il y a quelques années, donc ça ferait trente et un mois. Quel âge avait la petite fille que tu as vue aujourd'hui ?

— Son père a dit qu'elle aurait trois ans dans deux mois. Donc trente-quatre mois.

— Eh bien, cette petite fille était dans le ventre de sa mère quand l'avion s'est écrasé, et Amelia a survécu au moins quelques mois par la suite.

Oh, mon Dieu ! Il y avait beaucoup plus dans cette histoire que je n'en savais. Je soupirai.

— Eh bien, je suppose qu'il y a une raison pour que beaucoup d'émotions remontent, alors.

— Ça ne devait pas être plus que ça.

— Oui.

Pourtant, au fond de moi, je n'en étais pas si sûre.

• • •

Le lundi matin, j'arrivai au bureau avec un sentiment d'anxiété au creux de l'estomac. Je n'avais pas eu de nouvelles de Merrick depuis qu'il m'avait déposée le samedi après-midi. Le malaise que j'éprouvais se décupla lorsque je déverrouillai la porte de mon bureau et l'ouvris.

Le sac de voyage que j'avais laissé dans son appartement était sur le divan.

Je me figeai, sentant mon souffle se couper. Il me fallut trente bonnes secondes avant de m'approcher. J'ouvris mon sac et jetai un coup d'œil à l'intérieur, sans trop savoir ce que je cherchais. Mais quoi que ce soit, ce n'était pas là, car je n'y trouvai que mes vêtements et mes affaires de toilette bien rangés. Je jetai un coup d'œil à la pièce – mon bureau, la table basse, la petite table d'appoint à côté de laquelle je m'asseyais habituellement. Qu'essayais-je de trouver ? Un petit mot, peut-être ? Mais il n'y avait rien.

Encore une fois, je fis de mon mieux pour me convaincre que je réfléchissais trop. Merrick m'avait rendu mon sac avant mon arrivée pour que je n'aie pas à me faufiler à l'étage plus tard pour le récupérer. Il pensait probablement se montrer serviable. Il savait que j'étais paranoïaque à l'idée que les gens du bureau soient au courant.

Je me dirigeai vers ma table de travail et me forçai à commencer la journée.

Oui, il se montrait attentionné.

J'étais stupide d'y avoir lu autre chose.

Je pouvais imaginer la scène, maintenant. Il était probablement sorti faire son jogging matinal et l'avait apporté ici en descendant, quand il n'y avait encore personne au bureau.

Il pensait peut-être que j'aurais besoin de quelque chose tôt ce matin.

En fait, c'était un geste gentil...

N'est-ce pas ?

Je regardai à nouveau le sac sur le divan et mon cœur se brisa.

Si c'était un geste si gentil, pourquoi avais-je l'impression que mes bagages avaient été faits pour moi et que je venais d'être jetée sur le trottoir ?

Heureusement, j'avais un rendez-vous à huit heures, aussi n'avais-je pas trop de temps pour m'appesantir.

Comme le marché était ouvert de neuf heures et demie à seize heures, mon emploi du temps s'était rapidement rempli de rendez-vous à huit heures du matin et à quatre heures de l'après-midi. Ce dont j'étais reconnaissante en ce moment même. J'avais besoin de me changer les idées.

Ma première patiente était une femme que je n'avais rencontrée que brièvement lorsque les RH m'avaient fait visiter les lieux le premier jour. Elle s'appelait Hannah et était une trader junior, probablement âgée d'une trentaine d'années. Nous eûmes une première rencontre typique, faisant un peu connaissance et laissant la conversation suivre son cours. Lorsque la discussion se calma, je l'orientai vers le travail.

— Vous travaillez donc pour Will, c'est ça ?

Elle acquiesça.

— Comment ça se passe, si vous m'autorisez à poser cette question ?

— Je l'aime bien. Il est très ouvert et honnête, même quand ses retours ne vont pas me plaire. Il a une façon d'adoucir les coups en vous faisant rire, mais je sais toujours à quoi m'en tenir, avec lui.

— C'est très agréable à entendre.

— Oui, c'est pour ça que je suis heureuse à mon poste et que je n'ai pas envie de trop évoluer. Je ne pense pas que je puisse travailler directement pour quelqu'un comme Merrick.

— Oh ? Qu'est-ce qui vous fait dire ça ?

Elle haussa les épaules.

— Il a l'air assez gentil quand on lui parle en tête à tête, ce que j'ai eu l'occasion de faire quand Will n'était pas là. Mais on ne sait jamais vraiment ce qui se passe dans sa tête. Mon amie Marissa était manager ici. Lorsque son supérieur est parti, elle s'est retrouvée sous les ordres de

Merrick pendant un certain temps. Au bout de quelques mois, il l'a convoquée pour lui parler de son poste. Elle pensait qu'elle allait être promue, qu'il lui donnait le poste libre que son chef avait occupé.

— Ce n'était pas le cas ?

— Non, il l'a licenciée. Vous imaginez ? Elle y est allée en pensant qu'elle allait avoir une promotion, et au lieu de ça, elle s'est fait virer.

Elle secoua la tête.

— Je vais rester où je suis avec un tampon entre nous. De plus, mes revenus ne sont pas limités par mon poste. Ils ne sont déterminés que par mes capacités et mon investissement.

Je fis de mon mieux pour sourire, mais son commentaire fit mouche.

À la mi-journée, le manque de sommeil de la nuit précédente commença à me rattraper et j'eus besoin d'une tasse de café. Il n'y en avait pas de prêt dans la salle de pause de mon étage ; c'était donc l'excuse parfaite pour monter à l'étage du dessus. Je devais passer devant le bureau de Merrick pour cela. Malheureusement, la pièce était éclairée, mais elle était vide, et son assistante était au téléphone. Mes épaules s'affaissèrent tandis que je me remontais le couloir. Lorsque j'entrai dans la salle de pause, Will était debout devant la cafetière.

Je m'approchai de lui.

— Oohh... Tu viens de préparer une nouvelle tournée ?

Il m'adressa son sourire habituel et montra le café qui coulait.

— C'est du bon. De ma réserve personnelle.

Je souris.

— Tu vas partager *le bon* avec moi ou l'accaparer ?

— Je vais partager. Cela dit, je te préviens, mes produits ne sont pas bon marché, et ils créent une dépendance.

Il fit un clin d'œil.

— Un peu comme moi.

Je gloussai. Hannah avait raison. Will était vraiment génial.

La cafetière finit d'infuser et Will remplit ma tasse avant de se servir lui-même. Il s'appuya sur le comptoir.

— Alors, le patron est parti pour combien de temps ?

Mon front se plissa.

— Parti ?

— Oui, il m'a envoyé un email hier pour me dire qu'il partait en Californie, mais il n'a pas précisé quand il reviendrait. J'ai pensé que tu le savais.

Je ne pus cacher mon froncement de sourcils.

— Non, je ne savais même pas qu'il n'était pas là aujourd'hui.

L'une des raisons du succès de Will était qu'il était très perspicace. Ses yeux balayèrent mon visage et il changea rapidement de sujet. Il leva le menton, indiquant ma tasse.

— Alors, tu en penses quoi ?

Je bus une gorgée. Le café était bon, mais à cet instant précis, tout avait un goût un peu amer. Je me forçai à sourire.

— Délicieux.

À dix-huit heures ce soir-là, je n'avais toujours pas eu de nouvelles de Merrick, alors je pris le taureau par les cornes et lui envoyai un message.

Evie : Salut ! Je prends juste des nouvelles. J'ai entendu dire que tu étais en Californie. Tu n'avais pas parlé de ce voyage, alors je voulais m'assurer que tout allait bien.

Même si je n'aimais pas les emojis, j'ajoutai un smiley à la fin, pour que le message ait l'air décontracté. Assise à mon bureau, je fis tourner un morceau de verre poli entre mes doigts en attendant une réponse. Au bout d'une minute, le message passa de *reçu* à *lu*, alors je gardai mon téléphone en main, m'attendant à recevoir une réponse d'une minute à l'autre.

Mais plusieurs minutes s'écoulèrent.

Puis dix minutes.

Une demi-heure passa.

Et soudain, il était presque dix-neuf heures trente et toujours pas de réponse. Bien sûr, j'essayai de me remonter le moral.

Il était probablement en réunion.

Ce serait impoli d'envoyer un texto.

Il me répondrait bientôt...

Malheureusement, il ne répondit qu'après vingt-deux heures ce soir-là. Et la réponse ne contribua guère à atténuer mon malaise.

Merrick : Juste un voyage d'affaires. Si tu as besoin de quoi que ce soit, Will devrait pouvoir t'aider.

Je fronçai les sourcils. J'avais effectivement besoin de quelque chose, mais Will ne pouvait pas me le donner.

CHAPITRE 27

Evie

Au moins, la semaine s'écoula rapidement. Le vendredi, je pris un jour de congé, parce que je devais être au tribunal à neuf heures pour le procès ridicule que mon ex avait intenté contre moi. Mon avocat m'avait dit que cela ne prendrait qu'une heure ou deux, que le juge entendrait les requêtes et que la date du procès serait probablement fixée. C'était la dernière chose que j'avais envie de faire après la disparition de Merrick cette semaine-là, mais j'essayai de tirer le meilleur parti de ce jour de repos et programmai la livraison de mon lit pour l'après-midi même. Je pourrais enfin emménager dans mon appartement durant le week-end.

J'arrivai tôt au palais de justice et attendis mon avocat en haut des marches, mais en scrutant la foule qui entrait, je vis Christian à la place. Cet abruti eut le culot de me saluer de la main. Je lui répondis d'un geste moins amical, en lui faisant un doigt d'honneur.

Cette semaine-là avait été très chargée en émotions, et voir son visage fit remonter toute mon animosité à la surface. Je n'avais plus eu de nouvelles de Merrick après son court message du lundi, et voir mon ex me rappelait brutalement que j'avais déjà mal placé mon cœur et ma confiance auparavant.

Tout cela commença à bouillir une fois que nous arrivâmes dans la salle d'audience.

— Votre Honneur, dit mon avocat, je conteste le bien-fondé de cette demande. Même si tout ce qui est dit dans la requête du plaignant était vrai, monsieur Halpern n'a subi aucun dommage.

L'avocat de Christian secoua la tête.

— Sa réputation a été ternie par la défenderesse, Votre Honneur.

Je me penchai en avant et regardai mon ex d'un air renfrogné.

— Je pense que ta réputation a été ternie parce que tu as couché avec ma meilleure amie la nuit précédant notre mariage.

Le juge se tourna vers notre table, les yeux plissés.

— S'il vous plaît, dites à votre cliente d'éviter d'interrompre la cour. Elle pourra dire ce qu'elle a à dire le moment venu.

Oui, comme si tout cela allait m'apporter la moindre *paix*. Je levai les yeux au ciel, mais me tus.

— Oui, Votre Honneur, répondit mon avocat. Mais revenons à notre affaire. Il n'y a rien dans la requête qui indique de près ou de loin la nature du préjudice qu'aurait subi monsieur Halpern, justifiant qu'il devrait être indemnisé par ma cliente. Quelle est la base de la demande de dommages et intérêts ? Ils ont été calculés comment ?

— Les dommages ne sont pas économiques, déclara l'avocat de Christian. Il a été humilié, a souffert d'angoisse émotionnelle, a perdu la jouissance de ses activités...

Je ne pus me retenir. Je me penchai à nouveau en avant.

— *Il* a été humilié ? *Il* a souffert d'une perte de jouissance ?

Le juge agita son doigt.

— Pas un mot de plus, madame Vaughn. Je vous préviens.

Mon avocat leva la main.

— Je pourrais dire un mot à ma cliente, Votre Honneur ?

— Je vous en prie.

Le juge leva les mains en l'air.

— Nous n'avons rien de mieux à faire de notre temps, ce matin.

— Juste un instant, Votre Honneur.

Mon avocat se pencha vers moi.

— Vous allez vous retrouver enfermée pour outrage à magistrat si vous n'écoutez pas. C'est le juge qui va statuer sur un procès, si on en arrive là. Vous feriez mieux de ne pas commencer comme ça.

Je pris une grande inspiration et acquiesçai.

— Désolée.

Mon avocat me regarda dans les yeux.

— Faites attention.

Je parvins à me retenir de parler pendant les quarante-cinq minutes qui suivirent. Finalement, le juge fixa une date de procès, mais insista sur le fait qu'il pensait qu'il était dans notre intérêt commun de régler l'affaire à l'amiable.

À la fin de l'audience, mon avocat et moi discutâmes un moment dans le hall. Puis il dut monter à l'étage pour une autre audience, aussi sortis-je seule. Alors que je descendais les marches de marbre, Christian apparut soudain à mes côtés.

— On peut parler une minute ? demanda-t-il.

— Pour quoi ?

— Parce que j'ai autant envie que toi de laisser tout ça derrière nous.

Je continuai à marcher.

— Alors, abandonne les poursuites.

— Je le ferai... si tu dînes avec moi.

Cela me stoppa net. Mon visage entier se plissa.

— Quoi ?

— Dîne avec moi. Et j'abandonnerai les poursuites.

— Qu'est-ce que tu racontes ?

Christian baissa les yeux.

— J'ai merdé, Evie.

Je m'esclaffai.

— Tu crois ?

— S'il te plaît, dîne avec moi.

— Pour quoi faire ? Quel en serait le but ?

— Parler ?

— Nous sommes en train de parler, là. Dis ce que tu as à dire et abandonne les poursuites. Je veux juste aller de l'avant.

Il leva les yeux.

— Je ne peux pas aller de l'avant sans toi, Evie.

Oh, mon Dieu ! Il est sérieux ? Je secouai la tête et levai les mains.

— Je ne sais même pas comment le prendre. Mais je ne dînerai pas avec toi.

— Allez, Evie...

Je ne savais pas quoi dire. Alors, je me remis à marcher.

— Contente-toi de m'intenter un procès, Christian. Je préfère ça plutôt que d'avoir à regarder ton visage pendant une heure autour d'un repas.

Le samedi matin, j'allai au bureau pour régler quelques affaires, puisque j'avais été absente la veille. Quelques personnes s'activaient, mais la porte de Merrick était toujours fermée. J'avais sorti mon bloc-notes et commencé à relire mes gribouillis afin de rédiger un résumé de séance quand je remarquai ma pince à cheveux sur mon bureau.

Je la pris et la regardai. Je ne l'avais pas laissée là, n'est-ce pas ? Je ne pensais même pas en avoir déjà apporté une au bureau. Les seules fois que j'en utilisais, c'était quand je me lavais le visage pour me préparer à aller au lit. Ce fut alors que je compris ; j'avais peut-être laissé celle que j'avais utilisée chez Merrick sur le lavabo de sa salle de bains. Je repensai à la semaine précédente, le vendredi soir...

J'étais allée dans la salle de bains de la chambre de Merrick pour me laver le visage et me brosser les dents. J'avais à peine terminé que celui-ci était arrivé derrière moi. Il avait regardé dans le miroir avec un sourire coquin et m'avait détaché les cheveux tout en passant la main sous le tee-shirt que je portais. Je ne me rappelais pas avoir remis ma pince dans mon sac après cela. Je supposais qu'il avait pu la laisser sur mon bureau l'autre jour quand il avait posé mon sac sur le divan. Mais je ne pouvais pas imaginer ne pas l'avoir remarquée. Et pourquoi l'aurait-il placée là et non dans le sac avec les autres affaires qu'il avait rassemblées ?

La seule explication logique était qu'il était de retour et qu'il l'avait déposée sur mon bureau soit la veille quand je n'étais pas là, soit le matin même. Si c'était le cas, il devait être à l'étage en ce moment même. J'envisageai de lui envoyer un nouveau texto ou de prendre le téléphone pour l'appeler, mais il se passait clairement quelque chose, et j'avais besoin de voir son visage pour savoir qu'il allait bien. Merrick n'était pas le genre d'homme à se dérober, alors peut-être qu'il souffrait plus que je ne le pensais. Je pris une grande inspiration et me dirigeai vers l'ascenseur.

Presque arrivée à l'étage, je commençai à douter de ma décision et appuyai sur le bouton pour redescendre au bureau. Mais l'ascenseur n'ayant pas de bouton d'annulation, je dus monter jusqu'au dernier étage avant de pouvoir redescendre. C'était exactement ce que j'avais prévu de faire, jusqu'à ce que les portes s'ouvrent et que je voie Merrick devant moi.

— Oh... salut ! dis-je.

Il leva les yeux et fronça les sourcils. Mon cœur faillit se briser à ce moment-là.

— Salut.

Il enfonça ses mains dans ses poches et regarda partout, sauf vers moi.

— Je venais juste voir si tu étais de retour. J'ai... euh... trouvé ma pince à cheveux sur mon bureau aujourd'hui, alors je me suis dit que tu étais peut-être là.

Il hocha la tête.

— Je l'ai trouvée dans la salle de bains hier soir.

MerIlrick n'avait pas l'air bien. Sa peau était pâle, et des cernes sombres encadraient ses yeux verts normalement brillants – yeux qui étaient sacrément injectés de sang. Ses vêtements étaient également froissés, ce qui ne lui ressemblait pas du tout.

Je fis un pas en avant et lui tendis la main.

— Tu vas bien ?

Merrick recula. Cela aurait été moins douloureux s'il m'avait donné une gifle.

— Tu es malade ?

Il secoua la tête.

— Tu as mal parce que tu as vu la fille d'Amelia ?

Ses yeux firent un bond vers les miens. Je n'avais jamais mentionné que l'homme m'avait expliqué qui il était.

— Il me l'a dit après ton départ, murmurai-je.

Les portes de l'ascenseur se refermèrent derrière moi. Cela rendit le couloir tellement plus petit !

— Tu veux bien me parler ? Je peux peut-être t'aider.

Merrick secoua la tête.

— Je ne veux pas de ça.

Pour je ne sais quelle raison, je supposai qu'il voulait parler de suivre une thérapie.

— Je n'essaierai pas de te psychanalyser ou de te traiter comme un patient. Quoi qu'il se passe, je peux simplement t'écouter en tant que petite amie.

— Je suis désolé, Evie. J'ai commis une erreur. Il n'aurait rien dû se passer entre nous.

Je passai instantanément de la tristesse à la colère. C'était une chose de larguer quelqu'un, mais c'en était une autre de dire que la relation était une erreur.

— Une erreur ? Tu appelles ce qui s'est passé entre nous une *erreur* ?

— C'est ma faute.

Mes mains volèrent vers mes hanches.

— Un peu que c'est ta faute ! Tu sais pourquoi ? Parce que tu m'as eue à l'usure. Je n'étais pas prête à m'engager sur cette voie – *tu* m'as poursuivie. Sans compter que je pensais que c'était une mauvaise idée d'avoir une relation avec quelqu'un au travail, le patron qui plus est.

Je regardai en l'air et éclatai de rire.

— Oh, putain ! J'ai recommencé. Je suis tombée amoureuse d'un type qui ne raconte que des conneries. Dis-moi, Merrick, tu caches une femme dans ton appartement, toi aussi ? Parce que j'ai laissé mon téléphone en bas, donc tu n'as pas à craindre qu'une vidéo devienne virale, au moins.

Je secouai la tête.

— C'est ça ? Tu commençais à t'ennuyer, alors tu t'es remis à baiser des mannequins ? Je veux dire, ta voisine, ce serait pratique et elle semblait assez intéressée.

Merrick baissa la tête.

— Personne n'est chez moi. Je suis désolé. C'est juste que... je ne peux pas être dans une relation et être responsable de quelqu'un d'autre.

— Responsable de moi ? Quand je t'ai demandé d'être responsable de moi ? Je suis adulte et parfaitement capable de m'occuper de moi. Là, tu improvises des excuses. Tu sais quoi ? Tu avais raison au début. *C'était* une erreur. Mais l'erreur, c'est moi qui l'ai commise. Je n'aurais jamais dû céder à tes bobards. C'était ça, l'erreur.

Merrick croisa mon regard, et j'attendis quelques secondes. Une petite partie de moi espérait qu'il s'excuserait et dirait qu'il avait tort. Mais j'étais d'autant plus énervée que je me rendais compte que je m'accrochais à cet espoir. Il fallait que je me tire de là.

Je pivotai donc sur moi-même et appuyai sur le bouton – dix fois. Merrick ne semblait pas avoir bougé de sa place, bien que je ne puisse pas en être sûre puisque je ne m'étais pas retournée pour vérifier. Heureusement, l'ascenseur fut super rapide. Je me glissai à l'intérieur avant même que les portes ne finissent de s'ouvrir. En appuyant sur le numéro de mon étage, je regardai mon patron une dernière fois.

— Tu es exactement comme les autres.

Trois ans plus tôt

Cela faisait trois jours qu'il n'y avait pas eu de changement.

Je me tenais à l'écart, observant le groupe de médecins qui passaient chaque jour pour leur tournée matinale. Le docteur Rosen souleva l'un des yeux d'Amelia et fit bouger une lampe-stylo de droite à gauche. D'abord l'un, puis l'autre. Le froncement de sourcils me donna la réponse avant même qu'il parle.

— Aucun changement, dit-il. Je suis désolé.

Je hochai la tête.

Il me regarda de haut en bas.

— Vous avez quitté l'hôpital ?

— Non.

— Apparemment, le parcours sera long. Vous devriez peut-être envisager de vous reposer. Si vous ne prenez pas soin de vous au début du marathon, vous ne tiendrez pas jusqu'au bout.

Je hochai la tête.

— Je ne veux pas la laisser seule au cas où elle se réveillerait. Son amie vient aujourd'hui, alors peut-être que je partirai un peu à ce moment-là.

Le docteur Rosen prit l'iPad qu'il transportait toujours avec lui et commença à taper dessus.

— J'aimerais envisager de la mettre sous traitement de méthylphénidate. C'est un stimulant du système nerveux central. Dans certains cas, ça peut aider à sortir le patient du coma. Nous n'en sommes pas encore là, mais vous devriez l'envisager, peut-être dans quelques jours s'il n'y a pas de nouveaux développements.

— D'accord... Et c'est sans danger pour le bébé ?

— Une étude récente a montré que c'était relativement sûr pendant une grossesse.

— Relativement ?

— Des effets secondaires sont possibles avec presque tous les médicaments. C'est rare, mais ceux de cette classe peuvent provoquer des malformations cardiaques chez un enfant à naître, même si les cas signalés concernent surtout le premier trimestre, stade qu'Amelia a dépassé.

Je pris une grande inspiration.

— Et si on ne le lui donne pas ?

— Eh bien, les risques sont nombreux et très réels pour des patients qui sont dans un coma à long terme. Caillots sanguins, infections, perte des fonctions cérébrales supérieures...

Il s'arrêta et regarda Amelia.

— Nous n'en sommes pas encore là. Mais ce sont des décisions difficiles, et il faut souvent du temps à la famille pour les prendre. En tant que mandataire d'Amelia, c'est à vous qu'il revient de le faire. Vous devez donc commencer à l'envisager.

Je soupirai.

— D'accord.

Le docteur Rosen sortit un petit bloc-notes de sa poche et nota quelque chose avant de déchirer la feuille et de me la tendre.

— Voici le nom du médicament et un site Internet où vous pouvez vous renseigner à son sujet.

— Merci.

Après son départ, je retournai vers le lit et regardai le ventre d'Amelia. La bosse était à peine visible, surtout sous les couvertures. C'était déjà assez pénible de devoir prendre des décisions de vie ou de mort pour elle, quelqu'un que j'avais soudain l'impression de n'avoir jamais connu. Mais à présent, je devais prendre des décisions pour un enfant qui n'était peut-être même pas le mien.

...

Colette s'arrêta à la porte, observant Amelia un moment avant d'entrer dans la petite salle vitrée des soins intensifs.

— Salut, dit-elle en se forçant à sourire. Tu tiens le coup ?

J'étais une putain d'épave, mais je hochai la tête.

— Je m'accroche.

Elle posa son sac à main sur une chaise, s'approcha du lit et prit la main d'Amelia. Des larmes coulèrent sur ses joues.

— Je suis désolée de ne pas avoir pu revenir plus tôt.

Colette s'était absentée du travail cette semaine-là pour s'occuper de sa mère, qui avait subi une grave opération du cou et de la colonne vertébrale la veille. Mais nous nous parlions tous les jours depuis l'accident. Elle était l'une des rares amies d'Amelia et elles étaient très proches.

— Comment va ta mère ?

— Elle va bien. Ils l'ont sortie des soins intensifs hier soir pour la transférer dans une unité chirurgicale. C'est une bonne chose.

J'acquiesçai.

— Je suis content de l'apprendre.

Elle regarda Amelia.

— Je n'arrive pas à croire ce qui est arrivé, Merrick. C'est comme un mauvais rêve. Des nouvelles aujourd'hui ?

Je secouai la tête.

— Pas de changement. Si rien ne s'améliore d'ici quelques jours, ils veulent que j'envisage d'approuver un traitement qui pourrait stimuler son système nerveux et la sortir du coma.

— Génial ! Il y a des risques pour elle ? Ça pourrait aggraver son état ?

Je n'avais pas encore parlé à Colette du bébé ni de l'homme que j'avais rencontré à mon arrivée. Elle avait dû s'occuper de sa mère et il avait été suffisamment difficile de lui annoncer la nouvelle de l'accident par téléphone. Mais j'étais curieux de savoir si elle était au courant pour Aaron. Si Amelia l'avait dit à quelqu'un, c'était elle.

Je pris une profonde inspiration.

— Les risques pour elle sont minimes. Mais il y a des risques à prendre en compte... pour le bébé.

Colette releva vivement la tête.

— Le bébé ?

J'acquiesçai.

— Apparemment, elle en est à plus de quatre mois de grossesse.

Le front de Colette se plissa.

— Apparemment ? Donc tu ne le savais pas ?

Je secouai la tête.

Elle eut l'air perplexe, puis son visage s'illumina, comme si elle venait de comprendre quelque chose. Elle détourna le regard, et je sus à cet instant-là qu'elle était au courant de la liaison d'Amelia.

— Tu es au courant pour Aaron ?

Colette écarquilla les yeux.

— Elle savait que tu étais au courant ?

— Non.

— Tu le sais depuis combien de temps ?

— Depuis qu'ils l'ont amenée avec la bague de fiançailles d'un autre homme, et que je l'ai trouvé, lui, dans la salle d'attente.

Elle mit la main sur son cœur.

— Oh, merde ! Je suis vraiment désolée que tu l'aies appris de cette façon, Merrick. Vraiment.

— Moi aussi.

Je voulais lui poser tant de questions, mais j'étais épuisé. Le fauteuil à côté d'Amelia et tout le bruit d'une unité de soins intensifs n'étaient pas propices à plus d'une demi-heure de sommeil à la fois.

— Tu vas rester un peu ? lui demandai-je.

— Si ça ne te dérange pas, je n'ai rien d'autre à faire. Will me remplace cette semaine puisque je devais rester avec ma mère.

— Ça te dérange si je rentre à la maison pour quelques heures ?

Elle me regarda.

— Tu n'es pas rentré chez toi depuis que c'est arrivé ?

Je secouai la tête.

— Oh, zut ! Rentre chez toi. Je peux rester toute la journée, même la nuit. S'il y a du changement, je t'appellerai.

— Je reviendrai après avoir dormi quelques heures.

Elle hocha la tête.

— Comme tu veux. Mais je serai là, alors prends le temps qu'il te faut.

— Merci, Colette.

Je m'approchai et pris la main d'Amelia un instant avant de la serrer.

— Je reviens dans un petit moment.

— Tu as une mine de déterré, boss. Dors un peu.

Je pris l'ascenseur jusqu'au rez-de-chaussée et j'étais presque arrivé aux portes d'entrée quand je remarquai quelqu'un assis seul dans la grande salle d'attente. Aaron croisa mon regard. Il déglutit et se leva. Pendant quelques secondes, j'envisageai d'aller lui casser la figure, mais je n'en avais plus l'énergie. De plus, je voulais savoir quelque chose. Je me dirigeai donc vers la zone d'attente. Le type portait les mêmes vêtements que le jour où ils avaient amené Amelia. Et son visage était encore couvert de saleté et d'ecchymoses. Je devinai que je n'étais pas le seul à être là depuis trois jours.

— Comment elle va ?

— Je répondrai à cette question si vous me répondez d'abord.

Il hocha la tête.

— Ce que vous voulez.

— Vous vous protégiez ?

— Quoi ?

Je haussai le ton.

— Quand vous *baisiez ma fiancée*, vous utilisiez un préservatif ?

— Oui, toujours. Pourquoi ?

Je me sentis aussi soulagé que possible.

— Elle est toujours dans le coma. Il y a des ondes cérébrales, et *ma fille* s'accroche.

Le type cligna des yeux. Lui non plus n'était pas au courant.

— Amelia est... enceinte ?

Ma lèvre se retroussa.

— J'ai répondu à votre question. Vous feriez aussi bien de rentrer chez vous, parce que vous n'entrerez jamais dans cette chambre pour la voir. Je vous tuerai avant que ça n'arrive.

. . .

Plus tard ce soir-là, j'étais de nouveau à l'hôpital, seul. J'étais assis dans le fauteuil à côté d'Amelia lorsque l'infirmière de nuit vint l'examiner. Après une vérification rapide de ses constantes, elle posa le stéthoscope sur son ventre et le maintint en place pour écouter.

— Oh, waouh !

Elle l'ôta de ses oreilles.

— Je viens de sentir le bébé bouger.

Je me redressai.

— Vous l'avez senti ?

Elle hocha la tête.

— Venez ici. Mettez votre main à l'endroit où se trouve le stéthoscope.

J'hésitai, mais finis par poser ma main sur le ventre d'Amelia. Sa peau était si chaude et si douce ! Au début, il n'y eut rien, mais au bout d'une minute, je sentis un roulement dans son ventre. Mes yeux s'écarquillèrent. C'était la première fois que je souriais depuis presque quatre jours.

— Je l'ai sentie.

Elle hocha la tête.

— C'est un bébé bien actif.

— C'est logique. Elle est probablement comme sa mère.

La femme sourit.

— C'est une fille ?

Je confirmai d'un hochement de tête. Je sentis à nouveau le mouvement ; cette fois-ci, cela ressemblait plus à un coup de poing qu'à un roulement.

— Je crois qu'elle vient de me donner un coup de pied.

Elle rit.

— Eh bien, les battements de son cœur sont bons, et c'est bon signe qu'elle donne des coups de pied à cet âge. Certaines personnes ne sentent pas le bébé avant plusieurs semaines.

Je gardai ma main sur le ventre d'Amelia et la regardai. J'avais eu peur d'envisager que l'enfant puisse même être de moi avant aujourd'hui... avant que l'autre possibilité ne confirme qu'ils avaient été prudents. Amelia et moi ne l'étions pas, même si elle prenait la pilule depuis que nous nous étions rencontrés. Mais quelque chose se passa à ce moment-là, quand je sentis ce petit être bouger pour la première fois. Elle passa du statut de *bébé d'Amelia* à celui de *notre bébé*. J'en voulais tellement à Amelia, mais ce n'était pas juste de m'en prendre à cette petite.

J'étais tellement perdu dans mes pensées que j'avais presque oublié la présence de l'infirmière jusqu'à ce qu'elle prenne la parole.

— Je reviendrai la voir dans quelques heures.

— D'accord.

Après son départ, je posai ma joue sur le ventre d'Amelia, juste à l'endroit où j'avais senti le mouvement, et fermai les yeux.

Je vais avoir un bébé.

Une petite fille.

Pour la première fois, je pris conscience de la gravité de la situation. Quelque chose fleurit dans mon cœur, mais le poids de tout le reste sembla écraser ma poitrine.

Et si Amelia ne se réveillait pas ?

Et si ma petite fille devait grandir sans mère ?

Et si je les perdais toutes les deux ?

Ma gorge se serra. J'essayai de ravaler le goût de sel, mais je n'étais pas de taille face à la vague qui arrivait. Depuis quatre jours, je n'avais pas versé une seule larme. Colère et tristesse les avaient bloquées. Mais soudain, mon corps voulut rattraper le temps perdu. Les larmes commencèrent à couler, ruisselant sur mon visage et tombant de mes joues sur le ventre d'Amelia. Mes épaules tremblèrent, des sanglots m'envahissant tandis que je poussais un son déchirant.

J'ignore combien de temps je pleurai, mais j'eus l'impression que cela dura des heures. À un moment donné, l'infirmière revint même me voir. Lorsque mes larmes se tarirent enfin, je tournai la tête et embrassai le ventre d'Amelia.

— Je suis désolé. J'étais tellement en colère contre ta mère que je n'ai même pas fait attention à toi. Pardonne-moi. Ça ne se reproduira plus. À partir de maintenant, je te promets d'être là et de prendre soin de toi à chaque étape, ma précieuse petite fille.

CHAPITRE 29

— C'est le dernier.

Le dimanche après-midi, je m'effondrai sur mon nouveau canapé après avoir écrasé le dernier carton que nous avions déballé. Il nous avait fallu deux jours, à Greer et à moi, pour trouver une place à tout ce qui avait été livré de mon garde-meuble à mon nouvel appartement, qui ne mesurait qu'une fraction de la taille de l'endroit que j'avais quitté.

— Tu sais, il y a un super bar pour célibataires en bas de l'immeuble. J'y suis allée plusieurs fois avant de rencontrer Ben, dit ma sœur.

J'avalai la dernière goutte d'une bouteille d'eau.

— Je n'ai aucune envie de fréquenter qui que soit pendant très longtemps.

Greer fronça les sourcils. Je lui avais raconté ce qui s'était passé entre Merrick et moi la semaine précédente.

— Je sais, mais c'est généralement le moment où l'on rencontre quelqu'un. J'ai rencontré Ben moins d'une semaine après que Michael et moi avons rompu, tu te souviens ?

Christian et moi avions été ensemble pendant des années et étions fiancés, mais je ne pensais pas qu'il serait aussi facile d'oublier Merrick que ça l'avait été pour lui. Je réalisais que le temps passé ensemble n'avait pas d'importance. Certaines personnes se frayaient un chemin plus profond dans votre cœur.

Je secouai la tête.

— Ce serait plus facile d'aller de l'avant si je comprenais ce qui s'est passé.

— J'ai l'impression qu'il a vu cette petite fille et qu'elle lui a rappelé ce qu'il ne voulait pas – un engagement et une relation.

Bien sûr, c'était tout à fait possible, mais je ne le pensais pas.

— Je n'en sais rien. Mais je crois que je vais commencer à chercher un autre travail.

— Quoi ? Tu adores ton nouveau job.

— Oui. Mais la blessure se rouvre chaque fois que je le vois dans le couloir ou que je passe devant son bureau. Et la moitié de mes séances consistent à parler de lui.

Je soupirai.

— Je suis amoureuse de lui, Greer.

Elle sourit tristement.

— Je sais.

La sonnette de ma porte retentit.

— C'est Ben ? Je pensais qu'il venait te chercher plus tard ?

Ma sœur haussa les épaules.

— C'est le cas. Il est allé au bureau pour quelques heures.

Ce n'était pas mon beau-frère qui se trouvait devant la porte quand je l'ouvris. À la place, j'accueillis un homme en tenue de travail avec un presse-papiers entre les mains.

— Je suis là pour installer l'alarme.

— Je crois que vous vous êtes trompé d'appartement, répondis-je en secouant la tête. Je n'ai pas commandé d'alarme.

— Oh, désolé !

Il souleva une page de ses papiers.

— C'est pour une Evie Vaughn. Vous sauriez par hasard à quel étage elle habite ? J'ai appuyé sur le seul bouton qui ne portait pas de nom.

Mon visage se plissa.

— Je suis Evie Vaughn. Mais je n'ai pas commandé de système d'alarme.

Le type avait l'air aussi confus que moi. Il feuilleta d'autres documents.

— Il est dit ici que quelqu'un a payé d'avance l'installation et un contrat de trois ans.

Ce fut alors que je compris. Merrick avait insisté pour que j'aie une alarme. Il pouvait l'avoir commandée avant notre rupture.

— Vous pouvez me dire qui l'a commandée ?

— Si elle a été payée avec une carte de crédit. La plupart des commandes sont passées par téléphone, alors le bureau me donne le reçu que je remets au propriétaire lorsque je fais le travail.

— Vous pouvez me dire le nom qui figure sur la carte ?

Il parcourut d'autres papiers avant d'en extraire un et de me le tendre.

— Apparemment, elle a été payée par un certain Merrick Crawford.

Je baissai les yeux. Le montant était choquant.

— Quatre mille trois cents dollars ?

Il haussa les épaules.

— Il a acheté tous les carillons et sifflets – la sécurité des fenêtres, les portes, et même deux boutons de panique qui appellent silencieusement la police en cas d'urgence.

Je secouai la tête.

— Je suis désolée. Je ne peux pas me le permettre. La personne qui a payé pour ça… Eh bien, nous avons rompu.

— C'est vous qui avez rompu avec lui ?

— Non.

Il sourit.

— Alors, pourquoi ne pas le prendre comme cadeau de séparation ?

— Je ne peux pas faire ça.

— Ce n'est pas remboursable. Le type a signé un contrat électronique, et il n'est annulable que pendant trois jours. New York exige un droit de rétractation de trois jours. Et il a expiré hier. Croyez-moi, la société pour laquelle je travaille ne laisse personne se désister après ce délai, alors, autant l'utiliser.

Mon front se plissa.

— Le contrat a été signé il y a trois jours ?

Il regarda à nouveau les papiers.

— La commande a été passée il y a quatre jours. C'était une demande urgente. Aujourd'hui, c'est le premier jour où nous pouvons faire l'installation puisque les clients ont le droit d'annuler le contrat complet dans les trois jours.

Cela n'avait aucun sens. Merrick et moi avions rompu depuis plus d'une semaine.

— Cette date pourrait être erronée ?

— Je ne pense pas. Tout est imprimé à la date de signature du contrat.

Greer arriva à la porte.

— Qu'est-ce qu'il se passe ?

— C'est une société de télésurveillance qui vient faire une installation. Merrick l'a prépayée pour trois ans.

— Sympa. Au moins, il a fait quelque chose de bien avant de te briser le cœur.

— En fait, c'est ça qui est étrange. Apparemment, il a passé la commande après notre séparation.

Je repensai à la conversation que j'avais eue avec Andrea dans la salle de pause quelques jours plus tôt.

— Maintenant que j'y pense, son assistante m'a demandé si je travaillais, aujourd'hui. Je pensais qu'elle faisait juste la conversation, mais je lui ai dit que je serais chez moi pour déballer tout le week-end.

— Génial !

Ma sœur sourit.

— Il te faut une alarme au rez-de-chaussée, de toute façon. Je n'y avais même pas pensé.

— Mais je ne peux pas laisser Merrick me payer une alarme. Je ne l'aurais pas laissé faire même si nous étions encore ensemble.

Je secouai la tête en direction de l'installateur.

— Je suis désolée que vous soyez venu pour rien.

. . .

Le lendemain matin, j'allai au bureau de bonne heure pour pouvoir parler de l'alarme à Merrick, mais il n'était pas là. Le reste de la journée, il fut en réunion lorsque j'étais libre. Puis il s'absenta du bureau le mardi et le mercredi. Lorsqu'il revint le jeudi, j'étais déterminée à aller le voir à un moment ou à un autre, parce que la société de télésurveillance m'avait appelée deux fois pour faire le point après que j'avais refusé l'entrée à leur installateur. À dix-huit heures, je venais de terminer avec mon dernier patient et me préparais à passer à son bureau lorsque mon téléphone sonna. C'était mon avocat, alors je décrochai, même si tout ce qui avait trait à la plainte de Christian me donnait instantanément mal à la tête.

— Allô ?

— Bonjour, Evie. C'est Barnett Lyman.

— Bonjour, Barnett. Comment ça se passe ?

— Bien. Je voulais juste savoir si vous aviez réfléchi à l'offre de Christian.

— Vous parlez de sa ridicule tentative de corruption ? Que si je dîne avec lui, il abandonnera les poursuites ?

— Je sais que c'est ridicule. Et je ne conseillerais jamais à un client de rencontrer quelqu'un qui le poursuit activement. Mais son avocat dit qu'ils le mettront par écrit afin qu'il ne puisse pas revenir en arrière.

Je m'adossai à mon siège et soupirai.

— On ne peut pas simplement dire au juge ce que Christian essaie de faire pour prouver qu'il est de mauvaise foi ?

— On peut. Mais nous devrions déposer des requêtes et passer plus de temps au tribunal, et il y a de fortes chances que le juge ne rejette pas l'affaire même si elle ne lui plaît pas. Là où je veux en venir, c'est que je suis payé cinq cent cinquante dollars de l'heure et je n'aime pas gaspiller l'argent d'un client. Déposer une requête, c'est une heure de préparation, puis il y a le tribunal... Ça représente facilement plusieurs milliers de dollars. Je ferai ce que vous voulez, mais si vous pouvez vous économiser tout ça et vous débarrasser de l'affaire, pourquoi ne pas essayer ? Dites-moi sincèrement, vous avez peur de le rencontrer ?

— Vous voulez dire physiquement ?

— Peu importe.

Christian était le plus grand salaud du monde, mais je n'avais pas peur de lui physiquement, et il ne pouvait plus me blesser émotionnellement. Je secouai la tête.

— Non, je n'ai pas du tout peur de lui.

— Je pourrais essayer de négocier un déjeuner au lieu d'un dîner, si vous préférez.

C'était la dernière chose que je voulais faire, mais Barnett avait raison. Je n'avais pas des milliers de dollars à gaspiller, et tout ce que je voulais vraiment, c'était que toute cette histoire soit derrière moi. Je détestais cette idée, mais c'était la bonne décision. Je soupirai.

— D'accord. Si vous arrivez à lui faire accepter un déjeuner, ce serait génial.

— Je vous rappelle bientôt.

Après avoir raccroché, je restai assise à mon bureau pendant un moment, regardant par la fenêtre. Un coup frappé à ma porte interrompit mes pensées. Merrick se tenait dans l'embrasure de la porte.

— Mon assistante m'a dit que tu étais venue demander si j'étais là.

Il avait l'air à peine mieux que le jour où il m'avait larguée. Sa peau naturellement bronzée était encore pâle, et des cernes subsistaient sous ses yeux verts. Mais je ne pouvais pas laisser son apparence m'affecter. Surtout pas après le coup de fil que je venais d'avoir. Je pris donc une grande inspiration et expirai. Alors que je m'apprêtais à parler, un trader passa dans le couloir derrière Merrick, aussi fis-je un signe vers la porte.

— Tu peux entrer et fermer ? Je préférerais que nous discutions en privé.

— Bien sûr.

Il ferma la porte, mais resta de l'autre côté de la pièce. Ce qui me convenait parfaitement.

— Une société de télésurveillance s'est présentée chez moi l'autre jour. Ils ont dit que tu avais payé à l'avance le service et l'installation d'une alarme.

— Oui, en effet.

— Mais tu l'as fait après m'avoir larguée. Pourquoi ?

Le visage de Merrick se décomposa.

— Je t'avais dit que je le ferais, et je pensais que tu ne t'en occuperais pas de toi-même.

Je me levai et posai mes mains sur mon bureau, me penchant en avant.

— Tu m'as dit que tu le ferais ? Pourquoi tenir cet engagement alors que tu n'as pas tenu celui qui m'a convaincue de te faire confiance ? Tu sais, quand tu m'as *promis que tu ne me ferais jamais de mal* ?

Il eut l'audace d'avoir l'air contrarié par ma remarque. Merrick se frotta la nuque.

— Je suis désolé.

— Oh ! Tu es désolé ?

Je hochai la tête et levai les yeux au ciel avant de me rasseoir.

— Merci. Ça m'aide beaucoup.

Merrick fit un pas vers mon bureau, mais je levai la main, le stoppant net.

— Non. Je n'ai pas besoin d'autres excuses, et je ne veux certainement pas que tu payes un système d'alarme par pitié ou quoi que ce soit d'autre. Donc, à moins que tu n'aies autre chose à dire, comme peut-être m'expliquer la vérité sur ce qui s'est passé entre nous, nous n'avons à discuter de rien d'autre.

Il me regarda enfin dans les yeux. Il avait l'air triste, mais je m'en moquais.

— Tu sais quoi ? continuai-je. Tu m'as dit une fois que mon ex était un lâche. Et tu avais raison, c'en est un. Mais toi aussi.

Je secouai la tête.

— S'il te plaît, va-t'en avant que je ne m'énerve.

OBJECTIF BOSS

Je secouai la tête.

— S'il te plaît, va-t'en avant que je ne m'énerve.

CHAPITRE 30

Merrick

— Je suis un putain de lâche ! grommelai-je en regardant le fond de mon verre vide.

Enfin, pas vide, puisque le glaçon que j'avais jeté dedans en le remplissant aux trois quarts de whisky quinze minutes plus tôt n'avait pas encore eu le temps de fondre. La bouteille, elle, était presque vide.

Mes yeux se dirigèrent vers la table basse, plus précisément vers la boîte renversée et son contenu que j'avais éparpillé partout deux nuits auparavant, après qu'Evie m'avait demandé de quitter son bureau. Je me penchai en avant et pris une photo sur la pile, une photo que j'avais observée pendant des heures au cours des deux derniers jours, essayant d'y voir mon nez et mon menton – ceux que j'avais si clairement su être miens le jour de la naissance de ma petite fille. Pourtant, tout ce que je voyais, c'était le visage d'Amelia : son nez, son menton, ses yeux bleu foncé et lointains. J'avais envie de déchirer cette fichue photo et de ne plus jamais la revoir. Mais j'avais chéri le jour où elle avait été prise encore plus que j'avais détesté ceux qui avaient suivi.

L'alcool commençait à faire son effet – soit ça, soit mon appartement tournait plus vite qu'un manège chez Disney. Je m'allongeai donc sur le canapé, la photo encore en mains, et je fermai les yeux tout en posant un pied sur le sol pour garder contact avec la réalité. Il ne fallut pas longtemps pour que je m'endorme. Un peu plus tard, un grand coup sur ma porte me réveilla.

Du moins, je *crus* que quelqu'un avait frappé. Mais lorsque je me redressai et jetai un coup d'œil autour de moi, mon appartement était silencieux. *Argh ! Mais ma tête...* Apparemment, le coup que j'avais cru venir de la porte venait de mon cerveau.

Ba-boum ! Ba-boum !

Putain ! J'avais l'impression qu'un petit batteur répétait un solo à l'intérieur de mon crâne. Je saisis ma tête entre mes mains et me massai les tempes. Ce fut à ce moment-là que les coups dans ma tête se transformèrent en son surround et qu'une voix se joignit à l'orchestre.

— Crawford, ouvre cette foutue porte avant que je ne la défonce. Je sais que tu es là.

Putain !

J'avais autant besoin que Will me botte les fesses que j'avais besoin d'un trou dans la tête.

— Va-t'en ! Je vais bien, hurlai-je en réponse.

— Ça ne suffit pas. Lève ton cul et ouvre la porte.

Je fermai les yeux et secouai la tête, sachant que ce boulet ne partirait pas. En fait, plus vite je me traînerais jusqu'à la porte, plus vite je pourrais me débarrasser de lui.

Quand je me levai du canapé, je réussis à peine à atterrir.

Merde, je ne tiens vraiment pas l'alcool !

Je me dirigeai vers la porte d'entrée en essayant de bouger la tête le moins possible et la déverrouillai.

Will l'ouvrit et me regarda de haut en bas.

— Pas possible ! Ce sont les vêtements que tu portais il y a deux jours. Je savais que tu n'avais pas quitté la ville.

Il se pencha vers moi et renifla.

— Et tu pues l'alcool éventé.

Il secoua la tête.

— Combien de fois je vais devoir te dire que boire, c'est mon truc à moi ? Tu n'as jamais développé de tolérance digne de ce nom.

Je repris le chemin du canapé sans dire un mot. Malheureusement, cela ne lui suffisait pas de voir que j'étais en vie. Will ferma la porte derrière lui et me suivit à l'intérieur.

— Mais qu'est-ce qui t'arrive ? demanda-t-il.

Je m'assis sur le canapé, la tête pendante. Elle était trop lourde pour tenir droite.

Mon ami regarda les affaires jonchant la table basse.

— Oh putain ! Qu'est-ce qui s'est passé ?

Il se pencha et ramassa le minuscule bonnet de bébé qu'Éloïse portait le jour de sa naissance.

— Ne touche pas à ça ! réussis-je à grommeler.

Il soupira bruyamment et s'éloigna. J'espérais qu'il avait compris que je traversais une mauvaise passe et avait décidé de respecter mon intimité. Mais il revint deux minutes plus tard.

— Prends ça.

Il me tendit quelques pilules et un grand verre d'eau.

— Trois ibuprofènes et de l'eau pour commencer.

Puis il se mit à tapoter sur son téléphone.

— Je commande du Gatorade, des bananes et un pastrami sur pain de seigle à l'épicerie du quartier qui livre à domicile.

Je levai les yeux vers lui.

— Je serai incapable de manger du pastrami.

— Ce n'est pas pour toi, crétin ! C'est pour moi. Je meurs de faim. Tu auras le Gatorade et les bananes. Tu as besoin d'électrolytes et de potassium.

Il finit de taper et jeta son téléphone sur le canapé, prenant place en face de moi.

— Parle-moi. Qu'est-ce qui s'est passé ?

Je n'étais pas d'humeur à discuter. Je secouai la tête.

— On est amis depuis combien de temps ?

— Trop longtemps, grommelai-je.

— Alors, tu devrais savoir que je ne te laisserai pas tant qu'on n'en aura pas parlé.

— J'ai du mal à garder l'ibuprofène que tu viens de me donner. Je ne suis pas d'humeur à discuter.

— Ce n'est pas grave, dit-il en haussant les épaules. Je ne suis pas pressé.

Super ! Il est là pour longtemps.

— Pourquoi ne pas t'allonger un peu et attendre que ton mal de tête s'estompe ? Je dois répondre à quelques emails, de toute façon.

J'aurais préféré qu'il disparaisse, mais j'acceptai le silence si c'était tout ce que je pouvais obtenir. Je fis donc ce qu'il me dit et m'allongeai sur le canapé, les pieds posés sur l'accoudoir et les yeux fermés. Après cela, j'oscillai entre conscience et sommeil pendant un moment, jusqu'à ce que le bruit d'un sac froissé me fasse ouvrir un œil.

— Ça va mieux ? me demanda Will.

Je ramenai mes jambes sur le sol et me redressai. J'avais l'impression qu'un semi-remorque m'avait roulé dessus, puis avait fait marche arrière pour en remettre une couche, mais au moins, l'ibuprofène semblait avoir atténué le martèlement dans ma tête.

Je me frottai la nuque.

— Tu as le Gatorade ?

Will me le tendit, accompagné d'une banane.

Vingt minutes plus tard, je n'avais toujours pas envie de parler, mais j'en étais capable, c'était un début. Will avait fini son sandwich, enlevé ses chaussures et posé ses pieds sur un coin de la table basse, les bras écartés sur le dossier du canapé.

— Qu'est-ce qui se passe, mon ami ?

Je soupirai.

— Je suis tombé sur Aaron Jensen.

— D'accord...

— Éloïse était avec lui.

Jusqu'à présent, je regardais le sol, mais je levai les yeux pour rencontrer ceux de Will.

— Elle est sourde.

Mon ami fronça les sourcils.

— Mais elle va bien, sinon ?

Je haussai les épaules.

— Elle a des prothèses orthopédiques aux jambes, et son...

Je ne pouvais pas me résoudre à l'appeler son père, même après trois ans.

— Aaron lui parlait en langage des signes.

Will digéra l'information.

— D'accord, bon, tu savais qu'il y avait un risque qu'elle ait des déficits auditifs et des problèmes de développement. C'est dur, mais ça ne veut pas dire qu'elle ne pourra pas vivre une vie parfaitement heureuse.

Je fermai les yeux et la revis dans le caddie. Ce visage avait tellement hanté mes pensées que même l'alcool à forte dose n'avait pu l'arrêter.

— Elle ressemble comme deux gouttes d'eau à Amelia.

Will resta silencieux un long moment.

— Il faut que tu étouffes ce truc dans l'œuf avant de tout gâcher avec Evie.

Je levai les yeux vers lui.

Will ferma les siens.

— Merde ! C'est trop tard.

— J'ai fait ça à Éloïse, putain !

Je secouai la tête.

— Je ne sais même pas si c'est encore son prénom.

— Tu as fait quoi à Éloïse ?

— Tout. Ce sont les choix que j'ai faits qui ont tué sa mère et l'ont fait naître prématurément. Si j'avais laissé la nature suivre son cours...

Le visage de Will se plissa.

— Qu'est-ce que tu racontes ?

— Tu sais que j'ai pris toutes les décisions médicales pour Amelia et le bébé.

— Oui, et ?

— Le travail a commencé à cause d'un médicament que j'ai accepté qu'on lui donne.

— Oui, parce que *l'équipe de médecins* qui s'occupait d'elle le recommandait. Je sais que tu es un type intelligent, mais tu n'as pas fait quatre ans d'études de médecine et huit ans d'internat comme les neurologues. De plus, rien ne prouve que le médicament a provoqué son accouchement prématuré. Son corps a lâché bien avant.

Il secoua la tête.

— Ce sont des choses qui arrivent. Des femmes qui n'ont pas été victimes d'un accident d'avion accouchent prématurément et des bébés ont des problèmes bien plus graves. Certaines choses dans la vie sont incontrôlables.

J'entendais Will parler, mais j'étais trop distrait par les souvenirs qui défilaient dans mon esprit pour l'écouter vraiment. L'un d'entre eux, en particulier, était le plus difficile à ignorer. C'était le jour où j'avais découvert que ma fille n'était pas ma fille. J'avais quitté l'hôpital pour m'apitoyer sur mon sort, mariner dans la vodka, et à mon retour, j'avais trouvé un lit vide.

— Je ne lui ai pas dit au revoir, sanglotai-je.

Will me regarda fixement tandis que des larmes coulaient sur mes joues.

— Comment ça, tu ne lui as pas dit au revoir ? J'étais devant la chambre quand tu l'as prise dans tes bras...

Il s'arrêta brusquement.

— Merde ! Tu ne parles pas d'Éloïse, n'est-ce pas ? Tu parles d'Amelia. Il ne s'agit pas seulement du bébé.

Quelques minutes s'écoulèrent sans qu'aucun de nous ne parle. Mon ami de toujours finit par se redresser. Il retira ses pieds de la table basse et appuya ses coudes sur ses genoux.

— Tu aimes Evie ?

J'essuyai mes larmes et hochai la tête.

— Oui, je l'aime.

— Alors, tu dois trouver un moyen de tourner la page.

Je *pensais* avoir tourné la page... jusqu'à ce que je voie le doux visage d'Éloïse.

— Comment je fais, maintenant ?

— Tu arrêtes de laisser les événements du passé détruire ton avenir. Je ne suis pas psy, mais je pense que la première étape est de faire sortir ce qui te hante. Ça fait trois ans, et c'est la première fois que tu t'autorises à exprimer tes émotions. Après la mort d'Amelia, tu es revenu au travail quelques jours plus tard comme si rien ne s'était passé. Tu ne peux pas effacer les gens de ton cœur pour aller de l'avant.

Il tapota sa poitrine du bout des doigts.

— Tu dois accepter qu'ils emportent une partie de ton cœur et le laisser guérir du mieux qu'il peut. Une personne qui t'aime prendra ton cœur, les cicatrices et tout le reste.

CHAPITRE 31

Evie

Trois ans plus tôt

— Monsieur Crawford ?

Je levai les yeux depuis le rocking-chair. Cela faisait une heure que j'étais assis et que je regardais ma petite fille. Elle avait cinq jours aujourd'hui, et c'était la première fois qu'elle était suffisamment stable pour sortir de la couveuse.

L'infirmière de l'unité de soins intensifs néonatals qui me l'avait remise se tenait à la porte avec une autre femme que je ne reconnus pas. Elle portait un tailleur, et non une blouse comme les autres. L'infirmière s'approcha.

— Nous devons remettre Éloïse dans sa couveuse, maintenant. Il est important qu'elle passe suffisamment de temps sous les lampes pour soigner sa jaunisse.

J'acquiesçai et me penchai pour embrasser le front de ma fille. Elle était toute petite, vraiment minuscule.

Lorsque je fus prêt, l'infirmière m'ôta le bébé des bras et la replaça dans la couveuse. Elle sourit chaleureusement en me désignant la femme qui se tenait dans l'embrasure de la porte.

— Maître Walters aimerait vous parler. C'est l'avocate de l'hôpital.

Mes yeux se portèrent sur l'inconnue. Je devinai qu'ils avaient envoyé la grosse artillerie puisque, jusqu'à présent, j'avais refusé de signer le NPR pour Amelia. Je hochai la tête et me levai.

— Je pourrai à nouveau tenir le bébé plus tard ?

— Bien sûr. Nous le faisons juste par petites sessions.

Elle regarda sa montre.

— Il est quinze heures. Peut-être vers dix-neuf heures ?

— Merci.

L'avocate sortit de la nurserie et attendit que je la rejoigne.

— Bonjour, monsieur Crawford. Je suis Nina Walters, du service juridique de l'hôpital. Il serait possible d'aller discuter ailleurs quelques minutes ?

Je me retournai vers la couveuse, vers ma fille qui dormait à nouveau en toute sécurité à l'intérieur.

— Bien sûr.

Nous allâmes dans la salle d'attente, qui était vide, et nous nous assîmes.

— L'équipe médicale de votre fiancée m'a informée de tout ce qui s'est passé ces derniers mois. Je suis très heureuse qu'Éloïse se porte si bien.

J'acquiesçai.

— Elle n'a pas réussi son test d'audition, mais ils ont dit que c'était courant et que ça pouvait s'arranger tout seul.

Ma petite fille était solide. Elle avait du liquide coincé dans l'oreille moyenne, et ils ne pouvaient pas garantir qu'il n'y aurait pas de problèmes de développement au fil du temps, mais c'était une sacrée battante, née à seulement vingt-neuf semaines.

Nina prit une grande inspiration et expira.

— Vous avez déjà traversé tellement de choses ! Je déteste devoir vous parler de ça, mais l'hôpital a reçu une décision de justice, aujourd'hui.

— Parce que je n'ai pas signé l'ordre de non-réanimation ? De la part de qui ? Amelia n'a pas parlé à sa mère depuis des années.

La femme secoua la tête et tendit des documents officiels au dos bleu.

— Ça n'a rien à voir avec les décisions médicales que vous avez prises pour Amelia. Le tribunal a ordonné à l'hôpital de prélever l'ADN d'Éloïse pour un test de paternité. Le requérant est un certain Aaron Jensen.

· · ·

L'après-midi suivant, j'étais assis dans la chambre d'Amelia lorsque les moniteurs s'affolèrent brusquement. Je me levai et regardai les lignes normalement stables commencer à sauter de façon erratique. Mais ma fiancée n'avait pas bougé d'un pouce. Une infirmière entra en courant dans la chambre, jeta un coup d'œil à l'écran, puis cria vers le poste des infirmières :

— Code bleu ! Prenez le chariot de réanimation !

Une demi-douzaine de personnes s'entassèrent dans la pièce dans les trente secondes qui suivirent. Le médecin écoutait le cœur d'Amelia, tandis qu'une autre infirmière lui prenait un bras et comptait les battements de son pouls au poignet.

— Monsieur Crawford, pouvez-vous sortir, s'il vous plaît ?

Je reculai pour leur laisser la place de travailler.

— Je me tiendrai à l'écart, mais je reste ici.

Ils étaient trop occupés pour discuter avec moi. La suite des événements se déroula comme une scène de série télévisée.

La fréquence cardiaque affichée sur l'écran tomba au point de devenir une ligne plane.

Le médecin alluma les palettes du défibrillateur et demanda à tout le monde autour du lit de ne plus toucher la patiente. Puis il appuya les palettes sur sa poitrine et lui administra une décharge.

Le corps d'Amelia sursauta, mais il retourna à l'état de faiblesse dans lequel il se trouvait depuis le jour de son arrivée à l'hôpital.

Tout le monde regarda l'écran.

Rien.

Deuxième décharge.

Toujours rien.

Une infirmière injecta quelque chose dans sa perfusion et mesura son pouls manuellement. Elle leva les yeux vers le médecin et secoua la tête en fronçant les sourcils.

— Dégagez !

Le médecin ajusta les boutons de la machine avant de poser à nouveau les palettes.

Le corps d'Amelia bondit encore plus haut.

Le moniteur émit un signal sonore et la ligne plate recommença à monter et descendre.

Les épaules du médecin se détendirent de manière visible.

— Pourquoi ça s'est produit ? demandai-je.

Il replaça les palettes sur la machine portable qu'ils avaient fait rouler jusque-là.

— Il pourrait y avoir plusieurs raisons.

Il secoua la tête.

— Un caillot de sang, des anomalies électrolytiques, ou même simplement son système qui s'arrête parce qu'il est épuisé. Les derniers mois ont été difficiles pour son corps, y compris sa césarienne.

— Un caillot de sang ? À cause des médicaments qu'on lui a donnés ? Ils m'ont dit que c'était un risque quand ils m'ont demandé la permission de l'essayer.

Le médecin leva les mains.

— Ne nous emballons pas. Nous ne savons pas encore s'il y a eu un caillot sanguin. Et même si c'était le cas, les patients qui passent des mois dans le coma courent un risque élevé d'en avoir un.

Je me frottai le front.

— Elle va s'en sortir ?

Il regarda le moniteur.

— Elle est stabilisée, maintenant. Mais comme c'est le cas depuis le début, nous devons procéder étape par étape. On va commencer par faire quelques examens pour voir ce que nous combattons.

J'acquiesçai et expirai une grande bouffée d'air.

— D'accord.

. . .

Le lendemain matin, après avoir quitté Éloïse aux soins intensifs néonatals, je retournai dans la chambre d'Amelia pour vérifier son état. Le moniteur indiquait que son rythme cardiaque était normal, alors je m'assis à son chevet et fermai les yeux pendant une minute. J'étais resté là toute la nuit, de peur de rentrer chez moi et que quelque chose d'autre ne se produise. C'est alors qu'une femme frappa à la porte ouverte.

Elle sourit.

— Bonjour, monsieur Crawford. Je suis Kate Egert. Je fais partie des services sociaux de l'hôpital. Nous nous sommes rencontrés il y a quelque temps, lorsque madame Evans a été amenée pour la première fois.

Je hochai la tête, bien qu'elle me paraisse à peine familière, et me levai.

— Bien sûr. Ravi de revoir.

Elle semblait hésiter.

— Vous pensez que nous pourrions parler dehors une minute ?

Ce n'était jamais une bonne nouvelle quand ils ne voulaient pas parler devant Amelia. Mais à quel point la situation pouvait-elle être pire que ces deux derniers jours ?

— Bien sûr.

Une fois dans le couloir, elle indiqua une pièce.

— Pourquoi n'irions-nous pas nous asseoir dans le salon réservé aux familles ?

Je jetai un coup d'œil à Amelia et secouai la tête.

— On ne pourrait pas parler ici ? Elle a eu vingt-quatre heures difficiles.

— Oh, oui, bien sûr !

Elle prit une profonde inspiration avant de tendre un papier plié.

— Je suis désolée d'en rajouter, avec tout ce que vous traversez. Mais le test de paternité est revenu.

Je me figeai.

Elle déplia le papier dans sa main et me regarda dans les yeux.

— D'après le test ADN, vous n'êtes pas le père d'Éloïse.

CHAPITRE 32

Merrick

Pour le troisième jour consécutif, je me tenais de l'autre côté de la rue.

J'avais l'impression de commencer à établir une sorte de routine : me lever avec la gueule de bois à l'aube, prendre deux ibuprofènes avec un demi-litre de Gatorade et faire couler l'eau sur moi sous la douche. Puis enfiler une casquette de base-ball, des lunettes de soleil et un sweat-shirt foncé à fermeture éclair, descendre à pied plus de quarante étages et me faufiler par l'entrée de service pour minimiser les risques de croiser quelqu'un du bureau. Puis marcher jusqu'à la 19ᵉ Rue pour me placer dans l'embrasure d'une porte qui empestait la pisse et observer de loin un homme que je détestais.

Je n'étais même pas sûr de savoir ce que je cherchais. Mais comme les deux jours précédents, Aaron était parti avec Éloïse vingt minutes plus tôt environ. Ses journées semblaient assez réglées, alors je m'attendais à ce qu'il revienne rapidement. Dix minutes plus tard, il se dirigeait vers son immeuble. Mais cette fois, il s'arrêta devant la porte d'entrée, se retourna... et me regarda fixement de l'autre côté de la rue.

Merde !

Après quelques secondes, il s'avança vers le bord du trottoir, vérifia des deux côtés et traversa la rue en trottinant. Habituellement, je courais huit kilomètres par jour, alors j'aurais pu baisser le bord de ma casquette sur mes yeux et m'enfuir. Il ne m'aurait jamais rattrapé, surtout pas avec l'adrénaline qui coulait dans mes veines à ce moment-là. Mais je ne pouvais pas bouger. Pas même quand il s'approcha de moi.

— Vous voulez monter et parler ? demanda-t-il calmement.

Je soutins son regard. Il devait forcément voir la haine dans mes yeux.

— Comment vous savez que je ne suis pas venu ici pour vous tuer ?

Il haussa les épaules.

— Je n'en sais rien. Vous voulez monter quand même ?

Je ne savais pas du tout ce que je faisais là, mais j'acquiesçai. Mon corps resta rigide pendant tout le trajet dans l'ascenseur, et quand il ouvrit la porte de son appartement, je fis une pause, mais finis pas le suivre.

Aaron alla directement à la cuisine. Il se tenait dos à moi devant le plan de travail.

— Café ou whisky ?

— Whisky.

Il hocha la tête, et pendant qu'il sortait une bouteille et des verres du placard, je me dirigeai vers le réfrigérateur. Des dessins étaient accrochés un peu partout grâce à divers aimants. L'un d'entre eux attira particulièrement mon attention. Il s'agissait essentiellement de cercles griffonnés, mais je pouvais deviner que c'étaient des personnes. L'une d'elles était rose et petite, et celle qui se trouvait à côté d'elle était trois fois plus grande et bleue.

Une troisième personne-cercle se trouvait en haut de la page, près d'un tas de lignes gribouillées en bleu foncé.

Aaron s'approcha et m'offrit un verre. Il désigna le dessin en sirotant son verre.

— Elle sait que sa mère est au paradis, et que le paradis est au-dessus, alors elle l'a mise à côté des nuages.

J'acquiesçai.

À droite se trouvait une photo d'Amelia. Elle était assise dans le siège du pilote d'un petit avion et souriait à la personne qui prenait la photo de l'extérieur. Les yeux rivés sur la photo, j'avalai tout le whisky et tendis le verre à Aaron. Aucun mot n'était nécessaire pour qu'il le remplisse à nouveau.

— Pourquoi ne pas nous asseoir à table ? proposa-t-il en tendant à nouveau un verre plein.

Nous prîmes des sièges l'un en face de l'autre.

— Vous êtes venu ici pour me frapper ou pour discuter ? demanda Aaron.

Je secouai la tête.

— Je n'en suis pas sûr.

— Eh bien, je mérite le coup de poing. Alors, allez-y, si ça peut vous aider à vous sentir mieux.

Nous nous regardâmes pendant un moment.

— Ça durait depuis combien de temps ?

Aaron posa son verre.

— Environ six mois, je crois.

— Pourquoi elle n'a pas rompu avec moi ?

— Parce qu'elle vous aimait. Je lui ai posé un ultimatum une fois – je lui ai dit que c'était vous ou moi. Elle a dit que si elle devait choisir, ce serait vous. Que ce serait toujours vous.

Je restai silencieux un long moment.

— Pourquoi, alors ? Pourquoi elle a fait ça ?

Il secoua la tête.

— C'est une question que je me suis moi-même souvent posée – en plus de pourquoi *j'ai* fait ça, sachant très bien qu'elle n'était pas disponible. J'étais juste un connard égoïste. Mais je ne pense pas que ce soit cette raison-là pour Amelia. En fait, je crois que ça n'avait aucun rapport avec moi. Je pense qu'elle voulait que vous le découvriez.

Mon front se plissa.

— Pourquoi ?

— Pour que vous rompiez, ainsi elle pouvait vous faire du mal avant que vous ne lui en fassiez.

Pour la plupart des gens, cela n'aurait pas eu beaucoup de sens, mais il avait manifestement appris à connaître Amelia assez bien. Sa théorie n'était pas si farfelue que ça. Mais sa réponse me mettait simplement en colère, et je ne savais plus très bien pourquoi j'avais posé ces questions.

— Éloïse... va bien ?

Le visage d'Aaron s'illumina.

— Elle va très bien. Au rythme où elle va, elle sera plus intelligente que moi dans quelques années.

Je souris pour la première fois depuis une semaine.

— Et son audition ?

Il hocha la tête.

— Elle est complètement sourde. C'est courant chez les prématurés.

— Ses jambes ?

— Juste un peu arquées. Le docteur dit qu'elle devrait en avoir fini avec les appareils orthopédiques dans quelques mois. À part ça, elle est en parfaite santé. Petite pour son âge, mais c'est un autre problème courant chez les prématurés. Elle a un peu rattrapé son retard au cours de sa première année. Mais je pense qu'elle sera juste au bas de l'échelle des tailles, comme sa mère.

Je pris une grande inspiration. Comme je n'avais pas prévu de parler à Aaron, je n'avais pas grand-chose d'autre à dire. Je hochai la tête.

— Merci.

— Je sais que j'ai dû vous faire énormément souffrir pendant cette période difficile, et j'en suis vraiment désolé. Non pas que ça aide, mais les rares fois où je sors pour rencontrer une femme, je fuis si elle est avec quelqu'un d'une manière ou d'une autre.

Aaron me raccompagna jusqu'à la porte. Il l'ouvrit, et je sortis dans le couloir en levant la main en signe d'au revoir avant de me diriger vers l'ascenseur.

— Merrick ? m'interpella-t-il.

Je me retournai.

— Vous aimeriez la voir ? Apprendre à connaître un peu Éloïse ?

Je n'étais pas sûr d'en être capable, mais j'appréciai l'offre.

— Je peux vous rappeler ?

Il sourit.

— Bien sûr. Vous savez évidemment où me trouver.

CHAPITRE 33

Evie

— Je n'étais pas sûre que vous viendriez aujourd'hui.

Je m'assis sur mon fauteuil habituel, en face du divan des patients.

— C'est votre dernier jour, n'est-ce pas ?

Colette hocha la tête.

— Oui. Mais j'ai des sentiments mitigés à ce sujet. J'ai pensé que ça m'aiderait de parler à quelqu'un. Je n'ai plus beaucoup d'amis, et ceux que j'ai sont plus enclins à discuter de mes ordres d'achat de la journée que de mes sentiments.

— Eh bien, je suis contente que vous soyez venue !

Je désignai un énorme plateau de biscuits sur la table.

— Allez-y, servez-vous. J'ai été prise d'une folle envie de pâtisser et si je les rapporte à la maison, je les mangerai.

Colette sourit et se servit un biscuit. Tout en le croquant, elle regarda autour d'elle.

— Cet endroit a été mon premier emploi après l'université. Ces trois dernières années, j'étais impatiente que ce jour arrive, mais maintenant qu'il est là, je ne me sens pas soulagée et heureuse comme je l'aurais cru.

— Vous ressentez quoi ?

Elle secoua la tête.

— De la tristesse, surtout. Peut-être un peu de regret.

— Le regret de partir ?

— Non. Il est temps de le faire. Le regret est plus lié à Merrick.

J'aurais aimé pouvoir dire : « Je partage votre douleur, Colette. » Puis peut-être ouvrir une bouteille de vin et se raconter nos histoires. Mais j'étais une professionnelle, et mes propres sentiments ne devaient pas entrer en ligne de compte. Je préférai donc dire :

— Expliquez-moi ça. Vous pouvez préciser ce que vous regrettez ?

Elle secoua la tête.

— Il y a tellement de choses... Certaines ne sont même pas logiques.

— Comme quoi ?

Colette baissa les yeux.

— Eh bien, je ne sais pas pourquoi, mais dernièrement, je pense beaucoup aux fois où je sortais dîner avec mon petit ami de l'époque, Merrick et Amelia. Je savais qu'elle avait une liaison, et pourtant, nous sortions et faisions comme si tout était normal. Je ne sais pas pourquoi ces souvenirs me reviennent à l'esprit après si longtemps.

— Souvent, le secret que nous gardons n'a pas d'importance. Ce qui nous dérange le plus, c'est qu'on l'a gardé.

Elle acquiesça.

— Peut-être.

— Vous avez dit que *dernièrement* vous pensez au secret que vous avez gardé durant ces dîners. Ça signifie que ce sont des pensées nouvelles ou qu'elles ont juste surgi dans votre esprit récemment ?

— Jusqu'au mois dernier, je n'avais jamais réfléchi au fait que j'avais gardé secrète la liaison de mon amie. Ce n'est peut-être pas très flatteur pour moi, mais c'est la vérité.

— Quelque chose s'est produit récemment qui vous y a fait penser ?

— Pas vraiment. Mais j'ai remarqué un changement chez Merrick. Je ne sais pas si c'est pertinent ou non.

— Quel genre de changement ?

— Eh bien, il n'a pas été très présent ces deux dernières semaines, mais avant ça, j'ai remarqué qu'il souriait davantage lors des réunions. Et il riait plus. Ce n'est que lorsque je l'ai vu paraître heureux ces derniers mois que je me suis rendu compte qu'il avait dû être longtemps malheureux. Ça m'a fait réaliser à quel point il avait souffert après la mort d'Amelia.

Mon front se plissa.

— Vous pensiez qu'il ne souffrait pas ?

Elle haussa les épaules.

— Je ne sais pas. Je lui ai reproché sa mort. Mais peut-être que j'avais juste besoin de trouver quelqu'un à blâmer.

— Pourquoi lui reprocher sa mort ?

— Parce qu'il était son mandataire en matière de soins de santé et qu'il prenait toutes les décisions médicales. Il a découvert qu'elle avait une liaison lorsqu'elle a été amenée à l'hôpital, puis il a dû décider des traitements qu'elle prendrait et des protocoles qu'elle subirait.

Oh, mon Dieu !

Colette remarqua mon visage et hocha la tête.

— Oui, c'était complètement tordu.

Il était difficile de ne pas entendre ce qu'elle venait de me dire sans me concentrer sur Merrick, mais ce n'était pas mon patient. Il n'était même plus mon petit ami. Je me forçai donc à revenir à mon objectif : aider Colette à démêler ses sentiments.

— Revenons un peu en arrière. On dirait que vous commencez à vous demander si les choses dont vous rendez Merrick responsable sont vraiment sa faute. Et en même temps, vous vous souvenez de choses que vous lui avez cachées lorsque vous étiez amis. Ça fait remonter beaucoup de culpabilité à la surface. Pourquoi pensez-vous que ça remonte à la surface maintenant ? Parce que vous partez ?

Colette sourit d'un air penaud.

— Eh bien, j'emmène quelques clients. C'est contraire à ma clause de non-concurrence. Merrick n'en sera pas ravi, même si ça ne changera pas grand-chose aux bénéfices du cabinet. Mais je sais aussi qu'il ne fera rien, parce que je ne suis pas la seule à l'avoir tenu pour responsable de ce qui s'est passé.

— Que voulez-vous dire ?

— La seule personne à avoir été plus dure que moi avec Merrick, c'est Merrick.

• • •

Ce soir-là, même si c'était un vendredi, je n'avais pas envie de rentrer chez moi. Je n'avais pas pu m'empêcher de penser à Merrick depuis ma séance avec Colette plus tôt dans la journée. J'avais même brisé ma tendance de la semaine à rester à mon étage et à ne pas monter pour tenter de l'apercevoir, mais il était introuvable. C'était tout aussi bien, parce que je me sentais vulnérable, et je n'avais vraiment pas besoin d'une raison de justifier la façon dont il avait agi et de me donner l'espoir que les choses pourraient s'arranger.

C'était une belle soirée, aussi décidai-je de prendre le bus pour aller à *Glass Bottle Beach* à Brooklyn au lieu de rentrer chez moi. Je marchai sur le rivage pendant une heure, ramassant du verre poli et évitant les morceaux tranchants que l'océan n'avait pas encore assez usés. Mais même mon lieu de prédilection n'était pas suffisant, ce soir-là. Je m'assis sur un gros rocher au bord de l'océan pour regarder le coucher du soleil. Le ciel s'illumina d'un mélange de mauves et de roses, et je fermai les yeux pour écouter le doux tintement que jouait la plage en heurtant tous les verres. Il semblait plus fort à chaque respiration, à tel point que j'ouvris les yeux pour regarder autour de moi et voir si les vagues avaient changé. Mais ce n'était pas l'océan qui tintait, c'était un trousseau de clés.

Je clignai des yeux, pensant que la personne qui les tenait dans sa main était une apparition.

Mais ce n'était pas le cas.

Je levai la main pour protéger mes yeux du soleil et mon cœur se mit à battre la chamade.

— Merrick ? Qu'est-ce que tu fais ici ?

— Je suis venu chercher du verre poli porte-bonheur.

— Tu savais que j'étais là ?

Il secoua la tête.

— Je viens tous les soirs à la même heure depuis quelques jours.

— Mais... pourquoi ?

Il sourit tristement.

— Il y a de la place pour deux sur ce rocher ?

J'avais peur, mais je ne pouvais pas empêcher l'espoir de fleurir dans ma poitrine. Je me décalai pour lui faire de la place.

— Bien sûr.

Merrick s'assit à côté de moi et regarda le coucher de soleil. Comme je devais tourner le visage dans sa direction pour voir moi aussi le spectacle, j'en profitai pour l'observer de plus près. On aurait dit qu'il avait vieilli de quelques années en quelques semaines. J'étais furieuse contre cet homme, mais j'étais humaine, et il avait l'air d'avoir besoin d'une amie. Alors, je sortis mon verre poli orange porte-bonheur et le lui tendis.

— Frotte-le. On dirait que tu en as besoin.

Ses yeux balayèrent mon visage avant qu'il ne secoue la tête.

— Je t'ai traitée comme de la merde ces deux dernières semaines, et tu m'offres quelque chose que tu chéris.

Je haussai les épaules.

— Il n'a pas fait son travail, de toute façon, ces derniers temps. Peut-être que tu auras plus de chance.

Merrick tendit la main et referma ma paume, laissant le verre à l'intérieur. Il regarda mon poing pendant un long moment avant de lever les yeux pour croiser mon regard.

— Le jour de l'accident d'Amelia, j'ai découvert qu'elle avait une liaison et qu'elle était enceinte de plus de quatre mois. Je savais qu'il était possible que ce soit l'enfant d'un autre, mais je me suis convaincu que ce n'était pas le cas.

Il secoua la tête.

— J'étais certain que le bébé était le mien. J'étais tellement en colère contre Amelia pour ce qu'elle avait fait ! Mais j'ai fini par trouver un moyen d'oublier tout ça en craquant pour ma fille.

Merrick déglutit.

— C'était comme si j'avais toute cette haine et cette animosité dans mon cœur, et que plus je fondais pour cette enfant que je n'avais jamais rencontrée, plus ces sentiments chassaient les mauvais. Je lui ai fait la lecture pendant des heures tous les soirs, je lui ai diffusé toutes mes chansons préférées et je lui ai même raconté des histoires sur sa mère et moi lorsque nous nous sommes rencontrés à l'université. Les infirmières m'ont donné mon propre stéthoscope parce que j'empruntais tout le temps le leur pour écouter les battements de son cœur.

Peu importe que Merrick m'ait brisé le cœur, j'ouvris ma main et entrelaçai mes doigts aux siens, gardant mon verre poli à l'intérieur de nos paumes enchevêtrées.

— Au cours des mois qui ont suivi, j'ai dû prendre des décisions médicales difficiles. Plus le temps passait, plus la vie d'Amelia était en danger. Mais Éloïse avait besoin de sa mère, parce qu'elle n'aurait pas survécu si elle était née trop tôt.

— Tu as dû prendre tout seul toutes ces décisions pour elles ?

Il hocha la tête.

— Ses parents étaient aux abonnés absents, et elle n'était pas proche de beaucoup de gens. Mais à ce moment-là, je n'étais même pas sûr de savoir ce qu'*elle* aurait voulu, étant donné que j'ignorais totalement qu'elle avait une liaison de longue date avec un autre homme. Au bout de quelques mois, la santé d'Amelia s'est dégradée. Il s'est avéré qu'elle avait des caillots de sang qui se détachaient. Il était encore trop tôt pour que le bébé naisse – seulement vingt-neuf semaines. Mais j'ai accepté d'essayer une nouvelle molécule parce qu'elles étaient toutes les deux en danger. Ce médicament a déclenché le travail plus tôt que prévu. Éloïse est née et est allée directement à l'unité de néonatalogie, mais l'état de sa mère n'a cessé de se dégrader. Aucun des traitements ne fonctionnait.

Merrick s'arrêta pour respirer, et lorsqu'il reprit la parole, sa voix était rauque.

— Entre-temps, l'hôpital avait reçu une demande de test de paternité de la part du type avec qui elle couchait.

Quelques jours après le prélèvement sur Éloïse, Amelia a fait un arrêt cardiaque, et ils sont parvenus à la ranimer. Le lendemain matin, l'assistante sociale est venue et m'a dit...

Des larmes coulèrent sur le visage de Merrick, et les miennes suivirent.

Il secoua la tête.

— Ça fait trois ans, et je ne peux toujours pas me résoudre à dire qu'Éloïse n'est pas ma...

L'expression de douleur sur son visage me transperça le cœur. J'essuyai ses larmes.

— Ce n'est pas grave. Tu n'es pas obligé de le dire.

Il prit une minute pour se ressaisir avant de continuer.

— Quand ils me l'ont annoncé, j'ai quitté l'hôpital, je suis allé dans le bar le plus proche et je me suis saoulé. Je suis revenu et j'ai trouvé le lit d'Amelia vide.

Mes yeux s'écarquillèrent.

— Oh, merde ! Elle...

Merrick hocha la tête.

— Amelia est morte seule. Je les ai perdues toutes les deux, ce jour-là.

Je pouvais à peine appréhender ce qu'il avait vécu. Après des mois de lutte acharnée, tout s'était effondré autour de lui.

Il prit une grande inspiration.

— Je suis allé voir Aaron, l'autre jour... l'autre homme.

— Vraiment ?

Il acquiesça.

— En fait, il a l'air plutôt sympa. Il m'a proposé de me permettre de faire la connaissance d'Éloïse.

— Waouh ! Tu as dit oui ?

— Je lui ai dit que je devais y réfléchir. Mais je pense que je vais le faire. Une grande partie de moi a ce sentiment d'avoir perdu une fille. Je sais que je ne pourrai jamais l'effacer. Mais peut-être que c'est important qu'Éloïse fasse partie de ma vie d'une manière ou d'une autre.

— Je ne sais même pas quoi dire, Merrick.

Il secoua la tête.

— Tu n'as rien à dire. C'est moi qui te dois tous les mots. Je n'ai aucune excuse pour ce que je t'ai fait, je me suis enfui alors que tu venais de m'ouvrir ton cœur. Avant que tu n'entres dans mon bureau la première fois, je pensais que j'avais tourné la page et que je recommençais à vivre. Mais je n'avais pas guéri. J'avais juste fermé cette partie de mon cœur. Je me suis de nouveau ouvert quand je suis tombé amoureux de toi à nouveau. Et quand nous nous sommes retrouvés face à Éloïse, tout est revenu d'un seul coup. Alors, ma réaction instinctive a été de me refermer, parce que c'est comme ça que j'ai tourné la page la dernière fois.

Je clignai des yeux plusieurs fois, bloquée sur ses paroles.

— Tu m'aimes ?

Merrick prit mes joues entre ses mains et me regarda dans les yeux.

— J'étais foutu le jour où tu m'as dit que j'étais un connard et que tu es sortie de mon bureau. J'ai stupidement essayé de me battre contre ça parce que j'étais un lâche, mais ça n'a servi à rien.

Il rapprocha mon visage, nos nez se touchant presque.

— Je suis tellement amoureux de toi que ça me fiche une peur bleue. Ce que je ressens est plus qu'un désir. J'ai *besoin* de toi, Evie.

Les larmes coulèrent à nouveau sur mon visage. Cette fois-ci, des larmes de joie.

— Je t'aime aussi.

— Je suis vraiment désolé de t'avoir fait du mal, Evie. Mais si tu m'en laisses l'occasion, je te promets de passer, je ne sais pas, les dix prochaines années à me faire pardonner.

J'essuyai mes larmes en riant.

— Seulement dix ?

Il sourit.

— Nous avancerons une décennie à la fois.

. . .

Le lendemain matin, je ne me réveillai pas avant onze heures moins le quart. Merrick et moi avions passé la moitié de la nuit à renouer, et j'aurais aussi préféré rester au lit toute la journée. Mais j'avais un rendez-vous que je redoutais quelques heures plus tard – un rendez-vous que je n'avais pas mentionné à l'homme dont les bras m'enveloppaient à cet instant. Derrière moi, Merrick dormait encore, aussi essayai-je de m'extraire doucement de son étreinte sans le réveiller. Mais alors que je posais mon premier pied sur le sol, un long bras se resserra autour de ma taille et me ramena au centre du matelas.

Je poussai un glapissement de surprise.

— J'essayais de ne pas te réveiller.

Merrick me prit le poignet et fit glisser ma main entre ses jambes.

— Je suis bien réveillé, mon cœur.

Ça, il l'est ! Je le serrai un peu.

— Tu sais, je pense que ce truc est peut-être cassé. Il s'est réveillé quatre fois, la nuit dernière.

— Je vais te montrer à quel point il est cassé...

Il se pencha pour m'embrasser, mais je l'arrêtai.

— D'accord, mais il faut faire vite. J'ai un rendez-vous à midi et je dois encore prendre une douche.

Il fit la moue.

— Annule-le.

— Tu n'as pas idée d'à quel point j'aimerais. Mais il faut que j'en finisse.

Je fis une pause et regardai Merrick dans les yeux.

— Je déjeune avec Christian.

Il se figea.

— Répète ça !

— Ce n'est pas ce que tu crois. Christian a accepté d'abandonner les poursuites si je dînais avec lui et que je l'écoutais. Mon avocat a négocié un déjeuner. Je n'ai vraiment aucune envie d'y aller, mais je ne veux pas non plus crouler sous les frais de justice juste pour me défendre dans un procès ridicule.

— Pas question. Je paierai tes frais de justice.

— C'est très gentil de ta part. Mais je ne peux pas te laisser faire ça.

— Alors, je t'accompagne à ce déjeuner.

Je secouai la tête.

— Je ne veux pas lui donner de raison de revenir sur cet accord. Je préfère donc ne pas le contrarier.

Merrick fronça les sourcils.

— Je n'aime pas ça.

— Je comprends. Et je suis sûre que je ressentirais la même chose si la situation était inversée.

Je posai ma main sur sa joue.

— Je te promets de me rattraper à mon retour.

— Tu dois partir à quelle heure ?

— Je le retrouve dans un restaurant du centre à midi. Donc, je dois partir d'ici à onze heures et demie.

Merrick tendit la main vers la table de nuit à ses côtés et attrapa son téléphone.

— J'envoie un message à mon chauffeur. Il t'emmènera et attendra que tu ressortes.

— Ce n'est pas nécessaire.

Il m'ignora et continua à taper. Quand il eut fini, il reposa l'appareil sur la table de nuit.

— Je lui ai dit de venir à onze heures quarante-cinq. C'est samedi, il y aura peu de circulation. De plus, j'ai besoin d'une heure entière pour t'aider à te préparer.

J'arquai un sourcil.

— Tu vas m'aider à me préparer ? Comme me sécher les cheveux et me maquiller ?

— Non. Je vais m'assurer que tu sentes le sexe et que mon sperme soit en toi quand tu seras en face de cet enfoiré.

Je gloussai.

— Possessif, hein ?

— Tu n'as pas idée !

Merrick écrasa ses lèvres sur les miennes, et il ne me fallut pas longtemps pour perdre pied. Il rompit le baiser, mais garda ma lèvre inférieure entre ses dents et tira.

— Je veux jouir en toi. Sans utiliser de protection. Je peux le faire, Evie ?

Je déglutis et hochai la tête.

— Je prends la pilule.

Merrick posa ses doigts sur ma joue.

— Je t'aime.

— Je t'aime aussi.

Il enfouit sa tête dans mes cheveux et m'embrassa le cou, remontant vers mon oreille en suçant ma peau.

— Je vais m'excuser avant même de commencer, dit-il. Que j'en aie le droit ou non, je me sens possessif, en ce moment, sachant que lorsqu'on aura terminé, tu vas rencontrer un autre homme. Donc, j'ai besoin de te prendre à fond.

J'aimais bien ce que j'entendais. J'écartai les jambes sous lui et souris.

— Eh bien, vas-y, patron.

Merrick n'eut pas besoin de se le faire dire deux fois. Il lécha sa main et la glissa entre nous, s'assurant que j'étais lubrifiée. Mais j'étais prête depuis qu'il avait dit *Je veux jouir en toi*. Ses pupilles se dilatèrent lorsqu'il réalisa à quel point j'étais mouillée. Il aligna son gland gonflé avec mon ouverture et l'enfonça d'une seule poussée profonde. Ses yeux se fermèrent tandis qu'il restait immobile, comme s'il avait trouvé le nirvana. Lorsqu'ils s'ouvrirent, il commença à bouger comme il ne l'avait jamais fait auparavant. Merrick se retira presque complètement et s'enfonça à nouveau, encore et encore.

— Putain, Evie ! Je vais remplir cette chatte pour que ça dégouline encore de toi quand tu partiras.

Il se retira pour me regarder et gémit en s'enfonçant à nouveau.

— À moi.

Mes ongles s'enfoncèrent dans son dos alors que je grimpais vers l'orgasme.

— Je vais...

Je n'eus même pas le temps de finir la phrase que mon corps se mit à pulser tout seul.

— *Oh, putain !*

Merrick accéléra. C'était dur et brutal, chaque poussée devenant plus profonde jusqu'à ce qu'il laisse enfin échapper un rugissement : « *Putaiiiin !* » Son bassin bougea alors une dernière fois avant qu'il ne se plante profondément en moi.

Nous nous embrassâmes langoureusement et longuement par la suite. Merrick ôta une mèche de cheveux de mon visage en souriant.

— Puisque tu ne me laisses pas me joindre à toi pour le déjeuner, au moins, tu auras un peu de moi en toi, maintenant.

— Nous n'avons pas besoin du sexe pour que ce soit le cas.

Je plaçai ma main sur mon cœur.

— Tu es déjà en moi, là. Donc tu es avec moi où que j'aille.

Merrick

Un an plus tard

— Je ne te pensais pas du genre à être effrayé par une petite turbulence.

— Hmm ?

Je regardai par-dessus mon épaule avant de quitter l'aéroport pour rejoindre l'autoroute.

— De quoi tu parles ?

— Pendant le vol, dit Evie. Tu étais très tendu. Chaque fois que je te regardais, tu étais accroché à l'accoudoir.

— Ooh !

L'idée que quelques secousses dans un avion puissent me déranger après toutes ces années de voyage était assez comique. Une fois, j'avais dormi pendant un atterrissage d'urgence. Mais j'acquiesçai quand même.

— Oui, je pensais l'avoir bien caché.

Evie s'esclaffa.

— À un moment donné, il y avait des perles de sueur sur ton front.

Nous venions d'atterrir à Atlanta pour le pique-nique prévu de longue date par Kitty, réunissant la famille étendue, qui avait lieu deux jours plus tard alors qu'Evie pensait que la fête avait lieu le lendemain. Elle croyait aussi que nous allions directement chez ma grand-mère.

Je me raclai la gorge.

— Il n'est que dix-neuf heures. Ma grand-mère a sa partie de cartes hebdomadaire jusqu'à vingt et une heures. Je lui ai dit de l'organiser puisque la plupart du temps, les vols sont en retard. Tu veux faire un tour à tes Airbnb pour y jeter un coup d'œil, puisque nous avons un peu de temps ?

Je n'avais pas de plan de secours, donc je comptais sur un oui de sa part.

— Oh oui, ce serait super ! Je vais regarder sur l'application pour voir s'ils sont réservés.

Merde !

Bien sûr que c'était réservé. Je l'avais réservé un mois plus tôt sous un faux nom en me trouvant malin, mais je n'avais pas envisagé qu'elle voudrait vérifier avant qu'on y aille et s'apercevrait que c'était loué.

Evie tapa sur son téléphone.

— Ils sont tous les deux réservés.

— Tu veux quand même y faire un saut en voiture, juste pour vérifier la propriété ? Et le site de *glamping* ?

— Non, c'est bon. Au retour, peut-être, si on a le temps. Apparemment, ils sont libres dimanche, alors ce serait mieux.

J'avais envie de lui botter les fesses. *Réfléchis ! Réfléchis !* J'étais extrêmement nerveux, alors mon cerveau n'arrivait pas à trouver quoi que ce soit.

— Tu es sûre ?

Elle me regarda et plissa les yeux.

— Tu ne veux pas aller chez Kitty pendant que toutes ses amies sont là parce que la dernière fois, elles ont fait un commentaire sur tes jolies fesses. C'est ça ?

— Ouais. Ouais... tu m'as eu. Elles ressemblent peut-être à des moutons, mais ces dames sont des loups.

Evie ricana.

— D'accord. Tu sais, pour un homme capable de dire des obscénités, tu peux vraiment être prude, parfois.

Je parcourus le reste du chemin jusqu'aux Airbnb sans dire un mot. Chaque année, je négociais des milliards de dollars en actions à haut risque, et jamais je ne m'étais senti comme ça. Evie avait été sur mon dos pour que j'adoucisse un peu mon ton lorsque je parlais aux nouveaux traders, parce que, apparemment, je les rendais nerveux. Si c'était comme cela qu'ils le vivaient, j'étais vraiment un con, et ils auraient mieux fait de tous démissionner.

— Oh, j'ai oublié de te dire, lança Evie, j'ai acheté des billets pour le *Sesame Street Live* pour les anniversaires d'Abbey et d'Éloïse. Le spectacle n'a lieu que dans quelques mois, mais Abbey est déjà obsédée par tout ce qui touche à *Rue Sésame*. J'ai pensé qu'Éloïse aimerait aussi. J'ai reçu trois billets pour deux spectacles différents. Je ne savais pas si tu voudrais qu'on emmène Éloïse, ou si tu voudrais juste lui offrir tous les billets pour son anniversaire, et qu'Aaron puisse l'emmener avec une amie.

Quelques semaines après le jour où Aaron et moi avions discuté, j'avais accepté sa proposition de faire connaissance avec sa fille. Au début, cela avait été gênant. Je voulais juste la regarder et chercher le bébé que j'avais cru être le mien. Mais cela n'avait pas duré longtemps. Depuis, je lui avais rendu visite souvent. Aaron et moi avions même noué une sorte d'amitié. Je n'aurais jamais cru que je serais un jour reconnaissant d'avoir ce type dans ma vie, mais c'était le cas. Parce que je ne pouvais pas désaimer une enfant que j'avais aimée des mois avant même sa naissance. Je leur avais présenté Evie, et les dernières fois que nous nous étions retrouvés, elle avait amené sa nièce, Abbey. Éloïse l'adorait et la traitait comme une poupée.

— Tu veux y aller ? lui demandai-je.

— Pourquoi pas. Ma mère n'a jamais eu l'argent nécessaire pour nous emmener voir des spectacles quand nous étions enfants. Je crois que je suis un peu curieuse de savoir ce que c'est.

— D'accord, répondis-je. Alors, on l'emmènera.

— Vraiment ?

Les yeux d'Evie s'écarquillèrent.

— Je n'aurais jamais cru que tu accepterais d'aller au *Sesame Street Live*.

Je haussai les épaules.

— Je vais passer quelques heures avec ma petite amie, puis rentrer chez moi et elle va me tailler une pipe parce que j'aurai fait quelque chose qu'elle voulait faire, non ?

Elle gloussa.

— Probablement.

— Ça m'a l'air d'être une sacrément bonne journée, alors. Peu importe où nous sommes si ça vous rend heureuses toutes les deux.

Le regard d'Evie se fit plus doux.

— Tu dis les plus gentilles des choses sans même t'en rendre compte.

— C'était la partie concernant la pipe, c'est ça ?

Elle me donna une tape.

Dix minutes plus tard, le calme que j'avais réussi à canaliser en parlant à Evie s'envola à nouveau lorsque nous quittâmes la route principale pour emprunter celle qui menait aux cabanes dans les arbres. Nous arrivâmes juste au moment où le soleil commençait à se coucher.

Evie regarda autour d'elle.

— Regarde ce ciel. On n'aurait pas pu arriver à un meilleur moment que celui-ci si on l'avait prévu.

Je faillis rire. *Quelqu'un l'avait prévu.*

— On dirait que les clients ne sont pas encore arrivés, dit-elle.

— Alors, montons jeter un coup d'œil.

— Et s'ils arrivent ?

— Nous leur dirons que nous sommes l'équipe de nettoyage.

Elle me regarda de haut en bas et sourit.

— Même sans le costume à trois mille dollars, personne ne croirait que tu fais partie de l'équipe de nettoyage.

— Pourquoi ?

— Parce que tu as simplement l'air d'être le patron. Je ne veux pas qu'on me surprenne en train de fouiner après les heures d'enregistrement.

Je sortis de la voiture et ouvris la portière d'Evie, lui tendant la main pour l'aider à descendre.

— Allez, ce sera sympa. Tu aimes bien l'idée de te faire surprendre. Tu te souviens comme tu as joui quand je t'ai dévorée sur ton bureau la semaine dernière sans que la porte soit verrouillée ?

Je me frottai les cheveux à l'arrière de la tête.

— Il me manque une mèche de cheveux tellement tu as tiré fort.

Elle me prit la main.

— Je vais y aller, mais je te préviens... Il va te manquer le reste si on monte là-haut et que tu essaies encore quelque chose comme ça.

À l'échelle, je souris lorsqu'elle regarda autour d'elle pour s'assurer que la voie était libre.

— Après toi, dis-je.

Evie portait une robe d'été, alors la vue d'en bas faillit me faire oublier ce que je m'apprêtais à faire.

— Arrête de regarder mes fesses, cria-t-elle sans se retourner.

— Tu apprécies ton point de vue, et j'apprécie le mien, m'esclaffai-je.

Elle fit quelques pas à l'intérieur et s'arrêta net alors que je grimpais derrière elle.

— Oh, mon Dieu ! Il y a du champagne au frais. Les gens ont déjà dû s'enregistrer. Je parie qu'ils sont allés se promener. Ils vont revenir d'une minute à l'autre puisqu'il fait presque nuit. On ferait mieux d'y aller.

Evie se tourna vers la porte, mais je lui attrapai le poignet.

— Attends une minute. Je veux te parler.

— On peut parler dans la voiture.

Je fis la seule chose à laquelle je pouvais penser pour la détendre. Je pris ses joues entre mes mains et attirai sa bouche vers la mienne. Elle essaya de s'éloigner, mais au bout de dix secondes, ses épaules se détendirent et elle céda. C'était censé la calmer, mais cela commençait à avoir l'effet inverse sur moi, alors je me forçai à interrompre notre baiser. Cependant, je gardai ses joues entre mes mains et son visage tout près.

— Donne-moi juste une minute, d'accord ? chuchotai-je.

Elle cligna des yeux, semblant un peu perdue, mais acquiesça. J'aimais, même après tout ce temps, être encore capable d'obtenir ce résultat. Portant sa main à mes lèvres, j'en embrassai le dessus avant de prendre une grande inspiration et de reculer. Puis, je m'agenouillai.

— Evie, je voulais faire ça ici parce que je connais la signification de ces cabanes. C'est un endroit où tu venais pour te sentir en sécurité à des moments de ta vie où tu voulais échapper au monde. Je n'ai peut-être pas grimpé dans une cabane, mais j'ai certainement passé mon lot d'années à vouloir échapper à la vie – jusqu'à ce que tu franchisses ma porte.

Evie se couvrit la bouche, et des larmes perlèrent dans ses yeux.

— Depuis le jour où je t'ai rencontrée, ma vie a changé. Tu m'as redonné envie de vivre, d'être meilleur, et tu m'as fait désirer bien plus que l'argent et le pouvoir.

Je mis la main dans ma poche et en sortis l'écrin que je portais sur moi depuis que nous avions quitté New York ce matin-là.

— J'ai eu peur que tu penses que je me tripotais à travers mon pantalon vu la façon dont je n'ai pas arrêté de tâter ma poche pour m'assurer que je ne la perdais pas.

Evie rit.

J'ouvris l'écrin. À l'intérieur se trouvait un diamant de quatre carats de taille princesse, avec deux pierres plus petites serties dans le filigrane de chaque côté. Ces dernières provenaient de la bague de sa grand-mère et de celle de Kitty. Il avait fallu plusieurs personnes pour réaliser ce bijou. À côté, dans le coffret de velours noir, se trouvait le morceau de verre poli orange qu'elle gardait dans son sac à main et dont elle ne se séparait jamais. Je le sortis et le lui tendis.

— J'espère que ça ne te dérange pas que je l'aie volé dans ton sac ce matin. J'avais besoin de toute la chance possible aujourd'hui.

Elle prit le verre poli et le tint près de son cœur.

— Je crois que le sentiment que j'éprouve en ce moment est peut-être plus fort que celui que j'ai éprouvé sur la plage il y a vingt ans, lorsque je l'ai trouvé.

Je souris.

— Evie, je veux me réveiller avec toi tous les matins et m'endormir à tes côtés tous les soirs. Je veux que tu sois ma femme et je veux fonder une famille avec toi. Mais plus que tout, la raison pour laquelle je voulais faire ça ici, c'est parce que je veux remplacer tes cabanes, mon cœur. Je veux être la personne qui sera toujours là pour toi, l'endroit où tu te réfugieras quand tu auras besoin de te sentir en sécurité.

Je fis une pause et pris une grande inspiration.

— Veux-tu m'épouser, Evie ?

Des larmes coulèrent sur son visage. Elle enroula ses bras autour de mon cou et m'embrassa.

— Oui ! Oui !

Mon cœur s'emballa alors que je capturais ses lèvres pour l'embrasser. Lorsque le baiser prit fin, nous haletions tous les deux. Je passai la bague à son doigt et elle la regarda fixement.

— Les pierres de chaque côté proviennent des bagues de fiançailles de nos grands-mères, offertes par leur seul véritable amour. Greer m'a aidé à trouver la bague de ta grand-mère, et Kitty était impatiente de te donner la sienne.

— Oh, Merrick ! Ça signifie beaucoup pour moi.

Elle tendit la main.

— Elle est absolument magnifique.

— Eh bien, je suppose que j'ai pris la bonne. Parce qu'elle est assortie à la femme qui la porte.

FIN

(Mais parfois, la vie est une
boucle et nous ramène au début...)

Merrick

Dix-neuf ans plus tôt

— Salut !

Ma sœur entra dans le garage où je m'entraînais à jouer sur le vieux billard de mon grand-père. Elle prit la boule numéro cinq devant laquelle je m'étais penché pour tirer.

— Mamie a besoin que tu fasses un saut à vélo au marché pour acheter du sucre.

— Tu peux poser la boule ? dis-je. Je joue, là !

Elle lança la boule orange en l'air et la rattrapa.

— Tu ne joues pas assez avec tes boules dans ta chambre ?

J'attrapai la boule la fois suivante qu'elle la lança.

— Tu es drôle. Mais l'apparence ne fait pas tout.

Elle leva les yeux au ciel.

— Original, gamin !

Gamin. Ma sœur Lydia avait quinze ans, à peine deux ans de plus que moi, mais elle se comportait comme si notre différence d'âge était d'au moins dix ans. Je jetai un coup d'œil dehors par la fenêtre du garage. Il commençait à pleuvoir.

— Pourquoi tu n'y vas pas, toi ? demandai-je.

— Je viens de me sécher les cheveux.

Je haussai les épaules.

— Et alors ? Mets une capuche.

— Si tu ne te tais pas et que tu n'y vas pas, je vais devoir appeler Dave...

Je reposai la boule numéro cinq sur le billard.

— C'est bien. Demande-lui de m'apporter un Big Mac. Tu sais que cette menace a cessé de fonctionner quand j'avais six ans, non ?

— Les Big Mac viennent de *McDonald's*, imbécile ! Pas de *Wendy's*.

Je haussai les épaules et me penchai pour tirer, envoyant la boule dans la poche du coin.

— Mamie serait venue me le demander elle-même si elle voulait que j'y aille. Je sais qu'elle te l'a demandé et que tu essaies juste de me le refiler.

Lydia haussa les épaules.

— Ça n'a pas d'importance. Tu dois m'écouter parce que je suis plus âgée.

— Désolé de te l'annoncer, mais ce truc n'existe pas. Tu n'as aucun droit de me donner des ordres sous prétexte que tu es un peu plus âgée. Mais pendant que tu seras au magasin, achète-moi du beurre de cacahuètes. On n'en a plus.

Elle fronça le nez.

— Comment tu peux manger ce truc trois fois par jour ?

— Ne le critique pas tant que tu ne l'as pas essayé.

Je m'approchai de ma sœur, me plantai devant elle et la toisai. Je faisais déjà quinze centimètres de plus qu'elle.

— Peut-être que si tu en mangeais, tu pourrais atteindre une taille normale.

— Je mesure un mètre cinquante-cinq. C'est une taille normale pour une fille.

Je souris.

— Si tu le dis...

Elle croisa les bras sur sa poitrine.

— Si j'y vais, je ne te prendrai pas de beurre de cacahuètes. Je ne prendrai que le sucre de mamie.

Je levai les yeux au ciel. Évidemment !

— D'accord, grommelai-je. J'irai quand j'aurai vidé la table. Mais seulement parce que je veux un sandwich.

Un peu plus tard, j'enfourchai mon vélo pour me rendre au marché, situé à trois pâtés de maisons, et achetai du sucre et du beurre de cacahuète. Mais pendant que je me trouvais dans le magasin, la bruine se transforma en une véritable averse.

— Génial ! grommelai-je en sortant mon vélo de sous l'auvent.

Le temps de rentrer chez ma grand-mère, j'étais trempé de la tête aux pieds. J'appuyai sur le bouton pour ouvrir la porte du garage, mais à ce moment-là, un éclair de longs cheveux blonds traversa le jardin de l'amie de mamie, juste à côté. À travers l'averse, je regardai une fille glisser sur l'herbe mouillée et monter à toute vitesse l'échelle menant à la cabane dans l'arbre. Au quatrième barreau, elle glissa, perdit sa prise et atterrit par terre sur les fesses. Mais elle se releva, regarda la maison par-dessus son épaule et se remit à grimper. La deuxième fois, elle arriva presque au sommet avant que son pied ne glisse. En essayant d'attraper l'échelle avec ses jambes, elle la fit tomber. Je crus qu'elle allait chuter en même temps, mais elle s'agrippa à la cabane et, à présent, s'y balançait.

— Merde !

Je courus vers le jardin de Milly. La pluie me frappa le visage alors que j'enjambais la petite clôture blanche et soulevais l'échelle, la hissant à nouveau à côté de la fille. Elle enroula ses jambes autour et réussit à s'y hisser. Dès qu'elle fut assez stable pour grimper à nouveau, elle escalada les derniers barreaux à toute vitesse et entra dans la cabane, claquant la porte derrière elle.

J'attendis une minute, mais elle ne ressortit pas. Et comme la pluie ne faiblissait pas, je retournai en courant chez ma grand-mère. En arrivant au garage, j'entendis un homme crier chez Milly. Je me dis que la fille avait probablement fait quelque chose de mal et qu'elle avait des ennuis, alors je remis mon vélo dans le garage et m'occupai de mes affaires.

À l'intérieur, mamie me jeta un coup d'œil et secoua la tête.

— Tu es mouillé comme une soupe. Qu'est-ce que tu fais à jouer sous la pluie ?

J'ouvris mon sweat-shirt et sortis le sac que j'avais mis dessous pour le garder au sec.

— Je suis allé te chercher le sucre que tu as demandé.

— Tu veux dire le sucre de ta sœur. C'est elle qui le voulait pour faire du sucre candi.

Je le savais ! Je secouai la tête.

— Elle m'a dit que c'est toi qui le voulais.

Mamie gloussa.

— Ça ne m'étonne pas. Nous étions huit frères et sœur, et j'aurais probablement fait la même chose à mon petit frère quand nous avions votre âge.

Son téléphone se mit à sonner, alors elle se dirigea vers le mur où il était accroché, tout en désignant mes vêtements du doigt.

— Va te changer, je vais te préparer un goûter.

J'étais tellement trempé que je dus même changer de sous-vêtements.

Quand je ressortis, mamie était en train de raccrocher le téléphone. Elle sortit son imperméable de l'armoire à vêtements et attrapa ses clés de voiture suspendues près de la porte d'entrée.

— Je dois sortir. Ta sœur et toi, soyez sages.

— Il pleut à verse. Où tu vas ?

Mamie secoua la tête.

— Aider une amie. Je t'expliquerai en rentrant à la maison.

— D'accord.

Après son départ, j'allai me préparer un sandwich au beurre de cacahuète et à la confiture. Quand je mis le couteau à beurre sale dans l'évier, je regardai par la fenêtre et remarquai le bolide de ma grand-mère dans l'allée de la voisine. Une femme était en train de monter du côté passager. Milly, l'amie de ma grand-mère, contournait sa maison, le bras autour de la fille qui avait failli tomber de la cabane un peu plus tôt. Je les vis s'entasser dans la voiture, puis mamie démarra et partit.

Quand elle revint des heures plus tard, je dormais à moitié sur le canapé, regardant un tournoi de poker à la télévision. Elle s'approcha, prit la télécommande et éteignit.

Je me redressai.

— Tout va bien ?

Elle soupira.

— Maintenant, oui... pour l'instant, en tout cas.

— Il est arrivé quelque chose à Milly ? Je l'ai vue monter dans ta voiture avec d'autres personnes.

— Non, Milly va bien.

— Oh ! Quand je suis revenu du magasin, tout à l'heure, une fille est sortie en courant de chez elle. Elle s'est presque ouvert la tête en grimpant dans la cabane derrière la maison, quand l'échelle s'est dérobée sous elle.

— Ce devait être la plus jeune petite-fille de Milly, Everly.

— J'ai aussi entendu un homme crier.

Mamie fronça les sourcils.

— C'était son père. C'est un homme mauvais, mon chéri. Mais il ne viendra plus dans le coin, du moins pendant un certain temps.

— La fille va bien ?

Mamie hocha la tête et me tapota la main.

— Elle ira bien.

Je hochai la tête.

— Viens, dit mamie. Tu as assez regardé la télé. Je veux te montrer une chose sur laquelle je suis en train de travailler.

Je suivis mamie dans la cuisine, où elle déroula un morceau de papier kraft. À l'intérieur se trouvaient probablement une centaine de rectangles, tous reliés par différentes lignes.

— Qu'est-ce que c'est ?

— C'est notre arbre généalogique. J'ai pensé que ce serait bien de dresser la carte de nos ancêtres.

Je haussai les épaules.

— Pour quoi faire ?

— Pour savoir d'où nous venons ! idiot. Comment ça, *pour quoi faire* ?

Elle indiqua le haut de la feuille.

— Ici, c'est ton arrière-arrière-arrière-arrière-grand-père, Merchant Harrington. Il était tailleur.

Elle fit descendre son doigt vers le bas du tableau.

— Il a confectionné la robe de mariée de sa fille, qui a été portée par deux autres générations. J'en ai une photo sur mon ordinateur. Peut-être que tu finiras par devenir tailleur, toi aussi.

— Certainement pas ! m'esclaffai-je.

— Pourquoi ?

— Parce que je vais être riche.

— Ah oui ? Et comment tu vas devenir riche exactement ?

— Facile. Je vais jouer en bourse.

Mamie sourit et retourna à son arbre. Elle passa l'heure suivante à me parler de chaque personne qui y figurait. Quand elle arriva en bas, il y avait des carrés au nom de mes parents, ainsi que de Lydia et de moi-même, puis d'autres vides à côté de nous.

Je désignai celui qui se trouvait à côté de mon nom.

— Et si je ne me marie pas ? Ta branche d'arbre va flétrir ?

— Tu te marieras, déclara-t-elle en me pointant du doigt. Je le vois dans ton avenir.

Je haussai les épaules.

— Peu importe.

Elle m'ébouriffa les cheveux.

— Pourquoi n'irais-tu pas te coucher ?

— D'accord. Bonne nuit, mamie.

...

Le lendemain matin, je fus réveillé par le vent. La pluie s'était arrêtée, mais la fenêtre de la chambre d'amis était restée entrouverte, laissant passer un sifflement strident. Je me levai pour la fermer et ne réussis pas à me rendormir. J'allai donc chercher du jus de fruits dans la cuisine. Après avoir avalé un grand verre, je regardai par la fenêtre, au-dessus de l'évier, la cabane dans le jardin de Milly. L'échelle que j'avais remise en place la veille était encore tombée. J'allai donc au garage, pris un marteau et des clous longs, et traversai la haie pour m'en occuper une fois pour toutes.

Lorsque je revins à la maison, mamie était réveillée et assise à la table avec son arbre généalogique à nouveau ouvert.

Elle me sourit.

— Qu'est-ce qui t'a poussé à aller réparer cette échelle ?

Je haussai les épaules.

— Je ne sais pas. Elle était de nouveau par terre. Je ne veux pas que la fille se blesse la prochaine fois quand je ne serai pas là.

— C'est très gentil de ta part.

Je baissai les yeux sur le papier kraft.

— Tu ajoutes d'autres noms à ton arbre ?

— Juste un.

— Quel ancêtre tu as pu trouver depuis hier soir ?

Mamie roula le document.

— J'ai ajouté un *descendant*, pas un ancêtre.

— Qu'est-ce que c'est ?

— C'est une personne de la famille qui vient après moi, pas avant moi.

Mes sourcils se froncèrent.

— Comme maman, Lydia et moi ?

— Exactement.

— Mais on y figure déjà.

Mamie regarda la fenêtre au-dessus de l'évier et sourit.

— J'invoque.

— Tu invoques ?

— J'ai placé un élément auquel croire dans l'Univers, afin qu'il se réalise un jour.

Je ricanai.

— Et si tu m'invoquais un sandwich au beurre de cacahuètes et à la confiture ?

Mamie se leva, coinça son rouleau sous son bras et s'approcha de moi pour m'embrasser sur la joue.

— Je pense que je peux faire mieux que ça. Tu verras.

Chers lecteurs,

J'espère que vous avez aimé l'histoire de Grant et Ireland !
Afin d'être informés de mon actualité, n'hésitez pas à
rejoindre mon groupe Facebook qui réunit déjà plus de
22 000 lecteurs !

Rejoignez le groupe des lectrices de Vi Keeland

www.facebook.com/groups/ViKeelandFanGroup/

Suivez Vi sur Instagram
www.instagram.com/vi_keeland/

Inscrivez-vous à sa liste de diffusion pour en savoir
plus sur ses prochaines parutions !
www.subscribepage.com/i6h3o5

REMERCIEMENTS

À vous, les *lecteurs* – Merci d'avoir laissé Merrick et Evie entrer dans vos esprits et dans vos cœurs. Je suis honorée que mon histoire vous ait permis de vous évader un court instant, et j'espère que vous reviendrez bientôt pour voir qui vous rencontrerez ensuite !

À Pénélope – Pourrais-tu t'écrire une lettre de remerciement qui expliquerait en détail à quel point tu es une bonne amie et la lire dans cette section ? De toute façon, aucune d'entre nous ne se rappellera qui l'a écrite. ☺

À Cheri – Merci pour ton amitié et ton soutien.

À Julie – La folie de 2022 m'a rappelé ce que signifie l'amitié. J'ai hâte de te voir enfoncer tes orteils dans le sable l'été prochain sur Fire Island.

À Luna – Merci d'être toujours là, de jour comme de nuit. Ton amitié illumine ma journée.

À mon incroyable groupe de lecteurs sur Facebook, les *Vi's Violets* – plus de 23 000 femmes intelligentes (et quelques hommes géniaux) qui aiment parler de livres ensemble au même endroit. J'ai beaucoup de chance ! Chacun d'entre vous est un cadeau. Merci pour votre soutien.

À Sommer – Merci de comprendre ce que je veux, souvent avant moi.

À mon agent et amie, Kimberly Brower – Merci d'être toujours là. Chaque année apporte une opportunité unique grâce à toi. J'ai hâte de voir ce que tu vas inventer !

À Jessica, Elaine et Julia – Merci d'aplanir toutes les aspérités et de me faire briller !

À Kylie et Jo de *Give Me Books* – Je ne me rappelle même pas comment je me débrouillais avant vous, et j'espère que je n'aurai jamais à le faire ! Merci pour tout ce que vous faites.

À tous les blogueurs – Merci d'inciter les lecteurs à tenter leur chance avec moi et d'être toujours présents.

Je vous aime,
Vi

À PROPOS DE L'AUTEURE

VI KEELAND est une auteure de best-sellers n° 1 au classement du *New York Times*, n° 1 au classement du *Wall Street Journal* et figurant au classement de *USA Today*. Avec des millions d'exemplaires vendus, ses titres sont mentionnés dans plus d'une centaine de listes de best-sellers et sont actuellement traduits en vingt-cinq langues. Avec son mari et ses trois enfants, elle habite à New York où elle vit son propre conte de fées avec le garçon qu'elle a rencontré à l'âge de six ans.